COLLECTION

Complette

DES

ŒUVRES

DE

Mᴿ. DE VOLTAIRE.

_____

TOME TROISIÉME.

_____

THEATRE

Complet

DE

Mᴿ. *DE VOLTAIRE.*

TOME PREMIER.

CONTENANT

OEDIPE, MARIAMNE, BRUTUS, LA MORT
DE CESAR, ZAYRE, ALZIRE, avec toutes
les pièces rélatives à ces Drames.

GENEVE.

M. DCC. LXVIII.

AVERTISSEMENT.

NOus donnons ici toutes les piéces de Théâtre de Monfieur *de Voltaire*, avec les variantes que nous avons pû recueillir. Ce fera la feule édition correcte & complette. Toutes celles qu'on a données à Paris font très informes; cela ne pouvait être autrement. Il arriva plus d'une fois que le public féduit par les ennemis de l'auteur, fembla rejetter aux premières repréfentations les mêmes morceaux qu'il redemanda enfuite avec empreffement quand la cabale fut diffipée.

Quelquefois les acteurs déroutés par les cris de la cabale, fe voyaient forcés de changer eux-mêmes les vers qui avaient été le prétexte du murmure; ils leur en fubftituaient d'autres au hazard. Prefque tous fes ouvrages dramatiques ont été repréfentés & imprimés à Paris dans fon abfence. De là viennent les fautes dont fourmillent les éditions faites dans cette capitale.

Par exemple, dans la piéce de *Gengis* imprimée par nous in 8°. fous les yeux de l'auteur, on trouve dans la fcène où *Gengis-Kan* parait pour la première fois, les vers fuivans.

Ceffez de mutiler tous ces grands monumens,
Ces prodiges des arts confacrés par les tems;
Refpectez-les; ils font le prix de mon courage;

Tom. III. & du Théâtre le premier.   A

Qu'on ceſſe de livrer aux flammes, au pillage,
Ces archives des loix, ce vaſte amas d'écrits,
Tous ces fruits du génie, objets de vos mépris.
Si l'erreur les diêta, cette erreur m'eſt utile ;
Elle occupe ce peuple, & le rend plus docile, &c.

Ce morceau important eſt tronqué & défiguré dans l'édition de *Ducheſne* & dans les autres. Voici comme il s'y trouve.

Ceſſez de mutiler tous ces grands monumens,
Ces prodiges des arts conſacrés par les tems,
Echappés aux fureurs des flammes, du pillage,
Reſpeêtez-les ; ils ſont le prix de mon courage, &c.

On voit aſſez que ce qu'on a retranché était abſolument néceſſaire & très à ſa place. Le vers qu'on a ſubſtitué, *Echappés aux fureurs des flammes, du pillage*, eſt un vers indigne de quiconque eſt inſtruit des règles de ſon art, & connait un peu l'harmonie. *Echappés des fureurs des flammes* eſt une céſure monſtrueuſe.

Ceux qui ſe plaiſent à étudier l'eſprit humain doivent ſavoir que les ennemis de l'auteur, pour faire tomber la piéce, inſinuèrent que les meilleurs morceaux étaient dangereux, & qu'il falait les retrancher. Ils eurent la malignité de faire regarder ces vers comme une alluſion à la Religion, qui rend le peuple plus docile. Il eſt évident que par ce paſſage on ne peut entendre que les ſciences des Chinois mépriſées alors des Tartares. On a repréfenté cette piéce en Italie ; il y en a trois traductions. Les Inquiſiteurs ne ſe ſont jamais aviſés de retrancher cette tirade.

La même difficulté fut faite en France à la tragédie de *Mahomet* ; on ſuſcita contre elle une perſécution violente ; on fit défendre les repréſentations : ainſi le fanatiſme voulait anéantir la peinture du fanatiſme. Rome vengea l'auteur. Le Pape *Benoit XIV*. protégea la piéce ; elle lui fut dédiée ; des Académiciens la repréſentèrent dans pluſieurs villes d'Italie , & à Rome même. Il faut avouer qu'il n'y a point de pays au monde où les gens de lettres ayent été plus maltraités qu'en France , on ne leur rend juſtice que bien tard.

La tragédie de *Tancrède* eſt défigurée d'un bout à l'autre d'une manière encor plus barbare. Dans les éditions de France il n'y a preſque pas une ſcène où il ne ſe trouve des vers qui pèchent également contre la langue , l'harmonie & les règles du théâtre. Le libraire de Paris eſt d'autant plus inexcuſable qu'il pouvait conſulter notre édition , à laquelle il devait ſe conformer.

Les éditeurs de Paris ont porté la négligence juſqu'à répéter les mêmes vers dans pluſieurs ſcènes d'*Adélaïde du Gueſclin*. Nous trouvons dans leur édition , à la ſcène 7ᵉ. du ſecond acte , ces vers qui n'ont pas de ſens :

Gardez d'être réduit au hazard dangereux
Que les chefs de l'Etat ne trahiſſent leurs vœux.

4 *AVERTISSEMENT.*

Il y a dans notre édition :

Tous les chefs de l'Etat, laſſés de ces ravages,
Cherchent un port tranquille après tant de naufrages.
Gardez d'être réduit au hazard dangereux
De vous voir ou trahir, ou prévenir par eux.

Ces vers ſont dans les règles de la ſyntaxe la plus exacte. Ceux qu'on a ſubſtitués dans l'édition de Paris ſont de vrais ſoléciſmes, & n'ont aucun ſens. *Gardez d'être réduit au hazard que les chefs de l'Etat ne trahiſſent leurs vœux* ; de quels vœux s'agit-il ? que veut dire, *être réduit au hazard qu'un autre ne trahiſſe ſes vœux* ? On s'imagine qu'il n'y a qu'à faire des vers qui riment, que le public ne s'aperçoit pas s'ils ſont bons ou mauvais, & que la rapidité de la déclamation fait diſparaître les défauts du ſtile ; mais les connaiſſeurs remarquent ces fautes : ils ſont bleſſés des barbariſmes innombrables qui défigurent preſque toutes nos tragédies. C'eſt un devoir indiſpenſable de parler purement ſa langue.

Nous avons ſouvent entendu dire à l'auteur, que la langue était trop négligée au théâtre, & que c'eſt là que les règles du langage doivent être obſervées avec le plus de ſcrupule, parce que les étrangers y viennent apprendre le Français. Il diſait que ce qui avait nui le plus aux belles-lettres était le ſuccès de pluſieurs piéces, qui à la faveur de quelques beautés ont fait oublier qu'elles étaient écrites dans un ftile barbare. On fait que *Boileau* en mourant fe plaignait de cette horrible décadence. Des éloges prodigués à cette barbarie ont achevé de corrompre le goût.

Les comédiens croyent que les loix de l'art d'écrire, l'élégance, l'harmonie, la pureté de la langue, font des chofes inutiles ; ils coupent, ils retranchent, ils tranfpofent tout à leur plaifir, pour fe ménager des fituations qui les faffent valoir. Ils fubftituent à des paffages néceffaires des vers ineptes & ridicules ; ils en chargent leurs manufcrits, & c'eft fur ces manufcrits que des libraires ignorans impriment des chofes qu'ils n'entendent point.

L'extrême abondance des ouvrages dramatiques a dégradé l'art au lieu de le perfectionner ; & les amateurs des lettres accablés fous l'immenfité des volumes, n'ont pas eu même le tems de diftinguer fi ces ouvrages imprimés font corrects ou non.

Les nôtres du moins le feront ; & nous pouvons affurer les étrangers qui attendent notre édition, qu'ils n'y trouveront rien qui offenfe une langue devenue leurs délices, & l'objet conftant de leurs études.

AVERTISSEMENT

SUR

L'ŒDIPE.

L'*Auteur composa cette piéce à l'âge de dix-huit ans. Elle fut jouée en mil sept cent dix-huit, quarante-cinq fois de suite. Ce fut le Sieur* du Frêne, *célèbre acteur, de l'âge de l'auteur, qui joua le rôle d'*Œdipe ; *Mademoiselle* des Mares, *très grande actrice, joua celui de* Jocaste, *& quitta le théâtre quelque tems après. On a rétabli dans cette nouvelle édition le rôle de* Philoctète *, tel qu'il fut joué à la première représentation.*

ŒDIPE,

TRAGÉDIE,

AVEC

DES CHŒURS;

Précédée d'une lettre au P. PORE'E , & d'une préface dans laquelle on combat les fentimens de Mr. DE LA MOTTE fur la poëfie.

Repréfentée pour la première fois le ... Novembre 1718.

LETTRE

DE MONSIEUR DE VOLTAIRE

AU PÈRE PORÉE, JÉSUITE.

JE vous envoye , mon cher père *a*) , la nouvelle édition qu'on vient de faire de la tragédie d'*Œdipe*. J'ai eu foin d'effacer , autant que je l'ai pû , les couleurs fades d'un amour déplacé , que j'avais mêlées malgré moi aux traits mâles & terribles que ce fujet exige.

Je veux d'abord que vous fachiez , pour ma juftification , que tout jeune que j'étais quand je fis l'*Œdipe* , je le compofai à peu près tel que vous le voyez aujourd'hui. J'étais plein de la lefture des anciens & de vos leçons , & je connaiffais fort peu le théatre de Paris ; je travaillai à peu près comme fi j'avais été à Athènes. Je confultai Monfieur *Dacier* , qui était du pays. Il me confeilla de mettre un chœur dans toutes les fcènes à la manière des Grecs. C'était me confeiller de me promener dans les ruës de Paris avec la robe de *Platon*. J'eus bien de la peine feulement à obtenir que les comédiens de Paris vouluffent exécuter les chœurs qui paraiffent trois ou quatre fois dans la piéce ; j'en eus bien davantage à faire recevoir une tragédie prefque fans amour. Les comédiennes fe moquèrent de moi , quand elles virent qu'il n'y avait point de rôle pour *l'Amoureufe*. On trouva la fcène de la double confidence entre *Œdipe* & *Jocafte* , tirée en partie de *Sophocle* , tout-à-fait infipide. En un mot , les afteurs , qui étaient dans ce tems là petits maîtres & grands feigneurs , refufèrent de repréfenter l'ouvrage. J'étais extrêmement jeune , je crus qu'ils avaient raifon. Je

gâtai

a) Cette lettre a été trouvée dans les papiers du père *Porée* après fa mort.

gâtai ma piéce pour leur plaire, en affadiffant par des fentimens de tendreffe un fujet qui le comporte fi peu. Quand
on vit un peu d'amour, on fut moins mécontent de moi; mais
on ne voulut point du tout de cette grande fcène entre Jocafte & Œdipe ; on fe moqua de Sophocle & de fon imita-
teur. Je tins bon, je dis mes raifons, j'employai des amis :
enfin ce ne fut qu'à force de protection que j'obtins qu'on
jouerait Œdipe. Il y avait un acteur nommé Quinault, qui
dit tout haut, que pour me punir de mon opiniâtreté il falait jouer la piéce telle qu'elle était, avec ce mauvais quatriéme acte tiré du Grec. On me regardait d'ailleurs comme un
téméraire, d'ofer traiter un fujet où Pierre Corneille avait fi
bien réuffi. On trouvait alors l'Œdipe de Corneille excellent ;
je le trouvais un fort mauvais ouvrage, & je n'ofais le dire.
Je ne le dis enfin qu'au bout de dix ans, quand tout le
monde est de mon avis. Il faut fouvent bien du tems pour
que juftice foit exactement rendue. On l'a faite un peu plus
tôt aux deux Œdipes de Monfieur de la Motte. Le revérend
père de Tournemine a dû vous communiquer la petite préface
dans laquelle je lui livre bataille. Monfieur de la Motte a
bien de l'efprit ; il eft un peu comme cet athlète Grec, qui
quand il était terraffé, prouvait qu'il avait le deffus.

Je ne fuis de fon avis fur rien. Mais vous m'avez appris
à faire une guerre d'honnête homme. J'écris avec tant de
civilité contre lui, que je l'ai demandé lui-même pour exa-
minateur de cette préface, où je tâche de lui prouver fon
tort à chaque ligne ; & il a lui-même approuvé ma petite
differtation polémique. Voilà comme les gens de lettres devraient fe combattre ; voilà comme ils en uferaient, s'ils
avaient été à votre école ; mais ils font plus mordans d'ordinaire que des Avocats, & plus emportés que des Janfe-
niftes. Les lettres humaines font devenues très inhumaines.
On injurie, on cabale, on calomnie, on fait des couplets. Il
eft plaifant, qu'il foit permis de dire aux gens par écrit ce
qu'on n'oferait pas leur dire en face. Vous m'avez appris,
mon cher père, à fuir ces baffeffes, & à favoir vivre, comme
à favoir écrire.

Les mufes filles du ciel,
Sont des fœurs fans jaloufie ;
Elles vivent d'ambroifie,
Et non d'abfinthe & de fiel ;
Et quand Jupiter appelle
Leur affemblée immortelle
Aux fêtes qu'il donne aux Dieux,
Il défend que le Satyre
Trouble les fons de leur lyre
Par fes fons audacieux.

Adieu, mon cher & révérend père ; je fuis pour jamais à vous & aux vôtres, avec la tendre reconnaiffance que je vous dois, & que ceux qui ont été élevés par vous ne confervent pas toûjours.

à *Paris, ce 7*e. *Janvier 1729.*

P R É F A C E.

L'Œdipe , dont on donne cette nouvelle édition , fut re-préfenté pour la première fois à la fin de l'année 1718. Le public le reçut avec beaucoup d'indulgence. Depuis même , cette tragédie s'eſt toûjours foutenuë ſur le théâtre , & on la revoit encor avec quelque plaiſir malgré ſes défauts ; ce que j'attribue en partie à l'avantage qu'elle a toûjours eu d'être très-bien repréſentée , & en partie à la pompe & au pathétique du ſpectacle même.

Le père *Folard* jéſuite , & Mr. *de la Motte* de l'Académie Françaiſe , ont depuis traité tous deux le même ſujet , & tous deux ont évité les défauts dans leſquels je ſuis tombé. Il ne m'apartient pas de parler de leurs piéces ; mes critiques , & même mes louanges , paraîtraient également ſuſpectes. *b*)

Je ſuis encor plus éloigné de prétendre donner une poë-rique à l'occaſion de cette tragédie ; je ſuis perſuadé que tous ces raiſonnemens délicats , tant rebattus depuis quelques années , ne valent pas une ſcène de génie , & qu'il y a bien plus à aprendre dans *Polyeucte* & dans *Cinna* , que dans tous les préceptes de l'Abbé *d'Aubignac. Sévère* & *Pauline* ſont les véritables maîtres de l'art. Tant de livres faits ſur la pein-ture par des connaiſſeurs n'inſtruiront pas tant un élève , que la ſeule vuë d'une tête de *Raphaël*.

Les principes de tous les arts , qui dépendent de l'imagi-nation , ſont tous aiſés & ſimples , tous puiſés dans la nature & dans la raiſon. Les *Pradons* & les *Boyers* les ont connus auſſi-bien que les *Corneilles* & les *Racines* ; la différence n'a été & ne ſera jamais que dans l'application. Les auteurs d'*Ar-mide* & d'*Iſſé* , & les plus mauvais compoſiteurs , ont eu les mêmes règles de muſique. Le *Pouſſin* a travaillé ſur les mê-

_____

b) Monſieur *de la Motte* donna deux *Œdipes* en 1726. l'un en rimes , & l'autre en proſe non rimée. L'*Œdipe* en rimes fut joué quatre fois ; l'autre n'a jamais été joué.

mes principes que *Vignon.* Il parait donc auffi inutile de parler de règles à la tête d'une tragédie , qu'il le ferait à un peintre de prévenir le public par des differtations fur fes tableaux , ou à un muficien de vouloir démontrer que fa mufique doit plaire.

Mais puifque Mr. *de la Motte* veut établir des règles toutes contraires à celles qui ont guidé nos grands maîtres , il eft jufte de défendre ces anciennes loix , non pas parce qu'elles font anciennes , mais parce qu'elles font bonnes & néceffaires , & qu'elles pourraient avoir dans un homme de fon mérite un adverfaire redoutable.

D E S   T R O I S   U N I T É S.

Mr. *de la Motte* veut d'abord profcrire l'unité d'action , de lieu & de tems.

Les Français font les premiers d'entre les nations modernes , qui ont fait revivre ces fages règles du théâtre ; les autres peuples ont été longtems fans vouloir recevoir un joug qui paraiffait fi févère ; mais comme ce joug était jufte , & que la raifon triomphe enfin de tout , ils s'y font foumis avec le tems. Aujourd'hui même en Angleterre , les auteurs affectent d'avertir au-devant de leurs pièces , que la durée de l'action eft égale à celle de la repréfentation ; & ils vont plus loin que nous , qui en cela avons été leurs maîtres. Toutes les nations commencent à regarder comme barbares les tems où cette pratique était ignorée des plus grands génies , tels que *Don Lopez de Vega* & *Shakefpear.* Elles avouent l'obligation qu'elles nous ont de les avoir retirées de cette barbarie. Faut-il qu'un Français fe ferve aujourd'hui de tout fon efprit pour nous y ramener ?

Quand je n'aurais autre chofe à dire à Mr. *de la Motte ,* finon que Meffieurs *Corneille , Racine , Molière , Addiffon , Congreve , Maffei ,* ont tous obfervé les loix du Théâtre , c'en ferait affez pour devoir arrêter quiconque voudrait les violer : Mais Mr. *de la Motte* mérite qu'on le combatte par des raifons plus que par des autorités.

Qu'eft-ce qu'une pièce de théâtre ? La repréfentation d'une

action. Pourquoi d'une feule, & non de deux ou trois ? C'eft que l'efprit humain ne peut embraffer plufieurs objets à la fois ; c'eft que l'intérêt, qui fe partage, s'anéantit bientôt ; c'eft que nous fommes choqués de voir, même dans un tableau, deux événemens ; c'eft qu'enfin la nature feule nous a indiqué ce précepte, qui doit être invariable comme elle.

Par la même raifon l'unité de lieu eft effentielle ; car une feule action ne peut fe paffer en plufieurs lieux à la fois. Si les perfonnages que je vois font à Athènes au premier acte, comment peuvent-ils fe trouver en Perfe au fecond ? Mr. *le Brun* a-t-il peint *Alexandre* à Arbelles & dans les Indes fur la même toile ? » Je ne ferais pas étonné, dit adroitement Mr. *de la Motte*, » qu'une nation fenfée, mais moins amie » des règles, s'accommodât de voir *Coriolan* condamné à Rome » au premier acte, reçu chez les *Volfques* au troifiéme, & af-» fiégeant Rome au quatriéme, &c. Premiérement, je ne conçois point qu'un peuple fenfé & éclairé ne fût pas ami des règles, toutes puifées dans le bon-fens, & toutes faites pour fon plaifir. Secondement, qui ne fent que voilà trois tragédies, & qu'un pareil projet, fût-il exécuté même en beaux vers, ne ferait jamais qu'une piéce de *Jodelle* ou de *Hardy* verfifiée par un moderne habile ?

L'unité de tems eft jointe naturellement aux deux premières. En voici, je crois, une preuve bien fenfible. J'affifte à une tragédie, c'eft-à-dire, à la repréfentation d'une action. Le fujet eft l'accompliffement de cette action unique. On confpire contre *Augufte* dans Rome ; je veux favoir ce qui va arriver d'*Augufte* & des conjurés. Si le poëte fait durer l'action quinze jours, il doit me rendre compte de ce qui fe fera paffé dans ces quinze jours ; car je fuis là pour être informé de ce qui fe paffe, & rien ne doit arriver d'inutile. Or s'il met devant mes yeux quinze jours d'événemens, voilà au moins quinze actions différentes, quelques petites qu'elles puiffent être. Ce n'eft plus uniquement cet accompliffement de la confpiration, auquel il falait marcher rapidement ; c'eft une longue hiftoire qui ne fera plus intéreffante, parce qu'elle ne fera plus vive, parce que tout fe fera écarté du moment de la décifion, qui eft le feul que j'attens. Je ne fuis point venu à la comédie pour entendre l'hiſtoire d'un héros, mais pour voir un ſeul événement de ſa vie. Il y a plus. Le ſpeĉtateur n'eſt que trois heures à la comédie ; il ne faut donc pas que l'aĉtion dure plus de trois heures. *Cinna*, *Andromaque*, *Bajazet*, *Œdipe*, ſoit celui du grand *Corneille*, ſoit celui de Mr. *de la Motte*, ſoit même le mien, ſi j'oſe en parler, ne durent pas davantage. Si quelques autres piéces exigent plus de tems, c'eſt une licence, qui n'eſt pardonnable qu'en faveur des beautés de l'ouvrage ; & plus cette licence eſt grande, plus elle eſt faute.

Nous étendons ſouvent l'unité de tems juſqu'à vingt-quatre heures, & l'unité de lieu à l'enceinte de tout un palais. Plus de ſévérité rendrait quelquefois d'aſſez beaux ſujets impraticables, & plus d'indulgence ouvrirait la carrière à de trop grands abus. Car s'il était une fois établi, qu'une aĉtion théatrale pût ſe paſſer en deux jours, bientôt quelque auteur y employerait deux ſemaines, & un autre deux années ; & ſi l'on ne réduiſait pas le lieu de la ſcène à un eſpace limité, nous verrions en peu de tems des piéces telles que l'ancien *Jules Céſar* des Anglais, où *Caſſius* & *Brutus* ſont à Rome au premier aĉte, & en Theſſalie dans le cinquiéme.

Ces loix obſervées, non ſeulement ſervent à écarter des défauts, mais elles aménent de vraies beautés ; de même que les règles de la belle architeĉture exaĉtement ſuivies compoſent néceſſairement un bâtiment qui plait à la vüe. On voit qu'avec l'unité de tems, d'aĉtion & de lieu, il eſt bien difficile qu'une piéce ne ſoit pas ſimple. Auſſi voilà le mérite de toutes les piéces de Mr. *Racine*, & celui que demandait *Ariſtote*. Mr. *de la Motte*, en défendant une tragédie de ſa compoſition, préfère à cette noble ſimplicité la multitude des événemens ; il croit ſon ſentiment autoriſé par le peu de cas qu'on fait de *Bérénice*, par l'eſtime où eſt encor le *Cid*. Il eſt vrai que le *Cid* eſt plus touchant que *Bérénice* ; mais *Bérénice* n'eſt condamnable que parce que c'eſt une élégie plutôt qu'une tragédie ſimple ; & le *Cid*, dont l'aĉtion eſt véritablement tragique, ne doit point ſon ſuccès à la multiplicité des événemens ; mais il plait malgré cette multiplicité, comme il touche malgré l'Infante, & non pas à cauſe de l'Infante.

Mr. *de la Motte* croit, qu'on peut fe mettre au-deffus de toutes ces règles, en s'en tenant à l'unité d'intérêt, qu'il dit avoir inventée, & qu'il appelle un paradoxe : mais cette unité d'intérêt ne me paraît autre chofe que celle de l'action. *Si plufieurs perfonnages*, dit-il, *font diverfement intéreffés dans le même événement, & s'ils font tous dignes que j'entre dans leurs paffions, il y a alors unité d'action, & non pas unité d'intérêt.*

Depuis que j'ai pris la liberté de difputer contre Mr. *de la Motte* fur cette petite queftion, j'ai relu le difcours du grand *Corneille* fur les trois unités ; il vaut mieux confulter ce grand maître que moi. Voici comme il s'exprime : *Je tiens donc, & je l'ai déja dit, que l'unité d'action confifte en l'unité d'intrigue & en l'unité de péril.* Que le lecteur life cet endroit de *Corneille*, & il décidera bien vite entre Mr. *de la Motte* & moi ; & quand je ne ferais pas fort de l'autorité de ce grand homme, n'ai-je pas encor une raifon plus convaincante ? c'eft l'expérience. Qu'on life nos meilleures tragédies Françaifes, on trouvera toûjours les perfonnages principaux diverfement intéreffés ; mais ces intérêts divers fe raportent tous à celui du perfonnage principal, & alors il y a unité d'action. Si au contraire tous ces intérêts différens ne fe rapportent pas au principal acteur, fi ce ne font pas des lignes qui aboutiffent à un centre commun, l'intérêt eft double, & ce qu'on appelle *action* au théatre, l'eft auffi. Tenons nous en donc, comme le grand *Corneille*, aux trois unités, dans lefquelles les autres règles, c'eft-à-dire, les autres beautés, fe trouvent renfermées.

Mr. *de la Motte* les appelle *des principes de fantaifie*, & prétend, qu'on peut fort bien s'en paffer dans nos tragédies, parce qu'elles font négligées dans nos opéra. C'eft, ce me femble, vouloir réformer un gouvernement régulier fur l'exemple d'une anarchie.

DE L'OPERA.

L'Opéra eft un fpectacle auffi bizarre que magnifique, où les yeux & les oreilles font plus fatisfaits que l'efprit, où l'afferviffement à la mufique rend néceffaires les fautes les plus ridicules, où il faut chanter des *ariettes* dans la déftruction d'une ville , & danfer autour d'un tombeau ; où l'on voit le palais de *Pluton* & celui du *Soleil* , des dieux , des démons , des magiciens , des preftiges , des monftres , des palais formés & détruits en un clin d'œil. On tolére ces extravagances , on les aime même , parce qu'on eft là dans le pays des fées ; & pourvû qu'il y ait du fpeétacle , de belles danfes , une belle mufique , quelques fcènes intéreffantes , on eft content. Il ferait auffi ridicule d'exiger dans *Alcefte* l'unité d'aétion , de lieu & de tems , que de vouloir introduire des danfes & des démons dans *Cinna* ou dans *Rodogune.*

Cependant quoique les opéra foient difpenfés de ces trois règles , les meilleurs font encor ceux où elles font le moins violées : on les retrouve même , fi je ne me trompe , dans plufieurs , tant elles font néceffaires & naturelles , & tant elles fervent à intéreffer le fpeétateur. Comment donc Mr. *de la Motte* peut - il reprocher à notre nation la légéreté de condamner dans un fpeétacle les mêmes chofes que nous approuvons dans un autre ? Il n'y a perfonne qui ne pût répondre à Mr. *de la Motte.* J'exige avec raifon beaucoup plus de perfeétion d'une tragédie , que d'un opéra ; parce qu'à une tragédie mon attention n'eft point partagée , que ce n'eft ni d'une farabande ni d'un pas de deux que dépend mon plaifir ; que c'eft à mon ame uniquement qu'il faut plaire. J'admire qu'un homme ait fû amener & conduire dans un feul lieu , & dans un feul jour , un feul événement , que mon efprit conçoit fans fatigue , & où mon cœur s'intéreffe par degrés. Plus je vois combien cette fimplicité eft difficile , plus elle me charme ; & fi je veux enfuite me rendre raifon de mon plaifir , je trouve que je fuis de l'avis de Mr. *Defpréaux* , qui dit :

> Qu'en un lieu , qu'en un jour , un feul fait accompli ,
> Tienne jufqu'à la fin le théâtre rempli.

J'ai pour moi encore , pourra-t-il dire , l'autorité du grand *Corneille* ; j'ai plus encore , j'ai fon exemple , & le plaifir que me font fes ouvrages à proportion qu'il a plus ou moins obéï à cette règle.

Mr.

Mr. *de la Motte* ne s'eſt pas conténté de vouloir ôter du théâtre ſes principales règles, il veut encor lui ôter la poëſie, & nous donner des tragédies en proſe.

D E S   V E R S   E N   P R O S E.

Cet auteur ingénieux & fécond, qui n'a fait que des vers en ſa vie, ou des ouvrages de proſe à l'occaſion de ſes vers, écrit contre ſon art même, & le traite avec le même mépris qu'il a traité *Homère*, que pourtant il a traduit. Jamais *Virgile*, ni *le Taſſe*, ni Mr. *Deſpréaux*, ni Mr. *Racine*, ni Mr. *Pope*, ne ſe ſont aviſés d'écrire contre l'harmonie des vers, ni Mr. *de Lully* contre la muſique, ni Mr. *Newton* contre les mathématiques. On a vû des hommes qui ont eu quelquefois la faibleſſe de ſe croire ſupérieurs à leur profeſſion, ce qui eſt le ſûr moyen d'être au-deſſous : mais on n'en avait point encor vû qui vouluſſent l'avilir. Il n'y a que trop de perſonnes qui mépriſent la poëſie faute de la connaître. Paris eſt plein de gens de bon ſens, nés avec des organes inſenſibles à toute harmonie, pour qui de la muſique n'eſt que du bruit, & à qui la poëſie ne paraît qu'une folie ingénieuſe. Si ces perſonnes apprennent qu'un homme de mérite, qui a fait cinq ou ſix volumes de vers, eſt de leur avis, ne ſe croiront-ils pas en droit de regarder tous les autres poëtes comme des foux, & celui-là comme le ſeul à qui la raiſon eſt revenue ? Il eſt donc néceſſaire de lui répondre pour l'honneur de l'art, & j'oſe dire pour l'honneur d'un pays, qui doit une partie de ſa gloire chez les étrangers, à la perfeſtion de cet art même.

Mr. *de la Motte* avance que la rime eſt un uſage barbare inventé depuis peu.

Cependant tous les peuples de la terre, excepté les anciens Romains & les Grecs, ont rimé & riment encore. Le retour des mêmes ſons eſt ſi naturel à l'homme, qu'on a trouvé la rime établie chez les ſauvages, comme elle l'eſt à Rome, à Paris, à Londres, & à Madrid. Il y a dans *Montagne* une chanſon en rimes Amériquaines traduite en Français ; on trouve dans un des *Spectateurs* de Mr. *Addiſſon* une traduction d'une ode Laponne rimée, qui eft pleine de fentiment.

Les Grecs, *quibus dedit ore rotundo Mufa loqui*, nés fous un ciel plus heureux, & favorifés par la nature d'organes plus délicats que les autres nations, formèrent une langue dont toutes les fyllabes pouvaient, par leur longueur ou leur briéveté, exprimer les fentimens lents ou impétueux de l'ame. De cette variété de fyllabes & d'intonations, réfultait dans leurs vers, & même auffi dans leur profe, une harmonie que les anciens Italiens fentirent, qu'ils imitèrent, & qu'aucune nation n'a pû faifir après eux. Mais foit rime, foit fyllabes cadencées, la poëfie, contre laquelle Mr. *de la Motte* fe révolte, a été & fera toûjours cultivée par tous les peuples.

Avant *Hérodote* l'hiftoire même ne s'écrivait qu'en vers chez les Grecs, qui avaient pris cette coutume des anciens Egyptiens, le peuple le plus fage de la terre, le mieux policé, & le plus favant. Cette coutume était très-raifonnable : car le but de l'hiftoire était de conferver à la poftérité la mémoire du petit nombre de grands hommes, qui lui devaient fervir d'exemple. On ne s'était point encor avifé de donner l'hiftoire d'un couvent, ou d'une petite ville, en plufieurs volumes in folio. On n'écrivait que ce qui en était digne, que ce que les hommes devaient retenir par cœur. Voilà pourquoi on fe fervait de l'harmonie des vers pour aider la mémoire. C'eft pour cette raifon que les premiers philofophes, les légiflateurs, les fondateurs des Religions, & les hiftoriens, étaient tous poëtes.

Il femble que la poëfie dût manquer communément, dans de pareils fujets, ou de précifion ou d'harmonie : mais depuis que *Virgile* a réuni ces deux grands mérites qui paraiffent fi incompatibles, depuis que MM. *Defpréaux* & *Racine* ont écrit comme *Virgile*, un homme qui les a lus tous trois, & qui fait que tous trois font traduits dans prefque toutes les langues de l'Europe, peut-il avilir à ce point un talent qui lui a fait tant d'honneur à lui-même ? Je placerai nos *Defpréaux* & nos *Racines* à côté de *Virgile* pour le mérite de la verfification ; parce que fi l'auteur de l'*Eneïde* était né à Paris, il aurait rimé comme eux ; & fi ces deux Français

avaient vécu du tems d'*Augufte*, ils auraient fait le même
ufage que *Virgile* de la mefure des vers Latins. Quand donc
Mr. *de la Motte* appelle la verfification *un travail méchanique & ridicule*, c'eft charger de ce ridicule, non feulement
tous nos grands poëtes, mais tous ceux de l'antiquité. *Virgile & Horace* fe font affervis à un travail auffi méchanique
que nos auteurs. Un arrangement heureux de fpondées &
de dactyles, était bien auffi pénible que nos rimes & nos
hémiftiches. Il faut que ce travail fût bien laborieux, puifque l'*Eneïde* après onze années n'était pas encor dans fa
perfection.

Mr. *de la Motte* prétend, qu'au moins une fcène de tragédie mife en profe ne perd rien de fa grace ni de fa force.
Pour le prouver il tourne en profe la première fcène de *Mithridate*, & perfonne ne peut la lire. Il ne fonge pas que le
grand mérite des vers eft qu'ils foient auffi naturels, auffi
corrects que la profe. C'eft cette extrême difficulté furmontée
qui charme les connaiffeurs. Réduifez les vers en profe, il
n'y a plus ni mérite ni plaifir.

Mais, dit-il, nos voifins ne riment point dans leurs tragédies. Cela eft vrai ; mais ces piéces font en vers, parce qu'il
faut de l'harmonie à tous les peuples de la terre. Il ne s'agit
donc plus que de favoir fi nos vers doivent être rimés ou
non. MM. *Corneille & Racine* ont employé la rime ; craignons
que fi nous voulons ouvrir une autre carrière, ce ne foit plutôt par l'impuiffance de marcher dans celle de ces grands
hommes, que par le defir de la nouveauté. Les Italiens & les
Anglais peuvent fe paffer de rime, parce que leur langue a
des inverfions, & leur poëfie mille libertés qui nous manquent.
Chaque langue a fon génie déterminé par la nature de la
conftruction de fes phrafes, par la fréquence de fes voyelles
ou de fes confonnes, fes inverfions, fes verbes auxiliaires, &c.
Le génie de nôtre langue eft la clarté & l'élégance ; nous ne
permettons nulle licence à nôtre poëfie, qui doit marcher
comme nôtre profe dans l'ordre précis de nos idées. Nous
avons donc un befoin effentiel du retour des mêmes fons,
pour que notre poéfie ne foit pas confondue avec la profe.
Tout le monde connait ces vers :

Où me cacher ? Fuyons dans la nuit infernale.
Mais que dis - je ? Mon père y tient l'urne fatale :
Le fort , dit - on , l'a mife en fes févères mains ;
Minos juge aux enfers tous les pâles humains.

Mettez à la place :

Où me cacher ? Fuyons dans la nuit infernale.
Mais que dis - je ? Mon père y tient l'urne funefte ;
Le fort , dit - on , l'a mife en fes févères mains ;
Minos juge aux enfers tous les pâles mortels.

Quelque poëtique que foit ce morceau , fera-t-il le même plaifir , dépouillé de l'agrément de la rime ? Les Anglais & les Italiens diraient également , après les Grecs & les Romains , *les pâles humains* Minos *aux enfers juge* , & enjamberaient avec grace fur l'autre vers. La manière même de réciter des vers en Italien & en Anglais fait fentir des fyllabes longues & brèves , qui foutiennent encor l'harmonie fans befoin de rimes. Nous qui n'avons aucun de ces avantages , pourquoi voudrions-nous abandonner ceux que la nature de notre langue nous laiffe ?

Mr. *de la Motte* compare nos poëtes , c'eft-à-dire , nos *Corneilles* , nos *Racines* , nos *Defpréaux* , à des faifeurs d'a-croftiches , & à un charlatan , qui fait paffer des grains de millet par le trou d'une aiguille ; & que toutes ces puérilités n'ont d'autre mérite que celui de la difficulté furmon-tée. J'avoue , que les mauvais vers font à peu près dans ce cas. Ils ne diffèrent de la mauvaife profe que par la rime , & la rime feule ne fait ni le mérite du poëte ni le plaifir du lecteur. Ce ne font point feulement des dactyles & des fpon-dées qui plaifent dans *Virgile* & dans *Homère*. Ce qui en-chante toute la terre , c'eft l'harmonie charmante qui naît de cette mefure difficile. Quiconque fe borne à vaincre une dif-ficulté pour le mérite feul de la vaincre , eft un fou ; mais ce-lui qui tire du fond de ces obftacles mêmes des beautés qui plaifent à tout le monde , eft un homme très - fage & prefque unique. Il eft très - difficile de faire de beaux tableaux , de belles ſtatues , de bonne muſique , de bons vers. Auſſi les noms des hommes ſupérieurs qui ont vaincu ces obſtacles , dureront- ils beaucoup plus peut-être que les Royaumes où ils ſont nés.

Je pourrais prendre encore la liberté de diſputer avec Mr. *de la Motte* ſur quelques autres points ; mais ce ſerait peut- être marquer un deſſein de l'attaquer perſonnellement , & faire ſoupçonner une malignité dont je ſuis auſſi éloigné que de ſes ſentimens. J'aime beaucoup mieux profiter des réflexions judi- cieuſes & fines qu'il a répanduës dans ſon livre , que m'enga- ger à en réfuter quelques - unes qui me paraiſſent moins vraies que les autres. C'eſt aſſez pour moi d'avoir tâché de défendre un art que j'aime , & qu'il eût dû défendre lui - même.

Je dirai ſeulement un mot , (ſi Mr. *de la Faye* veut bien me le permettre) à l'occaſion de l'ode en faveur de l'harmonie , dans laquelle il combat en beaux vers le ſyſtême de Mr. *de la Motte* , & à laquelle ce dernier n'a répondu qu'en proſe. Voici une ſtance dans laquelle Mr. *de la Faye* a raſſemblé en vers harmonieux & pleins d'imagination , preſque toutes les raiſons que j'ai alléguées.

> De la contrainte rigoureuſe ,
> Où l'eſprit ſemble reſſerré ,
> Il reçoit cette force heureuſe ,
> Qui l'élève au plus haut degré.
> Telle dans des canaux preſſée ,
> Avec plus de force élancée ,
> L'onde s'élève dans les airs ;
> Et la règle qui ſemble auſtère ,
> N'eſt qu'un art plus certain de plaire ,
> Inſéparable des beaux vers.

Je n'ai jamais vû de comparaiſon plus juſte , plus gracieuſe , ni mieux exprimée. Mr. *de la Motte* , qui n'eût dû y répon- dre qu'en l'imitant ſeulement , examine , ſi ce ſont les canaux qui font que l'eau s'élève , ou ſi c'eſt la hauteur dont elle tombe qui fait la meſure de ſon élévation. Or *où trouvera-t-on ,* continue-t-il , *dans les vers plutôt que dans la proſe cette pre- mière hauteur des penſées ? &c.*

C iij

Je crois que Mr. *de la Motte* fe trompe comme phyficien, puifqu'il eſt certain, que fans la gêne de ces canaux dont il s'agit, l'eau ne s'éléverait point du tout, de quelque hauteur qu'elle tombât : mais ne fe trompe-t-il pas encor plus comme poëte ? comment n'a-t-il pas fenti, que comme la gêne de la mefure des vers produit une harmonie agréable à l'oreille, ainfi cette prifon où l'eau coule renfermée, produit un jet-d'eau qui plait à la vüe ? La comparaifon n'eſt-elle pas auſſi juſte que riante ? Mr. *de la Faye* a pris fans doute un meilleur parti que moi. Il s'eſt conduit comme ce philofophe, qui pour toute réponfe à un fophiſte qui niait le mouvement, fe contenta de marcher en fa préfence. Mr. *de la Motte* nie l'harmonie des vers : Mr. *de la Faye* lui envoye des vers harmonieux ; cela feul doit m'avertir de finir ma profe.

A C T E U R S.

ŒDIPE , Roi de Thèbes.

JOCASTE , Reine de Thèbes.

PHILOCTETE , Prince d'Eubée.

Le grand Prêtre.

ARASPE , confident d'Œdipe.

EGINE , confidente de Jocaſte.

DIMAS , ami de Philoctète.

PHORBAS , vieillard Thébain.

ICARE , vieillard de Corinthe.

Chœur de Thébains.

La fcène eſt à Thèbes.

ŒDIPE,
TRAGÉDIE.

ACTE PREMIER.

SCENE PREMIERE.
PHILOCTETE, DIMAS.

DIMAS.

Philoctète, eft-ce vous ? quel coup affreux du fort
Dans ces lieux empeftés vous fait chercher la mort ?
Venez-vous de nos Dieux affronter la colère ?
Nul mortel n'ofe ici mettre un pied téméraire ;
Ces climats font remplis du célefte courroux,
Et la mort dévorante habite parmi nous.
Thèbe depuis longtems aux horreurs confacrée,
Du refte des vivans femble être féparée :
Retournez. . . .

PHILOCTETE.

Ce féjour convient aux malheureux.
Va, laiffe-moi le foin de mes deftins affreux,
Et di-moi fi des Dieux la colère inhumaine,
En accablant ce peuple, a refpecté la Reine ?

DIMAS.

Oui, Seigneur, elle vit ; mais la contagion

Jufqu'au pied de fon trône apporte fon poifon.
Chaque inftant lui dérobe un ferviteur fidelle ,
Et la mort par degrés femble s'approcher d'elle.
On dit , qu'enfin le ciel , après tant de courroux ,
Va retirer fon bras appefanti fur nous.
Tant de fang , tant de morts ont dû le fatisfaire.

PHILOCTETE.

Eh ! quel crime a produit un courroux fi févère ?

DIMAS.

Depuis la mort du Roi...

PHILOCTETE.

Qu'entens - je ? quoi Laïus. ;

DIMAS.

Seigneur , depuis quatre ans ce héros ne vit plus.

PHILOCTETE.

Il ne vit plus ! Quel mot a frapé mon oreille !
Quel efpoir féduifant dans mon cœur fe réveille ?
Quoi , Jocafte ! les Dieux me feraient - ils plus doux ?
Quoi ! Philoctète enfin pourrait - il être à vous ?
Il ne vit plus !.. quel fort a terminé fa vie ?

DIMAS.

Quatre ans font écoulés depuis qu'en Béotie ,
Pour la dernière fois le fort guida vos pas.
A peine vous quittiez le fein de vos Etats ,
A peine vous preniez le chemin de l'Afie ,
Lorfque d'un coup perfide une main ennemie
Ravit à fes fujets ce Prince infortuné.

PHILOCTETE.

Quoi ! Dimas , votre Maître eft mort affaffiné ?

DIMAS.

Ce fut de nos malheurs la première origine ;

Ce

Ce crime a de l'Empire entraîné la ruïne.
Du bruit de fon trépas mortellement frappés,
A répandre des pleurs nous étions occupés,
Quand du courroux des Dieux miniftre épouvantable,
Funefte à l'innoçent, fans punir le coupable,
Un monftre (loin de nous que faifiez-vous alors ?)
Un monftre furieux vient ravager ces bords.
Le ciel induftrieux dans fa trifte vengeance,
Avait à le former épuifé fa puiffance.
Né parmi des rochers au pied du Cythéron,
Ce monftre à voix humaine, aigle, femme & lion,
De la nature entière exécrable affemblage,
Uniffait contre nous l'artifice à la rage.
Il n'était qu'un moyen d'en préferver ces lieux.
   D'un fens embarraffé dans des mots captieux,
Le monftre chaque jour dans Thèbe épouvantée
Propofait une énigme avec art concertée ;
Et fi quelque mortel voulait nous fecourir,
Il devait voir le monftre, & l'entendre, ou périr.
A cette loi terrible il nous falut foufcrire ;
D'une commune voix Thèbe offrit fon empire
A l'heureux interprète infpiré par les Dieux,
Qui nous dévoilerait ce fens myftérieux.
Nos fages, nos vieillards, féduits par l'efpérance,
Oferent, fur la foi d'une vaine fcience,
Du monftre impénétrable affronter le courroux ;
Nul d'eux ne l'entendit, ils expirèrent tous.
Mais Oedipe, héritier du fceptre de Corinthe,
Au-deffus de fon âge, au-deffus de la crainte,
Guidé par la fortune en ces lieux pleins d'effroi,
Vint, vit ce monftre affreux, l'entendit & fut Roi.

Il vit , il règne encor ; mais ſa triſte puiſſance
Ne voit que des mourans ſous ſon obéïſſance.
Hélas ! nous nous flattions que ſes heureuſes mains
Pour jamais à ſon trône enchaînaient les deſtins.
Déja même les Dieux nous ſemblaient plus faciles ;
Le monſtre en expirant laiſſait ces murs tranquilles ;
Mais la ſtérilité , ſur ce funeſte bord ,
Bientôt avec la faim nous rapporta la mort.
Les Dieux nous ont conduit de ſupplice en ſupplice ;
La famine a ceſſé , mais non leur injuſtice ;
Et la contagion , dépeuplant nos Etats ,
Pourſuit un faible reſte échapé du trépas.
Tel eſt l'état horrible où les Dieux nous réduiſent ;
Mais vous , heureux guerrier , que ces Dieux favoriſent ,
Qui du ſein de la gloire a pû vous arracher ?
Dans ce ſéjour affreux que venez - vous chercher ?

           P H I L O C T E T E.

J'y viens porter mes pleurs , & ma douleur profonde.
Appren mon infortune & les malheurs du monde.
Mes yeux ne verront plus ce digne fils des Dieux ,
Cet appui de la terre , invincible comme eux.
L'innocent opprimé perd ſon Dieu tutélaire ;
Je pleure mon ami , le monde pleure un père.

            D I M A S.

Hercule eſt mort ?

           P H I L O C T E T E.

       Ami , ces malheureuſes mains
Ont mis ſur le bucher le plus grand des humains.
Je rapporte en ces lieux ces fléches invincibles ,
Du fils de Jupiter préſens chers & terribles.
Je rapporte ſa cendre , & viens à ce héros ,

Attendant des autels, élever des tombeaux.
Croi-moi, s'il eût vécu, fi d'un préfent fi rare
Le ciel pour les humains eût été moins avare,
J'aurais loin de Jocafte achevé mon deftin ;
Et dût ma paffion renaître dans mon fein,
Tu ne me verrais point, fuivant l'amour pour guide,
Pour fervir une femme abandonner Alcide.

D I M A S.

J'ai plaint longtems ce feu fi puiffant & fi doux ;
Il naquit dans l'enfance, il croiffait avec vous.
Jocafte par un père à fon hymen forcée,
Au trône de Laïus à regret fut placée.
Hélas ! par cet hymen, qui coûta tant de pleurs,
Les deftins en fecret préparaient nos malheurs.
Que j'admirais en vous cette vertu fuprême,
Ce cœur digne du trône, & vainqueur de foi-même !
En vain l'amour parlait à ce cœur agité,
C'eft le premier tyran que vous avez domté.

P H I L O C T E T E.

Il falut fuir pour vaincre ; oui, je te le confeffe ;
Je luttai quelque tems, je fentis ma faibleffe :
Il falut m'arracher de ce funefte lieu,
Et je dis à Jocafte un éternel adieu.
Cependant l'univers tremblant au nom d'Alcide,
Attendait fon deftin de fa valeur rapide ;
A fes divins travaux j'ofai m'affocier ;
Je marchai près de lui ceint du même laurier.
C'eft alors en effet que mon ame éclairée
Contre les paffions fe fentit affurée.
L'amitié d'un grand-homme eft un bienfait des Dieux ;
Je lifais mon devoir & mon fort dans fes yeux.

Des vertus avec lui je fis l'apprentiffage ;
Sans endurcir mon cœur , j'affermis mon courage :
L'inflexible vertu m'enchaîna fous fa loi :
Qu'euffai-je été fans lui ? rien que le fils d'un Roi ,
Rien qu'un Prince vulgaire , & je ferais peut-être
Efclave de mes fens , dont il m'a rendu maître.

D I M A S.

Ainfi donc déformais , fans plainte & fans courroux ,
Vous reverrez Jocafte , & fon nouvel époux.

P H I L O C T E T E.

Comment ? que dites-vous ? un nouvel hyménée ?

D I M A S.

Œdipe à cette Reine a joint fa deftinée.

P H I L O C T E T E.

Œdipe eft trop heureux. Je n'en fuis point furpris ;
Et qui fauva fon peuple eft digne d'un tel prix.
Le ciel eft jufte.

D I M A S.

                  Œdipe en ces lieux va paraître ;
Tout le peuple avec lui conduit par le grand-prêtre ,
Vient des Dieux irrités conjurer les rigueurs.

P H I L O C T E T E.

Je me fens attendri , je partage leurs pleurs.
O toi , du haut des cieux , veille fur ta patrie ,
Exauce en fa faveur un ami qui te prie ;
Hercule , fois le Dieu de tes concitoyens ;
Que leurs vœux jufqu'à toi montent avec les miens !

S C E N E II.

LE GRAND-PRÊTRE, LE CHŒUR.

(La porte du temple s'ouvre, & le grand-Prêtre paraît au mi-
lieu du peuple.)

I. PERSONNAGE DU CHŒUR.

ESprits contagieux, tyrans de cet empire,
Qui fouflez dans ces murs la mort qu'on y refpire,
Redoublez contre nous votre lente fureur,
Et d'un trépas trop long épargnez-nous l'horreur.

SECOND PERSONNAGE.

Frappez, Dieux tout-puiffans, vos victimes font prêtes :
O monts, écrafez-nous.... Cieux, tombez fur nos têtes !
O mort, nous implorons ton funefte fecours !
O mort, vien nous fauver, vien terminer nos jours !

LE GRAND-PRÊTRE.

Ceffez, & retenez ces clameurs lamentables,
Faible foulagement aux maux des miférables ;
Fléchiffons fous un Dieu qui veut nous éprouver,
Qui d'un mot peut nous perdre, & d'un mot nous fauver.
Il fait que dans ces murs la mort nous environne,
Et les cris des Thébains font montés vers fon trône.
Le Roi vient. Par ma voix, le ciel va lui parler ;
Les deftins à fes yeux veulent fe dévoiler ;
Les tems font arrivés ; cette grande journée
Va du peuple & du Roi changer la deftinée.

SCENE III.

ŒDIPE, JOCASTE, le grand-Prêtre, EGINE, DIMAS,
ARASPE, le Chœur.

ŒDIPE.

PEuples, qui dans ce temple apportant vos douleurs,
Préfentez à nos Dieux des offrandes de pleurs,
Que ne puis-je fur moi détournant leurs vengeances,
De la mort qui vous fuit étouffer les femences !
Mais un Roi n'eft qu'un homme en ce commun danger,
Et tout ce qu'il peut faire eft de le partager.

(*au grand-Prêtre.*)

Vous, miniftre des Dieux que dans Thèbe on adore,
Dédaignent-ils toûjours la voix qui les implore ?
Verront-ils fans pitié finir nos triftes jours ?
Ces maîtres des humains font-ils muets & fourds ?

LE GRAND-PRÊTRE.

Roi, peuple, écoutez-moi. Cette nuit à ma vuë
Du ciel fur nos autels la flamme eft defcenduë ;
L'ombre du grand Laïus a paru parmi nous,
Terrible, & refpirant la haine & le courroux.
Une effrayante voix s'eft fait alors entendre :
» Les Thébains de Laïus n'ont point vengé la cendre ;
» Le meurtrier du Roi refpire en ces Etats,
» Et de fon foufle impur infecte vos climats.
» Il faut qu'on le connaiffe, il faut qu'on le puniffe.
» Peuples, votre falut dépend de fon fupplice.

ŒDIPE.

Thébains, je l'avoûrai, vous fouffrez juftement

D'un crime inexcufable un rude châtiment.
Laïus vous était cher , & votre négligence
De fes mânes facrés a trahi la vengeance.
Tel eft fouvent le fort des plus juftes des Rois ;
Tant qu'ils font fur la terre on refpecte leurs loix :
On porte jufqu'aux cieux leur juftice fuprême :
Adorés de leur peuple , ils font des Dieux eux - même ;
Mais après leur trépas , que font - ils à vos yeux ?
Vous éteignez l'encens que vous brûliez pour eux ;
Et comme à l'intérêt l'ame humaine eft liée ,
La vertu qui n'eft plus eft bientôt oubliée.
Ainfi du ciel vengeur implorant le courroux ,
Le fang de votre Roi s'élève contre vous.
Appaifons fon murmure , & qu'au lieu d'hécatombe
Le fang du meurtrier foit verfé fur fa tombe.
A chercher le coupable appliquons tous nos foins.
Quoi ! de la mort du Roi n'a - t - on pas de témoins ?
Et n'a - t - on jamais pû , parmi tant de prodiges ,
De ce crime impuni retrouver les veftiges ?
On m'avait toûjours dit , que ce fut un Thébain
Qui leva fur fon Prince une coupable main.

(à *Jocafte.*)

Pour moi qui de vos mains recevant fa couronne ,
Deux ans après fa mort ai monté fur fon trône ,
Madame , jufqu'ici refpectant vos douleurs ,
Je n'ai point rappellé le fujet de vos pleurs ;
Et de vos feuls périls chaque jour allarmée ,
Mon ame à d'autres foins femblait être fermée.

J O C A S T E.

Seigneur , quand le deftin me réfervant à vous ,
Par un coup imprévû m'enleva mon époux ;

Lorfque de fes Etats parcourant les frontières,
Ce héros fuccomba fous des mains meurtrières ;
Phorbas en ce voyage était feul avec lui.
Phorbas était du Roi le confeil & l'appui.
Laïus qui connaiffait fon zèle & fa prudence,
Partageait avec lui le poids de fa puiffance.
Ce fut lui qui du Prince à fes yeux maffacré
Rapporta dans nos murs le corps défiguré :
Percé de coups lui-même il fe trainait à peine :
Il tomba tout fanglant aux genoux de fa Reine.
» Des inconnus, dit-il, ont porté ces grands coups :
» Ils ont devant mes yeux maffacré votre époux ;
» Ils m'ont laiffé mourant, & le pouvoir célefte
» De mes jours malheureux a ranimé le refte.
Il ne m'en dit pas plus, & mon cœur agité
Voyait fuir loin de lui la trifte vérité :
Et peut-être le ciel, que ce grand crime irrite,
Déroba le coupable à ma jufte pourfuite ;
Peut-être accompliffant fes décrets éternels,
Afin de nous punir, il nous fit criminels.
Le Sphynx bientôt après défola cette rive :
A fes feules fureurs Thèbe fut attentive ;
Et l'on ne pouvait guère, en un pareil effroi,
Venger la mort d'autrui, quand on tremblait pour foi.

ŒDIPE.

Madame, qu'a-t-on fait de ce fujet fidèle ?

JOCASTE.

Seigneur, on paya mal fon fervice & fon zèle :
Tout l'Etat en fecret était fon ennemi :
Il était trop puiffant pour n'être point haï ;
Et du peuple & des grands la colère infenfée

　　　　　　　　　　　　　　　　　Brûlait

Brûlait de le punir de fa faveur paffée.

On l'accufa lui - même , & d'un commun tranfport ,

Thèbe entière à grands cris me demanda fa mort ;

Et moi de tous côtés redoutant l'injuftice ,

Je tremblais d'ordonner fa grace , ou fon fupplice.

Dans un château voifin conduit fecrétement ,

Je dérobai fa tête à leur emportement.

Là , depuis quatre hyvers ce vieillard vénérable ,

De la faveur des Rois exemple déplorable ,

Sans fe plaindre de moi , ni du peuple irrité ,

De fa feule innocence attend fa liberté.

ŒDIPE.

(*à fa fuite.*)

Madame , c'eft affez. Courez , que l'on s'empreffe ,

Qu'on ouvre fa prifon , qu'il vienne , qu'il paraiffe.

Moi - même devant vous je veux l'interroger.

J'ai tout mon peuple enfemble & Laïus à venger.

Il faut tout écouter , il faut d'un œil févère

Sonder la profondeur de ce trifte myftère.

Et vous , Dieux des Thébains , Dieux qui nous exaucez ,

Puniffez l'affaffin , vous qui le connaiffez.

Soleil , cache à fes yeux le jour qui nous éclaire :

Qu'en horreur à fes fils , exécrable à fa mère ,

Errant , abandonné , profcrit dans l'univers ,

Il raffemble fur lui tous les maux des enfers ;

Et que fon corps fanglant , privé de fépulture ,

Des vautours dévorans devienne la pâture.

LE GRAND-PRÊTRE.

A ces fermens affreux nous nous uniffons tous.

ŒDIPE.

Dieux , que le crime feul éprouve enfin vos coups !

Tom. III. *& du Théâtre le premier.* E

Ou fi de vos décrets l'éternelle juftice
Abandonne à mon bras le foin de fon fupplice,
Et fi vous êtes las enfin de nous haïr,
Donnez en commandant le pouvoir d'obéir.
Si fur un inconnu vous pourfuivez un crime,
Achevez votre ouvrage, & nommez la victime.
Vous, retournez au temple, allez, que votre voix
Interroge ces Dieux une feconde fois :
Que vos vœux parmi nous les forcent à defcendre ;
S'ils ont aimé Laïus, ils vengeront fa cendre ;
Et conduifant un Roi, facile à fe tromper,
Ils marqueront la place où mon bras doit frapper.

Fin du premier acte.

ACTE II.

SCENE PREMIERE.

JOCASTE, EGINE, ARASPE, le Chœur.

ARASPE.

Oui, ce peuple expirant, dont je fuis l'interprète,
D'une commune voix accufe Philoctète,
Madame, & les deftins dans ce trifte féjour,
Pour nous fauver fans doute, ont permis fon retour.

JOCASTE.

Qu'ai-je entendu, grands Dieux !

EGINE.

Ma furprife eft extrême....

JOCASTE.

Qui, lui ! qui, Philoctète ?

ARASPE.

Oui, Madame, lui-même.
A quel autre en effet pourraient-ils imputer
Un meurtre qu'à nos yeux il fembla méditer ?
Il haïffait Laïus, on le fait ; & fa haine
Aux yeux de votre époux ne fe cachait qu'à peine.
La jeuneffe imprudente aifément fe trahit ;
Son front mal déguifé découvrait fon dépit.
J'ignore quel fujet animait fa colère :
Mais, au feul nom du Roi, trop promt, & trop fincère,
Efclave d'un courroux qu'il ne pouvait domter,

E ij

Jufques à la menace il ofait s'emporter.
Il partit ; & depuis , fa deſtinée errante
Ramena fur nos bords fa fortune flottante ;
Même il était dans Thèbe en ces tems malheureux ,
Que le ciel a marqués d'un parricide affreux.
Depuis ce jour fatal , avec quelque apparence ,
De nos peuples fur lui tomba la défiance.
Que dis-je ? Affez longtems les foupçons des Thébains
Entre Phorbas & lui flottèrent incertains :
Cependant ce grand nom qu'il s'acquit dans la guerre ,
Ce titre fi fameux de vengeur de la terre ,
Ce refpeēt qu'aux héros nous portons malgré nous ,
Fit taire nos foupçons , & fufpendit nos coups.
Mais les tems font changés : Thèbe en ce jour funeſte ,
D'un refpeēt dangereux dépouillera le reſte.
En vain fa gloire parle à ces cœurs agités ;
Les Dieux veulent du fang , & font feuls écoutés.

      I. Personnage du Chœur.

O Reine , ayez pitié d'un peuple qui vous aime ;
Imitez de ces Dieux la juſtice fuprême ;
Livrez-nous leur viētime , adreffez-leur nos vœux :
Qui peut mieux les toucher qu'un cœur fi digne d'eux ?

           Jocaste.

Pour fléchir leur courroux s'il ne faut que ma vie ,
Hélas ! c'eſt fans regret que je la facrifie.
Thébains , qui me croyez encor quelques vertus ,
Je vous offre mon fang : n'exigez rien de plus.
Allez. . . .

S C E N E I I.

J O C A S T E , E G I N E.

E G I N E.

Que je vous plains !

J O C A S T E.

Hélas ! je porte envie
A ceux qui dans ces murs ont terminé leur vie.
Quel état , quel tourment pour un cœur vertueux !

E G I N E.

Il n'en faut point douter , votre fort eft affreux.
Ces peuples qu'un faux zèle aveuglément anime ,
Vont bientôt à grands cris demander leur victime.
Je n'ofe l'accufer ; mais quelle horreur pour vous ,
Si vous trouvez en lui l'affaffin d'un époux !

J O C A S T E.

Et l'on ofe à tous deux faire un pareil outrage !
Le crime , la baffeffe eût été fon partage !
Egine , après les nœuds qu'il a falu brifer ,
Il manquait à mes maux de l'entendre accufer.
Appren , que ces foupçons irritent ma colère ,
Et qu'il eft vertueux , puifqu'il m'avait fû plaire.

E G I N E.

Cet amour fi conftant....

J O C A S T E.

Ne croi pas que mon cœur
De cet amour funefte ait pû nourrir l'ardeur.
Je l'ai trop combattu. Cependant , chère Egine ,

Quoi que faſſe un grand cœur où la vertu domine,
On ne ſe cache point ces ſecrets mouvemens,
De la nature en nous indomtables enfans :
Dans les replis de l'ame ils viennent nous ſurprendre.
Ces feux qu'on croit éteints renaiſſent de leur cendre ;
Et la vertu ſévère en de ſi durs combats,
Réſiſte aux paſſions, & ne les détruit pas.

E G I N E.

Votre douleur eſt juſte autant que vertueuſe,
Et de tels ſentimens....

J O C A S T E.

Que je ſuis malheureuſe !

Tu connais, chère Egine, & mon cœur & mes maux ;
J'ai deux fois de l'hymen allumé les flambeaux ;
Deux fois de mon deſtin ſubiſſant l'injuſtice,
J'ai changé d'eſclavage, ou plutôt de ſupplice :
Et le ſeul des mortels dont mon cœur fut touché,
A mes vœux pour jamais devait être arraché.
Pardonnez-moi, grands Dieux, ce ſouvenir funeſte ;
D'un feu que j'ai domté c'eſt le malheureux reſte.
Egine, tu nous vis l'un de l'autre charmés ;
Tu vis nos nœuds rompus auſſi-tôt que formés.
Mon Souverain m'aima, m'obtint malgré moi-même ;
Mon front chargé d'ennuis fut ceint du diadême ;
Il falut oublier, dans ſes embraſſemens,
Et mes premiers amours, & mes premiers ſermens.
Tu fais qu'à mon devoir toute entière attachée,
J'étouffai de mes ſens la révolte cachée :
Et déguiſant mon trouble, & dévorant mes pleurs,
Je n'oſais à moi-même avouer mes douleurs.

E G I N E.

Comment donc pouviez-vous du joug de l'hyménée
Une feconde fois tenter la deftinée ?

J O C A S T E.

Hélas !

E G I N E.

M'eft-il permis de ne vous rien cacher ?

J O C A S T E.

Parle.

E G I N E.

Œdipe, Madame, a paru vous toucher ;
Et votre cœur, du moins, fans trop de réfiftance,
De vos Etats fauvés donna la récompenfe.

J O C A S T E.

Ah grands Dieux !

E G I N E.

Etait-il plus heureux que Laïus ?
Ou Philoctète abfent ne vous touchait-il plus ?
Entre ces deux héros étiez-vous partagée ?

J O C A S T E.

Par un monftre cruel Thèbe alors ravagée,
A fon libérateur avait promis ma foi,
Et le vainqueur du Sphynx était digne de moi.

E G I N E.

Vous l'aimiez ?

J O C A S T E.

Je fentis pour lui quelque tendreffe ;
Mais que ce fentiment fut loin de la faibleffe !
Ce n'était point, Egine, un feu tumultueux,
De mes fens enchantés enfant impétueux.
Je ne reconnus point cette brûlante flâme,
Que le feul Philoctète a fait naître en mon ame,

Et qui fur mon efprit répandant fon poifon,
De fon charme fatal a féduit ma raifon.
Je fentais pour Œdipe une amitié févère.
Œdipe eft vertueux, fa vertu m'était chère ;
Mon cœur avec plaifir le voyait élevé
Au trône des Thébains qu'il avait confervé.
Mais enfin fur fes pas aux autels entraînée,
Egine, je fentis dans mon ame étonnée
Des tranfports inconnus que je ne conçus pas ;
Avec horreur enfin je me vis dans fes bras.
Cet hymen fut conclu fous un affreux augure.
Egine, je voyais dans une nuit obfcure,
Près d'Œdipe & de moi je voyais des enfers
Les goufres éternels à mes pieds entr'ouverts ;
De mon premier époux l'ombre pâle & fanglante
Dans cet abîme affreux paraiffait menaçante :
Il me montrait mon fils, ce fils, qui dans mon flanc
Avait été formé de fon malheureux fang ;
Ce fils dont ma pieufe & barbare injuftice
Avait fait à nos Dieux un fecret facrifice.
De les fuivre tous deux ils femblaient m'ordonner ;
Tous deux dans le Tartare ils femblaient m'entraîner.
De fentimens confus mon ame poffédée
Se préfentait toûjours cette effroyable idée ;
Et Philoftète encor trop préfent dans mon cœur,
De ce trouble fatal augmentait la terreur.

E G I N E.

J'entens du bruit, on vient, je le vois qui s'avance.

J O C A S T E.

C'eft lui-même : je tremble ; évitons fa préfence.

SCENE

S C E N E III.

J O C A S T E , P H I L O C T E T E.

P H I L O C T E T E.

NE fuyez point , Madame , & cessez de trembler :
Osez me voir , osez m'entendre & me parler ;
Ne craignez point ici , que mes jalouses larmes
De votre hymen heureux troublent les nouveaux charmes.
N'attendez point de moi des reproches honteux ,
Ni de lâches soupirs indignes de tous deux :
Je ne vous tiendrai point de ces discours vulgaires ,
Que dicte la mollesse aux amans ordinaires.
Un cœur qui vous chérit , & (s'il faut dire plus ,
S'il vous souvient des nœuds que vous avez rompus)
Un cœur pour qui le vôtre avait quelque tendresse ,
N'a point appris de vous à montrer de faiblesse.

J O C A S T E.

De pareils sentimens n'appartenaient qu'à nous ;
J'en dois donner l'exemple , ou le prendre de vous.
Si Jocaste avec vous n'a pû se voir unie ,
Il est juste avant tout que je m'en justifie.
Je vous aimais , Seigneur : une suprême loi
Toûjours malgré moi - même a disposé de moi ;
Et du Sphynx & des Dieux la fureur trop connuë
Sans doute à votre oreille est déja parvenuë.
Vous savez quels fléaux ont éclaté sur nous ,
Et qu'Œdipe. . . .

PHILOCTETE.

Je fais qu'Œdipe eft votre époux ;
Je fais qu'il en eft digne : & malgré fa jeuneffe,
L'Empire des Thébains fauvé par fa fageffe,
Ses exploits, fes vertus, & furtout votre choix,
Ont mis cet heureux Prince au rang des plus grands Rois.
Ah ! pourquoi la fortune à me nuire conftante,
Emportait - elle ailleurs ma valeur imprudente ?
Si le vainqueur du Sphynx devait vous conquérir,
Falait - il loin de vous ne chercher qu'à périr ?
Je n'aurais point percé les ténèbres frivoles
D'un vain fens déguifé fous d'obfcures paroles.
Ce bras, que votre afpeft eût encor animé,
A vaincre avec le fer était accoûtumé.
Du monftre à vos genoux j'euffe apporté la tête.
D'un autre cependant Jocafte eft la conquête ;
Un autre a pû jouïr de cet excès d'honneur.

JOCASTE.

Vous ne connaiffez pas quel eft votre malheur.

PHILOCTETE.

Je perds Alcide & vous : qu'aurai-je à craindre encore ?

JOCASTE.

Vous êtes dans les lieux qu'un Dieu vengeur abhorre.
Un feu contagieux annonce fon couroux ;
Et le fang de Laïus eft retombé fur nous.
Du ciel qui nous pourfuit la juftice outragée
Venge ainfi de ce Roi la cendre négligée ;
On doit fur nos autels immoler l'affaffin ;
On le cherche, on vous nomme, on vous accufe enfin.

PHILOCTETE.

Madame, je me tais ; une pareille offenfe

Etonne mon courage , & me force au filence.
Qui moi de tels forfaits ! moi des affaffinats !
Et que de votre époux. . . Vous ne le croyez pas.

J O C A S T E.

Non , je ne le crois point : & c'eft vous faire injure
Que daigner un moment combattre l'impofture.
Votre cœur m'eft connu , vous avez eu ma foi ,
Et vous ne pouvez point être indigne de moi.
Oubliez ces Thébains que les Dieux abandonnent ,
Trop dignes de périr , depuis qu'ils vous foupçonnent.
Fuyez - moi , c'en eft fait : nous nous aimions en vain :
Les Dieux vous réfervaient un plus noble deftin.
Vous étiez né pour eux ; leur fageffe profonde
N'a pû fixer dans Thèbe un bras utile au monde ,
Ni fouffrir que l'amour rempliffant ce grand cœur ,
Enchainât près de moi votre obfcure valeur.
Non , d'un lien charmant le foin tendre & timide
Ne dut point occuper le fucceffeur d'Alcide ;
Ce n'eft qu'aux malheureux que vous devez vos foins ,
De toutes vos vertus comptable à leurs befoins.
Déja de tous côtés les tyrans reparaiffent ;
Hercule eft fous la tombe , & les monftres renaiffent.
Allez , libre des feux dont vous fûtes épris ,
Partez , rendez Hercule à l'univers furpris.

   Seigneur , mon époux vient , fouffrez que je vous laiffe :
Non que mon cœur troublé redoute fa faibleffe ;
Mais j'aurais trop peut - être à rougir devant vous ,
Puifque je vous aimais , & qu'il eft mon époux.

SCENE IV.

ŒDIPE, PHILOCTETE, ARASPE.

ŒDIPE.

ARaſpe, c'eſt donc là le Prince Philoctète !

PHILOCTETE.

Oui, c'eſt lui qu'en ces murs un ſort aveugle jette,
Et que le ciel encor à ſa perte animé,
A ſouffrir des affronts n'a point accoûtumé.
Je ſais de quels forfaits on veut noircir ma vie ;
Seigneur, n'attendez pas que je m'en juſtifie ;
J'ai pour vous trop d'eſtime, & je ne penſe pas
Que vous puiſſiez deſcendre à des ſoupçons ſi bas.
Si ſur les mêmes pas nous marchons l'un & l'autre,
Ma gloire d'aſſez près eſt unie à la vôtre.
Théſée, Hercule & moi, nous vous avons montré
Le chemin de la gloire, où vous êtes entré :
Ne deshonorez point par une calomnie
La ſplendeur de ces noms, où votre nom s'allie ;
Et ſoutenez ſurtout, par un trait généreux,
L'honneur que vous avez d'être placé près d'eux.

ŒDIPE.

Etre utile aux mortels, & ſauver cet Empire,
Voilà, Seigneur, voilà l'honneur ſeul où j'aſpire,
Et ce que m'ont appris en ces extrémités
Les héros que j'admire, & que vous imitez.
Certes je ne veux point vous imputer un crime ;
Si le ciel m'eût laiſſé le choix de la victime,

Je n'aurais immolé de victime que moi.
Mourir pour son pays, c'est le devoir d'un Roi ;
C'est un honneur trop grand pour le céder à d'autres ;
J'aurais donné mes jours, & défendu les vôtres ;
J'aurais sauvé mon peuple une seconde fois.
Mais, Seigneur, je n'ai point la liberté du choix.
C'est un sang criminel que nous devons répandre :
Vous êtes accusé, songez à vous défendre ;
Paraissez innocent, il me sera bien doux
D'honorer dans ma cour un héros tel que vous ;
Et je me tiens heureux ; s'il faut que je vous traite,
Non comme un accusé, mais comme Philoctète.

PHILOCTETE.

Je veux bien l'avouer, sur la foi de mon nom,
J'avais osé me croire au - dessus du soupçon.
Cette main qu'on accuse, au défaut du tonnerre,
D'infames assassins a délivré la terre ;
Hercule à les domter avait instruit mon bras :
Seigneur, qui les punit, ne les imite pas.

ŒDIPE.

Ah ! je ne pense point qu'aux exploits consacrées
Vos mains par des forfaits se soient deshonorées,
Seigneur, & si Laïus est tombé sous vos coups,
Sans doute avec honneur il expira sous vous.
Vous ne l'avez vaincu qu'en guerrier magnanime.
Je vous rens trop justice.

PHILOCTETE.

Eh ! quel serait mon crime ?
Si ce fer chez les morts eût fait tomber Laïus,
Ce n'eût été pour moi qu'un triomphe de plus.
Un Roi pour ses sujets est un Dieu qu'on révère ;

Pour Hercule & pour moi c'eſt un homme ordinaire.
J'ai défendu des Rois , & vous devez ſonger
Que j'ai pû les combattre , ayant pû les venger.

ŒDIPE.

Je connais Philoctète à ces illuſtres marques.
Des guerriers comme vous ſont égaux aux Monarques :
Je le fais ; cependant , Prince , n'en doutez pas ,
Le vainqueur de Laïus eſt digne du trépas ;
Sa tête répondra des malheurs de l'Empire ,
Et vous...

PHILOCTETE.

Ce n'eſt point moi , ce mot doit vous ſuffire :
Seigneur , ſi c'était moi , j'en ferais vanité ;
En vous parlant ainſi je dois être écouté.
C'eſt aux hommes communs , aux ames ordinaires ,
A ſe juſtifier par des moyens vulgaires ;
Mais un Prince , un guerrier , tel que vous , tel que moi ,
Quand il a dit un mot , en eſt cru ſur ſa foi.
Du meurtre de Laïus Œdipe me ſoupçonne !
Ah ! ce n'eſt point à vous d'en accuſer perſonne.
Son ſceptre & ſon épouſe ont paſſé dans vos bras ;
C'eſt vous qui recueillez le fruit de ſon trépas ;
Ce n'eſt pas moi , ſurtout , de qui l'heureuſe audace
Diſputa ſa dépouille , & demanda ſa place.
Le trône eſt un objet qui n'a pû me tenter.
Hercule à ce haut rang dédaignait de monter.
Toûjours libre avec lui , ſans ſujets & ſans maître ,
J'ai fait des Souverains , & n'ai point voulu l'être.
Mais c'eſt trop me défendre , & trop m'humilier ;
La vertu s'avilit à ſe juſtifier.

ŒDIPE.

Votre vertu m'eſt chère, & votre orgueil m'offenſe ;
On vous jugera, Prince, & ſi votre innocence
De l'équité des loix n'a rien à redouter,
Avec plus de ſplendeur elle en doit éclater.
Demeurez parmi nous...

PHILOCTETE.

J'y reſterai ſans doute,
Il y va de ma gloire, & le ciel qui m'écoute,
Ne me verra partir que vengé de l'affront,
Dont vos ſoupçons honteux ont fait rougir mon front.

SCENE V.

ŒDIPE, ARASPE.

ŒDIPE.

JE l'avoûrai, j'ai peine à le croire coupable.
D'un cœur tel que le ſien l'audace inébranlable
Ne fait point s'abaiſſer à des déguiſemens ;
Le menſonge n'a point de ſi hauts ſentimens.
Je ne puis voir en lui cette baſſeſſe infâme.
Je te dirai bien plus ; je rougiſſais dans l'ame,
De me voir obligé d'accuſer ce grand cœur ;
Je me plaignais à moi de mon trop de rigueur.
Néceſſité cruelle, attachée à l'empire !
Dans le cœur des humains les Rois ne peuvent lire ;
Souvent ſur l'innocence ils font tomber leurs coups,
Et nous ſommes, Araſpe, injuſtes malgré nous.
Mais que Phorbas eſt lent pour mon impatience !
C'eſt ſur lui ſeul enfin que j'ai quelque eſpérance ;

Car les Dieux irrités ne nous répondent plus,
Ils ont par leur silence expliqué leur refus.

ARASPE.

Tandis que par vos soins vous pouvez tout apprendre,
Quel besoin que le ciel ici se fasse entendre ?
Ces Dieux dont le pontife a promis le secours,
Dans leurs temples, Seigneur, n'habitent pas toûjours;
On ne voit point leur bras si prodigue en miracles;
Ces antres, ces trépieds, qui rendent leurs oracles,
Ces organes d'airain que nos mains ont formés,
Toûjours d'un soufle pur ne sont pas animés.
Ne nous endormons point sur la foi de leurs prêtres;
Au pied du sanctuaire il est souvent des traîtres,
Qui nous asserviffant sous un pouvoir sacré,
Font parler les destins, les font taire à leur gré.
Voyez, examinez avec un soin extrême
Philoctète, Phorbas, & Jocaste elle-même.
Ne nous fions qu'à nous, voyons tout par nos yeux,
Ce sont là nos trépieds, nos oracles, nos Dieux.

ŒDIPE.

Serait-il dans le temple un cœur affez perfide ?
Non, si le ciel enfin de nos destins décide,
On ne le verra point mettre en d'indignes mains
Le dépôt précieux du salut des Thébains.
Je vais, je vais moi-même, accusant leur silence,
Par mes vœux redoublés fléchir leur inclémence.
Toi, si pour me servir tu montres quelque ardeur,
De Phorbas que j'attens cours hâter la lenteur.
Dans l'état déplorable où tu vois que nous sommes,
Je veux interroger & les Dieux & les hommes.

Fin du second acte.

ACTE

A C T E I I I.

S C E N E P R E M I E R E.

J O C A S T E , E G I N E.

J O C A S T E.

Oui, j'attens Philoctète, & je veux qu'en ces lieux
Pour la dernière fois il paraiffe à mes yeux.

E G I N E.

Madame, vous favez, jufqu'à quelle infolence
Le peuple a de fes cris fait monter la licence.
Ces Thébains, que la mort affiége à tout moment,
N'attendent leur falut que de fon châtiment.
Vieillards, femmes, enfans, que leur malheur accable,
Tous font intéreffés à le trouver coupable ;
Vous entendez d'ici leurs cris féditieux,
Ils demandent fon fang de la part de nos Dieux.
Pourrez-vous réfifter à tant de violence ?
Pourrez-vous le fervir & prendre fa défenfe ?

J O C A S T E.

Moi ! fi je la prendrai ? duffent tous les Thébains
Porter jufques fur moi leurs parricides mains,
Sous ces murs tout fumans duffai-je être écrafée,
Je ne trahirai point l'innocence accufée.
    Mais une jufte crainte occupe mes efprits.
Mon cœur de ce héros fut autrefois épris ;
On le fait ; on dira, que je lui facrifie

Tom. III. & du Théâtre le premier.　　　　G

Ma gloire , mes époux , mes Dieux & ma patrie ,
Que mon cœur brûle encor.

                    E G I N E.

                   Ah ! calmez cet effroi ;
Cet amour malheureux n'eut de témoin que moi ,
Et jamais. . . .

                  J O C A S T E.

        Que dis - tu ? crois - tu qu'une Princeſſe
Puiſſe jamais cacher ſa haine ou ſa tendreſſe ?
Des courtiſans ſur nous les inquiets regards
Avec avidité tombent de toutes parts :
A travers les reſpeéts , leurs trompeuſes ſoûpleſſes
Pénètrent dans nos cœurs , & cherchent nos faibleſſes :
A leur malignité rien n'échape & ne fuit ;
Un ſeul mot , un ſoupir , un coup d'œil nous trahit ;
Tout parle contre nous , juſqu'à notre ſilence :
Et quand leur artifice & leur perſévérance
Ont enfin malgré nous arraché nos ſecrets ,
Alors avec éclat leurs diſcours indiſcrets ,
Portant ſur notre vie une triſte lumière ,
Vont de nos paſſions remplir la terre entière.

                    E G I N E.

Eh ! qu'avez - vous , Madame , à craindre de leurs coups ?
Quels regards ſi perçans ſont dangereux pour vous ?
Quel ſecret pénétré peut flétrir votre gloire ?
Si l'on ſait votre amour , on ſait votre viétoire ;
On ſait que la vertu fut toûjours votre appui.

                  J O C A S T E.

Et c'eſt cette vertu qui me trouble aujourd'hui.
Peut - être à m'accuſer toûjours promte & ſévère ,
Je porte ſur moi - même un regard trop auſtère :

Peut-être je me juge avec trop de rigueur ;
Mais enfin Philoctète a régné fur mon cœur.
Dans ce cœur malheureux fon image eft tracée ;
La vertu ni le tems ne l'ont point effacée.
Que dis-je ? Je ne fais, quand je fauve fes jours,
Si la feule équité m'appelle à fon fecours.
Ma pitié me parait trop fenfible & trop tendre ;
Je fens trembler mon bras tout prêt à le défendre.
Je me reproche enfin mes bontés & mes foins ;
Je le fervirais mieux, fi je l'euffe aimé moins.

E G I N E.

Mais voulez-vous qu'il parte ?

J O C A S T E.

Oui, je le veux fans doute :
C'eft ma feule efpérance ; & pour peu qu'il m'écoute,
Pour peu que ma prière ait fur lui de pouvoir,
Il faut qu'il fe prépare à ne me plus revoir :
De ces funeftes lieux qu'il s'écarte, qu'il fuye,
Qu'il fauve en s'éloignant & ma gloire & fa vie :
Mais qui peut l'arrêter ? il devrait être ici :
Chère Egine, va, cours.

S C E N E I I.

J O C A S T E , P H I L O C T E T E , E G I N E.

J O C A S T E.

AH ! Prince, vous voici.
Dans le mortel effroi dont mon ame eft émuë,
Je ne m'excufe point de chercher votre vuë ;

G ij

Mon devoir, il eſt vrai, m'ordonne de vous fuir,
Je dois vous oublier, & non pas vous trahir ;
Je crois que vous ſavez le ſort qu'on vous apprête.

PHILOCTETE.

Un vain peuple en tumulte a demandé ma tête :
Il ſouffre, il eſt injuſte, il faut lui pardonner.

JOCASTE.

Gardez à ſes fureurs de vous abandonner.
Partez, de votre ſort vous êtes encor maître ;
Mais ce moment, Seigneur, eſt le dernier, peut-être,
Où je puis vous ſauver d'un indigne trépas.
Fuyez, & loin de moi précipitant vos pas,
Pour prix de votre vie heureuſement ſauvée,
Oubliez que c'eſt moi qui vous l'ai conſervée.

PHILOCTETE.

Daignez montrer, Madame, à mon cœur agité
Moins de compaſſion, & plus de fermeté ;
Préférez comme moi mon honneur à ma vie,
Commandez que je meure, & non pas que je fuie ;
Et ne me forcez point, quand je ſuis innocent,
A devenir coupable en vous obéiſſant.
Des biens que m'a ravis la colère céleſte,
Ma gloire, mon honneur eſt le ſeul qui me reſte ;
Ne m'ôtez pas ce bien dont je ſuis ſi jaloux,
Et ne m'ordonnez pas d'être indigne de vous.
J'ai vécu, j'ai rempli ma triſte deſtinée,
Madame, à votre époux ma parole eſt donnée ;
Quelque indigne ſoupçon qu'il ait conçu de moi,
Je ne fais point encor comme on manque de foi.

JOCASTE.

Seigneur, au nom des Dieux, au nom de cette flâme,

Dont la trifte Jocafte avait touché votre ame,
Si d'une fi parfaite & fi tendre amitié
Vous confervez encor un refte de pitié,
Enfin s'il vous fouvient, que promis l'un à l'autre,
Autrefois mon bonheur a dépendu du vôtre,
Daignez fauver des jours de gloire environnés,
Des jours à qui les miens ont été deftinés.

PHILOCTETE.

Je vous les confacrai, je veux que leur carrière,
De vous, de vos vertus, foit digne toute entière.
J'ai vécu loin de vous ; mais mon fort eft trop beau,
Si j'emporte en mourant votre eftime au tombeau.
Qui fait même, qui fait, fi d'un regard propice
Le ciel ne verra point ce fanglant facrifice ?
Qui fait, fi fa clémence au fein de vos Etats,
Pour m'immoler à vous, n'a point conduit mes pas ?
Peut-être il me devait cette grace infinie,
De conferver vos jours aux dépens de ma vie.
Peut-être d'un fang pur il peut fe contenter,
Et le mien vaut du moins qu'il daigne l'accepter.

S C E N E   III.

ŒDIPE, JOCASTE, PHILOCTETE, EGINE, ARASPE, Suite.

ŒDIPE.

Prince, ne craignez point l'impétueux caprice
D'un peuple dont la voix preffe votre fupplice ;
J'ai calmé fon tumulte, & même contre lui

G iij

Je vous viens , s'il le faut , préfenter mon appui.
On vous a foupçonné , le peuple a dû le faire.
Moi qui ne juge point ainfi que le vulgaire ,
Je voudrais que perçant un nuage odieux ,
Déja votre innocence éclatât à leurs yeux.
Mon efprit incertain , que rien n'a pû réfoudre ,
N'ofe vous condamner , mais ne peut vous abfoudre.
C'eft au ciel , que j'implore , à me déterminer.
Ce ciel enfin s'apaife , il veut nous pardonner ,
Et bientôt retirant la main qui nous oprime ,
Par la voix du grand - prêtre il nomme la victime ;
Et je laiffe à nos Dieux plus éclairés que nous ,
Le foin de décider entre mon peuple & vous.

P H I L O C T E T E.

Votre équité , Seigneur , eft inflexible & pure ;
Mais l'extrême juftice eft une extrême injure ,
Il n'en faut pas toûjours écouter la rigueur.
Des loix que nous fuivons la première eft l'honneur.
Je me fuis vû réduit à l'affront de répondre
A de vils délateurs que j'ai trop fû confondre.
Ah ! fans vous abaiffer à cet indigne foin ,
Seigneur , il fuffifait de moi feul pour témoin :
C'était , c'était affez d'examiner ma vie ;
Hercule appui des Dieux , & vainqueur de l'Afie ,
Les monftres , les tyrans qu'il m'apprit à domter ,
Ce font là les témoins qu'il me faut confronter.
De vos Dieux cependant interrogez l'organe ;
Nous apprendrons de lui fi leur voix me condamne.
Je n'ai pas befoin d'eux , & j'attens leur arrêt ,
Par pitié pour ce peuple , & non par intérêt.

SCENE IV.

ŒDIPE , JOCASTE , le grand-Prêtre , ARASPE,
ILOCTETE , EGINE , fuite , le Chœur.

ŒDIPE.

EH bien , les Dieux touchés des vœux qu'on leur adreſſe,
Suſpendent-ils enfin leur fureur vengereſſe ?
Quelle main parricide a pû les offenſer ?

PHILOCTETE.

Parlez , quel eſt le ſang que nous devons verſer ?

LE GRAND-PRÊTRE.

Fatal préſent du ciel ! ſcience malheureuſe !
Qu'aux mortels curieux vous êtes dangereuſe !
Plût aux cruels deſtins , qui pour moi ſont ouverts ,
Que d'un voile éternel mes yeux fuſſent couverts !

PPILOCTETE.

Eh bien que venez-vous annoncer de ſiniſtre ?

ŒDIPE.

D'une haine éternelle êtes-vous le miniſtre ?

PHILOCTETE.

Ne craignez rien.

ŒDIPE.

Les Dieux veulent-ils mon trépas ?

LE GRAND-PRÊTRE
à Œdipe.

Ah ! ſi vous m'en croyez , ne m'interrogez pas.

ŒDIPE.

Quel que ſoit le deſtin que le ciel nous annonce ,
Le ſalut des Thébains dépend de ſa réponſe.

PHILOCTETE.

Parlez.

ŒDIPE.

Ayez pitié de tant de malheureux ;
Songez qu'Œdipe...

LE GRAND-PRÊTRE.

Œdipe eſt plus à plaindre qu'eux.

I. PERSONNAGE DU CHŒUR.

Œdipe a pour ſon peuple une amour paternelle ;
Nous joignons à ſa voix notre plainte éternelle ;
Vous, à qui le ciel parle, entendez nos clameurs.

II. PERSONNAGE DU CHŒUR.

Nous mourons, ſauvez nous, détournez ſes fureurs ;
Nommez cet aſſaſſin, ce monſtre, ce perfide.

I. PERSONNAGE DU CHŒUR.

Nos bras vont dans ſon ſang laver ſon parricide.

LE GRAND-PRÊTRE.

Peuples infortunés, que me demandez-vous ?

I. PERSONNAGE DU CHŒUR.

Dites un mot, il meurt, & vous nous ſauvez tous.

LE GRAND-PRÊTRE.

Quand vous ſerez inſtruits du deſtin qui l'accable,
Vous frémirez d'horreur au ſeul nom du coupable.
Le Dieu, qui par ma voix vous parle en ce moment,
Commande que l'exil ſoit ſon ſeul châtiment ;
Mais bientôt éprouvant un deſeſpoir funeſte,
Ses mains ajoûteront à la rigueur céleſte.
De ſon ſupplice affreux vos yeux ſeront ſurpris,
Et vous croirez vos jours trop payés à ce prix.

ŒDIPE.

Obéïſſez.

PHILOC-

PHILOCTETE.

Parlez.

ŒDIPE.

C'eſt trop de réſiſtance.

LE GRAND-PRÊTRE
à Œdipe.

C'eſt vous qui me forcez à rompre le ſilence.

ŒDIPE.

Que ces retardemens allument mon couroux !

LE GRAND-PRÊTRE.

Vous le voulez...eh bien...c'eſt...

ŒDIPE.

Achève ; qui ?

LE GRAND-PRÊTRE
à Œdipe.

Vous.

ŒDIPE.

Moi ?

LE GRAND-PRÊTRE.

Vous, malheureux Prince.

II. PERSONNAGE DU CHŒUR.

Ah ! que viens-je d'entendre ?

JOCASTE.

Interprète des Dieux, qu'oſez-vous nous apprendre ?
à Œdipe.

Qui ? vous ! de mon époux vous ſeriez l'aſſaſſin ?
Vous à qui j'ai donné ſa couronne & ma main ?
Non, Seigneur, non, des Dieux l'oracle nous abuſe ;
Votre vertu dément la voix qui vous accuſe.

I. PERSONNAGE DU CHŒUR.

O ciel, dont le pouvoir préſide à notre ſort,
Nommez une autre tête, ou rendez-nous la mort.

Tom. III. & du Théâtre le premier. H

P H I L O C T E T E.

N'attendez point, Seigneur, outrage pour outrage ;
Je ne tirerai point un indigne avantage
Du revers inouï qui vous preſſe à mes yeux ;
Je vous crois innocent malgré la voix des Dieux.
Je vous rens la juſtice enfin qui vous eſt duë,
Et que ce peuple & vous ne m'avez point renduë.
Contre vos ennemis je vous offre mon bras ;
Entre un Pontife & vous je ne balance pas.
Un prêtre, quel qu'il ſoit, quelque Dieu qui l'inſpire,
Doit prier pour ſes Rois, & non pas les maudire.

Œ D I P E.

Quel excès de vertu ! mais quel comble d'horreur !
L'un parle en demi - Dieu, l'autre en prêtre impoſteur.

au grand - prêtre.

Voilà donc des autels quel eſt le privilège !
Grace à l'impunité, ta bouche ſacrilège,
Pour accuſer ton Roi d'un forfait odieux,
Abuſe inſolemment du commerce des Dieux !
Tu crois que mon couroux doit reſpeƈter encore
Le miniſtère ſaint que ta main deshonore.
Traître, aux pieds des autels il faudrait t'immoler,
A l'aſpeƈt de tes Dieux que ta voix fait parler.

L E   G R A N D - P R Ê T R E.

Ma vie eſt en vos mains, vous en êtes le maître :
Profitez des momens que vous avez à l'être.
Aujourd'hui votre arrêt vous ſera prononcé ;
Tremblez, malheureux Roi, votre règne eſt paſſé.
Une inviſible main ſuſpend ſur votre tête
Le glaive menaçant que la vengeance apprête.
Bientôt de vos forfaits vous - même épouvanté,

Fuyant loin de ce trône où vous êtes monté,
Privé des feux facrés & des eaux falutaires,
Rempliffant de vos cris les antres folitaires,
Partout d'un Dieu vengeur vous fentirez les coups :
Vous chercherez la mort, la mort fuira de vous.
Le ciel, ce ciel témoin de tant d'objets funèbres,
N'aura plus pour vos yeux que d'horribles ténèbres.
Au crime, au châtiment malgré vous deftiné,
Vous feriez trop heureux de n'être jamais né.

ŒDIPE.

J'ai forcé jufqu'ici ma colère à t'entendre ;
Si ton fang méritait qu'on daignât le répandre,
De ton jufte trépas mes regards fatisfaits,
De ta prédiction préviendraient les effets.
Va, fui, n'excite plus le tranfport qui m'agite,
Et refpecte un couroux, que ta préfence irrite ;
Fui, d'un menfonge indigne abominable auteur.

LE GRAND-PRÊTRE.

Vous me traitez toûjours de traître & d'impofteur ;
Votre père autrefois me croyait plus fincère.

ŒDIPE.

Arrête : que dis-tu ? qui ? Polibe ? mon père ?

LE GRAND-PRÊTRE.

Vous apprendrez trop tôt votre funefte fort ;
Ce jour va vous donner la naiffance & la mort.
Vos deftins font comblés, vous allez vous connaître.
Malheureux ! favez-vous quel fang vous donna l'être ?
Entouré de forfaits à vous feul réfervés,
Savez-vous feulement avec qui vous vivez ?
O Corinthe ! ô Phocide ! exécrable hyménée !
Je vois naître une race impie, infortunée,

Digne de fa naiffance, & de qui la fureur
Remplira l'univers d'épouvante & d'horreur.
Sortons.

SCENE V.

ŒDIPE, PHILOCTETE, JOCASTE.

ŒDIPE.

CEs derniers mots me rendent immobile.
Je ne fais où je fuis, ma fureur eft tranquile :
Il me femble qu'un Dieu defcendu parmi nous,
Maître de mes tranfports, enchaîne mon courroux,
Et prêtant au pontife une force divine,
Par fa terrible voix m'annonce ma ruïne.

PHILOCTETE.

Si vous n'aviez, Seigneur, à craindre que des Rois,
Philoctète avec vous combattrait fous vos loix ;
Mais un prêtre eft ici d'autant plus redoutable,
Qu'il vous perce à nos yeux par un trait refpectable.
Fortement appuyé fur des oracles vains,
Un Pontife eft fouvent terrible aux Souverains ;
Et dans fon zèle aveugle un peuple opiniâtre,
De fes liens facrés imbécille idolâtre,
Foulant par piété les plus faintes des loix,
Croit honorer les Dieux en trahiffant fes Rois ;
Surtout quand l'intérêt, père de la licence,
Vient de leur zèle impie enhardir l'infolence.

ŒDIPE.

Ah ! Seigneur, vos vertus redoublent mes douleurs ;

La grandeur de votre ame égale mes malheurs ;
Accablé fous le poids du foin qui me dévore ,
Vouloir me foulager , c'eft m'accabler encore.
Quelle plaintive voix crie au fond de mon cœur !
Quel crime ai - je commis ? Eft - il vrai , Dieu vengeur ?

JOCASTE.

Seigneur , c'en eft affez , ne parlons plus de crime :
A ce peuple expirant il faut une victime ;
Il faut fauver l'Etat , & c'eft trop différer :
Epoufe de Laïus , c'eft à moi d'expirer ;
C'eft à moi de chercher fur l'infernale rive
D'un malheureux époux l'ombre errante & plaintive.
De fes mânes fanglans j'apaiferai les cris ;
J'irai... Puiffent les Dieux fatisfaits à ce prix ,
Contens de mon trépas n'en point exiger d'autre ,
Et que mon fang verfé puiffe épargner le vôtre !

ŒDIPE.

Vous mourir , vous , Madame ! ah ! n'eft - ce point affez
De tant de maux affreux fur ma tête amaffés ?
Quittez , Reine , quittez ce langage terrible ;
Le fort de votre époux eft déja trop horrible ,
Sans que de nouveaux traits venant me déchirer ,
Vous me donniez encor votre mort à pleurer.
Suivez mes pas , rentrons ; il faut que j'éclairciffe
Un foupçon que je forme avec trop de juftice.
Venez.

JOCASTE.

Comment , Seigneur , vous pourriez ...

ŒDIPE.

Suivez moi ,
Et venez diffiper , ou combler mon effroi.
Fin du troifiéme acte.

H iij

ACTE IV.

SCENE PREMIERE.

ŒDIPE, JOCASTE.

ŒDIPE.

Non, quoi que vous difiez, mon ame inquiétée
De foupçons importuns n'eft pas moins agitée.
Le grand prêtre me gêne, & prêt à l'excufer,
Je commence en fecret moi-même à m'accufer.
Sur tout ce qu'il m'a dit, plein d'une horreur extrême,
Je me fuis en fecret interrogé moi-même,
Et mille événemens de mon ame effacés
Se font offerts en foule à mes efprits glacés.
Le paffé m'interdit, & le préfent m'accable ;
Je lis dans l'avenir un fort épouvantable,
Et le crime partout femble fuivre mes pas.

JOCASTE.

Et quoi ? votre vertu ne vous raffure pas ?
N'êtes-vous pas enfin fûr de votre innocence ?

ŒDIPE.

On eft plus criminel quelquefois qu'on ne penfe.

JOCASTE.

Ah ! d'un prêtre indifcret dédaignant les fureurs,
Ceffez de l'excufer par ces lâches terreurs.

ŒDIPE.

Au nom du grand Laïus, & du couroux célefte,

Quand Laïus entreprit ce voyage funeſte,
Avait-il près de lui des gardes , des ſoldats ?

J O C A S T E.

Je vous l'ai déja dit , un ſeul ſuivait ſes pas.

Œ D I P E.

Un ſeul homme ?

J O C A S T E.

   Ce Roi , plus grand que ſa fortune ,
Dédaignait comme vous une pompe importune :
On ne voyait jamais marcher devant ſon char
D'un bataillon nombreux le faſtueux rempart :
Au milieu des ſujets ſoumis à ſa puiſſance ,
Comme il était ſans crainte , il marchait ſans défenſe ;
Par l'amour de ſon peuple il ſe croyait gardé.

Œ D I P E.

O héros , par le Ciel aux mortels accordé ,
Des véritables Rois exemple auguſte & rare !
Œdipe a-t-il ſur toi porté ſa main barbare ?
Dépeignez-moi du moins ce Prince malheureux.

J O C A S T E.

Puiſque vous rapellez un ſouvenir fâcheux ;
Malgré le froid des ans , dans ſa mâle vieilleſſe ,
Ses yeux brillaient encor du feu de ſa jeuneſſe ;
Son front cicatriſé ſous ſes cheveux blanchis
Imprimait le reſpeĉt aux mortels interdits ;
Et ſi j'oſe , Seigneur , dire ce que j'en penſe ,
Laïus eut avec vous aſſez de reſſemblance ,
Et je m'applaudiſſais de retrouver en vous ,
Ainſi que les vertus , les traits de mon époux.
Seigneur , qu'a ce diſcours qui doive vous ſurprendre ?

ŒDIPE.

J'entrevois des malheurs que je ne puis comprendre ;
Je crains que par les Dieux le Pontife infpiré
Sur mes deftins affreux ne foit trop éclairé.
Moi, j'aurais maffacré !.. Dieux ! ferait-il poffible ?

JOCASTE.

Cet organe des Dieux eft-il donc infaillible ?
Un miniftère faint les attache aux autels :
Ils approchent des Dieux ; mais ils font des mortels.
Penfez-vous qu'en effet, au gré de leur demande,
Du vol de leurs oifeaux la vérité dépende ?
Que fous un fer facré des taureaux gémiffans
Dévoilent l'avenir à leurs regards perçans,
Et que de leurs feftons ces victimes ornées,
Des humains dans leurs flancs portent les deftinées ?
Non, non, chercher ainfi l'obfcure vérité,
C'eft ufurper les droits de la Divinité.
Nos prêtres ne font point ce qu'un vain peuple penfe ;
Notre crédulité fait toute leur fcience.

ŒDIPE.

Ah Dieux ! s'il était vrai, quel ferait mon bonheur !

JOCASTE.

Seigneur, il eft trop vrai, croyez-en ma douleur ;
Comme vous autrefois pour eux préoccupée,
Hélas ! pour mon malheur je fuis bien détrompée,
Et le Ciel me punit d'avoir trop écouté
D'un oracle impofteur la fauffe obfcurité.
Il m'en coûta mon fils. Oracles, que j'abhorre,
Sans vos ordres, fans vous, mon fils vivrait encore.

ŒDIPE.

Votre fils ! par quels coups l'avez-vous donc perdu ?

Quel

Quel oracle fur vous les Dieux ont-ils rendu ?

JOCASTE.

Apprenez, apprenez, dans ce péril extrême,
Ce que j'aurais voulu me cacher à moi-même,
Et d'un oracle faux ne vous allarmez plus.

Seigneur, vous le favez, j'eus un fils de Laïus.
Sur le fort de mon fils ma tendreffe inquiète
Confulta de nos Dieux la fameufe interprète.
Quelle fureur, hélas ! de vouloir arracher
Des fecrets que le fort a voulu nous cacher !
Mais enfin j'étais mère, & pleine de faibleffe,
Je me jettai craintive aux pieds de la prêtreffe ;
Voici fes propres mots, j'ai dû les retenir ;
Pardonnez fi je tremble à ce feul fouvenir.
» Ton fils tuera fon père, & ce fils facrilège,
» Incefte & parricide... O Dieux ! achéverai-je ?

ŒDIPE.

Eh bien, Madame ?

JOCASTE.

Enfin, Seigneur, on me prédit,
Que mon fils, que ce monftre entrerait dans mon lit ;
Que je le recevrais, moi, Seigneur, moi fa mère,
Dégoutant dans mes bras du meurtre de fon père,
Et que tous deux unis par ces liens affreux,
Je donnerais des fils à mon fils malheureux.
Vous vous troublez, Seigneur, à ce récit funefte ;
Vous craignez de m'entendre & d'écouter le refte.

ŒDIPE.

Ah ! Madame, achevez. Dites, que fites-vous
De cet enfant, l'objet du célefte couroux ?

J O C A S T E.

Je crus les Dieux , Seigneur ; & faintement cruelle ,
J'étouffai pour mon fils mon amour maternelle.
En vain de cet amour l'impérieufe voix
S'oppofait à nos Dieux , & condamnait leurs loix :
Il falut dérober cette tendre victime
Au fatal afcendant qui l'entraînait au crime ;
Et penfant triompher des horreurs de fon fort ,
J'ordonnai par pitié qu'on lui donnât la mort.
O pitié criminelle autant que malheureufe !
O d'un oracle faux obfcurité trompeufe !
Quel fruit me revient-il de mes barbares foins ?
Mon malheureux époux n'en expira pas moins ;
Dans le cours triomphant de fes deftins profpères ,
Il fut affaffiné par des mains étrangères.
Ce ne fut point fon fils qui lui porta ces coups ,
Et j'ai perdu mon fils fans fauver mon époux.
Que cet exemple affreux puiffe au moins vous inftruire !
Banniffez cet effroi qu'un prêtre vous infpire ;
Profitez de ma faute , & calmez vos efprits.

Œ D I P E.

Après le grand fecret que vous m'avez appris ,
Il eft jufte à mon tour que ma reconnaiffance
Faffe de mes deftins l'horrible confidence.
Lorfque vous aurez fû , par ce trifte entretien ,
Le rapport effrayant de votre fort au mien ,
Peut-être ainfi que moi frémirez-vous de crainte.
    Le deftin m'a fait naître au trône de Corinthe ,
Cependant de Corinthe , & du trône éloigné ,
Je vois avec horreur les lieux où je fuis né.
Un jour , ce jour affreux , préfent à ma penfée ,

Jette encor la terreur dans mon ame glacée.
Pour la première fois, par un don folemnel,
Mes mains jeunes encor enrichiffaient l'autel:
Du temple tout-à-coup les combles s'entr'ouvrirent ;
De traits affreux de fang les marbres fe couvrirent ;
De l'autel ébranlé par de longs tremblemens
Une invifible main repouffait mes préfens ;
Et les vents au milieu de la foudre éclatante,
Portèrent jufqu'à moi cette voix effrayante :
» Ne vien plus des lieux faints fouiller la pureté ;
» Du nombre des vivans les Dieux t'ont rejetté ;
» Ils ne reçoivent point tes offrandes impies ;
» Va porter tes préfens aux autels des furies ;
» Conjure leurs ferpens prêts à te déchirer ;
» Va, ce font là les Dieux que tu dois implorer.
Tandis qu'à la frayeur j'abandonnais mon ame,
Cette voix m'annonça, le croirez-vous, Madame?
Tout l'affemblage affreux des forfaits inouïs,
Dont le ciel autrefois menaça votre fils ;
Me dit, que je ferais l'affaffin de mon père.

J O C A S T E.

Ah Dieux !

Œ D I P E.

Que je ferais le mari de ma mère.

J O C A S T E.

Où fuis-je ? Quel démon en uniffant nos cœurs,
Cher Prince, a pû dans nous raffembler tant d'horreurs ?

Œ D I P E.

Il n'eft pas encor tems de répandre des larmes,
Vous apprendrez bientôt d'autres fujets d'allarmes.
Ecoutez-moi, Madame, & vous allez trembler.

Du fein de ma patrie il falut m'exiler.
Je craignis que ma main , malgré moi criminelle,
Aux deftins ennemis ne fût un jour fidelle ;
Et fufpeȼt à moi - même , à moi - même odieux ,
Ma vertu n'ofa point lutter contre les Dieux.
Je m'arrachai des bras d'une mère éplorée :
Je partis , je courus de contrée en contrée :
Je déguifai partout ma naiffance & mon nom.
Un ami de mes pas fut le feul compagnon.
Dans plus d'une avanture , en ce fatal voyage ,
Le Dieu qui me guidait feconda mon courage :
Heureux , fi j'avais pû , dans l'un de ces combats ,
Prévenir mon deftin par un noble trépas !
Mais je fuis réfervé fans doute au parricide.
Enfin , je me fouviens qu'aux champs de la Phocide ,
(Et je ne conçois pas par quel enchantement
J'oubliais jufqu'ici ce grand événement ,
La main des Dieux fur moi fi longtems fufpenduë
Semble ôter le bandeau qu'ils mettaient fur ma vuë ,)
Dans un chemin étroit je trouvaï deux guerriers
Sur un char éclatant que traînaient deux courfiers.
Il falut difputer , dans cet étroit paffage ,
Des vains honneurs du pas le frivole avantage.
J'étais jeune & fuperbe , & nourri dans un rang ,
Où l'on puifa toûjours l'orgueil avec le fang :
Inconnu , dans le fein d'une terre étrangère ,
Je me croyais encor au trône de mon père ;
Et tous ceux qu'à mes yeux le fort venait offrir ,
Me femblaient mes fujets , & faits pour m'obéir.
Je marche donc vers eux , & ma main furieufe
Arrête des courfiers la fougue impétueufe.

Loin du char à l'inftant ces guerriers élancés
Avec fureur fur moi fondent à coups preffés.
La victoire entre nous ne fut point incertaine.
Dieux puiffans ! je ne fais fi c'eft faveur ou haine,
Mais fans doute pour moi contr'eux vous combattiez,
Et l'un & l'autre enfin tombèrent à mes pieds.
L'un d'eux, il m'en fouvient, déja glacé par l'âge,
Couché fur la pouffière, obfervait mon vifage ;
Il me tendit les bras, il voulut me parler ;
De fes yeux expirans je vis des pleurs couler ;
Moi - même en le perçant, je fentis dans mon ame,
Tout vainqueur que j'étais .... Vous frémiffez, Madame.

J O C A S T E.

Seigneur, voici Phorbas, on le conduit ici.

Œ D I P E.

Hélas ! mon doute affreux va donc être éclairci.

S C E N E II.

ŒDIPE, JOCASTE, PHORBAS, Suite.

Œ D I P E.

Vien, malheureux vieillard, vien, approche... A fa vuë,
D'un trouble renaiffant je fens mon ame émuë :
Un confus fouvenir vient encor m'affliger.
Je tremble de le voir & de l'interroger.

P H O R B A S.

Eh bien ! eft-ce aujourd'hui qu'il faut que je périffe ?
Grande Reine, avez-vous ordonné mon fupplice ?
Vous ne futes jamais injufte que pour moi.

I iij

JOCASTE.

Raffûrez‑vous , Phorbas , & répondez au Roi.

PHORBAS.

Au Roi !

JOCASTE.

C'eſt devant lui que je vous fais paraître.

PHORBAS.

O Dieux ! Laïus eſt mort , & vous êtes mon maître !
Vous , Seigneur ?

ŒDIPE.

Epargnons les diſcours ſuperflus :
Tu fus le ſeul témoin du meurtre de Laïus ;
Tu fus bleſſé , dit‑on , en voulant le défendre.

PHORBAS.

Seigneur , Laïus eſt mort , laiſſez en paix ſa cendre ;
N'inſultez pas du moins au malheureux deſtin
D'un fidèle ſujet bleſſé de votre main.

ŒDIPE.

Je t'ai bleſſé ? qui ? moi ?

PHORBAS.

Contentez votre envie ;
Achevez de m'ôter une importune vie.
Seigneur , que votre bras , que les Dieux ont trompé ,
Verſe un reſte de ſang qui vous eſt échapé ;
Et puiſqu'il vous ſouvient de ce ſentier funeſte ,
Où mon Roi . . .

ŒDIPE.

Malheureux , épargne‑moi le reſte.
J'ai tout fait , je le vois , c'en eſt aſſez. O Dieux !
Enfin après quatre ans vous décillez mes yeux.

J O C A S T E.

Hélas ! il eſt donc vrai !

Œ D I P E.

Quoi ! c’eſt toi que ma rage
Attaqua vers Daulis en cet étroit paſſage ?
Oui , c’eſt toi : vainement je cherche à m’abuſer ;
Tout parle contre moi , tout ſert à m’accuſer ;
Et mon œil étonné ne peut te méconnaître.

P H O R B A S.

Il eſt vrai , ſous vos coups j’ai vû tomber mon maître ;
Vous avez fait le crime , & j’en fus ſoupçonné ;
J’ai vécu dans les fers , & vous avez régné.

Œ D I P E.

Va , bientôt à mon tour je me rendrai juſtice.
Va , laiſſe - moi du moins le ſoin de mon ſupplice ;
Laiſſe - moi , ſauve - moi de l’affront douloureux
De voir un innocent que j’ai fait malheureux.

S C E N E   I I I.

Œ D I P E , J O C A S T E.

Œ D I P E.

JOcaſte . . . car enfin la fortune jalouſe
M’interdit à jamais le tendre nom d’épouſe.
Vous voyez mes forfaits : libre de votre foi,
Frappez , délivrez - vous de l’horreur d’être à moi.

J O C A S T E.

Hélas !

Œ D I P E.

Prenez ce fer , inſtrument de ma rage ,

Qu'il vous ferve aujourd'hui pour un plus jufte ufage ;
Plongez-le dans mon fein.

JOCASTE.

Que faites-vous, Seigneur ?
Arrêtez, modérez cette aveugle douleur,
Vivez.

ŒDIPE.

Quelle pitié pour moi vous intéreffe ?
Je dois mourir.

JOCASTE.

Vivez, c'eft moi qui vous en preffe ;
Ecoutez ma prière.

ŒDIPE.

Ah ! je n'écoute rien ;
J'ai tué votre époux.

JOCASTE.

Mais vous êtes le mien.

ŒDIPE.

Je le fuis par le crime.

JOCASTE.

Il eft involontaire.

ŒDIPE.

N'importe, il eft commis.

JOCASTE.

O comble de mifère !

ŒDIPE.

O trop funefte hymen ! ô feux jadis fi doux !

JOCASTE.

Ils ne font point éteints ; vous êtes mon époux.

ŒDIPE.

Non, je ne le fuis plus ; & ma main ennemie
N'a que trop bien rompu le faint nœud qui nous lie.

Je

Je remplis ces climats du malheur qui me fuit.

Redoutez - moi , craignez le Dieu qui me pourfuit ;

Ma timide vertu ne fert qu'à me confondre ,

Et de moi déformais je ne puis plus répondre.

Peut - être de ce Dieu partageant le couroux ,

L'horreur de mon deftin s'étendrait jufqu'à vous.

Ayez du moins pitié de tant d'autres victimes ;

Frappez , ne craignez rien , vous m'épargnez des crimes.

J O C A S T E.

Ne vous accufez point d'un deftin fi cruel ;

Vous êtes malheureux , & non pas criminel.

Dans ce fatal combat que Daulis vous vit rendre ,

Vous ignoriez quel fang vos mains allaient répandre ;

Et fans trop rappeller cet affreux fouvenir ,

Je ne puis que me plaindre , & non pas vous punir.

Vivez. . .

Œ D I P E.

Moi que je vive ! il faut que je vous fuie.

Hélas ! où trainerai - je une mourante vie ?

Sur quels bords malheureux , dans quels triftes climats

Enfevelir l'horreur , qui s'attache à mes pas ?

Irai - je errant encor , & me fuyant moi - même ,

Mériter par le meurtre un nouveau diadême ?

Irai - je dans Corinthe , où mon trifte deftin

A des crimes plus grands réferve encor ma main ?

Corinthe , que jamais ta déteftable rive. . . . . .

SCENE IV.

ŒDIPE, JOCASTE, DIMAS.

DIMAS.

SEigneur, en ce moment, un étranger arrive;
Il fe dit de Corinthe, & demande à vous voir.

ŒDIPE.

Allons, dans un moment je vai le recevoir.

à Jocaſte.

Adieu; que de vos pleurs la fource fe diffipe.
Vous ne reverrez plus l'inconfolable Œdipe :
C'en eft fait, j'ai régné, vous n'avez plus d'époux ;
En ceffant d'être Roi, je ceffe d'être à vous.
Je pars : je vai chercher dans ma douleur mortelle,
Des pays où ma main ne foit point criminelle ;
Et vivant loin de vous, fans Etats, mais en Roi,
Juftifier les pleurs, que vous verfez pour moi.

Fin du quatriéme acte.

ACTE V.

SCENE PREMIERE.

ŒDIPE, ARASPE, DIMAS, fuite.

ŒDIPE.

Finiffez vos regrets, & retenez vos larmes.
Vous plaignez mon exil, il a pour moi des charmes.
Ma fuite à vos malheurs affûre un promt fecours ;
En perdant votre Roi vous confervez vos jours.
Du fort de tout ce peuple il eft tems que j'ordonne.
J'ai fauvé cet Empire en arrivant au trône ;
J'en defcendrai du moins comme j'y fuis monté ;
Ma gloire me fuivra dans mon adverfité.
Mon deftin fut toûjours de vous rendre la vie :
Je quitte mes enfans, mon trône, ma patrie :
Ecoutez - moi du moins pour la dernière fois ;
Puifqu'il vous faut un Roi, confultez - en mon choix.
Philoctète eft puiffant, vertueux, intrépide ;
Un Monarque eft fon père *a*), il fut l'ami d'Alcide ;
Que je parte, & qu'il règne. Allez chercher Phorbas,
Qu'il paraiffe à mes yeux, qu'il ne me craigne pas.
Il faut de mes bontés lui laiffer quelque marque,
Et defcendre du moins de mon trône en Monarque.
Que l'on faffe approcher l'étranger devant moi.
Vous, demeurez.

a) Il était fils du Roi d'Eubée, aujourd'hui Négrepont.

K ij

SCENE II.

ŒDIPE, ARASPE, ICARE, fuite.

ŒDIPE.

ICare, eft-ce vous que je voi ?
Vous de mes premiers ans fage dépofitaire,
Vous digne favori de Polibe mon père ?
Quel fujet important vous conduit parmi nous ?

ICARE.

Seigneur, Polibe eft mort.

ŒDIPE.

Ah ! que m'apprenez-vous ?
Mon père....

ICARE.

A fon trépas vous deviez vous attendre.
Dans la nuit du tombeau les ans l'ont fait defcendre ;
Ses jours étaient remplis, il eft mort à mes yeux.

ŒDIPE.

Qu'êtes-vous devenus, oracles de nos Dieux !
Vous, qui faifiez trembler ma vertu trop timide,
Vous, qui me prépariez l'horreur d'un parricide ?
Mon père eft chez les morts, & vous m'avez trompé.
Malgré vous dans fon fang mes mains n'ont point trempé.
Ainfi de mon erreur efclave volontaire,
Occupé d'écarter un mal imaginaire,
J'abandonnais ma vie à des malheurs certains,
Trop crédule artifan de mes triftes deftins.
O ciel ! & quel eft donc l'excès de ma mifère ?
Si le trépas des miens me devient néceffaire,

Si trouvant dans leur perte un bonheur odieux ,
Pour moi la mort d'un père eft un bienfait des Dieux ?
Allons , il faut partir ; il faut que je m'acquite ,
Des funèbres tributs que fa cendre mérite.
Partons. Vous vous taifez , je vois vos pleurs couler ;
Que ce filence....

ICARE.

O ciel ! oferai - je parler ?

ŒDIPE.

Vous refte-t-il encor des malheurs à m'apprendre ?

ICARE.

Un moment fans témoins daignerez - vous m'entendre ?

ŒDIPE *à fa fuite.*

Allez , retirez - vous.... Que va - t - il m'annoncer ?

ICARE.

A Corinthe , Seigneur , il ne faut plus penfer.
Si vous y paraiffez , votre mort eft jurée.

ŒDIPE.

Eh ! qui de mes Etats me défendrait l'entrée ?

ICARE.

Du fceptre de Polibe un autre eft l'héritier.

ŒDIPE.

Eft - ce affez ? & ce trait fera - t - il le dernier ?
Pourfui , deftin , pourfui , tu ne pourras m'abattre.
Eh bien , j'allais régner ; Icare , allons combattre.
A mes lâches fujets courons me préfenter.
Parmi ces malheureux promts à fe révolter ,
Je puis trouver du moins un trépas honorable.
Mourant chez les Thébains je mourrais en coupable.
Je dois périr en Roi. Quels font mes ennemis ?
Parle , quel étranger fur mon trône eft affis ?

I C A R E.

Le gendre de Polibe ; & Polibe lui-même
Sur fon front en mourant a mis le diadême.
A fon maître nouveau tout le peuple obéït.

Œ D I P E.

Eh quoi ! mon père auffi , mon père me trahit ?
De la rébellion mon père eft le complice ?
Il me chaffe du trône !

I C A R E.

Il vous a fait juftice ;
Vous n'étiez point fon fils.

Œ D I P E.

Icare. . . .

I C A R E.

Avec regret
Je révèle en tremblant ce terrible fecret :
Mais il le faut , Seigneur , & toute la province . . .

Œ D I P E.

Je ne fuis point fon fils ?

I C A R E.

Non , Seigneur ; & ce Prince
A tout dit en mourant , de fes remords preffé ;
Pour le fang de nos Rois il vous a renoncé ;
Et moi de fon fecret confident & complice ,
Craignant du nouveau Roi la févère juftice ,
Je venais implorer votre appui dans ces lieux.

Œ D I P E.

Je n'étais point fon fils ! & qui fuis-je , grands Dieux ?

I C A R E.

Le ciel , qui dans mes mains a remis votre enfance ,
D'une profonde nuit couvre votre naiffance ;

Et je fais feulement, qu'en naiffant condamné,
Et fur un mont défert à périr deftiné,
La lumière fans moi vous eût été ravie.

ŒDIPE.

Ainfi donc mon malheur commence avec ma vie ;
J'étais dès le berceau l'horreur de ma maifon.
Où tombai-je en vos mains ?

ICARE.
Sur le mont Cythéron.

ŒDIPE.
Près de Thèbe ?

ICARE.
Un Thébain, qui fe dit votre père,
Expofa votre enfance en ce lieu folitaire.
Quelque Dieu bienfaifant guida vers vous mes pas ;
La pitié me faifit, je vous prens dans mes bras ;
Je ranime dans vous la chaleur prefque éteinte :
Vous vivez, & bientôt je vous porte à Corinthe.
Je vous préfente au Prince : admirez votre fort ;
Le Prince vous adopte au lieu de fon fils mort ;
Et par ce coup adroit, fa politique heureufe
Affermit pour jamais fa puiffance douteufe.
Sous le nom de fon fils vous futes élevé
Par cette même main qui vous avait fauvé.
Mais le Trône en effet n'était point votre place,
L'intérêt vous y mit, le remords vous en chaffe.

ŒDIPE.
O vous, qui préfidez aux fortunes des Rois,
Dieux ! faut-il en un jour m'accabler tant de fois ?
Et préparant vos coups par vos trompeurs oracles,
Contre un faible mortel épuifer les miracles ?

Mais ce vieillard , ami , de qui tu m'as reçu ,
Depuis ce tems fatal ne l'as - tu jamais vû ?

I C A R E.

Jamais ; & le trépas vous a ravi peut - être
Le feul qui vous eût dit quel fang vous a fait naître ;
Mais longtems de fes traits mon efprit occupé ,
De fon image encor eft tellement frappé ,
Que je le connaîtrais , s'il venait à paraître.

ŒDIPE.

Malheureux ! eh pourquoi chercher à le connaître ?
Je devrais bien plutôt , d'accord avec les Dieux ,
Chérir l'heureux bandeau , qui me couvre les yeux.
J'entrevois mon deftin ; ces recherches cruelles
Ne me découvriront que des horreurs nouvelles.
Je le fais ; mais malgré les maux que je prévoi
Un defir curieux m'entraîne loin de moi.
Je ne puis demeurer dans cette incertitude ;
Le doute en mon malheur eft un tourment trop rude ;
J'abhorre le flambeau , dont je veux m'éclairer ;
Je crains de me connaître , & ne puis m'ignorer.

S C E N E   III.

ŒDIPE , I C A R E , P H O R B A S.

ŒDIPE.

A H ! Phorbas , approchez.

I C A R E.

    Ma furprife eft extrême ,
Plus je le vois , & plus.... Ah ! Seigneur , c'eft lui-même ,

C'eft

C'eſt lui.

PHORBAS *à Icare.*

Pardonnez - moi, ſi vos traits inconnus......

ICARE.

Quoi ! du mont Cythéron ne vous ſouvient-il plus ?

PHORBAS.

Comment ?

ICARE.

Quoi ! cet enfant qu'en mes mains vous remites,
Cet enfant qu'au trépas.....

PHORBAS.

Ah, qu'eſt-ce que vous dites ?
Et de quel ſouvenir venez-vous m'accabler ?

ICARE.

Allez, ne craignez rien, ceſſez de vous troubler.
Vous n'avez en ces lieux que des ſujets de joye ;
Œdipe eſt cet enfant.

PHORBAS.

Que le Ciel te foudroye !
Malheureux, qu'as-tu dit ?

ICARE *à Œdipe.*

Seigneur, n'en doutez pas ;
Quoi que ce Thébain diſe, il vous mit dans mes bras.
Vos deſtins ſont connus, & voilà votre père.

ŒDIPE.

O ſort, qui me confond ! ô comble de miſère !
à Phorbas.
Je ſerais né de vous, le Ciel aurait permis,
Que votre ſang verſé.

PHORBAS.

Vous n'êtes point mon fils.

Tom. III. & du Théâtre le premier. L

ŒDIPE.

Eh quoi ! n'avez-vous pas expofé mon enfance ?

PHORBAS.

Seigneur, permettez-moi de fuir votre préfence,
Et de vous épargner cet horrible entretien.

ŒDIPE.

Phorbas, au nom des Dieux, ne me déguife rien.

PHORBAS.

Partez, Seigneur, fuyez vos enfans & la Reine.

ŒDIPE.

Répon-moi feulement, la réfiftance eft vaine.
Cet enfant par toi-même à la mort deftiné,

en montrant Icare,

Le mis-tu dans fes bras ?

PHORBAS.

         Oui, je le lui donnai.
Que ce jour ne fût-il le dernier de ma vie !

ŒDIPE.

Quel était fon pays ?

PHORBAS.

       Thèbe était fa patrie.

ŒDIPE.

Tu n'étais point fon père ?

PHORBAS.

         Hélas ! il était né
D'un fang plus glorieux & plus infortuné.

ŒDIPE.

Quel était-il enfin ?

    PHORBAS *fe jette aux genoux du Roi.*

       Seigneur, qu'allez-vous faire ?

ŒDIPE.

'Achève, je le veux.

PHORBAS.

Jocaſte était ſa mère.

ICARE.

Et voilà donc le fruit de mes généreux ſoins ?

PHORBAS.

Qu'avons-nous fait tous deux ?

ŒDIPE.

Je n'attendais pas moins.

ICARE.

Seigneur....

ŒDIPE.

Sortez, cruels, ſortez de ma préſence ;
De vos affreux bienfaits craignez la récompenſe ;
Fuyez ; à tant d'horreurs par vous ſeuls réſervé,
Je vous punirais trop de m'avoir conſervé.

S C E N E I V.

ŒDIPE *ſeul.*

LE voilà donc rempli cet oracle exécrable,
Dont ma crainte a preſſé l'effet inévitable ;
Et je me vois enfin, par un mélange affreux,
Inceſte, & parricide, & pourtant vertueux.
Miſérable vertu, nom ſtérile & funeſte,
Toi par qui j'ai réglé des jours que je déteſte,
A mon noir aſcendant tu n'as pû réſiſter :
Je tombais dans le piége, en voulant l'éviter.
Un Dieu plus fort que moi m'entrainait vers le crime ;

L ij

Sous mes pas fugitifs il creufait un abîme ;
Et j'étais, malgré moi, dans mon aveuglement,
D'un pouvoir inconnu l'efclave & l'inftrument.
Voilà tous mes forfaits, je n'en connais point d'autres.
Impitoyables Dieux, mes crimes font les vôtres,
Et vous m'en puniffez.... Où fuis-je ? quelle nuit
Couvre d'un voile affreux la clarté qui nous luit !
Ces murs font teints de fang ; je vois les Euménides
Secouer leurs flambeaux vengeurs des parricides.
Le tonnerre en éclats femble fondre fur moi ;
L'enfer s'ouvre... O Laïus, ô mon père ! eft-ce toi ?
Je vois, je reconnais la bleffure mortelle,
Que te fit dans le flanc cette main criminelle.
Puni-moi, venge-toi d'un monftre détefté,
D'un monftre qui fouilla les flancs qui l'ont porté.
Approche, entraine-moi dans les demeures fombres,
J'irai de mon fupplice épouvanter les ombres.
Vien, je te fuis.

_____

SCENE V.

ŒDIPE, JOCASTE, EGINE, le Chœur.

JOCASTE.

SEigneur, diffipez mon effroi,
Vos redoutables cris ont été jufqu'à moi.

ŒDIPE.

Terre, pour m'engloutir entr'ouvre tes abîmes.

JOCASTE.

Quel malheur imprévû vous accable ?

ŒDIPE.

Mes crimes.

JOCASTE.

Seigneur.

ŒDIPE.

Fuyez, Jocaste.

JOCASTE.

Ah trop cruel époux !

ŒDIPE.

Malheureuse ! arrêtez, quel nom prononcez-vous ?
Moi votre époux ! quittez ce titre abominable,
Qui nous rend l'un à l'autre un objet exécrable.

JOCASTE.

Qu'entens-je ?

ŒDIPE.

C'en est fait, nos destins sont remplis.
Laïus était mon père, & je suis votre fils.

Il sort.

I. PERSONNAGE DU CHŒUR.

O crime !

II. PERSONNAGE DU CHŒUR.

O jour affreux ! jour à jamais terrible !

JOCASTE.

Egine, arrache-moi de ce palais horrible.

EGINE.

Hélas !

JOCASTE.

Si tant de maux ont de quoi te toucher,
Si ta main sans frémir peut encor m'approcher,
Aide-moi, soutien-moi, pren pitié de ta Reine.

I. PERSONNAGE DU CHŒUR.

Dieux ! est-ce donc ainsi que finit votre haine ?

L iij

Reprenez, reprenez vos funeftes bienfaits ;
Cruels, il valait mieux nous punir à jamais.

S C E N E VI.

JOCASTE, EGINE, le grand-Prêtre, le Chœur.

Le Grand-Prêtre.

Peuples, un calme heureux écarte les tempêtes,
Un Soleil plus ferein fe lève fur vos têtes ;
Les feux contagieux ne font plus allumés ;
Vos tombeaux qui s'ouvraient font déja refermés ;
La mort fuit, & le Dieu du ciel & de la terre
Annonce fes bontés par la voix du tonnerre.
   Ici on entend gronder la foudre, & on voit briller les éclairs.

Jocaste.

Quels éclats ! Ciel ! où fuis-je, & qu'eft-ce que j'entens ?
Barbares ! . . .

Le Grand-Prêtre.

   C'en eft fait, & les Dieux font contens.
Laïus du fein des morts ceffe de vous pourfuivre,
Il vous permet encor de régner & de vivre ;
Le fang d'Œdipe enfin fuffit à fon couroux.

Le Chœur.

Dieux !

Jocaste.

   O mon fils ! hélas ! dirai-je mon époux ?
O des noms les plus chers affemblage effroyable !
Il eft donc mort ?

Le Grand-Prêtre.

   Il vit, & le fort qui l'accable

Des morts & des vivans femble le féparer ;
Il s'eft privé du jour avant que d'expirer.
Je l'ai vû dans fes yeux enfoncer cette épée ,
Qui du fang de fon père avait été trempée ;
Il a rempli fon fort , & ce moment fatal
Du falut des Thébains eft le premier fignal.
Tel eft l'ordre du Ciel , dont la fureur fe laffe ;
Comme il veut , aux mortels il fait juftice ou grace ;
Ses traits font épuifés fur ce malheureux fils.
Vivez , il vous pardonne.

J O C A S T E.

Et moi je me punis.

Elle fe frape.

Par un pouvoir affreux réfervée à l'incefte ,
La mort eft le feul bien , le feul Dieu qui me refte.
Laïus , reçoi mon fang , je te fuis chez les morts :
J'ai vécu vertueufe , & je meurs fans remords.

L E C H Œ U R.

O malheureufe Reine ! ô deftin que j'abhorre !

J O C A S T E.

Ne plaignez que mon fils , puifqu'il refpire encore.
Prêtres , & vous Thébains , qui futes mes fujets ,
Honorez mon bucher , & fongez à jamais ,
Qu'au milieu des horreurs du deftin qui m'opprime ,
J'ai fait rougir les Dieux qui m'ont forcée au crime.

Fin du cinquiéme & dernier acte.

L E T T R E S

*écrites en 1719 , qui contiennent la critique de l'*ŒDIPE *de* Sophocle *, de celui de* Corneille *, & de celui de l'Auteur.*

LETTRE PREMIERE.

JE vous envoye, Monsieur, ma tragédie d'*Œdipe*, que vous avez vû naître. Vous savez que j'ai commencé cette piéce à dix-neuf ans. Si quelque chose pouvait faire pardonner la médiocrité d'un ouvrage, ma jeunesse me servirait d'excuse. Du moins malgré les défauts dont cette tragédie est pleine, & que je suis le premier à reconnaître, j'ose me flatter que vous verrez quelque différence entre cet ouvrage & ceux que l'ignorance & la malignité m'ont imputés. Je sens combien il est dangereux de parler de soi : mais mes malheurs ayant été publics, il faut que ma justification le soit aussi. La réputation d'honnête homme m'est plus chère que celle d'auteur : ainsi je crois que personne ne trouvera mauvais qu'en donnant au public un ouvrage pour lequel il a eu tant d'indulgence, j'essaie de mériter entiérement son estime, en détruisant l'imposture qui pourrait me l'ôter.

Je sais que tous ceux avec qui j'ai vécu sont persuadés de mon innocence : mais aussi bien des gens qui ne connaissent ni la poësie, ni moi, m'imputent encore les ouvrages les plus indignes d'un honnête homme & d'un poëte.

Il y a peu d'écrivains célèbres qui n'ayent essuyé de pareilles disgraces ; presque tous les poëtes qui ont réussi ont été calomniés ; & il est bien triste pour moi de ne leur ressembler que par mes malheurs.

Vous n'ignorez pas que la cour & la ville ont de tout tems été remplies de critiques obscènes, qui, à la faveur des nuages

qui les couvrent, lancent, fans être aperçus, les traits les plus
envenimés contre les femmes & contre les Puiffances, & qui
n'ont que la fatisfaction de bleffer adroitement, fans goûter
le plaifir dangereux de fe faire connaître. Leurs épigrammes
& leurs vaudevilles font toûjours des enfans fuppofés, dont
on ne connaît point les vrais parens : ils cherchent à charger
de ces indignités quelqu'un qui foit affez connu pour que le
monde puiffe l'en foupçonner, & qui foit affez peu protégé
pour ne pouvoir fe défendre. Telle était la fituation où je me
fuis trouvé en entrant dans le monde. Je n'avais pas plus de
dix-huit ans. L'imprudence, attachée d'ordinaire à la jeuneffe,
pouvait aifément autorifer les foupçons que l'on faifait naître
fur moi. J'étais d'ailleurs fans appui, & je n'avais jamais
fongé à me faire des protecteurs, parce que je ne croyais pas
que je duffe jamais avoir des ennemis.

Il parut à la mort de *Louïs XIV.* une petite piéce imitée
des *J'ai vû* de l'Abbé *Regnier.* C'était un ouvrage où l'auteur
paffait en revuë tout ce qu'il avait vû dans fa vie. Cette
piéce eft auffi négligée aujourd'hui, qu'elle était alors recherchée. C'eft le fort de tous les ouvrages qui n'ont d'autre mérite que celui de la fatyre. Cette piéce n'en avait point d'autre ; elle n'était remarquable que par les injures groffières qui
y étaient indignement répandues, & c'eft ce qui lui donna
un cours prodigieux : on oublia la baffeffe du ftyle en faveur
de la malignité de l'ouvrage. Elle finiffait ainfi : *J'ai vû ces
maux, & je n'ai pas vingt ans.*

Comme je n'avais pas vingt ans alors, plufieurs perfonnes
crurent que j'avais mis par-là mon cachet à cet indigne ouvrage ; on ne me fit pas l'honneur de croire que je puffe
avoir affez de prudence pour me déguifer. L'auteur de cette
miférable fatyre ne contribua pas peu à la faire courir fous
mon nom, afin de mieux cacher le fien. Quelques-uns m'im-
putèrent cette piéce par malignité, pour me décrier & pour
me perdre. Quelques autres qui l'admiraient bonnement, me
l'attribuèrent pour m'en faire honneur. Ainfi un ouvrage que
je n'avais point fait, & même que je n'avais point encor vû
alors, m'attira de tous côtés des malédictions & des louanges.

Je me fouviens que paffant alors par une petite ville de

Tom. III. *& du Théâtre le premier.*　　　M

province, les beaux efprits du lieu me prièrent de leur réciter cette piéce, qu'ils difaient être un chef-d'œuvre. J'eus beau leur répondre que je n'en étais point l'auteur, & que la piéce était miférable, ils ne m'en crurent point fur ma parole; ils admirèrent ma retenue, & j'acquis ainfi auprès d'eux, fans y penfer, la réputation d'un grand poëte & d'un homme fort modefte.

Cependant ceux qui m'avaient attribué ce malheureux ouvrage, continuaient à me rendre refponfable de toutes les fotifes qui fe débitaient dans Paris, & que moi-même je dédaignais de lire. Quand un homme a eu le malheur d'être calomnié une fois, il eft fûr de l'être toûjours, jufqu'à ce que fon innocence éclate, ou que la mode de le perfécuter foit paffée; car tout eft mode en ce pays-là, & on fe laffe de tout à la fin, même de faire du mal.

Heureufement ma juftification eft venue, quoiqu'un peu tard; celui qui m'avait calomnié, & qui avait caufé ma difgrace, m'a figné lui-même, les larmes aux yeux, le défaveu de fa calomnie, en préfence de deux perfonnes de confidération qui ont figné après lui. M. le Marquis de la V*** a eu la bonté de faire voir ce certificat à Monfeigneur le Régent.

Ainfi il ne manquait à ma juftification que de la faire connaître au public. Je le fais aujourd'hui, parce que je n'ai pas eu occafion de le faire plus tôt; & je le fais avec d'autant plus de confiance, qu'il n'y a perfonne en France qui puiffe avancer que je fois l'auteur d'aucune des chofes dont j'ai été accufé, ni que j'en aye débité aucune, ni même que j'en aye jamais parlé, que pour marquer le mépris fouverain que je fais de ces indignités.

Je m'attends bien que plufieurs perfonnes, accoutumées à juger de tout fur le rapport d'autrui, feront étonnées de me trouver fi innocent, après m'avoir crû fi criminel fans me connaître. Je fouhaite que mon exemple puiffe leur apprendre à ne plus précipiter leurs jugemens fur les apparences les plus frivoles, & à ne plus condamner ce qu'ils ne connaiffent pas. On rougirait bientôt de fes décifions, fi on voulait réfléchir fur les raifons par lefquelles on fe détermine. Il s'eft trouvé des gens qui ont cru férieufement que l'auteur de la tragédie d'*Atrée* était un méchant homme, parce qu'il avait rempli la coupe d'*Atrée* du fang du fils de *Thyefte*; & aujourd'hui il y a des confciences timorées qui prétendent que je n'ai point de religion, parce que *Jocafte* fe défie des oracles d'*Apollon*. Voila comme on décide prefque toûjours dans le monde; & ceux qui font accoutumés à juger de la forte, ne fe corrigeront pas par la lecture de cette lettre, peut-être même ne la liront-ils point.

Je ne prétends donc point ici faire taire la calomnie; elle eft trop inféparable des fuccès: mais du moins il m'eft permis de fouhaiter, que ceux qui ne font en place que pour rendre juftice, ne faffent point des malheureux fur le rapport vague & incertain du premier calomniateur. Faudra-t-il donc qu'on regarde déformais comme un malheur, d'être connu par les talens de l'efprit, & qu'un homme foit perfécuté dans fa patrie, uniquement parce qu'il court une carrière dans laquelle il peut faire honneur à fa patrie même?

Ne croyez pas, Monfieur, que je compte parmi les preuves de mon innocence le préfent dont Monfeigneur le Régent a daigné m'honorer: cette bonté pourrait n'être qu'une marque de fa clémence; il eft au nombre des Princes, qui, par des bienfaits, favent lier à leur devoir ceux même qui s'en font écartés. Une preuve plus fûre de mon innocence, c'eft qu'il a daigné dire que je n'étais point coupable, & qu'il a reconnu la calomnie, lorfque le tems a permis qu'il pût la découvrir.

Je ne regarde point non plus cette grace que Monfeigneur le Duc d'Orléans m'a faite comme une récompenfe de mon travail, qui ne méritait tout au plus que fon indulgence. Il a moins voulu me récompenfer que m'engager à mériter fa protection: l'envie de lui plaire me tiendra lieu déformais de génie.

Sans parler de moi, c'eft un grand bonheur pour les lettres, que nous vivions fous un Prince qui aime les beaux-arts autant qu'il hait la flatterie, & dont on peut obtenir la protection, plutôt par de bons ouvrages que par des louanges, pour lefquelles il a un dégoût peu ordinaire dans ceux qui, par leur naiffance & par leur rang, font deftinés à être loués toute leur vie.

L E T T R E II.

MOnfieur, avant que de vous faire lire ma tragédie, fouffrez que je vous prévienne fur le fuccès qu'elle a eu, non pas pour m'en applaudir, mais pour vous affurer combien je m'en défie.

Je fais que les premiers applaudiffemens du public ne font pas toûjours de fûrs garans de la bonté d'un ouvrage. Souvent un auteur doit le fuccès de fa piéce, ou à l'art des acteurs qui la jouent, ou à la décifion de quelques amis accrédités dans le monde, qui entraînent pour un tems les fuffrages de la multitude ; & le public eft étonné quelques mois après, de s'ennuyer à la lecture du même ouvrage, qui lui arrachait des larmes dans la repréfentation. Je me garderai donc bien de me prévaloir d'un fuccès peut-être paffager, & dont les comédiens ont plus à s'applaudir que moi-même.

On ne voit que trop d'auteurs dramatiques qui impriment à la tête de leurs ouvrages des préfaces pleines de vanité, *qui comptent les Princes & les Princeffes qui font venus pleurer aux repréfentations, qui ne donnent d'autres réponfes à leurs cenfeurs que l'approbation du public ;* & qui enfin, après s'être placés à côté de *Corneille* & de *Racine,* fe retrouvent confondus dans la foule des mauvais auteurs, dont ils font les feuls qui s'exceptent.

J'éviterai du moins ce ridicule : je vous parlerai de ma piéce plus pour avouer mes défauts que pour les excufer : mais auffi je traiterai *Sophocle* & *Corneille* avec autant de liberté que je me traiterai avec juftice.

J'examinerai les trois *Œdipes* avec une égale exactitude. Le refpect que j'ai pour l'antiquité de *Sophocle* & pour le mérite de *Corneille,* ne m'aveuglera pas fur leurs défauts ; l'amour-propre ne m'empêchera pas non plus de trouver les miens. Au refte, ne regardez point ces differtations comme les décifions d'un critique orgueilleux, mais comme les doutes d'un jeune homme qui cherche à s'éclairer. La décifion

ne convient ni à mon âge, ni à mon peu de génie ; & fi la
chaleur de la compofition m'arrache quelques termes peu me-
furés, je les défavoue d'avance, & je déclare que je ne prétends parler affirmativement que fur mes fautes.

L E T T R E I I I.

*Contenant la critique de l'*ŒDIPE *de* Sophocle.

MOnfieur, mon peu d'érudition ne me permet pas d'examiner *fi la tragédie de* a) Sophocle *fait fon imitation par
le difcours, le nombre & l'harmonie ; ce qu'*Ariftote *appelle ex-
preffément un difcours agréablement affaifonné.* Je ne difcuterai
pas non plus *fi c'eft une piéce du premier genre fimple & implexe ; fimple, parce qu'elle n'a qu'une fimple cataftrophe, &
implexe, parce qu'elle a la reconnaiffance avec la péripétie.*

Je vous rendrai feulement compte, avec fimplicité, des endroits qui m'ont révolté, & fur lefquels j'ai befoin des lumières
de ceux qui connaiffant mieux que moi les anciens, peuvent
mieux excufer tous leurs défauts.

La fcène ouvre dans *Sophocle* par un chœur de Thébains
profternés au pied des autels, & qui par leurs larmes & par
leurs cris, demandent aux Dieux la fin de leurs calamités.
Œdipe leur libérateur & leur Roi paraît au milieu d'eux.

Je fuis Œdipe, leur dit-il, *fi vanté par tout le monde.* Il y
a quelque apparence que les Thébains n'ignoraient pas qu'il
s'appellait Œdipe.

A l'égard de cette grande réputation dont il fe vante,
M. *Dacier* dit que c'eft une adreffe de *Sophocle,* qui veut
fonder par-là le caractère d'Œdipe qui eft orgueilleux.

Mes enfans, dit Œdipe, *quel eft le fujet qui vous amène ici ?*
Le grand prêtre lui répond : *Vous voyez devant vous des jeunes gens & des vieillards. Moi qui vous parle, je fuis le grand*

a) M. *Dacier*, préface fur l'Œ*dipe* de *Sophocle.*

M iij

prêtre de Jupiter. Votre ville est comme un vaisseau battu de la tempête, elle est prête d'être abîmée, & n'a pas la force de surmonter les flots qui fondent sur elle. De·là le grand prêtre prend occasion de faire une description de la peste, dont *Œdipe* était aussi·bien informé que du nom & de la qualité du grand prêtre de *Jupiter.*

Tout cela n'est guères une preuve de cette perfection, où on prétendait, il y a quelques années, que *Sophocle* avait poussé la tragédie ; & il ne paraît pas qu'on ait si grand tort dans ce siécle de refuser son admiration à un poëte, qui n'emploie d'autre artifice pour faire connaître ses personnages, que de faire dire à l'un : *Je m'appelle Œdipe, si vanté par tout le monde ;* & à l'autre : *Je suis le grand prêtre de Jupiter.* Cette grossiéreté n'est plus regardée aujourd'hui comme une noble simplicité.

La description de la peste est interrompue par l'arrivée de *Créon,* frère de *Jocaste,* que le Roi avait envoyé consulter l'oracle, & qui commence par dire à *Œdipe :*

Seigneur, nous avons eu autrefois un Roi qui s'appellait Laïus.

Œ D I P E.

Je le sais, quoique je ne l'aye jamais vû.

C R É O N.

Il a été assassiné, & Apollon veut que nous punissions ses meurtriers.

Œ D I P E.

Fut·ce dans sa maison ou à la campagne que Laïus fut tué ?

Il est déja contre la vraisemblance, qu'*Œdipe,* qui régne depuis si longtems, ignore comment son prédécesseur est mort : mais qu'il ne sache pas même si c'est aux champs ou à la ville que ce meurtre a été commis, & qu'il ne donne pas la moindre raison, ni la moindre excuse de son ignorance, j'avoue que je ne connais point de terme pour exprimer une pareille absurdité.

C'est une faute du sujet, dit-on, & non de l'auteur, comme si ce n'était pas à l'auteur à corriger son sujet, lorsqu'il est défectueux. Je sais qu'on peut me reprocher à peu près la même faute : mais aussi je ne me ferai pas plus de grace qu'à

Sophocle, & j'efpère que la fincérité avec laquelle j'avouerai mes défauts, juftifiera la hardieffe que je prends de relever ceux d'un ancien.

Ce qui fuit me paraît également éloigné du fens commun. *Œdipe* demande s'il ne revint perfonne de la fuite de *Laïus* à qui on puiffe en demander des nouvelles. On lui répond, qu'*un de ceux qui accompagnaient ce malheureux Roi s'étant fauvé, vint dire dans Thèbes que Laïus avait été affaffiné par des voleurs, qui n'étaient pas en petit, mais en grand nombre.*

Comment fe peut-il faire qu'un témoin de la mort de *Laïus* dife que fon maître a été accablé fous le nombre, lorfqu'il eft pourtant vrai que c'eft un homme feul qui a tué *Laïus* & toute fa fuite ?

Pour comble de contradiction, *Œdipe* dit, au fecond acte, qu'il a ouï dire que *Laïus* avait été tué par des voyageurs ; mais qu'il n'y a perfonne qui dife l'avoir vû : & *Jocafte*, au troifiéme acte, en parlant de la mort de ce Roi, s'explique ainfi à *Œdipe* :

Soyez bien perfuadé, Seigneur, que celui qui accompagnait Laïus a rapporté que fon maître avait été affaffiné par des voleurs ; il ne faurait changer préfentement, ni parler d'une autre manière : toute la ville l'a entendu comme moi.

Les Thébains auraient été bien plus à plaindre, fi l'énigme du Sphynx n'avait pas été plus aifée à deviner que tout ce galimathias.

Mais ce qui eft encore plus étonnant, ou plutôt ce qui ne l'eft point, après de telles fautes contre la vraifemblance, c'eft qu'*Œdipe*, lorfqu'il apprend que *Phorbas* vit encore, ne fonge pas feulement à le faire chercher ; il s'amufe à faire des imprécations & à confulter les oracles, fans donner ordre qu'on amène devant lui le feul homme qui pouvait lui donner des lumières. Le chœur lui-même, qui eft fi intéreffé à voir finir les malheurs de Thèbes, & qui donne toûjours des confeils à *Œdipe*, ne lui donne pas celui d'interroger ce témoin de la mort du feu Roi ; il le prie feulement d'envoyer chercher *Tiréfie*.

Enfin *Phorbas* arrive au quatriéme acte. Ceux qui ne connaiffent point *Sophocle*, s'imaginent fans doute qu'*Œdipe*, impatient de connaître le meurtrier de *Laïus* , & de rendre la vie aux Thébains , va l'interroger avec empreſſement ſur la mort du feu Roi. Rien de tout cela. *Sophocle* oublie que la vengeance de la mort de *Laïus* eſt le ſujet de ſa piéce. On ne dit pas un mot à *Phorbas* de cette avanture , & la tragédie finit ſans que *Phorbas* ait ſeulement ouvert la bouche ſur la mort du Roi ſon maître. Mais continuons à examiner de ſuite l'ouvrage de *Sophocle*.

Lorſque *Créon* a appris à *Œdipe* que *Laïus* a été aſſaſſiné par des voleurs , qui n'étaient pas en petit , mais en grand nombre , *Œdipe* répond , au ſens de pluſieurs interprètes : *Comment des voleurs auraient-ils pû entreprendre cet attentat , puiſque* Laïus *n'avait point d'argent ſur lui ?* La plûpart des autres Scholiaſtes entendent autrement ce paſſage , & font dire à *Œdipe* : *Comment des voleurs auraient-ils pû entreprendre cet attentat , ſi on ne leur avait donné de l'argent*. Mais ce ſens-là n'eſt guères plus raiſonnable que l'autre. On ſait que des voleurs n'ont pas beſoin qu'on leur promette de l'argent pour les engager à faire un mauvais coup.

Et puiſqu'il dépend ſouvent des Scholiaſtes de faire dire tout ce qu'ils veulent à leurs auteurs , que leur coûterait-il de leur donner un peu de bon ſens ?

Œdipe , au commencement de ſon ſecond acte , au lieu de mander *Phorbas* , fait venir devant lui *Tiréſie*. Le Roi & le Devin commencent par ſe mettre en colère l'un contre l'autre ; *Tiréſie* finit par lui dire :

C'eſt vous qui êtes le meurtrier de Laïus ; *vous vous croyez fils de* Polybe , *Roi de Corinthe : vous ne l'êtes point , vous êtes Thébain. La malédiction de votre père & de votre mère vous a autrefois éloigné de cette terre ; vous y êtes revenu , vous avez tué votre père , vous avez épouſé votre mère , vous êtes l'auteur d'un inceſte & d'un parricide ; & ſi vous trouvez que je mente , dites que je ne ſuis pas prophéte*.

Tout cela ne reſſemble guères à l'ambiguité ordinaire des oracles. Il était difficile de s'expliquer moins obſcurément : & ſi vous joignez aux paroles de *Tiréſie* le reproche qu'un yvrogne a fait autrefois à *Œdipe* , qu'il n'était pas fils de *Polybe* , & l'oracle d'*Apollon* qui lui prédit qu'il tuerait ſon

père

père & qu'il épouferait fa mère , vous trouverez que la piéce eft entiérement finie au commencement de ce fecond acte.

Nouvelle preuve que *Sophocle* n'avait pas perfectionné fon art , puifqu'il ne favait pas même préparer les événemens , ni cacher fous le voile le plus mince la cataftrophe de fes piéces.

Allons plus loin. *Œdipe* traite *Tiréfie de fou & de vieux enchanteur.* Cependant , à moins que l'efprit ne lui ait tourné, il doit le regarder comme un véritable prophête. Eh ! de quel étonnement & de quelle horreur ne doit-il point être frapé, en apprenant de la bouche de *Tiréfie* tout ce qu'*Apollon* lui a prédit autrefois ? Quel retour ne doit-il point faire fur lui-même, en apprenant ce rapport fatal qui fe trouve entre les reproches qu'on lui a faits à Corinthe , qu'il était un fils fuppofé , & les oracles de *Thèbes* qui lui difent qu'il eft Thébain ? entre *Apollon* qui lui a prédit qu'il épouferait fa mère & qu'il tuerait fon père , & *Tiréfie* qui lui apprend que fes deftins affreux font remplis ? Cependant , comme s'il avait perdu la mémoire de ces événemens épouvantables , il ne lui vient d'autre idée que de foupçonner *Créon , fon fidèle & ancien ami ,* (comme il l'appelle) d'avoir tué *Laïus ;* & cela fans aucune raifon, fans aucun fondement , fans que le moindre jour puiffe autorifer fes foupçons , & (puifqu'il faut appeller les chofes par leur nom) avec une extravagance dont il n'y a guères d'exemples parmi les modernes , ni même parmi les anciens.

Quoi ! tu ofes paraître devant moi ? dit-il à Créon : *Tu as l'audace d'entrer dans ce palais, toi qui es affurément le meurtrier de* Laïus *, & qui as manifeftement confpiré contre moi pour me ravir ma couronne ?*

Voyons , di-moi , au nom des Dieux , as-tu remarqué en moi de la lâcheté ou de la folie, pour que tu ayes entrepris un fi hardi deffein ? N'eft-ce pas la plus folle de toutes les entreprifes , que d'afpirer à la Royauté fans troupes & fans amis , comme fi , fans ce fecours, il était aifé de monter au trône ?

CRÉON lui répond.

Vous changerez de sentiment, si vous me donnez le tems de parler. Pensez-vous qu'il y ait un homme au monde qui préférât d'être Roi avec toutes les frayeurs & toutes les craintes qui accompagnent la Royauté, à vivre dans le sein du repos avec toute la sûreté d'un particulier, qui, sous un autre nom, posséderait la même puissance ?

Un Prince qui serait accusé d'avoir conspiré contre son Roi, & qui n'aurait d'autre preuve de son innocence que le verbiage de *Créon*, aurait besoin de la clémence de son Maître. Après tous ces grands discours étrangers au sujet, *Créon* demande à *Œdipe* :

Voulez-vous me chasser du Royaume ? a)

ŒDIPE.
Ce n'est pas ton exil que je veux ; je te condamne à la mort.

CRÉON.
Il faut que vous fassiez voir auparavant si je suis coupable.

ŒDIPE.
Tu parles en homme résolu de ne pas obéir.

CRÉON.
C'est parce que vous êtes injuste.

ŒDIPE.
Je prends mes sûretés.

CRÉON.
Je dois prendre aussi les miennes.

ŒDIPE.
O Thèbes ! Thèbes !

CRÉON.
Il m'est permis de crier aussi : Thèbes ! Thèbes !

Jocaste vient pendant ce beau discours, & le chœur la

a) On avertit qu'on a suivi par-tout la traduction de Mr. *Dacier.*

prie d'emmener le Roi : propofition très - fage ; car , après toutes les folies qu'*Œdipe* vient de faire , on ne ferait point mal de l'enfermer.

J O C A S T E.

J'emménerai mon mari , quand j'aurai appris la caufe de ce defordre.

L E C H Œ U R.

Œdipe & Créon ont eu enfemble des paroles fur des rapports fort incertains. On fe pique fouvent fur des foupçons très - in-juftes.

J O C A S T E.

Cela eft - il venu de l'un & de l'autre ?

L E C H Œ U R.

Oui , Madame.

J O C A S T E.

Quelles paroles ont - ils donc euës ?

L E C H Œ U R.

C'eft affez, Madame ; les Princes n'ont pas pouffé la chofe plus loin , & cela fuffit.

Effeɛtivement , comme fi cela fuffifait , *Jocafte* n'en deman-de pas davantage au chœur.

C'eft dans cette fcène qu'*Œdipe* raconte à *Jocafte*, qu'un jour, à table, un homme yvre lui reprocha qu'il était un fils fuppofé : *J'allai*, continue - t - il , *trouver le Roi & la Reine ; je les interrogeai fur ma naiffance ; ils furent tous deux très - fâchés du reproche qu'on m'avait fait. Quoique je les ai-maffe avec beaucoup de tendreffe , cette injure , qui était devenue publique , ne laiffa pas de me demeurer fur le cœur, & de me donner des foupçons. Je partis donc , à leur infçu , pour aller à Delphes : Apollon ne daigna pas répondre précifément à ma de-mande ; mais il me dit les chofes les plus affreufes & les plus épouvantables dont on ait jamais ouï parler ; que j'époufèrais infailliblement ma propre mère ; que je ferais voir aux hommes une race malheureufe qui les remplirait d'horreur ; & que je fe-rais le meurtrier de mon père.*

Voilà encor la piéce finie. On avait prédit à *Jocafte* que

fon fils tremperait fes mains dans le fang de *Laïus*, & por-
terait fes crimes jufqu'au lit de fa mère. Elle avait fait expofer ce fils fur le mont Cithéron, & lui avait fait percer
les talons, (comme elle l'avoue dans cette même fcène :)
Œdipe porte encor les cicatrices de cette bleffure ; il fait
qu'on lui a reproché qu'il n'était point fils de *Polybe* : tout
cela n'eft - il pas pour *Œdipe* & pour *Jocafte* une démonftra-
tion de leurs malheurs ? & n'y a - t - il pas un aveuglement
ridicule à en douter ?

Je fais que *Jocafte* ne dit point dans cette fcène qu'elle
dût un jour époufer fon fils : mais cela même eft une nouvelle faute.

Car lorfqu'*Œdipe* dit à *Jocafte* : *On m'a prédit que je fouil-
lerais le lit de ma mère, & que mon père ferait maffacré par
mes mains*, Jocafte doit répondre fur le champ, *on en avait
prédit autant à mon fils ;* ou du moins elle doit faire fentir
au fpectateur qu'elle eft convaincue dans ce moment de fon
malheur.

Tant d'ignorance dans *Œdipe* & dans *Jocafte* n'eft qu'un
artifice groffier du poëte, qui pour donner à fa piéce une
jufte étendue, fait filer jufqu'au cinquiéme acte une reconnaiffance déja manifeftée au fecond, & qui viole les règles
du fens commun, pour ne point manquer en apparence à
celles du théâtre.

Cette même faute fubfifte dans tout le cours de la piéce.

Cet *Œdipe* qui expliquait les énigmes, n'entend pas les
chofes les plus claires. Lorfque le pafteur de Corinthe lui
apporte la nouvelle de la mort de *Polybe*, & qu'il lui apprend que *Polybe* n'était pas fon père, qu'il a été expofé
par un Thébain fur le mont Cithéron, que fes pieds avaient
été percés & liés avec des courroies, *Œdipe* ne foupçonne
rien encore. Il n'a d'autre crainte que d'être né d'une famille
obfcure : & le chœur toûjours préfent dans le cours de la
piéce, ne prête aucune attention à tout ce qui aurait dû
inftruire *Œdipe* de fa naiffance ; le chœur, qu'on donne pour
une affemblée de gens éclairés, montre auffi peu de péné-
tration qu'*Œdipe* ; & dans le tems que les Thébàins devraient être faifis de pitié &. d'horreur à la vûe des mal-

heurs dont ils font témoins, ils s'écrient : *Si je puis juger de l'avenir, & fi je ne me trompe dans mes conjectures, Cithéron, le jour de demain ne fe paffera pas que vous ne nous faffiez connaître la patrie & la mère d'*Œdipe*, & que nous ne menions des danfes en votre honneur, pour vous rendre graces du plaifir que vous aurez fait à nos Princes. Et vous, Prince, duquel des Dieux étes - vous donc fils ? Quelle nymphe vous a eu de* Pan*, Dieu des montagnes ? Étes-vous le fruit des amours d'*Apollon *? car* Apollon *fe plaît auffi fur les montagnes. Eft - ce* Mercure*, ou* Bacchus *qui fe tient auffi fur les fommets des montagnes ? &c.*

Enfin celui qui a autrefois expofé *Œdipe*, arrive fur la fcène. *Œdipe* l'interroge fur fa naiffance. Curiofité que Mr. *Dacier* condamne après *Plutarque*, & qui me paraîtrait la feule chofe raifonnable qu'*Œdipe* eût faite dans toute la piéce, fi cette jufte envie de fe connaître n'était pas accompagnée d'une ignorance ridicule de lui - même.

Œdipe fait donc enfin tout fon fort au quatriéme acte. Voilà donc encor la piéce finie.

Monfieur *Dacier*, qui a traduit l'*Œdipe* de *Sophocle*, prétend que le fpectateur attend avec beaucoup d'impatience le parti que prendra *Jocafte*, & la manière dont *Œdipe* accomplira fur lui - même les malédictions qu'il a prononcées contre le meurtrier de *Laïus*. J'avais été féduit là-deffus par le refpect que j'ai pour ce favant homme, & j'étais de fon fentiment, lorfque je lus fa traduction. La repréfentation de ma piéce m'a bien détrompé, & j'ai reconnu qu'on peut fans péril louer tant qu'on veut les Poëtes Grecs, mais qu'il eft dangereux de les imiter.

J'avais pris dans *Sophocle* une partie du récit de la mort de *Jocafte* & de la cataftrophe d'*Œdipe*. J'ai fenti que l'attention du fpectateur diminuait avec fon plaifir au récit de cette cataftrophe ; les efprits remplis de terreur au moment de la reconnaiffance n'écoutaient plus qu'avec dégoût la fin de la piéce. Peut - être que la médiocrité des vers en était la caufe ; peut - être que le fpectateur, à qui cette cataftrophe eft connue, regrettait de n'entendre rien de nouveau ; peut-être auffi que la terreur ayant été pouffée à fon comble, il était

N iij

impoffible que le refte ne parût languiffant. Quoi qu'il en
foit, j'ai été obligé de retrancher ce récit, qui n'était pas
de plus de quarante vers, & dans *Sophocle* il tient tout le
cinquiéme aûte. Il y a grande apparence qu'on ne doit point
paffer à un ancien deux ou trois cent vers inutiles, lorfqu'on
n'en paffe pas quarante à un moderne.

Monfieur *Dacier* avertit dans fes notes que la piéce de
Sophocle n'eft point finie au quatriéme aûte. N'eft-ce pas
avouer qu'elle eft finie, que d'être obligé de prouver qu'elle
ne l'eft pas ? On ne fe trouve pas dans la néceffité de faire
de pareilles notes fur les tragédies de *Racine* & de *Corneille*;
il n'y a que les *Horaces* qui auraient befoin d'un tel commen-
taire : mais le cinquiéme aûte des *Horaces* n'en paraîtrait pas
moins défeûtueux.

Je ne puis m'empêcher de parler ici d'un endroit du cinquiéme aûte de *Sophocle* que *Longin* a admiré, & que *Defpréaux* a traduit.

> Hymen, funefte hymen, tu m'as donné la vie ;
> Mais dans ces mèmes flancs où je fus renfermé,
> Tu fais rentrer ce fang dont tu m'avais formé ;
> Et par-là tu produis & des fils & des pères,
> Des frères, des maris, des femmes & des mères,
> Et tout ce que du fort la maligne fureur
> Fit jamais voir au jour & de honte & d'horreur.

Premiérement, il falait exprimer que c'eft dans la même
perfonne qu'on trouve ces mères & ces maris ; car il n'y a
point de mariage qui ne produife de tout cela. En fecond
lieu, on ne pafferait point aujourd'hui à *Œdipe* de faire une
fi curieufe recherche des circonftances de fon crime, & d'en
combiner ainfi toutes les horreurs ; tant d'exaûtitude à compter tous fes titres inceftueux, loin d'ajouter à l'atrocité de
l'aûtion, femble plutôt l'affaiblir.

Ces deux vers de *Corneille* difent beaucoup plus.

> Ce font eux qui m'ont fait l'affaffin de mon père ;
> Ce font eux qui m'ont fait le mari de ma mère.

Les vers de *Sophocle* font d'un déclamateur, & ceux de *Corneille* font d'un poëte.

Vous voyez que dans la critique de l'*Œdipe* de *Sophocle*, je ne me fuis attaché à relever que les défauts qui font de tous les tems & de tous les lieux ; les contradictions, les abfurdités, les vaines déclamations font des fautes par tout pays.

Je ne fuis point étonné que, malgré tant d'imperfeétions, *Sophocle* ait furpris l'admiration de fon fiécle. L'harmonie de fes vers, & le pathétique qui régne dans fon ftyle, ont pû féduire les Athéniens, qui avec tout leur efprit & toute leur politeffe, ne pouvaient avoir une jufte idée de la perfeétion d'un art qui était encor dans fon enfance.

Sophocle touchait au tems où la tragédie fut inventée. *Efthyle*, contemporain de *Sophocle*, était le premier qui s'était avifé de mettre plufieurs perfonnages fur la fcène. Nous fommes auffi touchés de l'ébauche la plus groffière dans les premières découvertes d'un art, que des beautés les plus achevées, lorfque la perfeétion nous eft une fois connue. Ainfi *Sophocle* & *Euripide*, tout imparfaits qu'ils font, ont autant réuffi chez les Athéniens que *Corneille* & *Racine* parmi nous. Nous devons nous-mêmes, en blâmant les tragédies des Grecs, refpeéter le génie de leurs auteurs ; leurs fautes font fur le compte de leur fiécle ; leurs beautés n'appartiennent qu'à eux ; & il eft à croire que s'ils étaient nés de nos jours, ils auraient perfeétionné l'art qu'ils ont prefque inventé de leur tems.

Il eft vrai qu'ils font bien déchus de cette haute eftime où ils étaient autrefois ; leurs ouvrages font aujourd'hui ou ignorés ou méprifés : mais je crois que cet oubli & ce mépris font au nombre des injuftices dont on peut accufer notre fiécle ; leurs ouvrages méritent d'être lus fans doute, & s'ils font trop défeétueux pour qu'on les approuve, ils font auffi trop pleins de beautés pour qu'on les méprife entiérement.

Euripide fur-tout, qui me paraît fi fupérieur à *Sophocle*, & qui ferait le plus grand des poëtes, s'il était né dans un tems plus éclairé, a laiffé des ouvrages qui décèlent un génie parfait , malgré les imperfections de ses tragédies.

Eh ! quelle idée ne doit - on point avoir d'un poëte qui a prêté des sentimens à *Racine* même ? Les endroits que ce grand homme a traduits d'*Euripide* dans son inimitable tragédie de *Phèdre* , ne sont pas les moins beaux de son ouvrage.

> Dieux , que ne suis - je assise à l'ombre des forèts ?
> Quand pourrai - je , au travers d'une noble poussière ,
> Suivre de l'œil un char fuyant dans la carrière ?
> .... Insensée , où suis - je , & qu'ai - je dit ?
> Où laissai - je égarer mes vœux & mon esprit ?
> Je l'ai perdu , les Dieux m'en ont ravi l'usage.
> Œnone , la rougeur me couvre le visage ;
> Je te laisse trop voir mes honteuses douleurs ,
> Et mes yeux , malgré moi, se remplissent de pleurs.

Presque toute cette scène est traduite mot pour mot d'*Euripide*. Il ne faut pas cependant que le lecteur séduit par cette traduction , s'imagine que la piéce d'*Euripide* soit un bon ouvrage. Voilà le seul bel endroit de sa tragédie , & même le seul raisonnable ; car c'est le seul que *Racine* ait imité : & comme on ne s'avisera jamais d'approuver l'*Hippolite* de *Sénèque* , quoique *Racine* ait pris dans cet auteur toute la déclaration de *Phèdre* , aussi ne doit - on pas admirer l'*Hippolite* d'*Euripide* , pour trente ou quarante vers qui se sont trouvés dignes d'être imités par le plus grand de nos poëtes.

Molière prenait quelquefois des scènes entières dans *Cyrano de Bergerac* , & disait pour son excuse : *Cette scène est bonne , elle m'appartient de droit ; je reprens mon bien par - tout où je le trouve.*

Racine pouvait à peu près en dire autant d'*Euripide*.

Pour moi , après vous avoir dit bien du mal de *Sophocle* , je suis obligé de vous en dire le peu de bien que j'en sais ; tout différent en cela des médisans , qui commencent toûjours par louer un homme , & qui finissent par le rendre ridicule.

J'avoue que peut - être , sans *Sophocle* , je ne serais jamais venu à bout de mon *Œdipe*. Je lui dois l'idée de la première scène de mon quatriéme acte. Celle du grand - prêtre qui accuse

cufe le Roi, eft entiérement de lui ; la fcène des deux vieillards lui appartient encore. Je voudrais lui avoir d'autres obli-
gations, je les avouerais avec la même bonne foi. Il eft vrai
que comme je lui dois des beautés, je lui dois auffi des fautes, & j'en parlerai dans l'examen de ma piéce, où j'efpère
vous rendre compte des miennes.

L E T T R E I V.

*Contenant la critique de l'*Œ D I P E *de* Corneille.

MOnfieur, après vous avoir fait part de mes fentimens
fur l'*Œdipe* de *Sophocle*, je vous dirai ce que je penfe
de celui de *Corneille*. Je refpecte beaucoup plus, fans doute,
ce tragique Français, que le Grec : mais je refpecte encor
plus la vérité, à qui je dois les premiers égards. Je crois même que quiconque ne fait pas connaître les fautes des grands
hommes, eft incapable de fentir le prix de leurs perfections.
J'ofe donc critiquer l'*Œdipe* de *Corneille* ; & je le ferai avec
d'autant plus de liberté, que je ne crains point que vous me
foupçonniez de jaloufie, ni que vous me reprochiez de vouloir m'égaler à lui. C'eft en l'admirant que je hazarde ma cenfure ; & je crois avoir une eftime plus véritable pour ce fameux poëte, que ceux qui jugent de l'*Œdipe* par le nom de
l'auteur, & non par l'ouvrage même, & qui euffent méprifé
dans tout autre ce qu'ils admirent dans l'auteur de *Cinna*.

Corneille fentit bien que la fimplicité, ou plutôt la féche-
reffe de la tragédie de *Sophocle*, ne pouvait fournir toute l'é-
tendue qu'exigent nos piéces de théâtre. On fe trompe fort,
lorfqu'on penfe que tous ces fujets, traités autrefois avec fuccès par *Sophocle* & par *Euripide* ; l'*Œdipe*, le *Philoctète*, l'*E-
lectre*, l'*Iphigénie en Tauride*, font des fujets heureux & aifés à
manier ; ce font les plus ingrats & les plus impraticables ;
ce font des fujets d'une ou de deux fcènes tout au plus, &
non pas d'une tragédie. Je fais qu'on ne peut guères voir fur
le théâtre des événemens plus affreux ni plus attendriffans ; &

Tom. III. & du Théâtre le premier.   O

c'eft cela même qui rend le fuccès plus difficile. Il faut joindre à ces événemens des paffions qui les préparent : fi ces paffions font trop fortes, elles étouffent le fujet ; fi elles font trop faibles, elles languiffent. Il falait que *Corneille* marchât entre ces deux extrémités, & qu'il fuppléat par la fécondité de fon génie à l'aridité de la matière. Il choifit donc l'épifode de *Théfée* & de *Dircé* ; & quoique cet épifode ait été univerfellement condamné, quoique *Corneille* eût pris dès longtems la glorieufe habitude d'avouer fes fautes, il ne reconnut point celle-ci ; & parce que cet épifode était tout entier de fon invention, il s'en applaudit dans fa préface : tant il eft difficile aux plus grands hommes, & même aux plus modeftes, de fe fauver des illufions de l'amour propre.

Il faut avouer que *Théfée* joue un étrange rôle pour un héros, au milieu des maux les plus horribles dont un peuple puiffe être accablé ; il débute par dire que,

> Quelque ravage affreux que faffe ici la pefte,
> L'abfence aux vrais amans eft encor plus funefte.

Et parlant dans la feconde fcène à *Œdipe* :

> Il veut lui faire voir un beau feu dans fon fein,
> Et tâcher d'obtenir un aveu favorable,
> Qui peut faire un heureux d'un amant miférable.
> .... Il eft vrai, j'aime en vôtre palais ;
> Chez vous eft la beauté qui fait tous mes fouhaits.
> Vous l'aimez à l'égal d'Antigone & d'Ifmène ;
> Elle tient même rang chez vous & chez la Reine ;
> En un mot, c'eft leur fœur, la Princeffe *Dircé*,
> Dont les yeux....

Œdipe répond :

> .... Quoi ! fes yeux, Prince, vous ont bleffé !
> Je fuis fâché pour vous, que la Reine fa mère
> Ait fu vous prévenir pour un fils de fon frère.
> Ma parole eft donnée, & je n'y puis plus rien :
> Mais je crois qu'après tout fes fœurs la valent bien.

T H É S É E.

Antigone eft parfaite , Ifmène eft admirable ;
Dircé , fi vous voulez , n'a rien de comparable ;
Elles font , l'une & l'autre , un chef-d'œuvre des cieux :
Mais. . . .
Ce n'eft pas offenfer deux fi charmantes fœurs ,
Que voir en leur ainée auffi quelques douceurs.

Cependant l'ombre de *Laïus* demande un Prince ou une Princeffe de fon fang pour victime ; *Dircé* , feul refte du fang de ce
Roi , eft prête à s'immoler fur le tombeau de fon père : *Théfée*
qui veut mourir pour elle , lui fait accroire qu'il eft fon frère ,
& ne laiffe pas de lui parler d'amour , malgré la nouvelle
parenté.

J'ai mêmes yeux encor ; & vous , mêmes appas.
Mon cœur n'écoute point ce que le fang veut dire ;
C'eft d'amour qu'il gémit , c'eft d'amour qu'il foupire ;
Et pour pouvoir fans crime en goûter la douceur ,
Il fe révolte exprès contre le nom de fœur.

Cependant , qui le croirait ? *Théfée* dans cette même fcène ,
fe laffe de fon ftratagême. Il ne peut plus foûtenir davantage
le perfonnage de frère ; & fans attendre que le frère de *Dircé*
foit connu , il lui avoue toute la feinte , & la remet par-là
dans le péril dont il voulait la tirer , en lui difant pourtant :

Que l'amour , pour défendre une fi chère vie ,
Peut faire vanité d'un peu de tromperie.

Enfin , lorfqu'*Œdipe* reconnait qu'il eft le meurtrier de
Laïus , *Théfée* , au lieu de plaindre ce malheureux Roi , lui
propofe un duel pour le lendemain ; il époufe *Dircé* à la fin
de la piéce , & ainfi la paffion de *Théfée* fait tout le fujet de
la tragédie , & les malheurs d'*Œdipe* n'en font que l'épifode.

Dircé , perfonnage plus défectueux que *Théfée* , paffe tout
fon tems à dire des injures à *Œdipe* & à fa mère ; elle dit à
Jocafte , fans détour , qu'elle eft indigne de vivre.

O ij

Votre fecond hymen peut avoir d'autres caufes ;
Mais j'oferai vous dire , à bien juger des chofes,
Que pour avoir puifé la vie en votre flanc ,
J'y dois avoir fucé fort peu de votre fang.
Celui du grand Laïus , dont je m'y fuis formée,
Trouve bien qu'il eft doux d'aimer & d'être aimée ;
Mais il ne trouve pas qu'on foit digne du jour ,
Lorfqu'aux foins de fa gloire on préfére l'amour.

Il eft étonnant que *Corneille* , qui a fenti ce défaut , ne l'ait connu que pour l'excufer. *Ce manque de refpect* , dit-il, *de* Dircé *envers fa mère* , *ne peut être une faute de théâtre* , *puif- que nous ne fommes pas obligés de rendre parfaits ceux que nous y faifons voir.* Non fans doute, on n'eft pas obligé de faire des gens de bien de tous fes perfonnages : mais les bienféan- ces exigent du moins qu'une Princeffe qui a affez de vertu pour vouloir fauver fon peuple aux dépens de fa vie , en ait affez pour ne point dire des injures atroces à fa mère.

Pour *Jocafte* , dont le rôle devrait être intéreffant , puif- qu'elle partage tous les malheurs d'*Œdipe* , elle n'en eft pas même le témoin ; elle ne paraît point au cinquiéme acte , lorfqu'*Œdipe* apprend qu'il eft fon fils : en un mot , c'eft un perfonnage abfolument inutile , qui ne fert qu'à raifonner avec *Théfée* , & à excufer les infolences de fa fille , qui agit , dit-elle ,

En amante à bon titre , en Princeffe avifée.

Finiffons par examiner le rôle d'*Œdipe* , & avec lui la con- texture. du poëme.

Il commence par vouloir marier une de fes filles , avant que de s'attendrir fur les malheurs des Thébains ; bien plus condamnable en cela que *Théfée* , qui n'étant point chargé comme lui du falut de tout ce peuple , peut fans crime écou- ter fa paffion.

Cependant comme il falait bien dire au premier acte quel- que chofe du fujet de la piéce , on en touche un mot dans la cinquiéme fcène. *Œdipe* foupçonne que les Dieux font irri- tés contre les Thébains , parce que *Jocafte* avait autrefois fait expofer fon fils , & trompé par-là les oracles des Dieux , qui prédifaient que ce fils tuerait fon père & époufèrait fa mère.

Il me femble qu'il doit croire plutôt que les Dieux font fatisfaits que *Jocafte* ait étouffé un monftre au berceau ; & vrai-femblablement ils n'ont prédit les crimes de ce fils , qu'a-fin qu'on l'empêchât de les commettre.

Jocafte foupçonne , avec auffi peu de fondement , que les Dieux puniffent les Thébains de n'avoir pas vengé la mort de *Laïus* ; elle prétend qu'on n'a jamais pû venger cette mort. Comment donc peut-elle croire que les Dieux la pu-niffent de n'avoir pas fait l'impoffible ?

Avec moins de fondement encor *Œdipe* répond :

> Pourrons-nous en punir des brigands inconnus ,
> Que peut-être jamais en ces lieux on n'a vûs ?
> Si vous m'avez dit vrai , peut-être ai-je moi-même
> Sur trois de ces brigands vengé le diadème.
>
> . . . .
>
> Au lieu même , au tems même , attaqué feul par trois ,
> J'en laiffai deux fans vie , & mis l'autre aux abois.

Œdipe n'a aucune raifon de croire que ces trois voyageurs fuffent des brigands , puifqu'au quatriéme acte , lorfque *Phor-bas* paraît devant lui , il lui dit :

> Et tu fus un des trois que je fus arrêter ,
> Dans ce paffage étroit qu'il falut difputer ?

S'il les a arrêtés lui-même , & s'il ne les a combattus que parce qu'ils ne voulaient pas lui céder le pas , il n'a point dû les prendre pour des voleurs , qui font ordinaire-ment très-peu de cas des cérémonies , & qui fongent plu-tôt à détrouffer les gens , qu'à leur difputer le haut du pavé.

Mais il me femble qu'il y a dans cet endroit une faute encor plus grande. *Œdipe* avoue à *Jocafte* qu'il s'eft battu contre trois inconnus au tems même & au lieu même où *Laïus* a été tué. *Jocafte* fait que *Laïus* n'avait avec lui que deux compagnons de voyage. Ne devait-elle donc pas foup-

O iij

çonner que *Laïus* eſt peut - être mort de la main d'*Œdipe ?*
Cependant elle ne fait nulle attention à cet aveu ; & de
peur que la piéce ne finiſſe au premier aĉte , elle ferme les
yeux ſur les lumières qu'*Œdipe* lui donne ; & juſqu'à la fin
du quatriéme aĉte , il n'eſt pas dit un mot de la mort de
Laïus , qui pourtant eſt le ſujet de la piéce. Les amours de
Théſée & de *Dircé* occupent toute la ſcène.

C'eſt au quatriéme aĉte qu'*Œdipe ,* en voyant *Phorbas ,*
s'écrie :

> C'eſt un de mes brigands à la mort échapé ,
>
> Madame , & vous pouvez lui choiſir des ſupplices :
>
> S'il n'a tué *Laïus ,* il fut un des complices.

Pourquoi prendre *Phorbas* pour un brigand ? & pourquoi
affirmer avec tant de certitude qu'il eſt complice de la mort
de *Laïus ?* Il me paraît que l'*Œdipe* de *Corneille* accuſe *Phorbas* avec autant de légéreté que l'*Œdipe* de *Sophocle* accuſe
Créon.

Je ne parle point de l'aĉte giganteſque d'*Œdipe* qui tue
trois hommes tout ſeul dans *Corneille ,* & qui en tue ſept
dans *Sophocle.* Mais il eſt bien étrange qu'*Œdipe* ſe ſouvien-
ne , après ſeize ans , de tous les traits de ces trois hommes;
*que l'un avait le poil noir , la mine aſſez farouche , le front ci-
catriſé , & le regard un peu louche ; que l'autre avait le teint
frais & l'œil perçant , qu'il était chauve ſur le devant , & mélé
ſur le derrière ;* & pour rendre la choſe encor moins vraiſem-
blable , il ajoûte :

> On en peut voir en moi la taille & quelques traits.

Ce n'était point à *Œdipe* à parler de cette reſſemblance ;
c'était à *Jocaſte ,* qui ayant vécu avec l'un & avec l'autre ,
pouvait en être bien mieux informée qu'*Œdipe ,* qui n'a jamais vû *Laïus* qu'un moment en ſa vie. Voilà comme *Sophocle* a traité cet endroit : mais il falait que *Corneille ,* ou
n'eût point lû du tout *Sophocle ,* ou le mépriſât beaucoup ,
puiſqu'il n'a rien emprunté de lui , ni beautés ni défauts.

Cependant , comment ſe peut - il faire qu'*Œdipe* ait ſeul

tué *Laïus*, & que *Phorbas*, qui a été bleffé à côté de ce Roi, dife pourtant qu'il a été tué par des voleurs ? Il était difficile de concilier cette contradiction ; & *Jocafte*, pour toute réponfe, dit que,

> C'eft un conte,
> Dont Phorbas, au retour, voulut cacher fa honte.

Cette petite tromperie de *Phorbas* devait-elle être le nœud de la tragédie d'*Œdipe ?* Il s'eft pourtant trouvé des gens qui ont admiré cette puérilité ; & un homme diftingué à la cour par fon efprit, m'a dit que c'était là le plus bel endroit de *Corneille*.

Au cinquiéme acte, *Œdipe*, honteux d'avoir époufé la veuve d'un Roi qu'il a maffacré, dit qu'il veut fe bannir & retourner à Corinthe ; & cependant il envoye chercher *Théfée* & *Dircé*,

> Pour lire dans leur ame,
> S'ils prêteroient la main à quelque fourde trame.

Et que lui importent les fourdes trames de *Dircé*, & les prétentions de cette Princeffe fur une couronne à laquelle il renonce pour jamais ?

Enfin, il me paraît qu'*Œdipe* apprend avec trop de froideur fon affreufe avanture. Je fais qu'il n'eft point coupable, & que fa vertu peut le confoler d'un crime involontaire : mais s'il a affez de fermeté dans l'efprit pour fentir qu'il n'eft que malheureux, doit-il fe punir de fon malheur ? Et s'il eft affez furieux & affez defefpéré pour fe crever les yeux, doit-il être affez froid pour dire à *Dircé* dans un moment fi terrible :

> Votre frère eft connu, le favez-vous, Madame ?
> Votre amour pour Théfée eft dans un plein repos.
>
> .   .   .   .
>
> Aux crimes, malgré moi, l'ordre du Ciel m'attache ;
> Pour m'y faire tomber à moi-même il me cache ;
> Il offre, en m'aveuglant fur ce qu'il a prédit,
> Mon père à mon épée, & ma mère à mon lit.

Hélas ! qu'il eſt bien vrai qu'en vain on s'imagine
Dérober notre vie à ce qu'il nous deſtine !
Les ſoins de l'éviter font courir au - devant,
Et l'adreſſe à le fuir y plonge plus avant.

Doit - il reſter ſur le théâtre à débiter plus de quatre-vingt
vers avec *Dircé* & *Théſée*, qui ſont deux étrangers pour lui,
tandis que *Jocaſte*, ſa femme & ſa mère, ne ſait encor rien
de ſon avanture, & ne paraît pas même ſur la ſcène ?

Voilà à peu près les principaux défauts que j'ai cru apercevoir dans l'*Œdipe* de *Corneille*. Je m'abuſe peut-être : mais
je parle de ſes fautes avec la même ſincérité que j'admire
les beautés qui y ſont répandues ; & quoique les beaux morceaux de cette piéce me paraiſſent très-inférieurs aux grands
traits de ſes autres tragédies, je deſeſpère pourtant de les
égaler jamais : car ce grand homme eſt toûjours au - deſſus
des autres, lors même qu'il n'eſt pas entiérement égal à lui-
même.

Je ne parle point de la verſification ; on ſait qu'il n'a jamais fait de vers ſi faibles & ſi indignes de la tragédie. En
effet, *Corneille* ne connaiſſait guères la médiocrité, & il
tombait dans le bas avec la même facilité qu'il s'élevait au
ſublime.

J'eſpère que vous me pardonnerez, Monſieur, la témérité
avec laquelle je parle ; ſi pourtant c'en eſt une de trouver
mauvais ce qui eſt mauvais, & de reſpecter le nom de l'auteur ſans en être l'eſclave.

Et quelles fautes voudrait - on que l'on relevât ? Serait-ce
celles des auteurs médiocres dont on ignore tout juſqu'aux
défauts ? C'eſt ſur les imperfections des grands hommes qu'il
faut attacher ſa critique ; car ſi le préjugé nous faiſait admirer leurs fautes, bientôt nous les imiterions, & il ſe trou-
verait peut-être que nous n'aurions pris de ces célèbres écrivains que l'exemple de mal faire.

LETTRE

LETTRE V.

Qui contient la critique du nouvel ŒDIPE.

MOnfieur, me voilà enfin parvenu à la partie de ma differtation la plus aifée, c'eft-à-dire, à la critique de
mon ouvrage ; & pour ne point perdre de tems, je commen-
cerai par le premier défaut, qui eft celui du fujet. Régulié-
rement, la piéce d'*Œdipe* devrait finir au premier acte. Il n'eft
pas naturel qu'*Œdipe* ignore comment fon prédécefleur eft
mort. *Sophocle* ne s'eft point mis du tout en peine de corriger
cette faute. *Corneille*, en voulant la fauver, a fait encor plus
mal que *Sophocle*, & je n'ai pas mieux réuffi qu'eux. *Œdipe*,
chez moi, parle ainfi à *Jocafte* :

> On m'avait toûjours dit que ce fut un Thébain
> Qui leva fur fon Prince une coupable main.
> Pour moi qui, fur fon trône élevé par vous-même,
> Deux ans après fa mort, ai ceint le diadème,
> Madame, jufqu'ici refpectant vos douleurs,
> Je n'ai point rappellé le fujet de vos pleurs ;
> Et de vos feuls périls chaque jour allarmée,
> Mon ame à d'autres foins femblait être formée.

Ce compliment ne me paraît point une excufe valable de
l'ignorance d'*Œdipe*. La crainte de déplaire à fa femme en lui
parlant de fon premier mari, ne doit point du tout l'empêcher
de s'informer des circonftances de la mort de fon prédécefleur.
C'eft avoir trop de difcrétion & trop peu de curiofité ; il ne
lui eft pas permis non plus de ne point favoir l'hiftoire de
Phorbas. Un miniftre d'Etat ne faurait jamais être un homme
affez obfcur pour être en prifon plufieurs années, fans qu'on
en fache rien. *Jocafte* a beau dire :

Dans un château voifin conduit fecrèttement,
Je dérobai fa tète à leur emportemènt.

on voit bien que ces deux vers ne font mis que pour
prévenir la critique ; c'eft une faute qu'on tâche de déguifer,
mais qui n'en eft pas moins faute.

Voici un défaut plus confidérable qui n'eft pas du fujet,
& dont je fuis feul refponfable. C'eft le perfonnage de *Philoftète*. Il femble qu'il ne foit venu à Thèbes que pour y être
accufé ; encor eft-il foupçonné peut-être un peu légérement.
Il arrive au premier afte, & s'en retourne au troifiéme. On
ne parle de lui que dans les trois premiers aftes, & on n'en
dit pas un feul mot dans les derniers. Il contribue un peu au
nœud de la piéce, & le dénouement fe fait abfolument fans
lui : ainfi il paraît que ce font deux tragédies, dont l'une
roule fur *Philoftète*, & l'autre fur *Œdipe*.

J'ai voulu donner à *Philoftète* le caraftère d'un héros, &
j'ai bien peur d'avoir pouffé la grandeur d'ame jufqu'à la fan-
faronade. Heureufement j'ai lû dans Madame *Dacier*, qu'un
homme peut parler avantageufement de foi, lorfqu'il eft calomnié : voilà le cas où fe trouve *Philoftète*. Il eft réduit par
la calomnie à la néceffité de dire du bien de lui - même.
Dans une autre occafion, j'aurais tâché de lui donner plus
de politeffe que de fierté ; & s'il s'était trouvé dans les mêmes circonftances que *Sertorius* & *Pompée*, j'aurais pris la
converfation héroïque de ces deux grands hommes pour modèle, quoique je n'euffe pas efpéré de l'atteindre. Mais comme il eft dans la fituation de *Nicomède*, j'ai crû devoir le
faire parler à peu près comme ce jeune Prince, & qu'il
lui était permis de dire, *un homme tel que moi*, lorfqu'on
l'outrage. Quelques perfonnes s'imaginent que *Philoftète* était
un pauvre écuyer d'*Hercule*, qui n'avait d'autre mérite que
d'avoir porté fes flèches, & qui veut s'égaler à fon maître
dont il parle toûjours. Cependant il eft certain que *Philoctète* était un Prince de la Grèce, fameux par fes exploits,
compagnon d'*Hercule*, & de qui même les Dieux avaient
fait dépendre le deftin de Troye. Je ne fais fi je n'en ai

point fait en quelques endroits un fanfaron ; mais il eſt certain que c'était un héros.

Pour l'ignorance où il eſt, en arrivant, ſur les affaires de *Thèbes*, je ne la trouve pas moins condamnable que celle d'*Œdipe*. Le mont Œta où il avait vû mourir *Hercule*, n'était pas ſi éloigné de Thèbes, qu'il ne pût ſavoir aiſément ce qui ſe paſſait dans cette ville. Heureuſement cette ignorance vicieuſe de *Philoctète* m'a fourni une expoſition du ſujet qui m'a paru aſſez bien reçue ; & c'eſt ce qui me perſuade que les beautés d'un ouvrage naiſſent quelquefois d'un défaut.

Dans toutes les tragédies, on tombe dans un écueil tout contraire. L'expoſition du ſujet ſe fait ordinairement à un perſonnage qui en eſt auſſi bien informé que celui qui lui parle. On eſt obligé, pour mettre les auditeurs au fait, de faire dire aux principaux acteurs ce qu'ils ont dû vraiſemblablement déjà dire mille fois. Le point de perfection ſerait de combiner tellement les événemens, que l'acteur qui parle n'eût jamais dû dire ce qu'on met dans ſa bouche que dans le tems même où il le dit. Telle eſt, entre autres exemples de cette perfection, la première ſcène de la tragédie de *Bajaʒet*. *Acomat* ne peut être inſtruit de ce qui ſe paſſe dans l'armée. *Oſmin* ne peut ſavoir de nouvelles du Serrail. Ils ſe font l'un à l'autre des confidences réciproques, qui inſtruiſent & qui intéreſſent également le ſpectateur ; & l'artifice de cette expoſition eſt conduit avec un ménagement dont je crois que *Racine* ſeul était capable.

Il eſt vrai qu'il y a des ſujets de tragédie où l'on eſt tellement gêné par la bizarrerie des événemens, qu'il eſt preſque impoſſible de réduire l'expoſition de ſa piéce à ce point de ſageſſe & de vraiſemblance. Je crois, pour mon bonheur, que le ſujet d'*Œdipe* eſt de ce genre ; & il me ſemble que lorſqu'on ſe trouve ſi peu maître du terrein, il faut toûjours ſonger à être intéreſſant plutôt qu'exact ; car le ſpectateur pardonne tout, hors la longueur ; & lorſqu'il eſt une fois ému, il examine rarement s'il a raiſon de l'être.

A l'égard de l'amour de *Jocaſte* & de *Philoctète*, j'oſe encor dire que c'eſt un défaut néceſſaire ; le ſujet ne me four-

niſſait rien par-lui-même pour remplir les trois premiers
actes ; à peine même avais-je de la matière pour les deux
derniers. Ceux qui connaiſſent le théâtre, c'eſt-à-dire ceux
qui ſentent les difficultés de la compoſition auſſi-bien que
les fautes, conviendront de ce que je dis. Il faut toûjours
donner des paſſions aux principaux perſonnages. Eh ! quel
rôle inſipide aurait joué *Jocaſte*, ſi elle n'avait eu du moins
le ſouvenir d'un amour légitime, & ſi elle n'avait craint pour
les jours d'un homme qu'elle avait autrefois aimé ?

Il eſt ſurprenant que *Philoctète* aime encor *Jocaſte*, après
une ſi longue abſence : il reſſemble aſſez aux Chevaliers errans, dont la profeſſion était d'être toûjours fidèles à leurs
maîtreſſes. Mais je ne puis être de l'avis de ceux qui trouvent *Jocaſte* trop âgée pour faire naître encor des paſſions ;
elle a pû être mariée ſi jeune, & il eſt ſi ſouvent répété
dans la piéce qu'*Œdipe* eſt dans une grande jeuneſſe, que
ſans trop preſſer les tems, il eſt aiſé de voir qu'elle n'a pas
plus de trente-cinq ans. Les femmes ſeraient bien malheu-
reuſes, ſi on n'inſpirait plus de ſentiment à cet âge.

Je veux que *Jocaſte* ait plus de ſoixante ans dans *Sophocle*
& dans *Corneille*. La conſtruction de leur fable n'eſt pas une
règle pour la mienne. Je ne ſuis pas obligé d'adopter leurs
fictions ; & s'il leur a été permis de faire revivre dans pluſieurs de leurs piéces des perſonnes mortes depuis longtems,
& d'en faire mourir d'autres qui étaient encor vivantes, on
doit bien me paſſer d'ôter à *Jocaſte* quelques années.

Mais je m'aperçois que je fais l'apologie de ma piéce, au
lieu de la critique que j'en avais promiſe. Revenons vîte à
la cenſure.

Le troiſiéme acte n'eſt point fini ; on ne ſait pourquoi les
acteurs ſortent de la ſcène. *Œdipe* dit à *Jocaſte* :

> Suivez mes pas, rentrons ; il faut que j'éclairciſſe
> Un ſoupçon que je forme avec trop de juſtice.
> . . . . Suivez moi,
> Et venez diſſiper ou combler mon effroi.

Mais il n'y a pas de raiſon pour éclaircir ſon doute plutôt derrière le théâtre que fur la fcène : auffi *Œdipe* après avoir dit à *Jocafte* de le fuivre, revient avec elle le moment d'après, & il n'y a nulle diftinction entre le troifiéme & le quatriéme acte, que le coup d'archet qui les fépare.

La première fcène du quatriéme acte eft celle qui a le plus réuffi : mais je ne me reproche pas moins d'avoir fait dire dans cette fcène à *Jocafte* & à *Œdipe* tout ce qu'ils avaient dû s'apprendre depuis longtems. L'intrigue n'eft fondée que fur une ignorance bien peu vraifemblable. J'ai été obligé de recourir à un miracle pour couvrir ce défaut du fujet. Je mets dans la bouche d'*Œdipe* :

> Enfin je me fouviens qu'aux champs de la Phocide
> (Et je ne conçois pas par quel enchantement
> J'oubliais jufqu'ici ce grand événement,
> La main des Dieux fur moi fi longtems fufpendue,
> Semble ôter le bandeau qu'ils mettaient fur ma vûe)
> Dans un chemin étroit je trouvai deux guerriers, &c.

Il eft manifefte que c'était au premier acte qu'*Œdipe* devait raconter cette avanture de la Phocide ; car dès qu'il apprend par la bouche du grand Prêtre que les Dieux demandent la punition du meurtrier de *Laïus*, fon devoir eft de s'informer fcrupuleufement & fans délai de toutes les circonftances de ce meurtre. On doit lui répondre que *Laïus* a été tué en Phocide, dans un chemin étroit, par deux étrangers; & lui qui fait que dans ce tems-là même il s'eft battu contre deux étrangers en Phocide, doit foupçonner dès ce moment que *Laïus* a été tué de fa main. Il eft trifte d'être obligé, pour cacher cette faute, de fuppofer que la vengeance des Dieux ôte dans un tems la mémoire à *Œdipe*, & la lui rend dans un autre.

La fcène fuivante d'*Œdipe* & de *Phorbas* me paraît bien moins intéreffante chez moi que dans *Corneille*. *Œdipe*, dans ma piéce, eft déja inftruit de fon malheur, avant que *Phorbas* achéve de l'en perfuader. *Phorbas* ne laiffe l'efprit du fpectateur dans aucune incertitude, il ne lui infpire aucune furprife, & ainfi il ne doit point l'intéreffer : au contraire,

dans *Corneille*, *Œdipe*, loin de fe douter d'être le meurtrier
de *Laïus*, croit en être le vengeur, & il fe convainc lui-
même en voulant convaincre *Phorbas*. Cet artifice de *Corneille*
ferait admirable, fi *Œdipe* avait quelque lieu de croire que
Phorbas eft coupable, & fi le nœud de la piéce n'était pas
fondé fur un menfonge puéril.

> C'eft un conte ,
> Dont Phorbas , au retour , voulut cacher fa honte.

Je ne poufferai pas plus loin la critique de mon ouvrage;
il me femble que j'en ai reconnu les défauts les plus impor-
tans. On ne doit pas en exiger davantage d'un auteur , &
peut-être un cenfeur ne m'aurait-il pas plus maltraité. Si on
me demande pourquoi je n'ai pas corrigé ce que je condamne,
je répondrai qu'il y a fouvent dans un ouvrage des défauts
qu'on eft obligé de laiffer malgré foi ; & d'ailleurs il y a peut-
être autant d'honneur à avouer fes fautes qu'à les corriger.
J'ajoûterai encore que j'en ai ôté autant qu'il en refte. Chaque
repréfentation de mon *Œdipe* était pour moi un examen févère, où je recueillais les fuffrages & les cenfures du public,
& j'étudiais fon goût pour former le mien. Il faut que j'a-
voue que Monfeigneur le Prince de *Conti* eft celui qui m'a
fait les critiques les plus judicieufes & les plus fines. S'il n'é-
tait qu'un particulier , je me contenterais d'admirer fon difcernement : mais puifqu'il eft élevé au-deffus des autres par
fon rang autant que par fon efprit, j'ofe ici le fupplier d'accorder fa protection aux belles-lettres dont il a tant de connaiffance.

J'oubliais de dire que j'ai pris deux vers dans l'*Œdipe* de
Corneille. L'un eft au premier acte :

> Ce monftre à voix humaine , aigle , femme & lion :

L'autre eft au dernier acte. C'eft une traduction de *Sénèque* :
Nec vivis miftus , nec fepultis :

> Et le fort qui l'accable ,
> Des morts & des vivans femble le féparer.

Je n'ai point fait fcrupule de voler ces deux vers, parce
qu'ayant précifément la même chofe à dire que *Corneille*, il
m'était impoffible de l'exprimer mieux, & j'ai mieux aimé
donner deux bons vers de lui, que d'en donner deux mauvais
de moi.

Il me refte à parler de quelques rimes que j'ai hazardées
dans ma tragédie. J'ai fait rimer *frein* à *rien ; héros* à *tombeaux;
contagion* à *poifon*, &c. Je ne défends point ces rimes, parce
que je les ai employées : mais je ne m'en fuis fervi que parce
que je les ai crues bonnes. Je ne puis fouffrir qu'on facrifie à
la richeffe de la rime toutes les autres beautés de la poëfie,
& qu'on cherche plutôt à plaire à l'oreille qu'au cœur & à
l'efprit. On pouffe même la tyrannie jufqu'à exiger qu'on rime
pour les yeux encor plus que pour les oreilles : *je ferais, j'ai-
merais*, &c. ne fe prononcent point autrement que *traits* &
attraits : cependant on prétend que ces mots ne riment point
enfemble, parce qu'un mauvais ufage veut qu'on les écrive
différemment. Mr. *Racine* avait mis dans fon *Andromaque* :

> M'en croirez-vous ? Laffé de fes trompeurs attraits,
> Au lieu de l'enlever, Seigneur, je la fuirois.

Le fcrupule lui prit, & il ôta la rime *fuirois*, qui me paraît (à ne confulter que l'oreille) beaucoup plus jufte que
celle de *jamais*, qu'il lui fubftitua.

La bizarrerie de l'ufage, ou plutôt des hommes qui l'éta-
bliffent, eft étrange fur ce fujet comme fur bien d'autres. On
permet que le mot *abhorre*, qui a deux *r*, rime avec *encore*,
qui n'en a qu'une. Par la même raifon, *tonnerre* & *terre* devraient rimer avec *père* & *mère* : cependant on ne le fouffre
pas, & perfonne ne réclame contre cette injuftice.

Il me paraît que la poëfie Frànçaife y gagnerait beaucoup,
fi on voulait fecouer le joug de cet ufage déraifonnable &
tyrannique. Donner aux auteurs de nouvelles rimes, ce ferait
leur donner de nouvelles penfées ; car l'affujettiffement à la
rime fait que fouvent on ne trouve dans la langue qu'un feul
mot qui puiffe finir un vers : on ne dit prefque jamais ce
qu'on voulait dire ; on ne peut fe fervir du mot propre ; on

eſt obligé de chercher une penſée pour la rime, parce qu'on ne peut trouver de rime pour exprimer ce qu'on penſe. C'eſt à cet eſclavage qu'il faut imputer pluſieurs impropriétés qu'on eſt choqué de rencontrer dans nos poëtes les plus exaĉts. Les auteurs ſentent encor mieux que les leĉteurs la dureté de cette contrainte, & ils n'oſent s'en affranchir.

Pour moi, dont l'exemple ne tire point à conſéquence, j'ai tâché de regagner un peu de liberté ; & ſi la poëſie occupe encor mon loiſir, je préférerai toûjours les choſes aux mots, & la penſée à la rime.

LETTRE VI.

Qui contient une diſſertation ſur les Chœurs.

MOnſieur, il ne me reſte plus qu'à parler du chœur que j'introduis dans ma piéce. J'en ai fait un perſonnage qui paraît à ſon rang comme les autres aĉteurs, & qui ſe montre quelquefois ſans parler, ſeulement pour jetter plus d'intérêt dans la ſcène, & pour ajouter plus de pompe au ſpeĉtacle.

Comme on croit d'ordinaire que la route qu'on a tenue était la ſeule qu'on devait prendre, je m'imagine que la manière dont j'ai hazardé les chœurs, eſt la ſeule qui pouvait réuſſir parmi nous.

Chez les anciens, le chœur rempliſſait l'intervalle des actes, & paraiſſait toûjours ſur la ſcène. Il y avait à cela plus d'un inconvénient ; car ou il parlait dans les entr'aĉtes de ce qui s'était paſſé dans les aĉtes précédens, & c'était une répétition fatigante ; ou il prévenait ce qui devait arriver dans les aĉtes ſuivans, & c'était une annonce qui pouvait dérober le plaiſir de la ſurpriſe ; ou enfin il était étranger au ſujet, & par conſéquent il devait ennuyer.

La préſence continuelle du chœur dans la tragédie, me paraît encor plus impraticable : l'intrigue d'une piéce intéreſſante exige d'ordinaire que les principaux aĉteurs ayent des ſecrets

à

à fe confier. Eh ! le moyen de dire fon fecret à tout un peuple ? C'eft une chofe plaifante de voir *Phèdre* dans *Euripide*
avouer à une troupe de femmes un amour inceftueux, qu'elle
doit craindre de s'avouer à elle-même. On demandera peut-
être comment les anciens pouvaient conferver fi fcrupuleufement un ufage fi fujet au ridicule ; c'eft qu'ils étaient perfua-
dés que le chœur était la bafe & le fondement de la tragédie. Voilà bien les hommes, qui prennent prefque toûjours
l'origine d'une chofe pour l'effence de la chofe même. Les
anciens favaient que ce fpectacle avait commencé par une
troupe de payfans yvres qui chantaient les louanges de *Bacchus*, & ils voulaient que le théâtre fût toûjours rempli d'une
troupe d'acteurs, qui en chantant les louanges des Dieux,
rappellaffent l'idée que le peuple avait de l'origine de la tragédie. Longtems même le poëme dramatique ne fut qu'un
fimple chœur, & les perfonnages qu'on y ajoûta, ne furent
regardés que comme des épifodes ; & il y a encor aujourd'hui
des favans qui ont le courage d'affurer que nous n'avons aucune idée de la véritable tragédie, depuis que nous avons
banni les chœurs : c'eft comme fi, dans une même piéce, on
voulait que nous miffions Paris, Londres & Madrid fur le
théâtre, parce que nos pères en ufaient ainfi, lorfque la comédie fut établie en France.

Mr. *Racine* qui a introduit des chœurs dans *Athalie* & dans
Efther, s'y eft pris avec plus de précaution que les Grecs ; il
ne les a guères fait paraître que dans les entr'actes ; encor
a-t-il eu bien de la peine à le faire avec la vraifemblance
qu'exige toûjours l'art du théâtre.

A quel propos faire chanter une troupe de Juives, lorfqu'*Efther* a raconté fes avantures à *Elife* ? Il faut néceffairement, pour amener cette mufique, qu'*Efther* leur ordonne de
lui chanter quelque air.

> Mes filles, chantez nous quelqu'un de ces cantiques....

Je ne parle pas du bizarre affortiment du chant & de la
déclamation dans une même fcène : mais du moins il faut
avouer que des moralités mifes en mufique doivent paraître

Tom. III. *& du Théâtre le premier.*   Q

bien froides , après ces dialogues pleins de paffion qui font le caractère de la tragédie. Un chœur ferait bien mal venu, après la déclaration de *Phèdre ,* ou après la converfation de *Sévère* & de *Pauline.*

Je croirai donc toûjours , jufqu'à ce que l'événement me détrompe , qu'on ne peut hazarder le chœur dans une tragédie , qu'avec la précaution de l'introduire à fon rang , & feulement lorfqu'il eft néceffaire pour l'ornement de la fcène : encor n'y a-t-il que très-peu de fujets où cette nouveauté puiffe être reçue. Le chœur ferait abfolument déplacé dans *Bajazet ,* dans *Mithridate ,* dans *Britannicus ,* & généralement dans toutes les piéces dont l'intrigue n'eft fondée que fur les intérêts de quelques particuliers ; il ne peut convenir qu'à des piéces où il s'agit du falut de tout un peuple.

Les Thébains font les premiers intéreffés dans le fujet de ma tragédie ; c'eft de leur mort ou de leur vie dont il s'agit; & il ne paraît pas hors dés bienféances de faire paraître quelquefois fur la fcène ceux qui ont le plus d'intérêt de s'y trouver.

LETTRE VII.

A l'occafion de plufieurs critiques qu'on a faites d'ŒDIPE.

MOnfieur , on vient de me montrer une critique de mon *Œdipe ,* qui , je crois , fera imprimée avant que cette feconde édition puiffe paraître. J'ignore quel eft l'auteur de cet ouvrage. Je fuis fâché qu'il me prive du plaifir de le remercier des éloges qu'il me donne avec bonté , & des critiques qu'il fait de mes fautes avec autant de difcernement que de politeffe.

J'avais déja reconnu , dans l'examen que j'ai fait de ma tragédie , une bonne partie des défauts que l'obfervateur réléve ; mais je me fuis aperçu qu'un auteur s'épargne toûjours , quand il fe critique lui-même , & que le cenfeur veille , lorfque l'auteur s'endort. Celui qui me critique a vû fans doute mes

fautes d'un œil plus éclairé que moi. Cependant je ne fais
fi, comme j'ai été un peu trop indulgent, il n'eft pas quelquefois un peu trop févère. Son ouvrage m'a confirmé dans
l'opinion où je fuis que le fujet d'*Œdipe* eft un des plus dif-
ficiles qu'on ait jamais mis au théâtre. Mon cenfeur me propofe un plan, fur lequel il voudrait que j'euffe compofé ma
piéce ; c'eft au public à en juger. Mais je fuis perfuadé que
fi j'avais travaillé fur le modèle qu'il me préfente, on ne m'aurait pas fait même l'honneur de me critiquer. J'avoue qu'en
fubftituant, comme il le veut, *Créon* à *Philoctète*, j'aurais
peut-être donné plus d'exactitude à mon ouvrage ; mais *Créon*
aurait été un perfonnage bien froid, & j'aurais trouvé par-
là le fecret d'être à la fois ennuyeux & irrépréhenfible.

On m'a parlé de quelques autres critiques. Ceux qui fe
donnent la peine de les faire me feront toûjours beaucoup
d'honneur, même de plaifir, quand ils daigneront me les montrer. Si je ne puis à préfent profiter de leurs obfervations,
elles m'éclaireront du moins pour les premiers ouvrages que
je pourrai compofer, & me feront marcher d'un pas plus fûr
dans cette carrière dangereufe.

On m'a fait apercevoir que plufieurs vers de ma piéce fe
trouvaient dans d'autres piéces de théâtre. Je dis qu'on m'en
a fait apercevoir ; car, foit qu'ayant la tête remplie de vers
d'autrui, j'aye cru travailler d'imagination, quand je ne tra-
vaillais que de mémoire ; foit qu'on fe rencontre quelquefois
dans les mêmes penfées & dans les mêmes tours ; il eft certain que j'ai été plagiaire fans le favoir, & que hors ces deux
beaux vers de *Corneille*, que j'ai pris hardiment & dont je
parle dans mes lettres, je n'ai eu deffein de voler perfonne.

Il y a dans les *Horaces* :

Eft-ce vous, Curiace ? en croirai-je mes yeux ?

Et dans ma piéce il y avait :

Eft-ce vous, Philoctète ? en croirai-je mes yeux ?

J'efpère qu'on me fera l'honneur de croire que j'aurais bien
trouvé tout feul un pareil vers. Je l'ai changé cependant,

Q ij

auſſi-bien que pluſieurs autres, & je voudrais que tous les défauts de mon ouvrage fuſſent auſſi aiſés à corriger que ce-lui-là.

On m'apporte en ce moment une nouvelle critique de mon *Œdipe* : celle-ci me paraît moins inſtructive que l'autre, mais beaucoup plus maligne. La première eſt d'un Religieux, à ce qu'on vient de me dire : la ſeconde eſt d'un homme de let-tres ; & ce qui eſt aſſez ſingulier, c'eſt que le Religieux poſ-ſéde mieux le théâtre, & l'autre la raillerie. Le premier a voulu m'éclairer, & y a réuſſi. Le ſecond a voulu m'outrager, mais il n'en eſt point venu à bout. Je lui pardonne ſans peine ſes injures, en faveur de quelques traits ingénieux & plaiſans dont ſon ouvrage m'a paru ſemé. Ses railleries m'ont plus di-verti qu'elles ne m'ont offenſé ; & même de tous ceux qui ont vû cette ſatyre en manuſcrit, je ſuis celui qui en ai jugé le plus avantageuſement. Peut-être ne l'ai-je trouvée bonne que par la crainte où j'étais de ſuccomber à la tentation de la trouver mauvaiſe. Ce ſera au public à juger de ſon prix.

Ce cenſeur aſſure, dans ſon ouvrage, que ma tragédie lan-guira triſtement dans la boutique de *Ribou*, lorſque ſa lettre aura décillé les yeux du public ; heureuſement il empêche lui-même le mal qu'il me veut faire. Si ſa ſatyre eſt bonne, tous ceux qui la liront, auront quelque curioſité de voir la tragédie qui en eſt l'objet ; & au lieu que les piéces de théâ-tre font vendre d'ordinaire leurs critiques, cette critique fera vendre mon ouvrage. Je lui aurai la même obligation qu'*Eſ-cobar* eut à *Paſchal*. Cette comparaiſon me paraît aſſez juſte ; car ma poëſie pourrait bien être auſſi relâchée que la morale d'*Eſcobar* ; & il y a quelques traits dans la ſatyre de ma piéce, qui ſont peut-être dignes des lettres provinciales, du moins par la malignité.

Je reçois une troiſiéme critique ; celle-ci eſt ſi miſérable, que je n'en puis moi-même ſoutenir la lecture. J'en attends encor deux autres. Voilà bien des ennemis ; mais je ſouhaite donner bientôt une tragédie qui m'en attire encor davantage.

MARIAMNE,

TRAGÉDIE.

Repréfentée pour la première fois le 6. Mars 1724.

Revuë & corrigée par l'Auteur en 1762.

P R É F A C E

de la première édition.

JE ne donne cette édition qu'en tremblant. Tant d'ouvrages, que j'ai vûs applaudis au théâtre & méprifés à la
lecture, me font craindre pour le mien le même fort. Une
ou deux fituations, l'art des acteurs, la docilité que j'ai fait
paraître, ont pû m'attirer des fuffrages aux repréfentations ;
mais il faut un autre mérite pour foutenir le grand jour de
l'impreffion. C'eft peu d'une conduite régulière ; ce ferait
peu même d'intéreffer. Tout ouvrage en vers, quelque beau
qu'il foit d'ailleurs, fera néceffairement ennuyeux, fi tous les
vers ne font pas pleins de force & d'harmonie, fi on n'y
trouve pas une élégance continuë, fi la piéce n'a point ce
charme inexprimable de la poëfie que le génie feul peut
donner, où l'efprit ne faurait jamais atteindre, & fur lequel
on raifonne fi mal & fi inutilement depuis la mort de Mr.
Defpréaux.

C'eft une erreur bien groffière de s'imaginer, que les vers
foient la dernière partie d'une piéce de théâtre, & celle qui
doit le moins coûter. Mr. *Racine*, c'eft-à-dire, l'homme de
la terre, qui après *Virgile* a le mieux connu l'art des vers,
ne penfait pas ainfi. Deux années entières lui fuffirent à
peine pour écrire fa *Phèdre*. *Pradon* fe vante d'avoir compofé la fienne en moins de trois mois. Comme le fuccès
paffager des repréfentations d'une tragédie ne dépend point
du ftyle, mais des acteurs & des fituations, il arriva que les
deux *Phèdres* femblèrent d'abord avoir une égale deftinée ;
mais l'impreffion régla bientôt le rang de l'une & de l'autre.
Pradon, felon la coutume des mauvais auteurs, eut beau faire
une préface infolente, dans laquelle il traitait fes critiques de
malhonnêtes gens ; fa piéce, tant vantée par fa cabale &
par lui, tomba dans le mépris qu'elle mérite ; & fans la *Phè*-

dre de Mr. *Racine* , on ignorerait aujourd'hui que *Pradon* en a compofé une.

Mais d'où vient enfin cette diftance fi prodigieufe entre ces deux ouvrages ? La conduite en eft à peu près la même. *Phèdre* eft mourante dans l'une & dans l'autre. *Théfée* eft abfent dans les premiers aêtes : il paffe pour avoir été aux enfers avec *Pyrithoüs*. *Hippolite* fon fils veut quitter *Trézène ;* il veut fuïr *Aricie* , qu'il aime. Il déclare fa paffion à *Aricie* , & reçoit avec horreur celle de *Phèdre :* il meurt du même genre de mort , & fon gouverneur fait le récit de fa mort. Il y a plus. Les perfonnages des deux piéces fe trouvant dans les mêmes fituations , difent prefque les mêmes chofes; mais c'eft là qu'on diftingue le grand homme , & le mauvais poëte. C'eft lorfque *Racine* & *Pradon* penfent de même , qu'ils font le plus différens. En voici un exemple bien fenfible , dans la déclaration d'*Hippolite* à *Aricie*. Monfieur *Racine* fait ainfi parler *Hippolite*.

> Moi qui contre l'amour fiérement revolté ,
> Aux fers de fes captifs ai longtems infulté ,
> Qui des faibles mortels déplorant les naufrages ,
> Penfais toûjours du bord contempler les orages ,
> Affervi maintenant fous la commune loi ,
> Par quel trouble me vois - je emporté loin de moi ?
> Un moment a vaincu mon audace imprudente ;
> Cette ame fi fuperbe eft enfin dépendante.
> Depuis près de fix mois honteux , defefpéré ,
> Portant partout le trait dont je fuis déchiré ,
> Contre vous , contre moi , vainement je m'éprouve ;
> Préfente je vous fuis , abfente je vous trouve.
> Dans le fond des forèts votre image me fuit ;
> La lumière du jour , les ombres de la nuit ,
> Tout retrace à mes yeux les charmes que j'évite ;
> Tout vous livre à l'envi le rebelle Hippolite.
> Moi - mème pour tout fruit de mes foins fuperflus ,
> Maintenant je me cherche , & ne me trouve plus.
> Mon arc , mes javelots , mon char , tout m'importune.

Je

Je ne me fouviens plus des leçons de Neptune.
Mes feuls gémiffemens font retentir les bois,
Et mes courfiers oififs ont oublié ma voix.

Voici comment *Hippolite* s'exprime dans *Pradon.*

Affez & trop longtems, d'une bouche profane,
Je méprifai l'amour, & j'adorai Diane.
Solitaire, farouche, on me voyait toûjours
Chaffer dans nos forêts les lions & les ours.
Mais un foin plus preffant m'occupe & m'embaraffe.
Depuis que je vous vois j'abandonne la chaffe ;
Elle fit autrefois mes plaifirs les plus doux,
Et quand j'y vai, ce n'eft que pour penfer à vous.

On ne faurait lire ces deux piéces de comparaifon, fans
admirer l'une & fans rire de l'autre. C'eft pourtant dans toutes les deux le même fonds de fentimens & de penfées ; car
quand il s'agit de faire parler les paffions, tous les hommes
ont prefque les mêmes idées ; mais la façon de les exprimer
diftingue l'homme d'efprit d'avec celui qui n'en a point,
l'homme de génie d'avec celui qui n'a que de l'efprit, & le
poëte d'avec celui qui veut l'être.

Pour parvenir à écrire comme Mr. *Racine*, il faudrait
avoir fon génie, & polir autant que lui fes ouvrages. Quelle
défiance ne dois-je donc point avoir, moi qui né avec des
talens fi faibles, & accablé par des maladies continuelles,
n'ai ni le don de bien imaginer, ni la liberté de corriger
par un travail affidu les défauts de mes ouvrages ? Je fens
avec déplaifir toutes les fautes qui font dans la contexture
de cette piéce, auffi-bien que dans la diction. J'en aurais
corrigé quelques-unes, fi j'avais pû retarder cette édition ;
mais j'en aurais encor laiffé beaucoup. Dans tous les arts il
y a un terme, par-delà lequel on ne peut plus avancer.
On eft refferré dans les bornes de fon talent ; on voit la
perfection au-delà de foi, & on fait des efforts impuiffans
pour y atteindre.

Je ne ferai point une critique détaillée de cette piéce :

Tom. III. *& du Théâtre le premier.* R

les lecteurs la feront affez fans moi. Mais je crois qu'il eft néceffaire que je parle ici d'une critique générale qu'on a faite fur le choix du fujet de *Mariamne.* Comme le génie des Français eft de faifir vivement le côté ridicule des chofes les plus férieufes, on difait que le fujet de *Mariamne* n'était autre chofe qu'*un vieux mari amoureux & brutal, à qui fa femme refufe avec aigreur le devoir conjugal ;* & on ajoûtait, qu'une querelle de ménage ne pouvait jamais faire une tragédie. Je fupplie qu'on faffe avec moi quelques réflexions fur ce préjugé.

Les piéces tragiques font fondées ou fur les intérêts de toute une nation, ou fur les intérêts particuliers de quelques Princes. De ce premier genre font l'*Iphigénie en Aulide,* où la Grèce affemblée demande le fang de la fille d'*Agamemnon :* les *Horaces,* où trois combattans ont entre les mains le fort de Rome : l'*Œdipe,* où le falut des Thébains dépend de la découverte du meurtrier de *Laïus.* Du fecond genre font *Britannicus, Phèdre, Mithridate &c.*

Dans ces trois dernières tout l'intérêt eft renfermé dans la famille du héros de la piéce : Tout roule fur des paffions que des bourgeois reffentent comme les Princes ; & l'intrigue de ces ouvrages eft auffi propre à la comédie qu'à la tragédie. Otez les noms, Mithridate *n'eft qu'un vieillard amoureux d'une jeune fille : fes deux fils en font amoureux auffi ; & il fe fert d'une rufe affez baffe pour découvrir celui des deux qui eft aimé.* Phèdre *eft une belle-mère, qui enhardie par une intrigante, fait des propofitions à fon beau-fils, lequel eft occupé ailleurs.* Néron *eft un jeune homme impétueux, qui devient amoureux tout d'un coup, qui dans le moment veut fe féparer d'avec fa femme, & qui fe cache derrière une tapifferie pour écouter les difcours de fa maîtreffe.* Voilà des fujets que *Molière* a pû traiter comme *Racine.* Auffi l'intrigue de *l'Avare* eft-elle précifément la même que celle de *Mithridate.* Harpagon & le Roi de Pont font deux vieillards amoureux ; l'un & l'autre ont leur fils pour rival ; l'un & l'autre fe fervent du même artifice pour découvrir l'intelligence qui eft entre leur fils & leur maîtreffe ; & les deux piéces finiffent par le mariage du jeune homme.

Molière & *Racine* ont également réuffi, en traitant ces deux intrigues : L'un a amufé, a réjoui, a fait rire les honnêtes gens ; l'autre a attendri, a effrayé, a fait verfer des larmes. *Molière* a joué l'amour ridicule d'un vieil avare : *Racine* a repréfenté les faibleffes d'un grand Roi, & les a renduës refpeétables

Que l'on donne une noce à peindre à *Vateau* & à *le Brun*. L'un repréfentera fous une treille des payfans pleins d'une joye naïve, groffière & effrénée, autour d'une table ruftique, où l'yvreffe, l'emportement, la débauche, le rire immodéré régneront. L'autre peindra les noces de *Pélée* & de *Thétis*, les feftins des Dieux, leur joye majeftueufe. Et tous deux feront arrivés à la perfeétion de leur art par des chemins différens.

On peut appliquer tous ces exemples à *Mariamne*. La mauvaife humeur d'une femme, l'amour d'un vieux mari, les tracafferies d'une belle-fœur, font de petits objets comiques par eux-mêmes. Mais un Roi, à qui la Terre a donné le nom de *Grand*, éperdûment amoureux de la plus belle femme de l'univers ; la paffion furieufe de ce Roi fi fameux par fes vertus & par fes crimes, fes cruautés paffées, fes remords préfens : ce paffage fi continuel & fi rapide de l'amour à la haine, & de la haine à l'amour : l'ambition de fa fœur, les intrigues de fes miniftres, la fituation cruelle d'une Princeffe, dont la vertu & la beauté font célèbres encor dans le monde, qui avait vû fon père & fon frère livrés à la mort par fon mari, & qui pour comble de douleur fe voyait aimée du meurtrier de fa famille : quel champ ! quelle carrière pour un autre génie que le mien ! Peut-on dire, qu'un tel fujet foit indigne de la tragédie ? C'eft là furtout que *felon ce que l'on peut être, les chofes changent de nom.*

ACTEURS.

HÉRODE, Roi de Palestine.

MARIAMNE, femme d'Hérode.

SALOME, sœur d'Hérode.

SOHÊME, Prince de la race des Asmonéens.

MAZAEL,
IDAMAS, } ministres d'Hérode.

NARBAS, ancien officier des Rois Asmonéens.

AMMON, confident de Sohême.

ELISE, confidente de Mariamne.

Un garde d'Hérode parlant.

Suite d'Hérode.

Suite de Sohême.

Une suivante de Mariamne, *personnage muët*.

La scène est à Jérusalem dans le palais d'Hérode.

MARIAMNE,
TRAGÉDIE.

ACTE PREMIER.

SCENE PREMIERE.
SALOME, MAZAEL.

MAZAEL.

Oui, cette autorité qu'Hérode vous confie,
Jufques à fon retour eft du moins affermie.
J'ai volé vers Azor, & repaffé foudain,
Des champs de Samarie aux fources du Jourdain.
Madame, il était tems que du moins ma préfence
Des Hébreux inquiets confondit l'efpérance.
Hérode votre frère à Rome retenu,
Déja dans fes Etats n'était plus reconnu.
Le peuple pour fes Rois toûjours plein d'injuftices,
Hardi dans fes difcours, aveugle en fes caprices,
Publiait hautement qu'à Rome condamné,
Hérode à l'efclavage était abandonné,
Et que la Reine affife au rang de fes ancêtres,
Ferait régner fur nous le fang de nos grands-prêtres.
Je l'avoue à regret ; j'ai vû dans tous les lieux
Mariamne adorée, & fon nom précieux.

Iſraël aime encor avec idolâtrie
Le ſang de ces héros dont elle tient la vie.
Sa beauté, ſa naiſſance, & ſurtout ſes malheurs,
D'un peuple qui nous hait ont ſéduit tous les cœurs ;
Et leurs vœux indiſcrets la nommant ſouveraine,
Semblaient vous annoncer une chute certaine.
J'ai vû par ces faux bruits tout un peuple ébranlé :
Mais j'ai parlé, Madame, & ce peuple a tremblé.
Je leur ai peint Hérode avec plus de puiſſance,
Rentrant dans ſes Etats ſuivi de la vengeance ;
Son nom ſeul a partout répandu la terreur ;
Et les Juifs en ſilence ont pleuré leur erreur.

SALOME.

Mazael, il eſt vrai qu'Hérode va paraître ;
Et ces peuples & moi, nous aurons tous un maître.
Ce pouvoir dont à peine on me voyait jouïr,
N'eſt qu'une ombre qui paſſe & va s'évanouïr.
Mon frère m'était cher, & ſon bonheur m'opprime ;
Mariamne triomphe, & je ſuis ſa victime.

MAZAEL.

Ne craignez point un frère.

SALOME.

Eh que deviendrons-nous,
Quand la Reine à ſes pieds reverra ſon époux ?
De mon autorité cette fière rivale,
Auprès d'un Roi ſéduit nous fut toûjours fatale :
Son eſprit orgueilleux, qui n'a jamais plié,
Conſerve encor pour nous la même inimitié.
Elle nous outragea, je l'ai trop offenſée ;
A notre abaiſſement elle eſt intéreſſée.
Eh ! ne craignez-vous plus ces charmes tout-puiſſans,

Du malheureux Hérode impérieux tyrans?
Depuis près de cinq ans qu'un fatal hyménée
D'Hérode & de la Reine unit la deftinée,
L'amour prodigieux, dont ce Prince eft épris,
Se nourrit par la haine, & croit par le mépris.
Vous avez vû cent fois ce Monarque inflexible
Dépofer à fes pieds fa majefté terrible,
Et chercher dans fes yeux irrités ou diftraits
Quelques regards plus doux qu'il ne trouvait jamais.
Vous l'avez vû frémir, foupirer & fe plaindre,
La flatter, l'irriter, la menacer, la craindre;
Cruel dans fon amour, foumis dans fes fureurs,
Efclave en fon palais, héros partout ailleurs.
Que dis-je! en puniffant une ingrate famille,
Fumant du fang du père, il adorait la fille:
Le fer encor fanglant, & que vous excitiez,
Etait levé fur elle, & tombait à fes pieds.

M A Z A E L.

Mais fongez que dans Rome éloigné de fa vuë,
Sa chaîne dè fi loin femble s'être rompuë.

S A L O M E.

Croyez-moi, fon retour en refferre les nœuds,
Et fes trompeurs appas font toûjours dangereux.

M A Z A E L.

Oui, mais cette ame altière à foi-même inhumaine,
Toûjours de fon époux a recherché la haine.
Elle l'irritera par de nouveaux dédains,
Et vous rendra les traits qui tombent de vos mains.
La paix n'habite point entre deux caractères,
Que le ciel a formés l'un à l'autre contraires.
Hérode en tous les tems fombre, chagrin, jaloux,

Contre fon amour même aura befoin de vous.

SALOME.

Mariamne l'emporte , & je fuis confondue.

MAZAEL.

Au trône d'Afcalon vous êtes attendue ;
Une retraite illuftre , une nouvelle cour ,
Un hymen préparé par les mains de l'amour ,
Vous mettront aifément à l'abri des tempêtes ,
Qui pourraient dans Solime éclater fur nos têtes.
Sohême eft d'Afcalon paifible Souverain ,
Reconnu , protégé par le peuple Romain ,
Indépendant d'Hérode , & cher à fa province ;
Il fait penfer en fage , & gouverner en Prince.
Je n'aperçois pour vous que des deftins meilleurs ;
Vous gouvernez Hérode , ou vous régnez ailleurs.

SALOME.

Ah ! connais mon malheur & mon ignominie :
Mariamne en tout tems empoifonne ma vie ;
Elle m'enlève tout , rang , dignités , crédit ,
Et pour elle , en un mot , Sohême me trahit.

MAZAEL.

Lui ! qui pour cet hymen attendait votre frère ?
Lui dont l'efprit rigide , & la fageffe auftère ,
Parut tant méprifer ces folles paffions ,
De nos vains courtifans vaines illufions ?
Au Roi fon allié ferait - il cette offenfe ?

SALOME.

Croyez qu'avec la Reine il eft d'intelligence.

MAZAEL.

Le fang & l'amitié les uniffent tous deux ;
Mais je n'ai jamais vû. . . .

SALOME.

S A L O M E.

Vous n'avez pas mes yeux ;
Sur mon malheur nouveau je fuis trop éclairée :
De ce trompeur hymen la pompe différée ,
Les froideurs de Sohême , & fes difcours glaces ,
M'ont expliqué ma honte , & m'ont inftruite affez.

M A Z A E L.

Vous penfez en effet qu'une femme févère ,
Qui pleure encor ici fon ayeul & fon frère ,
Et dont l'efprit hautain (qu'aigriffent fes malheurs)
Se nourrit d'amertume , & vit dans les douleurs ,
Recherche imprudemment le funefte avantage ,
D'enlever un amant qui fous vos loix s'engage !
L'amour eft-il connu de fon fuperbe cœur ?

S A L O M E.

Elle l'infpire , au moins , & c'eft là mon malheur.

M A Z A E L.

Ne vous trompez-vous point ? Cette ame impérieufe ,
Par excès de fierté femble être vertueufe ;
A vivre fans reproche elle a mis fon orgueil.

S A L O M E.

Cet orgueil fi vanté trouve enfin fon écueil.
Que m'importe , après tout , que fon ame hardie
De mon parjure amant flatte la perfidie ,
Ou qu'exerçant fur lui fon dédaigneux pouvoir ,
Elle ait fait mes tourmens , fans même le vouloir ?
Qu'elle chériffe , ou non , le bien qu'elle m'enlève ,
Je le perds , il fuffit ; fa fierté s'en élève ;
Ma honte fait fa gloire ; elle a dans mes douleurs
Le plaifir infultant de jouir de mes pleurs.
Enfin , c'eft trop languir dans cette indigne gêne ;

Tom. III. *& du Théâtre le premier.* S

Je veux voir à quel point on mérite ma haine.
Sohême vient : allez : mon fort va s'éclaircir.

S C E N E I I.

SALOME, SOHÊME, AMMON.

S A L O M E.

APprochez ; votre cœur n'eſt point né pour trahir ,
Et le mien n'eſt pas fait pour ſouffrir qu'on l'abuſe.
Le Roi revient enfin , vous n'avez plus d'excuſe.
Ne conſultez ici que vos ſeuls intérêts ,
Et ne me cachez plus vos ſentimens ſecrets.
Parlez ; je ne crains point l'aveu d'une inconſtance ,
Dont je mépriſerais la vaine & faible offenſe.
Je ne fais point deſcendre à des tranſports jaloux ,
Ni rougir d'un affront dont la honte eſt pour vous.

S O H Ê M E.

Il faut donc m'expliquer , il faut donc vous apprendre
Ce que votre fierté ne craindra point d'entendre.
J'ai beaucoup , je l'avoue , à me plaindre du Roi ;
Il a voulu , Madame , étendre juſqu'à moi
Le pouvoir que Céſar lui laiſſe en Paleſtine ;
En m'accordant ſa ſœur il cherchait ma ruïne.
Au rang de ſes vaſſaux il oſait me compter.
J'ai ſoutenu mes droits , il n'a pu l'emporter.
J'ai trouvé comme lui des amis près d'Auguſte :
Je ne crains point Hérode , & l'Empereur eſt juſte.
Mais je ne peux ſouffrir (je le dis hautement)
L'alliance d'un Roi dont je ſuis mécontent.

D'ailleurs, vous connaissez cette cour orageuse.
Sa famille avec lui fut toûjours malheureuse ;
De tout ce qui l'approche il craint des trahisons :
Son cœur de toutes parts est ouvert aux soupçons.
Au frère de la Reine il en couta la vie ;
De plus d'un attentat cette mort fut suivie.
Mariamne a vécu, dans ce triste séjour,
Entre la barbarie, & les transports d'amour.
Tantôt sous le couteau, tantôt idolâtrée,
Toûjours baignant de pleurs une couche abhorrée .
Craignant & son époux, & de vils délateurs,
De leur malheureux Roi lâches adulateurs.

S A L O M E.

Vous parlez beaucoup d'elle.

S O H Ê M E.

         Ignorez - vous, Princesse,
Que son sang est le mien, que son sort m'intéresse ?

S A L O M E.

Je ne l'ignore pas.

S O H Ê M E.

        Apprenez encor plus :
J'ai craint longtems pour elle, & je ne tremble plus.
Hérode chérira le sang qui la fit naître,
Il l'a promis, du moins, à l'Empereur son maître.
Pour moi, loin d'une cour, objet de mon couroux,
J'abandonne Solime, & votre frère & vous ;
Je pars : ne pensez pas qu'une nouvelle chaîne
Me dérobe à la vôtre, & loin de vous m'entraîne.
Je renonce à la fois à ce Prince, à sa cour,
A tout engagement, & surtout à l'amour.
Epargnez le reproche à mon esprit sincère,

S ij

Quand je ne m'en fais point, nul n'a droit de m'en faire.

SALOME.

Non, n'attendez de moi ni couroux, ni dépit ;
J'en favais beaucoup plus que vous n'en avez dit.
Cette cour, il eft vrai, Seigneur, a vu des crimes ;
Il en eft quelquefois où des cœurs magnanimes
Par le malheur des tems fe laiffent emporter,
Que la vertu répare, & qu'il faut refpecter.
Il en eft de plus bas, & de qui la faibleffe
Se pare arrogamment du nom de la fageffe.
Vous m'entendez peut-être ? En vain vous déguifez,
Pour qui je fuis trahie, & qui vous féduifez.
Votre fauffe vertu ne m'a jamais trompée ;
De votre changement mon ame eft peu frapée ;
Mais fi de ce palais, qui vous femble odieux,
Les orages paffés ont indigné vos yeux,
Craignez d'en exciter qui vous fuivraient peut-être
Jufqu'aux faibles Etats dont vous êtes le maître.

(*elle fort.*)

SCENE III.

SOHÉME, AMMON.

SOHÊME.

OU tendait ce difcours ? que veut-elle ? & pourquoi
Penfe-t-elle en mon cœur pénétrer mieux que moi ?
Qui ? moi, que je foupire ! & que pour Mariamne
Mon auftère amitié ne foit qu'un feu profane !
Aux faibleffes d'amour moi j'irais me livrer,
Lorfque de tant d'attraits je cours me féparer !

A M M O N.

Salome est outragée , il faut tout craindre d'elle.
La jalousie éclaire , & l'amour se décelle.

S O H Ê M E.

Non , d'un coupable amour je n'ai point les erreurs ;
La secte dont je suis forme en nous d'autres mœurs.
Ces durs Esséniens , stoïques de Judée ,
Ont eu de la morale une plus noble idée.
Nos maîtres , les Romains , vainqueurs des nations ,
Commandent à la terre , & nous aux passions.
Je n'ai point , grace au ciel , à rougir de moi-même.
Le sang unit de près Mariamne & Sohême.
Je la voyais gémir sous un affreux pouvoir ;
J'ai voulu la servir ; j'ai rempli mon devoir.

A M M O N.

Je connais votre cœur & juste , & magnanime ;
Il se plait à venger la vertu qu'on opprime.
Puissiez-vous écouter , dans cet affreuse cour ,
Votre noble pitié , plutôt que votre amour !

S O H Ê M E.

Ah ! faut-il donc l'aimer pour prendre sa défense ?
Qui n'aurait comme moi chéri son innocence ?
Quel cœur indifférent n'irait à son secours ?
Et qui pour la sauver n'eût prodigué ses jours ?
Ami , mon cœur est pur , & tu connais mon zèle.
Je n'habitais ces lieux que pour veiller sur elle ,
Quand Hérode partit , incertain de son sort ,
Quand il chercha dans Rome ou le sceptre ou la mort.
Plein de sa passion , forcenée & jalouse ,
Il tremblait qu'après lui sa malheureuse épouse ,
Du trône descendue , esclave des Romains ,

S iij

Ne fût abandonnée à de moins dignes mains.
Il voulut qu'une tombe à tous deux préparée
Enfermât avec lui cette époufe adorée.
Phérore fut chargé du miniftère affreux
D'immoler cet objet de fes horribles feux.
Phérore m'inftruifit de ces ordres coupables.
J'ai veillé fur des jours fi chers , fi déplorables ,
Toûjours armé , toûjours promt à la protéger ,
Et furtout à fes yeux dérobant fon danger ;
J'ai voulu la fervir fans lui caufer d'allarmes ;
Ses malheurs me touchaient encor plus que fes charmes.
L'amour ne règne point fur mon cœur agité ;
Il ne m'a point vaincu , c'eft moi qui l'ai domté ;
Et plein du noble feu que fa vertu m'infpire ,
J'ai voulu la venger , & non pas la féduire.
Enfin l'heureux Hérode a fléchi les Romains :
Le fceptre de Judée eft remis en fes mains.
Il revient triomphant fur ce fanglant théâtre ;
Il revole à l'objet dont il eft idolâtre ,
Qu'il opprima fouvent , qu'il adora toûjours.
Leurs défaftres communs ont terminé leur cours ;
Un nouveau jour va luire à cette cour affreufe ;
Je n'ai plus qu'à partir——Mariamne eft heureufe.
Je ne la verrai plus——mais à d'autres attraits ,
Mon cœur, mon trifte cœur eft fermé pour jamais.
Tout hymen à mes yeux eft horrible & funefte ;
Qui connait Mariamne , abhorre tout le refte.
La retraite a pour moi des charmes affez grands ;
J'y vivrai vertueux , loin des yeux des tyrans :
Préférant mon partage au plus beau diadême ,
Maître de ma fortune , & maître de moi-même.

S C E N E   I V.

SOHÊME, ELISE, AMMON.

E L I S E.

LA mère de la Reine en proie à ses douleurs,
Vous conjure, Sohême, au nom de tant de pleurs,
De vous rendre près d'elle, & d'y calmer la crainte,
Dont pour sa fille encor elle a reçu l'atteinte.

S O H Ê M E.

Quelle horreur jettez-vous dans mon cœur étonné?

E L I S E.

Elle a sû l'ordre affreux qu'Hérode avait donné.
Par les soins de Salome elle en est informée.

S O H Ê M E.

Ainsi cette ennemie au trouble accoutumée,
Par des troubles nouveaux pense encor maintenir
Le pouvoir emprunté qu'elle veut retenir!
Quelle odieuse cour! & combien d'artifices!
On ne marche en ces lieux que sur des précipices.
Hélas! Alexandra, par des coups inouis,
Vit périr autrefois son époux & son fils.
Mariamne lui reste, elle tremble pour elle;
La crainte est bien permise à l'amour maternelle.
Elise, je vous suis, je marche sur vos pas.——
——Grand Dieu, qui prenez soin de ces tristes climats,
De Mariamne encor écartez cet orage;
Conservez, protégez votre plus digne ouvrage!

Fin du premier acte.

ACTE II.

SCENE PREMIERE.

SALOME, MAZAEL.

MAZAEL.

CE nouveau coup porté, ce terrible myſtère,
Dont vous faites inſtruire & la fille, & la mère,
Ce ſecret revélé, cet ordre ſi cruel,
Eſt déſormais le ſceau d'un divorce éternel.
Le Roi ne croira point que pour votre ennemie,
Sa confiance en vous ſoit en effet trahie ;
Il n'aura plus que vous dans ſes perplexités,
Pour adoucir les traits par vous-même portés.
Vous ſeule aurez fait naître & le calme & l'orage.
Diviſez pour régner ; c'eſt là votre partage.

SALOME.

Que ſert la politique au défaut du pouvoir ?
Tous mes ſoins m'ont trahi, tout fait mon deſeſpoir.
Le Roi m'écrit : il veut, par ſa lettre fatale,
Que ſa ſœur ſe rabaiſſe aux pieds de ſa rivale.
J'eſpérais de Sohême un noble & ſûr appui,
Hérode était le mien ; tout me manque aujourd'hui.
Je vois crouler ſur moi le fatal édifice,
Que mes mains élevaient avec tant d'artifice.
Je vois qu'il eſt des tems où tout l'effort humain
Tombe ſous la fortune, & ſe débat en vain,

Où

Où la prudence échouë, où l'art nuit à foi-même ;
Et je fens ce pouvoir invincible & fuprême,
Qui fe joue à fon gré, dans nos climats voifins,
De leurs fables mouvans comme de nos deftins.

M A Z A E L.

Obéïffez au Roi, cédez à la tempête ;
Sous fes coups paffagèrs il faut courber la tête.
Le tems peut tout changer.

S A L O M E.

          Trop vains foulagemens !
Malheureux qui n'attend fon bonheur que du tems !
Sur l'avenir trompeur tu veux que je m'appuye,
Et tu vois cependant les affronts que j'effuye.

M A Z A E L.

Sohême part au moins ; votre jufte couroux
Ne craint plus Mariamne, & n'en eft plus jaloux.

S A L O M E.

Sa conduite, il eft vrai, parait inconcevable ;
Mais m'en trahit-il moins ? en eft-il moins coupable ?
Suis-je moins outragée ? ai-je moins d'ennemis,
Et d'envieux fecrets, & de lâches amis ?
Il faut que je combatte, & ma chute prochaine,
Et cet affront fecret, & la publique haine.
Déja de Mariamne adorant la faveur,
Le peuple à ma difgrace infulte avec fureur.
Je verrai tout plier fous fa grandeur nouvelle,
Et mes faibles honneurs éclipfés devant elle.
Mais c'eft peu que fa gloire irrite mon dépit ;
Ma mort va fignaler ma chute & fon crédit.
Je ne me flatte point : je fais comme en fa place,
De tous mes ennemis je confondrais l'audace.

Tom. III. *& du Théâtre le premier.*   **T**

Ce n'eſt qu'en me perdant qu'elle pourra régner ;
Et ſon juſte couroux ne doit point m'épargner.
Cependant, ô contrainte ! ô comble d'infamie !
Il faut donc qu'à ſes yeux ma fierté s'humilie !
Je viens avec reſpeét eſſuyer ſes hauteurs,
Et la féliciter ſur mes propres malheurs.

MAZAEL.

Elle vient en ces lieux.

SALOME.

Faut-il que je la voïe ?

SCENE II.

MARIAMNE, ELISE, SALOME, MAZAEL,
NARBAS.

SALOME.

JE viens auprès de vous partager votre joye.
Rome me rend un frère, & vous rend un époux,
Couronné, tout-puiſſant, & digne enfin de vous.
Ses triomphes paſſés, ceux qu'il prépare encore,
Ce titre heureux de *Grand*, dont l'univers l'honore,
Les droits du Sénat même à ſes ſoins confiés,
Sont autant de préſens qu'il va mettre à vos pieds.
Poſſédez déſormais ſon ame & ſon empire,
C'eſt ce qu'à vos vertus mon amitié déſire ;
Et je vais par mes ſoins ſerrer l'heureux lien
Qui doit joindre à jamais votre cœur & le ſien.

MARIAMNE.

Je ne prétens de vous, ni n'attens ce ſervice.

Je vous connais, Madame, & je vous rens juſtice.
Je ſais par quels complots, je ſais par quels détours,
Votre haine impuiſſante a pourſuivi mes jours.
Jugeant de moi par vous, vous me craignez peut-être :
Mais vous deviez du moins apprendre à me connaître.
Ne me redoutez point ; je ſais également
Dédaigner votre crime & votre châtiment.
J'ai vû tous vos deſſeins, & je vous les pardonne ;
C'eſt à vos ſeuls remords que je vous abandonne ;
Si toutefois après de ſi lâches efforts,
Un cœur comme le votre écoute des remords.

S A L O M E.

C'eſt porter un peu loin votre injuſte colère.
Ma conduite, mes ſoins, & l'aveu de mon frère,
Peut-être ſuffiront pour me juſtifier.

M A R I A M N E.

Je vous l'ai déja dit, je veux tout oublier ;
Dans l'état où je ſuis, c'eſt aſſez pour ma gloire ;
Je puis vous pardonner, mais je ne puis vous croire.

M A Z A E L.

J'oſe ici, grande Reine, atteſter l'Eternel,
Que mes ſoins à regret. . . .

M A R I A M N E.

Arrêtez, Mazaël.
Vos excuſes pour moi ſont un nouvel outrage.
Obéïſſez au Roi, voilà votre partage.
A mes tyrans vendu ſervez bien leur couroux ;
Je ne m'abaiſſe pas à me plaindre de vous.

(à *Salome.*)

Je ne vous retiens point, & vous pouvez, Madame,
Aller apprendre au Roi les ſecrets de mon ame ;

Dans fon cœur aifément vous pouvez ranimer
Un couroux que mes yeux dédaignent de calmer.
De tous vos délateurs armez la calomnie.
J'ai laiffé jufqu'ici leur audace impunie ,
Et je n'oppofe encor à mes vils ennemis ,
Qu'une vertu fans tache , & qu'un jufte mépris.

S A L O M E.

Ah ! c'en eft trop , enfin : vous auriez dû peut-être
Ménager un peu plus la fœur de votre Maître.
L'orgueil de vos attraits penfe tout affervir :
Vous me voyez tout perdre , & croyez tout ravir.
Votre victoire un jour peut vous être fatale.
Vous triomphez , — tremblez , imprudente rivale.

S C E N E III.

M A R I A M N E , E L I S E , N A R B A S.

E L I S E.

AH ! Madame , à ce point pouvez - vous irriter
Des ennemis ardens à vous perfécuter ?
La vengeance d'Hérode un moment fufpendue ,
Sur votre tête encor eft peut - être étendue ;
Et loin d'en détourner les redoutables coups ,
Vous appellez la mort qui s'éloignait de vous.
Vous n'avez plus ici de bras qui vous appuie.
Ce défenfeur heureux de votre illuftre vie ,
Sohême , dont le nom fi craint , fi refpecté ,
Longtems de vos tyrans contint la cruauté ;
Sohême va partir , nul efpoir ne vous refte.

Augufte à votre époux laiffe un pouvoir funefte.
Qui fait dans quels deffeins il revient aujourd'hui ?
Tout , jufqu'à fon amour , eft à craindre de lui ;
Vous le voyez trop bien ; fa fombre jaloufie
Au delà du tombeau portait fa frénéfie ;
Cet ordre qu'il donna me fait encor trembler.
Avec vos ennemis daignez diffimuler.
La vertu fans prudence , hélas ! eft dangereufe.

MARIANNE.

Oui , mon ame , il eft vrai , fut trop impérieufe.
Je n'ai point connu l'art , & j'en avais befoin.
De mon fort à Sohême abandonnons le foin ;
Qu'il vienne , je l'attends ; qu'il règle ma conduite.
Mon projet eft hardi , je frémis de la fuite.
Faites venir Sohême.

(*Elife fort.*)

S C E N E I V.

MARIAMNE, NARBAS.

MARIAMNE.

ET vous , mon cher Narbas ,
De mes vœux incertains apaifez les combats.
Vos vertus , votre zèle , & votre expérience ,
Ont acquis dès longtems toute ma confiance.
Mon cœur vous eft connu , vous favez mes deffeins ,
Et les maux que j'éprouve , & les maux que je crains.
Vous avez vû ma mère au defefpoir réduite ,
Me preffer en pleurant d'accompagner fa fuite.

T iij

Son efprit accablé d'une jufte terreur,
Croit à tous les momens voir Hérode en fureur,
Encor tout dégoutant du fang de fa famille,
Venir à fes yeux même affaffiner fa fille.
Elle veut à mes fils menacés du tombeau,
Donner Céfar pour père, & Rome pour berceau.
On dit que l'infortune à Rome eft protégée ;
Rome eft le tribunal où la terre eft jugée.
Je vais me préfenter aux Rois des Souverains.
Je fais qu'il eft permis de fuir fes affaffins,
Que c'eft le feul parti que le deftin me laiffe.
Toutefois en fecret, foit vertu, foit faibleffe,
Prête à fuir un époux, mon cœur frémit d'effroi,
Et mes pas chancelans s'arrêtent malgré moi.

N A R B A S.

Cet effroi généreux n'a rien que je n'admire ;
Tout injufte qu'il eft, la vertu vous l'infpire.
Ce cœur indépendant des outrages du fort,
Craint l'ombre d'une faute, & ne craint point la mort.
Banniffez toutefois ces allarmes fecrètes :
Ouvrez les yeux, Madame, & voyez où vous êtes.
C'eft là que répandu par les mains d'un époux,
Le fang de votre père a rejailli fur vous.
Votre frère en ces lieux a vû trancher fa vie.
En vain de fon trépas le Roi fe juftifie ;
En vain Céfar trompé l'en abfout aujourd'hui ;
L'Orient revolté n'en accufe que lui.
Regardez, confultez les pleurs de votre mère,
L'affront fait à vos fils, le fang de votre père,
La cruauté du Roi, la haine de fa fœur,
Et (ce que je ne puis prononcer fans horreur,

Mais dont votre vertu n'eſt point épouvantée)
La mort plus d'une fois à vos yeux préſentée.

   Enfin ſi tant de maux ne vous étonnent pas,
Si d'un front aſſuré vous marchez au trépas,
Du moins de vos enfans embraſſez la défenſe.
Le Roi leur a du trône arraché l'eſpérance ;
Et vous connaiſſez trop ces oracles affreux,
Qui depuis ſi longtems vous font trembler pour eux.
Le ciel vous a prédit qu'une main étrangère
Devait un jour unir vos fils à votre père.
Un Arabe implacable a déja ſans pitié
De cet oracle obſcur accompli la moitié.
Madame, après l'horreur d'un eſſai ſi funeſte,
Sa cruauté, ſans doute, accomplirait le reſte.
Dans ſes emportemens rien n'eſt ſacré pour lui :
Eh ! qui vous répondra, que lui-même aujourd'hui
Ne vienne exécuter ſa ſanglante menace,
Et des Aſmonéens anéantir la race ?
Il eſt tems deſormais de prévenir ſes coups,
Il eſt tems d'épargner un meurtre à votre époux,
Et d'éloigner du moins de ces tendres victimes
Le fer de vos tyrans, & l'exemple des crimes.

   Nourri dans ce palais près des Rois vos ayeux,
Je ſuis prêt à vous ſuivre en tout tems, en tous lieux.
Partez, rompez vos fers, allez dans Rome même
Implorer du Sénat la juſtice ſuprême,
Remettre de vos fils la fortune en ſa main,
Et les faire adopter par le peuple Romain.
Qu'une vertu ſi pure aille étonner Auguſte.
Si l'on vante à bon droit ſon règne heureux & juſte,
Si la terre avec joye embraſſe ſes genoux,

S'il mérite fa gloire, il fera tout pour vous.

MARIAMNE.

Je vois qu'il n'eft plus tems que mon cœur délibère;
Je cède à vos confeils, aux larmes de ma mère,
Au danger de mes fils, au fort, dont les rigueurs
Vont m'entraîner peut-être en de plus grands malheurs.
Retournez chez ma mère, allez; quand la nuit fombre
Dans ces lieux criminels aura porté fon ombre,
Qu'au fond de mon palais on me vienne avertir:
On le veut, il le faut, je fuis prête à partir.

SCENE V.

MARIAMNE, SOHÈME, ELISE.

SOHÈME.

JE viens m'offrir, Madame, à votre ordre fuprême.
Vos volontés pour moi font les loix du ciel même.
Faut-il armer mon bras contre vos ennemis?
Commandez, j'entreprens, parlez, & j'obéïs.

MARIAMNE.

Je vous dois tout, Seigneur, & dans mon infortune,
Ma douleur ne craint point de vous être importune,
Ni de folliciter, par d'inutiles vœux,
Les fecours d'un héros, l'appui des malheureux.

Lors qu'Hérode attendait le trône ou l'efclavage,
Moi-même des Romains j'ai brigué le fuffrage.
Malgré fes cruautés, malgré mon defefpoir,
Malgré mes intérêts, j'ai fuivi mon devòir.
J'ai fervi mon époux; je le ferais encore.

Il faut que pour moi-même enfin je vous implore;
Il faut que je dérobe à d'inhumaines loix
Les reſtes malheureux du pur ſang de nos Rois.
J'aurais dû dès longtems, loin d'un lieu ſi coupable,
Demander au Sénat un aſyle honorable :
Mais, Seigneur, je n'ai pû, dans les troubles divers,
Dont la guerre civile a rempli l'univers,
Chercher parmi l'effroi, la guerre & les ravages,
Un port aux mêmes lieux d'où partaient les orages.
   Auguſte au monde entier donne aujourd'hui la paix ;
Sur toute la nature il répand ſes bienfaits.
Après les longs travaux d'une guerre odieuſe,
Ayant vaincu la terre, il veut la rendre heureuſe.
Du haut du capitole il juge tous les Rois,
Et de ceux qu'on opprime il prend en main les droits.
Qui peut à ſes bontés plus juſtement prétendre,
Que mes faibles enfans, que rien ne peut défendre,
Et qu'une mère en pleurs amène auprès de lui,
Du bout de l'univers, implorer ſon appui ?
Pour conſerver les fils, pour conſoler la mère,
Pour finir tous mes maux, c'eſt en vous que j'eſpère :
Je m'adreſſe à vous ſeul, à vous, à ce grand cœur,
De la ſimple vertu généreux protecteur ;
A vous, à qui je dois ce jour que je reſpire.
Seigneur, éloignez-moi de ce fatal empire.
Ma mère, mes enfans, je mets tout en vos mains ;
Enlevez l'innocence au fer des aſſaſſins.
Vous ne répondez rien. Que faut-il que je penſe
De ces ſombres regards, & de ce long ſilence ?
Je vois que mes malheurs excitent vos refus.

S O H Ê M E.

Non, . . . je refpecte trop vos ordres abfolus.
Mes gardes vous fuivront jufques dans l'Italie ;
Difpofez d'eux, de moi, de mon cœur, de ma vie.
Fuyez le Roi ; rompez vos nœuds infortunés ;
Il eft affez puni, fi vous l'abandonnez.
Il ne vous verra plus, grace à fon injuftice ;
Et je fens qu'il n'eft point de fi cruel fupplice . . . . .
Pardonnez-moi ce mot, il m'échape à regret ;
La douleur de vous perdre a trahi mon fecret.
J'ai parlé, c'en eft fait : mais malgré ma faibleffe,
Songez que mon refpect égale ma tendreffe.
Sohême en vous aimant ne veut que vous fervir,
Adorer vos vertus, vous venger & mourir.

M A R I A M N E.

Je me flattais, Seigneur, & j'avais lieu de croire,
Qu'avec mes intérêts, vous chériffiez ma gloire.
Quand Sohême en ces lieux a veillé fur mes jours,
J'ai cru qu'à fa pitié je devais fon fecours.
Je ne m'attendais pas qu'une flamme coupable
Dût ajouter ce comble à l'horreur qui m'accable,
Ni que dans mes périls il me falût jamais
Rougir de vos bontés, & craindre vos bienfaits.
Ne penfez pas pourtant, qu'un difcours qui m'offenfe
Vous ait rien dérobé de ma reconnaiffance.
Tout efpoir m'eft ravi, je ne vous verrai plus.
J'oublîrai votre flamme, & non pas vos vertus.
Je ne veux voir en vous qu'un héros magnanime,
Qui jufqu'à ce moment mérita mon eftime.
Un plus long entretien pourrait vous en priver,
Seigneur, & je vous fuis pour vous la conferver.

SOHÊME.

Arrêtez , & fachez que je l'ai méritée.
Quand votre gloire parle , elle eft feule écoutée ;
A cette gloire , à vous , foigneux de m'immoler ,
Epris de vos vertus , je les fais égaler.
Je ne fuyais que vous , je veux vous fuir encore.
Je quittais pour jamais une cour que j'abhorre ;
J'y refte , s'il le faut , pour vous défabufer ,
Pour vous refpecter plus , pour ne plus m'expofer
Au reproche accablant que m'a fait votre bouche.
Votre intérêt , Madame , eft le feul qui me touche ;
J'y facrifîrai tout ; mes amis , mes foldats ,
Vous conduiront aux bords où s'adreffent vos pas.
J'ai dans ces murs encor un refte de puiffance.
D'un tyran foupçonneux je crains peu la vengeance ;
Et s'il me faut périr des mains de votre époux ,
Je périrai du moins en combattant pour vous.
Dans mes derniers momens je vous aurai fervie ,
Et j'aurai préféré votre honneur à ma vie.

MARIAMNE.

Il fuffit , je vous crois : d'indignes paffions
Ne doivent point fouiller les nobles actions.
Oui , je vous devrai tout ; mais moi je vous expofe ;
Vous courez à la mort , & j'en ferai la caufe.
Comment puis - je vous fuivre ? & comment demeurer ?
Je n'ai de fentiment que pour vous admirer.

SOHÊME.

Venez prendre confeil de votre mère en larmes ,
De votre fermeté plus que de fes allarmes ,
Du péril qui vous preffe , & non de mon danger ;
Avec votre tyran rien n'eft à ménager.

V ij

Il eſt Roi, je le ſais ; mais Céſar eſt ſon juge :
Tout vous menace ici ; Rome eſt votre refuge ;
Mais ſongez que Sohême, en vous offrant ſes vœux,
S'il oſe être ſenſible, en eſt plus vertueux ;
Que le ſang de nos Rois nous unit l'un & l'autre,
Et que le ciel m'a fait un cœur digne du vôtre.

M A R I A M N E.

Je n'en veux point douter : & dans mon deſeſpoir,
Je vais conſulter Dieu, l'honneur & le devoir.

S O H Ê M E.

C'eſt eux que j'en atteſte ; ils ſont tous trois mes guides ;
Ils vous arracheront aux mains des parricides.

Fin du ſecond acte.

A C T E   I I I.

S C E N E   P R E M I E R E.

SOHÊME, NARBAS, AMMON, Suite.

N A R B A S.

LE tems eſt précieux, Seigneur, Hérode arrive ;
Du fleuve de Judée il a revu la rive.
Salome qui ménage un reſte de crédit,
Deja par ſes conſeils affiége ſon eſprit.
Ses courtiſans en foule auprès de lui ſe rendent ;
Les palmes dans les mains nos Pontifes l'attendent ;
Idamas le devance, & vous le connaiſſez.

S O H Ê M E.

Je ſais qu'on paya mal ſes ſervices paſſés.
C'eſt ce même Idamas, cet Hébreu plein de zèle,
Qui toûjours à la Reine eſt demeuré fidèle,
Qui ſage courtiſan d'un Roi plein de fureur,
A quelquefois d'Hérode adouci la rigueur.

N A R B A S.

Bientôt vous l'entendrez. Cependant Mariamne
Au moment de partir s'arrête, ſe condamne ;
Ce grand projet l'étonne, & prête à le tenter,
Son auſtère vertu craint de l'exécuter.
Sa mère eſt à ſes pieds, & le cœur plein d'allarmes,
Lui préſente ſes fils, la baigne de ſes larmes,
La conjure en tremblant de preſſer ſon départ.

V üj

La Reine flotte, héfite, & partira trop tard.
C'eft vous dont la bonté peut hâter fa fortie.
Vous avez dans vos mains la fortune & la vie
De l'objet le plus rare & le plus précieux,
Que jamais à la terre aient accordé les cieux.
Protégez, confervez une augufte famille ;
Sauvez de tant de Rois la déplorable fille.
Vos gardes font - ils prêts ? Puis - je enfin l'avertir ?

S O H Ê M E.

Oui, j'ai tout ordonné, la Reine peut partir.

N A R B A S.

Souffrez donc qu'à l'inftant un ferviteur fidelle
Se prépare, Seigneur, à marcher après elle.

S O H Ê M E.

Allez, loin de ces lieux je conduirai vos pas.
Ce féjour odieux ne la méritait pas.
Qu'un dépôt fi facré foit refpecté des ondes ;
Que le ciel attendri par fes douleurs profondes,
Faffe lever fur elle un foleil plus ferein.
Et vous, vieillard heureux, qui fuivez fon deftin,
Des ferviteurs des Rois fage & parfait modelle,
Votre fort eft trop beau : vous vivrez auprès d'elle.

S C E N E II.

S O H Ê M E, A M M O N, Suite de Sohême.

S O H Ê M E.

Mais déja le Roi vient ; déja dans ce féjour,
Le fon de la trompette annonce fon retour.

Quel retour, juftes Dieux ! Què je crains fa préfence !
Le cruel peut d'un coup affurer fa vengeance.
Plût au ciel que la Reine eût déja pour jamais
Abandonné ces lieux confacrés aux forfaits !
Oferai-je moi-même accompagner fa fuite ?
Peut-être en la fervant il faut que je l'évite.
Eft-ce un crime, après tout, de fauver tant d'appas ?
De venger fa vertu ?.... mais je vois Idamas.

S C E N E   III.

SOHÊME, IDAMAS, AMMON, Suite.

SOHÊME.

Ami, j'épargne au Roi de frivoles hommages,
De l'amitié des grands importuns témoignages,
D'un peuple curieux trompeur amufement,
Qu'on étale avec pompe, & que le cœur dément.
Mais. parlez ; Rome enfin vient de vous rendre un Maître :
Hérode eft Souverain, eft-il digne de l'être ?
Vient-il dans un efprit de fureur ou de paix ?
Craint-on des cruautés ? attend-on des bienfaits ?

IDAMAS.

Veuille le jufte ciel, formidable au parjure,
Ecarter loin de lui l'erreur & l'impofture !
Salome & Mazaël s'empreffent d'écarter
Quiconque a le cœur jufte & ne fait point flatter.
Ils révèlent, dit-on, des fecrets redoutables ;
Hérode en a pâli : des cris épouvantables
Sont fortis de fa bouche ; & fes yeux en fureur

A tout ce qui l'entoure infpirent la terreur.
Vous le favez affez , leur cabale attentive
Tint toûjours près de lui la vérité captive.
Ainfi ce Conquérant , qui fit trembler les Rois ,
Ce Roi dont Rome même admira les exploits ,
De qui la renommée allarme encor l'Afie ,
Dans fa propre maifon voit fa gloire avilie.
Haï de fon époufe , abufé par fa fœur ,
Déchiré de foupçons , accablé de douleur ,
J'ignore en ce moment le deffein qui l'entraîne.
On le plaint , on murmure , on craint tout pour la Reine.
On ne peut pénétrer fes fecrets fentimens ,
Et de fon cœur troublé les foudains mouvemens.
Il obferve avec nous un filence farouche ;
Le nom de Mariamne échape de fa bouche.
Il menace , il foupire , il donne en frémiffant
Quelques ordres fecrets , qu'il révoque à l'inftant.
D'un fang qu'il deteftait Mariamne eft formée ;
Il voulut la punir de l'avoir trop aimée.
Je tremble encor pour elle.

S o h ê m e.

Il fuffit , Idamas.

La Reine eft en danger ; Ammon , fuivez mes pas ;
Venez , c'eft à moi feul de fauver l'innocence.

I d a m a s.

Seigneur , ainfi du Roi vous fuirez la préfence ?
Vous de qui la vertu , le rang , l'autorité ,
Impoferaient filence à la perverfité ?

S o h ê m e.

Un intérêt plus grand , un autre foin m'anime ;
Et mon premier devoir eft d'empêcher le crime.

Il fort.

I D A M A S.

Quel orages nouveaux ! quel trouble je prévoi !
Puiffant Dieu des Hébreux, changez le cœur du Roi.

S C E N E I V.

HERODE, MAZAEL, IDAMAS, fuite d'Hérode.

H E R O D E.

EH quoi, Sohême auffi femble éviter ma vuë !
Quelle horreur devant moi s'eft partout répanduë !
Ciel ! ne puis - je infpirer que la haine ou l'effroi ?
Tous les cœurs des humains font - ils fermés pour moi ?
En horreur à la Reine, à mon peuple, à moi-même,
A regret fur mon front je vois le diadême.
Hérode en arrivant, recueille avec terreur
Les chagrins dévorans qu'a femés fa fureur.
Ah Dieu !

M A Z A E L.

Daignez calmer ces injuftes allarmes.

H E R O D E.

Malheureux, qu'ai-je fait ?

M A Z A E L.

Quoi ! vous verfez des larmes !
Vous, ce Roi fortuné, fi fage en fes deffeins !
Vous, la terreur du Parthe, & l'ami des Romains !
Songez, Seigneur, fongez à ces noms pleins de gloire,
Que vous donnaient jadis Antoine & la victoire.
Songez, que près d'Augufte appellé par fon choix,
Vous marchiez diftingué de la foule des Rois.

Tom. III. *& du Théâtre le premier.* X

Revoyez à vos loix Jérusalem renduë,
Jadis par vous conquise., & par vous défenduë,
Reprenant aujourd'hui sa première splendeur,
En contemplant son Prince au faîte du bonheur.
Jamais Roi plus heureux dans la paix, dans la guerre.

HERODE.

Non, il n'est plus pour moi de bonheur sur la terre :
Le destin m'a frapé de ses plus rudes coups ;
Et pour comble d'horreur je les mérite tous.

IDAMAS.

Seigneur, m'est-il permis de parler sans contrainte ?
Ce trône auguste & saint, qu'environne la crainte,
Serait mieux affermi, s'il l'était par l'amour.
En faisant des heureux, un Roi l'est à son tour.
A d'éternels chagrins votre ame abandonnée,
Pourrait tarir d'un mot leur source empoisonnée.
Seigneur, ne souffrez plus que d'indignes discours
Osent troubler la paix & l'honneur de vos jours,
Ni que de vils flatteurs écartent de leur Maître
Des cœurs infortunés, qui vous cherchaient peut-être.
Bientôt de vos vertus tout Israël charmé......

HERODE.

Eh ! croyez-vous encor, que je puisse être aimé ?
Qu'Hérode est aujourd'hui différent de lui-même !

MAZAEL.

Tout adore à l'envi votre grandeur suprême.

IDAMAS.

Un seul cœur vous résiste, & l'on peut le gagner.

HERODE.

Non : je suis un barbare, indigne de régner.

I D A M A S.

Votre douleur eſt juſte, & ſi pour Mariamne....

H E R O D E.

Et c'eſt ce nom fatal, hélas ! qui me condamne ;
C'eſt ce nom qui reproche à mon cœur agité
L'excès de ma faibleſſe & de ma cruauté.

M A Z A E L.

Elle ſera toûjours inflexible en ſa haine.
Elle fuit votre vuë.

H E R O D E.

Ah ! j'ai cherché la ſienne.

M A Z A E L.

Qui ? vous, Seigneur ?

H E R O D E.

Eh quoi ! mes tranſports furieux,
Ces pleurs que mes remords arrachent de mes yeux,
Ce changement ſoudain, cette douleur mortelle,
Tout ne te dit-il pas que je viens d'auprès d'elle ?
Toûjours troublé, toûjours plein de haine & d'amour,
J'ai trompé, pour la voir, une importune cour.
Quelle entrevüe, ô cieux ! quels combats ! quel ſupplice !
Dans ſes yeux indignés j'ai lû mon injuſtice.
Ses regards inquiets n'oſaient tomber ſur moi,
Et tout, juſqu'à mes pleurs, augmentait ſon effroi.

M A Z A E L.

Seigneur, vous le voyez ; ſa haine envenimée
Jamais par vos bontés ne ſera déſarmée :
Vos reſpeƈts dangereux nourriſſent ſa fierté.

H E R O D E.

Elle me hait ! ah Dieu ! je l'ai trop mérité.
Je lui pardonne, hélas ! dans le ſort qui l'accable,

De haïr à ce point un époux fi coupable.

MAZAEL.

Vous coupable ? Eh , Seigneur , pouvez-vous oublier
Ce que la Reine a fait pour vous juftifier ?
Ses mépris outrageans , fa fuperbe colère ,
Ses deffeins contre vous , les complots de fon père ?
Le fang , qui la forma , fut un fang ennemi :
Le dangereux Hircan vous eût toûjours trahi ;
Et des Afmonéens la brigue était fi forte ,
Que fans un coup d'état vous n'auriez pû....

HERODE.

N'importe.

Hircan était fon père , il falait l'épargner ;
Mais je n'écoutai rien que la foif de régner.
Ma politique affreufe a perdu fa famille :
J'ai fait périr le père , & j'ai profcrit la fille :
J'ai voulu la haïr , j'ai trop fû l'opprimer ;
Le ciel pour m'en punir me condamne à l'aimer.

IDAMAS.

Seigneur , daignez m'en croire , une jufte tendreffe
Devient une vertu , loin d'être une faibleffe :
Digne de tant de biens que le ciel vous a faits ,
Mettez votre amour même au rang de fes bienfaits.

HERODE.

Hircan , mânes facrés , fureurs que je détefte !

IDAMAS.

Perdez-en pour jamais le fouvenir funefte.

MAZAEL.

Puiffe la Reine auffi l'oublier comme vous !

HERODE.

O père infortuné ! plus malheureux époux !

Tant d'horreurs, tant de fang, le meurtre de fon père ;
Les maux que je lui fais me la rendent plus chère.
Si fon cœur, ... fi fa foi, ... mais c'eft trop différer,
Idamas, en un mot, je veux tout réparer.
Va la trouver ; dis lui, que mon ame affervie
Met à fes pieds mon trône, & ma gloire, & ma vie.
Je veux dans fes enfans choifir un fucceffeur.
Des maux qu'elle a foufferts elle accufe ma fœur ;
C'en eft affez ; ma fœur aujourd'hui renvoyée,
A ce cher intérêt fera facrifiée.
Je laiffe à Mariamne un pouvoir abfolu.

M A Z A E L.

Quoi ! Seigneur, vous voulez......

H E R O D E.

Oui, je l'ai réfolu.
Oui ; mon cœur déformais la voit, la confidère,
Comme un préfent des cieux qu'il faut que je révère.
Que ne peut point fur moi l'amour qui m'a vaincu !
A Mariamne enfin je devrai ma vertu.
Il le faut avouer, on m'a vû dans l'Afie
Régner avec éclat, mais avec barbarie.
Craint, refpeété du peuple, admiré, mais haï,
J'ai des adorateurs, & n'ai pas un ami.
Ma fœur, que trop longtems mon cœur a daigné croire,
Ma fœur n'aima jamais ma véritable gloire.
Plus cruelle que moi dans fes fanglans projets,
Sa main faifait couler le fang de mes fujets,
Les accablait du poids de mon fceptre terrible,
Tandis qu'à leurs douleurs Mariamne fenfible,
S'occupant de leur peine, & s'oubliant pour eux,
Portait à fon époux les pleurs des malheureux.

X iij

C'en eſt fait. Je prétens, plus juſte & moins févère,
Par le bonheur public eſſayer de lui plaire.
L'Etat va reſpirer ſous un règne plus doux ;
Mariamne a changé le cœur de ſon époux.
Mes mains loin de mon trône écartant les allarmes,
Des peuples opprimés vont eſſuyer les larmes.
Je veux ſur mes ſujets régner en citoyen,
Et gagner tous les cœurs, pour mériter le ſien.
Va la trouver, te dis-je, & ſurtout à ſa vuë
Peins bien le repentir de mon ame éperduë :
Dis lui que mes remords égalent ma fureur.
Va, cours, vole, & revien. Que vois-je ? c'eſt ma ſœur.
à Mazaël.
Sortez.... A quels chagrins ma vie eſt condamnée !

S C E N E   V.

H E R O D E , S A L O M E.

S A L O M E.

JE les partage tous : mais je ſuis étonnée
Que la Reine & Sohême évitant votre aſpect,
Montrent ſi peu de zèle, & ſi peu de reſpect.

H E R O D E.

L'un m'offenſe, il eſt vrai, —— mais l'autre eſt excuſable ;
N'en parlons plus.

S A L O M E.

Sohême à vos yeux condamnable,
A toûjours de la Reine allumé le couroux.

HERODE.

Ah ! trop d'horreurs enfin fe répandent fur nous ;
Je cherche à les finir. Ma rigueur implacable ,
En me rendant plus craint , m'a fait plus miférable.
Affez & trop longtems fur ma trifte maifon
La vengeance & la haine ont verfé leur poifon.
De la Reine & de vous les difcordes cruelles
Seraient de mes tourmens les fources éternelles.
Ma fœur , pour mon repos , pour vous , pour toutes deux ,
Séparons nous , quittez ce palais malheureux ;
Il le faut.

SALOME.

Ciel , qu'entens - je ? Ah fatale ennemie !

HERODE.

Un Roi vous le commande , un frère vous en prie.
Que puiffe déformais ce frère malheureux
N'avoir point à donner d'ordre plus rigoureux ,
N'avoir plus fur les miens de vengeances à prendre ,
De foupçons à former , ni de fang à répandre !
Ne perfécutez plus mes jours trop agités.
Murmurez : plaignez - vous , plaignez - moi ; mais partez.

SALOME.

Moi , Seigneur , je n'ai point de plaintes à vous faire.
Vous croyez mon exil & jufte & néceffaire ;
A vos moindres defirs inftruite à confentir ,
Lorfque vous commandez , je ne fais qu'obéir.
Vous ne me verrez point , fenfible à mon injure ,
Attefter devant vous le fang & la nature ;
Sa voix trop rarement fe fait entendre aux Rois ,
Et près des paffions le fang n'a point de droits.
Je ne vous vante plus cette amitié fincère ,

Dont le zèle aujourd'hui commence à vous déplaire.
Je rappelle encor moins mes fervices paſſés ;
Je vois trop qu'un regard les a tous effacés.
Mais avez-vous penſé , que Mariamne oublie
Cet ordre d'un époux donné contre ſa vie ?
Vous qu'elle craint toûjours , ne la craignez-vous plus ?
Ses vœux , ſes ſentimens , vous ſont-ils inconnus ?
Qui préviendra jamais , par des avis utiles ,
De ſon cœur outragé les vengeancés faciles ?
Quels yeux intéreſſés à veiller ſur vos jours
Pourront de ſes complots démêler les détours ?
Son couroux aura-t-il quelque frein qui l'arrête ?
Et penſez-vous enfin , que lorſque votre tête
Sera par vos ſoins même expoſée à ſes coups ,
L'amour qui vous ſéduit lui parlera pour vous ?
Quoi donc ! tant de mépris , cette horreur inhumaine...

H E R O D E .

Ah ! laiſſez moi douter un moment de ſa haine ;
Laiſſez moi me flatter de regagner ſon cœur ;
Ne me détrompez point , refpeɛtez mon erreur.
Je veux croire , & je crois , que votre haine altière
Entre la Reine & moi mettait une barrière ;
Que par vos cruautés ſon cœur s'eſt endurci ,
Et que ſans vous enfin j'euſſe été moins haï.

S A L O M E .

Si vous pouviez ſavoir , ſi vous pouviez comprendre
A quel point...

H E R O D E .

    Non , ma ſœur , je ne veux rien entendre.
Mariamne a ſon gré peut menacer mes jours ;
Ils me ſont odieux ; qu'elle en tranche le cours.

Je

Je périrai du moins d'une main qui m'eſt chère.

S A L O M E.

Ah ! c'eſt trop l'épargner , vous tromper & me taire.
Je m'expoſe à me perdre , & cherche à vous ſervir :
Et je vais vous parler , duſſiez-vous m'en punir.
Epoux infortuné ! qu'un vil amour ſurmonte ,
Connaiſſez Mariamne , & voyez votre honte.
C'eſt peu des fiers dédains dont ſon cœur eſt armé ;
C'eſt peu de vous haïr ;... un autre en eſt aimé.

H E R O D E.

Un autre en eſt aimé ! Pouvez-vous bien , barbare ,
Soupçonner devant moi la vertu la plus rare ?
Ma ſœur , c'eſt donc ainſi que vous m'aſſaſſinez ?
Laiſſez-vous pour adieux ces traits empoiſonnés ,
Ces flambeaux de diſcorde , & la honte & la rage ,
Qui de mon cœur jaloux ſont l'horrible partage ?
Mariamne... mais non , je ne veux rien ſavoir ;
Vos conſeils ſur mon ame ont eu trop de pouvoir.
Je vous ai longtems crue , & les cieux m'en puniſſent.
Mon ſort était d'aimer des cœurs qui me haïſſent.
Oui , c'eſt moi ſeul ici que vous perſécutez.

S A L O M E.

Hé bien donc , loin de vous ....

H E R O D E.

Non , Madame , arrêtez.

Un autre en eſt aimé ! montrez-moi donc , cruelle ,
Le ſang que doit verſer ma vengeance nouvelle ;
Pourſuivez votre ouvrage ; achevez mon malheur.

S A L O M E.

Puiſque vous le voulez...

HERODE.

Frape : voilà mon cœur.
Dis‑moi qui m'a trahi ; mais quoi qu'il en puiſſe être ,
Songe que cette main t'en punira peut‑être.
Oui , je te punirai de m'ôter mon erreur.
Parle à ce prix.

SALOME.

N'importe.

HERODE.

Eh bien !

SALOME.

C'eſt...

SCENE VI.

HERODE, SALOME, MAZAEL.

MAZAEL.

AH ! Seigneur ,
Venez , ne ſouffrez pas que ce crime s'achève :
Votre épouſe vous fuit , Sohême vous l'enlève.

HERODE.

Mariamne ! Sohême ! Où fuis‑je ? juſtes cieux !

MAZAEL.

Sa mère , ſes enfans quittaient déja ces lieux.
Sohême a préparé cette indigne retraite ;
Il place auprès des murs une eſcorte ſecrète :
Mariamne l'attend pour ſortir du palais :
Et vous allez , Seigneur , la perdre pour jamais.

H E R O D E.

Ah ! le charme eſt rompu ; le jour enfin m'éclaire.
Venez ; à ſon couroux connaiſſez votre frère.
Surprenons l'infidèle , & vous allez juger ,
S'il eſt encor Hérode , & s'il fait ſe venger.

Fin du troiſiéme aǫe.

ACTE IV.

SCENE PREMIERE.

SALOME, MAZAEL.

MAZAEL.

Quoi ! lorſque ſans retour Mariamne eſt perduë ,
Quand la faveur d'Hérode à vos vœux eſt renduë ,
Dans ces ſombres chagrins qui peut donc vous plonger ?
Madame , en ſe vengeant le Roi va vous venger.
Sa fureur eſt au comble ; & moi-même je n'oſe
Regarder ſans effroi les malheurs que je cauſe.
Voùs avez vû tantôt ce ſpeƈtacle inhumain ,
Ces eſclaves tremblans égorgés de ſa main ,
Près de leurs corps ſanglans la Reine évanouïe ,
Le Roi le bras levé , prêt à trancher ſa vie ;
Ses fils baignés de pleurs , embraſſant ſes genoux ,
Et préſentant leur tête au-devant de ſes coups.
Que vouliez-vous de plus ? que craignez-vous encore ?

SALOME.

Je crains le Roi ; je crains ces charmes qu'il adore ,
Ce bras promt à punir , promt à ſe déſarmer ,
Cette colère enfin , facile à s'enflammer ,
Mais qui toûjours douteuſe , & toûjours aveuglée ,
En ſes tranſports ſoudains s'eſt peut-être exhalée.
Quel fruit me revient-il de ſes emportemens ?
Sohême a-t-il pour moi de plus doux ſentimens ?

Il me hait encor plus ; & mon malheureux frère,
Forcé de fe venger d'une époufe adultère,
Semble me reprocher fa honte & fon malheur.
Il voudrait pardonner dans le fond de fon cœur :
Il gémit en fecret de perdre ce qu'il aime ;
Il voudrait , s'il fe peut , ne punir que moi-même.
Mon funefte triomphe eft encor incertain.
J'ai deux fois en un jour vû changer mon deftin ;
Deux fois j'ai vû l'amour fuccéder à la haine ;
Et nous fommes perdus , s'il voit encor la Reine.

S C E N E   I I.

HERODE, SALOME, MAZAEL, Gardes.

MAZAEL.

IL vient : de quelle horreur il parait agité !

SALOME.

Seigneur , votre vengeance eft-elle en fûreré ?

MAZAEL.

Me préferve le ciel que ma voix téméraire,
D'un Roi clément & fage irritant la colère,
Ofe fe faire entendre , entre la Reine & lui !
Mais , Seigneur , contre vous Sohême eft fon appui.
Non , ne vous vengez point ; mais veillez fur vous-même.
Redoutez fes complots & la main de Sohême.

HERODE.

Ah ! je ne le crains point.

MAZAEL.

Seigneur , n'en doutez pas.

Y iij

De l'adultère au meurtre il n'eſt ſouvent qu'un pas.

HERODE.

Que dites - vous ?

MAZAEL.

Sohême incapable de feindre ,
Fut de vos ennemis toûjours le plus à craindre.
Ceux dont il s'aſſura le coupable ſecours ,
Ont parlé hautement d'attenter à vos jours.

HERODE.

Mariamne me hait , c'eſt là ſon plus grand crime.
Ma ſœur , vous aprouvez la fureur qui m'anime ;
Vous voyez mes chagrins , vous en avez pitié :
Mon cœur n'attend plus rien que de votre amitié.
Hélas , plein d'une erreur trop fatale & trop chère ,
Je vous ſacrifiais au ſeul ſoin de lui plaire :
Je vous comptais déja parmi mes ennemis ;
Je puniſſais ſur vous ſa haine & ſes mépris.
Ah ! j'atteſte à vos yeux ma tendreſſe outragée ,
Qu'avant la fin du jour vous en ferez vengée.
Je veux ſurtout , je veux , dans ma juſte fureur ,
La punir du pouvoir qu'elle avait ſur mon cœur.
Hélas ! jamais ce cœur ne brûla que pour elle ;
J'aimai , je déteſtai , j'adorai l'infidelle.
Et toi , Sohême , & toi , ne crois pas m'échaper ,
Avant le coup mortel dont je dois te frapper.
Va , je te punirai dans un autre toi - même.
Tu verras cet objet , qui m'abhorre , & qui t'aime ,
Cet objet à mon cœur jadis ſi précieux ,
Dans l'horreur des tourmens expirant à tes yeux.
Que ſur toi , ſous mes coups , tout ſon ſang rejailliſſe.
Tu l'aimes , il ſuffit , ſa mort eſt ton ſuplice.

M A Z A E L.

Ménagez , croyez-moi , des momens précieux ;
Et tandis que Sohême eft abfent de ces lieux ,
Que par lui , loin des murs , fa garde eft difperfée ,
Saififfez , achevez une vengeance aifée.

S A L O M E.

Mais au peuple , furtout , cachez votre douleur.
D'un fpectacle funefte épargnez vous l'horreur.
Loin de ces triftes lieux témoins de votre outrage ,
Fuyez de tant d'affronts la douloureufe image.

H E R O D E.

Je vois quel eft fon crime , & quel fut fon projet.
Je vois pour qui Sohême ainfi vous outrageait.

S A L O M E.

Laiffez mes intérêts ; fongez à votre offenfe.

H E R O D E.

Elle avait jufqu'ici vécu dans l'innocence ;
Je ne lui reprochais que fes emportemens ,
Cette audace oppofée à tous mes fentimens ,
Ses mépris pour ma race , & fes altiers murmures.
Du fang Afmonéen j'effuiai trop d'injures.
Mais a - t - elle en effet voulu mon deshonneur ?

S A L O M E.

Ecartez cette idée : oubliez - la , Seigneur ,
Calmez - vous.

H E R O D E.

          Non , je veux la voir & la confondre ;
Je veux l'entendre ici , la forcer à répondre ;
Qu'elle tremble en voyant l'appareil du trépas ;
Qu'elle demande grace , & ne l'obtienne pas.

SALOME.

Quoi, Seigneur, vous voulez vous montrer à fa vuë?

HERODE.

Ah! ne redoutez rien; fa perte eft réfoluë.

Vainement l'infidèle efpère en mon amour;

Mon cœur à la clémence eft fermé fans retour.

Loin de craindre ces yeux qui m'avaient trop fû plaire,

Je fens que fa préfence aigrira ma colère.

Gardes, que dans ces lieux on la faffe venir;

Je ne veux que la voir, l'entendre, & la punir.

Ma fœur, pour un moment, fouffrez que je refpire.

Qu'on appelle la Reine. Et vous, qu'on fe retire.

S C E N E   I I I.

HERODE *feul.*

TU veux la voir, Hérode, à quoi te réfous-tu?

Conçois-tu les deffeins de ton cœur éperdu?

Quoi! fon crime à tes yeux n'eft-il pas manifefte?

N'es-tu pas outragé? que t'importe le refte?

Quel fruit efpères-tu de ce trifte entretien?

Ton cœur peut-il douter des fentimens du fien?

Hélas! tu fais affez combien elle t'abhorre.

Tu prétens te venger! pourquoi vit-elle encore?

Tu veux la voir! ah! lâche, indigne de régner,

Va foupirer près d'elle, & cours lui pardonner.

Va voir cette beauté fi longtems adorée.

Non, elle périra; non, fa mort eft jurée.

Vous ferez répandu, fang de mes ennemis,

Sang

Sang des Afmonéens dans fes veines tranfmis ,
Sang qui me haïffez , & que mon cœur détefte.
Mais la voici , grand Dieu ! quel fpectacle funefte !

S C E N E   I V.

M A R I A M N E, H E R O D E, E L I S E, Gardes.

E L I S E.

REprenez vos efprits , Madame , c'eft le Roi.
M A R I A M N E.
Où fuis - je ? où vai - je ? ô Dieu ! je me meurs , je le voi.
H E R O D E.
D'où vient qu'à fon afpect mes entrailles frémiffent ?
M A R I A M N E.
Elife , foutien - moi , mes forces s'affaibliffent.
E L I S E.
Avançons.
M A R I A M N E.
Quel tourment !
H E R O D E.
Que lui dirai - je , ô Cieux !
M A R I A M N E.
Pourquoi m'ordonnez - vous de paraître à vos yeux ?
Voulez - vous de vos mains m'ôter ce faible refte
D'une vie à tous deux également funefte ?
Vous le pouvez : frappez , le coup m'en fera doux ,
Et c'eft l'unique bien que je tiendrai de vous.
H E R O D E.
Oui , je me vengerai , vous ferez fatisfaite.
Mais parlez , défendez votre indigne retraite.

Tom. III. *& du Théâtre le premier.*   Z

Pourquoi, lorfque mon cœur fi longtems offenfé,
Indulgent pour vous feule, oubliait le paffé,
Lorfque vous partagiez mon empire & ma gloire,
Pourquoi prépariez - vous cette fuite fi noire ?
Quel deffein, quelle haine a pû vous poffeder ?

M A R I A M N E.

Ah ! Seigneur, eft - ce à vous à me le demander ?
Je ne veux point vous faire un reproche inutile :
Mais fi loin de ces lieux j'ai cherché quelque afyle,
Si Mariamne enfin, pour la première fois,
Du pouvoir d'un époux méconnaiffant les droits,
A voulu fe fouftraire à fon obéïffance ;
Songez à tous ces Rois dont je tiens la naiffance,
A mes périls préfens, à mes malheurs paffés,
Et condamnez ma fuite après, fi vous l'ofez.

H E R O D E.

Quoi ! lorfqu'avec un traître un fol amour vous lie ;
Quand Sohême . . . .

M A R I A M N E.

Arrêtez ; il fuffit de ma vie.
D'un fi cruel affront ceffez de me couvrir ;
Laiffez - moi chez les morts defcendre fans rougir.
N'oubliez pas du moins, qu'attachés l'un à l'autre,
L'hymen qui nous unit joint mon honneur au vôtre.
Voilà mon cœur : Frappez. Mais en portant vos coups,
Refpeétez Mariamne, & même fon époux.

H E R O D E.

Perfide ! il vous fied bien de prononcer encore
Ce nom qui vous condamne & qui me deshonore !
Vos coupables dédains vous accufent affez,
Et je crois tout de vous, fi vous me haïffez.

M A R I A M N E.

Quand vous me condamnez , quand ma mort eſt certaine ,
Que vous importe , hélas ! ma tendreſſe , ou ma haine ?
Et quel dŕoit déſormais avez - vous ſur mon cœur ,
Vous , qui l'avez rempli d'amertume & d'horreur ?
Vous , qui depuis cinq ans inſultez à mes larmes ,
Qui marquez ſans pitié mes jours par mes allarmes ?
Vous , de tous mes parens deſtruêteur odieux ?
Vous , teint du ſang d'un père expirant à mes yeux ?
Cruel ! ah ! ſi du moins votre fureur jalouſe
N'eût jamais attenté qu'aux jours de votre épouſe ,
Les cieux me ſont témoins , que mon cœur tout à vous
Vous chérirait encor , en mourant par vos coups :
Mais qu'au moins mon trépas calme votre furie ;
N'étendez point mes maux au - delà de ma vie ;
Prenez ſoin de mes fils , reſpeêtez votre ſang ;
Ne les puniſſez pas d'être nés dans mon flanc.
Hérode , ayez pour eux des entrailles de père ;
Peut - être un jour , hélas ! vous connaîtrez leur mère.
Vous plaindrez , mais trop tard , ce cœur infortuné ,
Que ſeul dans l'univers vous avez ſoupçonné ;
Ce cœur qui n'a point ſû , trop ſuperbe peut - être ,
Déguiſer ſes douleurs , & ménager un maitre ;
Mais qui juſqu'au tombeau conſerva ſa vertu ,
Et qui vous eût aimé , ſi vous l'aviez voulu.

H E R O D E.

Qu'ai-je entendu ? quel charme , & quel pouvoir ſuprême
Commande à ma colère , & m'arrache à moi-même ?
Mariamne. . .

M A R I A M N E.

Cruel !

H E R O D E.

. . . O faibleffe ! ô fureur !

M A R I A M N E.

De l'état où je fuis voyez du moins l'horreur.
Otez - moi par pitié cette odieufe vie.

H E R O D E.

Ah ! la mienne à la vôtre eft pour jamais unie.
C'en eft fait : je me rens : banniffez votre effroi ;
Puifque vous m'avez vû , vous triomphez de moi.
Vous n'avez plus befoin d'excufe & de défenfe.
Ma tendreffe pour vous vous tient lieu d'innocence.
En eft-ce affez , ô ciel ! en eft-ce affez , amour ?
C'eft moi qui vous implore , & qui tremble à mon tour.
Serez-vous aujourd'hui la feule inexorable ?
Quand j'ai tout pardonné , ferai-je encor coupable ?
Mariamne , ceffons de nous perfécuter ;
Nos cœurs ne font-ils faits que pour fe détefter ?
Nous faudra-t-il toûjours redouter l'un & l'autre ?
Finiffons à la fois ma douleur & la vôtre.
Commençons fur nous-même à régner en ce jour ;
Rendez - moi votre main , rendez - moi votre amour.

M A R I A M N E.

Vous demandez ma main ! Jufte Ciel que j'implore ,
Vous favez de quel fang la fienne fume encore.

H E R O D E.

Eh bien , j'ai fait périr & ton père & mon Roi ;
J'ai répandu fon fang pour régner avec toi.
Ta haine en eft le prix , ta haine eft légitime :
Je n'en murmure point , je connais tout mon crime.
Que dis-je ? fon trépas , l'affront fait à tes fils ,
Sont les moindres forfaits que mon cœur ait commis.

Hérode a jufqu'à toi porté fa barbarie ;
Durant quelques momens je t'ai même haïe ;
J'ai fait plus , ma fureur a pû te foupçonner ;
Et l'effort des vertus eft de me pardonner.
D'un trait fi généreux ton cœur feul eft capable :
Plus Hérode à tes yeux doit paraître coupable ,
Plus ta grandeur éclate à refpecter en moi
Ces nœuds infortunés qui m'uniffent à toi.
Tu vois où je m'emporte , & quelle eft ma faibleffe ;
Garde - toi d'abufer du trouble qui me preffe.
Cher & cruel objet d'amour & de fureur ,
Si du moins la pitié peut entrer dans ton cœur ,
Calme l'affreux defordre où mon ame s'égare.
Tu détournes les yeux . . . Mariamne . . .

                    M A R I A M N E.
                              Ah barbare !
Un jufte repentir produit - il vos tranfports ?
Et pourrai - je en effet compter fur vos remords ?

                    H E R O D E.
Oui , tu peux tout fur moi , fi j'amollis ta haine.
Hélas ! ma cruauté , ma fureur inhumaine ,
C'eft toi qui dans mon cœur as fû la rallumer ;
Tu m'as rendu barbare en ceffant de m'aimer.
Que ton crime & le mien foient noyés dans mes larmes.
Je te jure . . . .

S C E N E V.

HERODE , MARIAMNE , ELISE , un Garde.

LE GARDE.

SEigneur , tout le peuple eſt en armes.
Dans le ſang des bourreaux il vient de renverſer
L'échafaut que Salome a déja fait dreſſer.
Au peuple , à vos ſoldats , Sohême parle en maitre :
Il marche vers ces lieux , il vient , il va paraitre.

HERODE.

Quoi ! dans le moment même où je ſuis à vos pieds,
Vous auriez pû , perfide ! . . .

MARIAMNE.

Ah ! Seigneur , vous croiriez . . . .

HERODE.

Tu veux ma mort ! eh bien , je vai remplir ta haine.
Mais au moins dans ma tombe il faut que je t'entraîne ,
Et qu'unis malgré toi . . . . Qu'on la garde , ſoldats.

S C E N E VI.

HERODE , MARIAMNE , SALOME , MAZAEL ,
ELISE , Gardes.

SALOME.

AH mon frère , aux Hébreux ne vous préſentez pas.
Le peuple ſoulevé demande votre vie ;
Le nom de Mariamne excite leur furie ;

De vos mains, de ces lieux, ils viennent l'arracher.

H E R O D E.

Allons. Ils me verront, & je cours les chercher.
De l'horreur où je fuis tu répondras, cruelle.
Ne l'abandonnez pas, ma fœur, veillez fur elle.

M A R I A M N E.

Je ne crains point la mort ; mais j'attefte les cieux . . .

M A Z A E L.

Seigneur, vos ennemis font déja fous vos yeux.

H E R O D E.

Courons . . . Mais quoi ! laiffer la çoupable impunie !
Ah ! je veux dans fon fang laver fa perfidie ;
Je veux, j'ordonne, . . . hélas ! dans mon funefte fort,
Je ne puis rien réfoudre, & vai chercher la mort.

Fin du quatriéme acte.

ACTE V.

SCENE PREMIERE.

MARIAMNE, ELISE, Gardes.

MARIAMNE.

ELoignez-vous , foldats , daignez laiffer du moins
Votre Reine un moment refpirer fans témoins.
(Les gardes fe retirent au coin du théâtre.)
  Voilà donc , jufte Dieu , quelle eft ma deftinée !
La fplendeur de mon fang , la pourpre où je fuis née ,
Enfin ce qui femblait promettre à mes beaux jours
D'un bonheur affûré l'inaltérable cours ,
Tout cela n'a donc fait que verfer fur ma vie
Le funefte poifon dont elle fut remplie.
O naiffance ! ô jeuneffe ! & toi , trifte beauté ,
Dont l'éclat dangereux enfla ma vanité ,
Flatteufe illufion dont je fus occupée ,
Vaine ombre de bonheur , que vous m'avez trompée !
Sous ce trône coupable , un éternel ennui
M'a creufé le tombeau que l'on m'ouvre aujourd'hui.
Dans les eaux du Jourdain j'ai vû périr mon frère ;
Mon époux à mes yeux a maffacré mon père ;
Par ce cruel époux condamnée à périr ,
Ma vertu me reftait , on ofe la flétrir.
Grand Dieu ! dont les rigueurs éprouvent l'innocence ,
Je ne demande point ton aide ou ta vengeance.

J'ap-

J'appris de mes ayeux , que je fais imiter ,
A voir la mort fans crainte , & fans la mériter.
Je t'offre tout mon fang ; défends au moins ma gloire ;
Commande à mes tyrans d'épargner ma mémoire ;
Que le menfonge impur n'ofe plus m'outrager.
Honorer la vertu c'eft affez la venger.
Mais quel tumulte affreux ! quels cris ! quelles allarmes !
Ce palais retentit du bruit confus des armes.
Hélas ! j'en fuis la caufe , & l'on périt pour moi.
On enfonce la porte. Ah ! qu'eft-ce que je voi ?

S C E N E   I I.

MARIAMNE , SOHÊME , ELISE , AMMON ,
foldats d'Hérode , foldats de Sohême.

S O H Ê M E.

F Uyez , vils ennemis qui gardez votre Reine ,
Lâches , difparaiffez. Soldats qu'on les enchaîne.
        (*Les gardes & les foldats d'Hérode s'en vont.*)
Venez , Reine , venez , fecondez nos efforts :
Suivez mes pas , marchons dans la foule des morts.
A vos perfécuteurs vous n'êtes plus livrée :
Ils n'ont pû de ces lieux me défendre l'entrée.
Dans fon perfide fang Mazaël eft plongé ,
Et du moins à demi mon bras vous a vengé.
D'un inftant précieux faififfez l'avantage ;
Mettez ce front augufte à l'abri de l'orage :
Avançons.
              M A R I A M N E.
    Non , Sohême , il ne m'eft plus permis
Tom. III. *& du Théâtre le premier.*   A z

D'accepter vos bontés contre mes ennemis ;
Après l'affront cruel , & la tache trop noire ,
Dont les foupçons d'Hérode ont offenfé ma gloire ;
Je les mériterais , fi je pouvais fouffrir
Cet appui dangereux que vous venez m'offrir.
Je crains votre fecours , & non fa barbarie.
Il eft honteux pour moi de vous devoir la vie ;
L'honneur m'en fait un crime ; il le faut expier ;
Et j'attens le trépas pour me juftifier.

S O H Ê M E.

Que faites-vous , hélas ! malheureufe Princeffe ?
Un moment peut vous perdre. On combat. Le tems preffe.
Craignez encor Hérode , armé du defefpoir.

M A R I A M N E.

Je ne crains que la honte , & je fais mon devoir.

S O H Ê M E.

Faut-il qu'en vous fervant , toûjours je vous offenfe ?
Je vais donc , malgré vous , fervir votre vengeance.
Je cours à ce Tyran qu'en vain vous refpeſtez.
Je revole au combat , & mon bras....

M A R I A M N E.

Arrêtez :

Je détefte un triomphe à mes yeux fi coupable ;
Seigneur , le fang d'Hérode eft pour moi refpeſtable.
C'eft lui de qui les droits...

S O H Ê M E.

L'ingrat les a perdus.

M A R I A M N E.

Par les nœuds les plus faints...

S O H Ê M E.

Tous vos nœuds font rompus.

MARIAMNE.

Le devoir nous unit.

SOHÊME.

Le crime vous fépare.

N'arrêtez plus mes pas. Vengez-vous d'un barbare.
Sauvez tant de vertus...

MARIAMNE.

Vous les deshonorez.

SOHÊME.

Il va trancher vos jours.

MARIAMNE.

Les fiens me font facrés.

SOHÊME.

Il a fouillé fa main du fang de votre père.

MARIAMNE.

Je fais ce qu'il a fait, & ce que je dois faire.
De fa fureur ici j'attens les derniers traits,
Et ne prens point de lui l'exemple des forfaits.

SOHÊME.

O courage ! ô conftance ! ô cœur inébranlable !
Dieux ! que tant de vertu rend Hérode coupable !
Plus vous me commandez de ne point vous fervir,
Et plus je vous promets de vous défobéir.
Votre honneur s'en offenfe, & le mien me l'ordonne.
Il n'eft rien qui m'arrête, il n'eft rien qui m'étonne;
Et je cours réparer, en cherchant votre époux,
Ce tems que j'ai perdu fans combattre pour vous.

MARIAMNE.

Seigneur...

SCENE III.

MARIAMNE, ELISE, Gardes.

MARIAMNE.

M Ais il m'échape, il ne veut point m'entendre.
Ciel ! ô ciel ! épargnez le fang qu'on va répandre :
Epargnez mes fujets, épuifez tout fur moi :
Sauvez le Roi lui-même.

SCENE IV.

MARIAMNE, ELISE, NARBAS, Gardes.

MARIAMNE.

A H ! Narbas, eft-ce toi ?
Qu'as-tu fait de mes fils, & que devient ma mère ?

NARBAS.

Le Roi n'a point fur eux étendu fa colère.
Unique & trifte objet de fes tranfports jaloux,
Dans ces extrémités ne craignez que pour vous.
Le feul nom de Sohême augmente fa furie.
Si Sohême eft vaincu, c'eft fait de votre vie.
Déja même, déja, le barbare Zarès
A marché vers ces lieux, chargé d'ordres fecrets.
Ofez paraître, ofez vous fecourir vous-même.
Jettez vous dans les bras d'un peuple qui vous aime.
Faites voir Mariamne à ce peuple abattu ;

Vos regards lui rendront son antique vertu.
Appellons à grands cris nos Hébreux & nos prêtres ;
Tout Juda défendra le pur sang de ses maîtres.
Madame , avec courage il faut vaincre ou périr.
Daignez...

M A R I A M N E.

Le vrai courage est de savoir souffrir ,
Non d'aller exciter une foule rebelle
A lever sur son Prince une main criminelle.
Je rougirais de moi , si craignant mon malheur ,
Quelques vœux pour sa mort avaient surpris mon cœur ,
Si j'avais un moment souhaité ma vengeance ,
Et fondé sur sa perte un reste d'espérance.
Narbas , en ce moment le ciel met dans mon sein
Un desespoir plus noble , un plus digne dessein.
Le Roi , qui me soupçonne , enfin va me connaître.
Au milieu du combat on me verra paraître.
De Sohême & du Roi j'arrêterai les coups ;
Je remettrai ma tête aux mains de mon époux.
Je fuyais ce matin sa vengeance cruelle ;
Ses crimes m'exilaient , son danger me rappelle.
Ma gloire me l'ordonne , & promte à l'écouter ,
Je vais sauver au Roi le jour qu'il veut m'ôter.

N A R B A S.

Hélas ! où courez-vous ? dans quel désordre extrême ?..

M A R I A M N E.

Je suis perdue , hélas ! c'est Hérode lui-même.

S C E N E V.

HERODE, MARIAMNE, ELISE, NARBAS, IDAMAS, Gardes.

H E R O D E.

Ils fe font vûs ! Ah Dieu !... Perfide, tu mourras.

M A R I A M N E.

Pour la dernière fois, Seigneur, ne fouffrez pas...

H E R O D E.

Sortez... Vous, qu'on la fuive.

N A R B A S.

            O juftice éternelle !

S C E N E V I.

HERODE, IDAMAS, Gardes.

H E R O D E.

Que je n'entende plus le nom de l'infidelle.
Eh bien, braves foldats, n'ai-je plus d'ennemis ?

I D A M A S.

Seigneur, ils font défaits ; les Hébreux font foumis.
Sohême tout fanglant vous laiffe la victoire.
Ce jour vous a comblé d'une nouvelle gloire.

H E R O D E.

Quelle gloire !

I D A M A S.

         Elle eft trifte ; & tant de fang verfé,
Seigneur, doit fatisfaire à votre honneur bleffé.

Sohême a de la Reine attefté l'innocence.

HERODE.

De la coupable, enfin, je vais prendre vengeance.
Je perds l'indigne objet que je n'ai pû gagner,
Et de ce feul moment je commence à régner.
J'étais trop aveuglé ; ma fatale tendreffe
Etait ma feule tache, & ma feule faibleffe.
Laiffons mourir l'ingrate : oublions fes attraits ;
Que fon nom dans ces lieux s'efface pour jamais ;
Que dans mon cœur furtout fa mémoire périffe.
Enfin tout eft-il prêt pour ce jufte fupplice ?

IDAMAS.

Oui, Seigneur.

HERODE.

Quoi ! fi-tôt on a pû m'obéir ?
Infortuné Monarque ! elle va donc périr ?
Tout eft prêt, Idamas ?

IDAMAS.

Vos gardes l'ont faifie ;
Votre vengeance, hélas ! fera trop bien fervie.

HERODE.

Elle a voulu fa perte, elle a fû m'y forcer.
Que l'on me venge. Allons, il n'y faut plus penfer.
Hélas ! j'aurais voulu vivre & mourir pour elle.
A quoi m'as-tu réduit, époufe criminelle ?

SCENE DERNIERE.

HERODE, IDAMAS, NARBAS.

HERODE.

Narbas, où courez-vous ? Jufte ciel ! vous pleurez !
De crainte , en le voyant , mes fens font pénétrés.

NARBAS.

Seigneur...

HERODE.

Ah ! malheureux , que venez-vous me dire ?

NARBAS.

Ma voix, en vous parlant, fur mes lèvres expire.

HERODE.

Mariamne...

NARBAS.

O douleur ! ô regrets fuperflus !

HERODE.

Quoi ? c'en eft fait ?

NARBAS.

Seigneur , Mariamne n'eft plus.

HERODE.

Elle n'eft plus ? grand Dieu !

NARBAS.

Je dois à fa mémoire ,
A fa vertu trahie , à vous , à votre gloire,
De vous montrer le bien que vous avez perdu ,
Et le prix de ce fang par vos mains répandu.
Non , Seigneur , non , fon cœur n'était point infidelle.
Hélas ! lorfque Sohême a combattu pour elle ,

Votre

Votre époufe à mes yeux déteftant fon fecours,
Volait pour vous défendre au péril de fes jours.

HERODE.

Qu'entens-je ? ah malheureux ! ah defefpoir extrême !
Narbas, que m'as-tu dit ?

NARBAS.

C'eft dans ce moment même,
Où fon cœur fe faifait ce généreux effort,
Que vos ordres cruels l'ont conduite à la mort.
Salome avait preffé l'inftant de fon fupplice.

HERODE.

O monftre, qu'à regret épargna ma juftice !
Monftre, quels châtimens font pour toi réfervés ?
Que ton fang, que le mien... Ah ! Narbas, achevez,
Achevez mon trépas par ce récit funefte.

NARBAS.

Comment pourai-je hélas ! vous apprendre le refte ?
Vos gardes de ces lieux ont ofé l'arracher.
Elle a fuivi leurs pas fans vous rien reprocher,
Sans affecter d'orgueil, & fans montrer de crainte.
La douce majefté fur fon front était peinte.
La modefte innocence, & l'aimable pudeur,
Régnaient dans fes beaux yeux, ainfi que dans fon cœur.
Son malheur ajoûtait à l'éclat de fes charmes.
Nos prêtres, nos Hébreux, dans les cris, dans les larmes,
Conjuraient vos foldats, levaient les mains vers eux,
Et demandaient la mort avec des cris affreux.
Hélas ! de tous côtés, dans ce défordre extrême,
En pleurant Mariamne, on vous plaignait vous-même.
On difait hautement, qu'un arrêt fi cruel
Accablerait vos jours d'un remords éternel.

H E R O D E.

Grand Dieu! que chaque mot me porte un coup terrible!

N A R B A S.

Aux larmes des Hébreux Mariamne fenfible,
Confolait tout ce peuple, en marchant au trépas.
Enfin vers l'échafaut on a conduit fes pas.
C'eft là qu'en foulevant fes mains appefanties,
Du poids affreux des fers indignement flétries,
» Cruel, a-t-elle dit, & malheureux époux!
» Mariamne en mourant ne pleure que fur vous.
» Puiffiez-vous par ma mort finir vos injuftices!
» Vivez, régnez heureux fous de meilleurs aufpices;
» Voyez d'un œil plus doux mes peuples & mes fils;
» Aimez-les; je mourrai trop contente à ce prix.
En achevant ces mots, votre époufe innocente
Tend au fer des bourreaux cette tête charmante,
Dont la terre admirait les modeftes appas.
Seigneur, j'ai vû lever le parricide bras;
J'ai vû tomber . . .

H E R O D E.

Tu meurs, & je refpire encore!
Mânes facrés, chère ombre, époufe que j'adore,
Refte pâle & fanglant de l'objet le plus beau,
Je te fuivrai du moins dans la nuit du tombeau.
Quoi! vous me retenez? Quoi, citoyens perfides,
Vous arrachez ce fer à mes mains parricides?
Ma chère Mariamne, arme-toi, puni-moi,
Vien déchirer ce cœur qui brûle encor pour toi.
Je me meurs.

Il tombe dans un fauteuil.

N A R B A S.

De ſes ſens il a perdu l'uſage ;
Il ſuccombe à ſes maux.

H E R O D E.

Quel funeſte nuage
S'eſt répandu ſoudain ſur mes eſprits troublés ?
D'un ſombre & noir chagrin mes ſens ſont accablés.
D'où vient qu'on m'abandonne au trouble qui me gêne ?
Je ne vois point ma ſœur, je ne vois point la Reine.
Vous pleurez ; vous n'oſez vous approcher de moi !
Triſte Jéruſalem, tu fuis devant ton Roi !
Qu'ai-je donc fait ? Pourquoi fuis-je en horreur au monde ?
Qui me délivrera de ma douleur profonde ?
Par qui ce long tourment ſera-t-il adouci ?
Qu'on cherche Mariamne, & qu'on l'amène ici.

N A R B A S.

Mariamne, Seigneur !

H E R O D E.

Oui : je ſens que ſa vuë
Va rendre un calme heureux à mon ame éperduë ;
Toûjours devant ſes yeux, que j'aime & que je crains,
Mon cœur eſt moins troublé, mes jours ſont plus ſereins.
Déja même à ſon nom mes douleurs s'affaibliſſent ;
Déja de mon chagrin les ombres s'éclairciſſent.
Qu'elle vienne.

N A R B A S.

Seigneur...

H E R O D E.

Je veux la voir.

N A R B A S.

Hélas !

B b ij

Avez-vous pû, Seigneur, oublier fon trépas ?

HERODE.

Cruel ! que dites-vous ?

NARBAS.

La douleur le tranfporte ;
Il ne fe connaît plus.

HERODE.

Quoi, Mariamne eft morte ?
Ah ! funefte raifon, pourquoi m'éclaires-tu ?
Jour trifte, jour affreux, pourquoi m'es-tu rendu ?
Lieux teints de ce beau fang que l'on vient de répandre,
Murs que j'ai relevés, palais, tombez en cendre,
Cachez fous les débris de vos fuperbes tours,
La place où Mariamne a vû trancher fes jours.
Quoi ! Mariamne eft morte, & j'en fuis l'homicide !
Puniffez, déchirez ce monftre parricide,
Armez-vous contre moi, fujets qui la perdez,
Tonnez, écrafez-moi, cieux qui la poffédez.

Fin du cinquiéme & dernier acte.

On a beaucoup regretté de très beaux vers que Mr. de Voltaire a supprimés dans les changemens qu'il a faits en dernier lieu à sa tragédie de MARIAMNE ; on a crû devoir les restituer ici, en y joignant les principales variantes, &c.

NB. Dans la MARIAMNE corrigée, telle qu'on vient de la lire, *Sohéme* Prince de la race des Asmonéens a été substitué à *Varus* Préteur Romain, Gouverneur de Syrie ; & *Ammon* confident de *Sohéme*, à *Albin* confident de *Varus*.

ACTE PREMIER.

SCENE PREMIERE.

SALOME, MAZAEL.

. . . .
. . . .

SALOME.

*V*Ous ne vous trompiez point ; Hérode va paraître ;
L'indocile Sion va trembler sous son Maître.
Il enchaine à jamais la fortune à son char ;
Le favori d'Antoine est l'ami de César ;
Sa politique habile, égale à son courage,
De sa chûte imprévuë a réparé l'outrage.
Le Sénat le couronne.

MAZAEL.

. . . .
. . . .

Mais c'en est fait, Madame, il rentre en ses Etats.
Il l'aimait, il verra ses dangereux appas ;
Ces yeux toûjours puissans, toûjours sûrs de lui plaire,
Reprendront malgré vous leur empire ordinaire ;
Et tous ses ennemis bientôt humiliés,
A ses moindres regards feront sacrifiés.
Otons-lui, croyez-moi, l'intérêt de nous nuire ;
Songeons à la gagner, n'ayant pû la détruire ;

Et par de vains respects, par des soins assidus...

SALOME.

Il est d'autres moyens de ne la craindre plus.

MAZAEL.

Quel est donc ce dessein ? Que prétendez-vous dire ?

SALOME.

Peut-être en ce moment nôtre ennemie expire.

MAZAEL.

D'un coup si dangereux osez-vous vous charger,
Sans que le Roi....

SALOME.

Le Roi consent à me venger.
Zarès est arrivé, Zarès est dans Solime ;
Ministre de ma haine, il attend sa victime ;
Le lieu, le tems, le bras, tout est choisi par lui.
Il vint hier de Rome, & nous venge aujourd'hui.

MAZAEL.

Quoi ! vous avez enfin gagné cette victoire ?
Quoi ! malgré son amour, Hérode a pû vous croire ?
Il vous la sacrifie ! Il prend de vous des loix !

SALOME.

Je puis encor sur lui bien moins que tu ne crois.
Pour arracher de lui cette lente vengeance,
Il m'a falu choisir le tems de son absence.
Tant qu'Hérode en ces lieux demeurait exposé
Aux charmes dangereux qui l'ont tyrannisé,
Mazaël, tu m'as vuë avec inquiétude,
Traîner de mon destin la triste incertitude.
Quand par mille détours assûrant mes succès,
De son cœur soupçonneux j'avais trouvé l'accès,
Quand je croyais son ame à moi seule renduë,

Il voyait Mariamne , & j'étais confonduë.
Un coup d'œil renverfait ma brigue & mes deffeins.
La Reine a vû cent fois mon fort entre fes mains ;
Et fi fa politique avait avec adreffe
D'un époux amoureux ménagé la tendreffe ,
Cet ordre , cet arrêt prononcé par fon Roi ,
Ce coup que je lui porte aurait tombé fur moi.
Mais fon farouche orgueil a fervi ma vengeance :
J'ai fû mettre à profit fa fatale imprudence.
Elle a voulu fe perdre , & je n'ai fait enfin
Que lui lancer les traits qu'a préparés fa main.

   Tu te fouviens affez de ce tems plein d'allarmes ,
Lorfqu'un bruit fi funefte à l'efpoir de nos armes ,
Apprit à l'Orient étonné de fon fort ,
Qu'Augufte était vainqueur , & qu'Antoine était mort.
Tu fais , comme à ce bruit nos peuples fe troublèrent.
De l'Orient vaincu les Monarques tremblèrent.
Mon frère envelopé dans ce commun malheur ,
Crut perdre fa couronne avec fon protecteur.
Il falut , fans s'armer d'une inutile audace ,
Au vainqueur de la terre aller demander grace.
Rappelle en ton efprit ce jour infortuné ;
Songe à quel defefpoir Hérode abandonné ,
Vit fon époufe altière , abhorrant fes approches ,
Déteftant fes adieux , l'accablant de reproches ,
Redemander encor , en ce moment cruel ,
Et le fang de fon frère , & le fang paternel.
Hérode auprès de moi vint déplorer fa peine.
Je faifis cet inftant précieux à ma haine :
Dans fon cœur déchiré je repris mon pouvoir ;
J'enflammai fon couroux , j'aigris fon defefpoir ;

                                              J'empoi-

J'empoifonnai le trait dont il fentait l'atteinte.
Tu le vis plein de trouble & d'horreur & de crainte,
Jurer d'exterminer les reftes dangereux
D'un fang toûjours trop cher aux perfides Hébreux ;
Et dès ce même inftant fa facile colère
Deshérita les fils , & condamna la mère.

    Mais fa fureur encor flattait peu mes fouhaits :
L'amour qui la caufait en repouffait les traits.
De ce fatal objet telle était la puiffance ;
Un regard de l'ingrate arrêtait fa vengeance.
Je preffai fon départ ; il partit , & depuis
Mes lettres chaque jour ont nourri fes ennuis.
Ne voyant plus la Reine , il vit mieux fon outrage :
Il eut honte en fecret de fon peu de courage :
De moment en moment fes yeux fe font ouverts ,
J'ai levé le bandeau qui les avait couverts.
Zarès , étudiant le moment favorable ,
A peint à fon efprit cette Reine implacable ,
Son crédit , fes amis , ces Juifs féditieux ,
Du fang Afmonéen partifans factieux.
J'ai fait plus ; j'ai moi-même armé fa jaloufie.
Il a craint pour fa gloire , il a craint pour fa vie.
Tu fais que dès longtems en bute aux trahifons ,
Son cœur de toutes parts eft ouvert aux foupçons.
Il croit ce qu'il redoute ; & dans fa défiance ,
Il confond quelquefois le crime & l'innocence.
Enfin j'ai fû fixer fon couroux incertain ;
Il a figné l'arrêt , & j'ai conduit fa main.

MAZAEL.

Il n'en faut point douter, ce coup eft néceffaire :
Mais avez-vous prévu , fi ce Préteur auftère ,

Tom. *III.* & du Théâtre le premier.   Cc

Qui sous les loix d'Auguste a remis cet Etat,
Verrait d'un œil tranquille un pareil attentat ?
Varus, vous le savez, est ici votre maître.
En vain le peuple Hébreu, prompt à vous reconnaître,
Tremble encor sous le poids de ce trône ébranlé :
Votre pouvoir n'est rien, si Rome n'a parlé.
Avant qu'en ce palais, des mains de Varus même,
Votre frère ait repris l'autorité suprême,
Il ne peut sans blesser l'orgueil du nom Romain,
Dans ses Etats encor agir en Souverain.
Varus souffrira-t-il, que l'on ose à sa vûë
Immoler une Reine en sa garde reçuë ?
Je connais les Romains ; leur esprit irrité
Vengera le mépris de leur autorité.
Vous allez sur Hérode attirer la tempête ;
Dans leurs superbes mains la foudre est toûjours prête.
Ces vainqueurs soupçonneux sont jaloux de leurs droits,
Et surtout leur orgueil aime à punir les Rois.

         S A L O M E.

Non, non, l'heureux Hérode à César a sû plaire ;
Varus en est instruit, Varus le considère.
Croyez-moi, ce Romain voudra le ménager ;
Mais, quoi qu'il fasse enfin, songeons à nous venger.
Je touche à ma grandeur, & je crains ma disgrace ;
Demain, dès aujourd'hui, tout peut changer de face.
Qui sait même, qui sait, si passé ce moment
Je pourrai satisfaire à mon ressentiment ?
Qui nous a répondu, qu'Hérode en sa colère,
D'un esprit si constant jusqu'au bout persévère ?
Je connais sa tendresse ; il la faut prévenir,
Et ne lui point laisser le tems du repentir.

Qu'après *Rome* menace , & que *Varus* foudroye ;
Leur couroux paſſager troublera peu ma joye.
Mes plus grands ennemis ne ſont pas les *Romains* ;
Mariamne en ces lieux eſt tout ce que je crains.
Il faut que je périſſe , ou que je la prévienne ;
Et ſi je n'ai ſa tête , elle obtiendra la mienne.
Mais *Varus* vient à nous : il le faut éviter.
Zarès à mes regards devait ſe préſenter :
Je vai l'attendre ; allez , & qu'aux moindres allarmes
Mes ſoldats en ſecret puiſſent prendre les armes.

SCENE II.

VARUS , ALBIN , MAZAEL , ſuite de Varus.

VARUS.

SAlome & *Mazaël* ſemblent fuir devant moi ;
Dans leurs yeux étonnés je lis leur juſte effroi.
Le crime à mes regards doit craindre de paraître.
Mazaël , demeurez , mandez à votre Maître ,
Que ſes cruels deſſeins ſont déja découverts ;
Que ſon Miniſtre infame eſt ici dans les fers ,
Et que *Varus* peut-être , au milieu des ſupplices ,
Eût dû faire expirer ce monſtre . . . & ſes complices.
Mais je reſpecte *Hérode* aſſez pour me flatter ,
Qu'il connaîtra le piége , où l'on veut l'arrêter ;
Qu'un jour il punira les traîtres qui l'abuſent ,
Et vengera ſur eux la vertu qu'ils accuſent.
Vous ſi vous m'en croyez , pour lui , pour ſon honneur ,
Calmez de ſes chagrins la honteuſe fureur :

Cc ij

Ne l'empoisonnez plus de vos lâches maximes :
Songez que les Romains sont les vengeurs des crimes,
Que Varus vous connait, qu'il commande en ces lieux,
Et que sur vos complots il ouvrira les yeux :
Allez, que Mariamne en Reine soit servie,
Et respectez ses loix, si vous aimez la vie.

MAZAEL.

Seigneur...

VARUS.

 Vous entendez mes ordres absolus ;
Obéissez, vous dis-je, & ne repliquez plus.

SCENE III.

VARUS, ALBIN.

VARUS.

*A*Insi donc sans tes soins, sans ton avis fidelle,
Mariamne expirait sous cette main cruelle ?

ALBIN.

Le retour de Zarès n'était que trop suspect ;
Le soin mystérieux d'éviter votre aspect,
Son trouble, son effroi, fut mon premier indice.

VARUS.

Que ne te dois-je point pour un si grand service !
C'est par toi qu'elle vit : c'est par toi que mon cœur
A goûté, cher Albin, ce solide bonheur,
Ce bien si précieux pour un cœur magnanime,
D'avoir pu secourir la vertu qu'on opprime.

ALBIN.

Je reconnais Varus à ces soins généreux.

Votre bras fut toûjours l'appui des malheureux.
Quand de Rome en vos mains vous portiez le tonnerre,
Vous étiez occupé du bonheur de la terre.
Puissiez-vous seulement écouter en ce jour &c.

. . . .

ALBIN.

Ainsi l'amour trompeur, dont vous sentez la flâme,
Se déguise en vertu, pour mieux vaincre votre ame ;
Et ce feu malheureux . . .

VARUS.
                    Je ne m'en défens pas.
L'infortuné Varus adore ses appas.
Je l'aime ; il est trop vrai, mon ame toute nuë
Ne craint point, cher Albin, de paraître à ta vuë :
Juge si son péril a dû troubler mon cœur ;
Moi, qui borne à jamais mes vœux à son bonheur ;
Moi, qui rechercherais la mort la plus affreuse,
Si ma mort un moment pouvait la rendre heureuse.

ALBIN.

Seigneur, que dans ces lieux ce grand cœur est changé !
Qu'il venge bien l'amour qu'il avait outragé !
Je ne reconnais plus ce Romain si sévère,
Qui parmi tant d'objets empressés à lui plaire,
N'a jamais abaissé ses superbes regards
Sur ces beautés que Rome enferme en ses remparts.

VARUS.

Ne t'en étonne point ; tu sais que mon courage
A la seule vertu réserva son hommage.
Dans nos murs corrompus ces coupables beautés
Offraient de vains attraits à mes yeux revoltés.
Je fuyais leurs complots, leurs brigues éternelles,

C c iij

Leurs amours paſſagers, leurs vengeances cruelles.
Je voyais leur orgueil, accru du deshonneur,
Se montrer triomphant ſur leur front ſans pudeur;
L'altière ambition, l'intérêt, l'artifice,
La folle vanité, le frivole caprice,
Chez les Romains ſeduits prenant le nom d'amour,
Gouverner Rome entière, & régner tour-à-tour.
J'abhorrais, il eſt vrai, leur indigne conquête;
A leur joug odieux je dérobais ma tête;
L'amour dans l'Orient fut enfin mon vainqueur.
De la triſte Syrie établi Gouverneur,
J'arrivai dans ces lieux, quand le droit de la guerre
Eut au pouvoir d'Auguſte abandonné la terre;
Et qu'Hérode à ſes pieds, au milieu de cent Rois,
De ſon ſort incertain vint attendre des loix.
Lieu funeſte à mon cœur! malheureuſe contrée!
C'eſt là que Mariamne à mes yeux s'eſt montrée.
L'univers était plein du bruit de ſes malheurs;
Son parricide époux faiſait couler ſes pleurs.
Ce Roi ſi redoutable au reſte de l'Aſie,
Fameux par ſes exploits & par ſa jalouſie,
Prudent, mais ſoupçonneux, vaillant, mais inhumain,
Au ſang de ſon beau-père avait trempé ſa main.
Sur ce trône ſanglant il laiſſait en partage
A la fille des Rois la honte & l'eſclavage.
Du ſort qui la pourſuit tu connais la rigueur;
Sa vertu, cher Albin, ſurpaſſe ſon malheur.
Loin de la cour des Rois la vérité proſcrite,
L'aimable vérité ſur ſes lèvres habite.
Son unique artifice eſt le ſoin généreux
D'aſſurer des ſecours aux jours des malheureux.

Son devoir eſt ſa loi , ſa tranquille innocence
Pardonne à ſon tyran , mépriſe ſa vengeance ,
Et près d'Auguſte encor implore mon appui ,
Pour ce barbare époux qui l'immole aujourd'hui.

Tant de vertus enfin , de malheurs & de charmes
Contre ma liberté ſont de trop fortes armes.
Je l'aime , cher Albin , mais non d'un fol amour ,
Que le caprice enfante & détruiſe en un jour ;
Non d'une paſſion , que mon ame troublée
Reçoive avidement , par les ſens aveuglée.
Ce cœur qu'elle a vaincu , ſans l'avoir amolli ,
Par un amour honteux ne s'eſt point avili ;
Et plein du noble feu , que ſa vertu m'inſpire ,
Je prétens la venger , & non pas la ſéduire.

ALBIN.
Mais ſi le Roi , Seigneur , a fléchi les Romains ,
S'il rentre en ſes Etats ? ...

VARUS.
Et c'eſt ce que je crains.
Hélas ! près du Sénat je l'ai ſervi moi-même.
Sans doute il a déja reçu ſon diadême ;
Et cet indigne arrêt , que ſa bouche a dicté ,
Eſt le premier eſſai de ſon autorité.
Ah ! ſon retour ici lui peut être funeſte.
Mon pouvoir va finir , mais mon amour me reſte.
Reine , pour vous défendre on me verra périr.
L'univers doit vous plaindre , & je dois vous ſervir.

Fin du premier acte.

ACTE II.

SCENE PREMIERE.

SALOME, MAZAEL.

SALOME.

*E*Nfin vous le voyez , ma haine eſt confonduë.
Mariamne triomphe , & Salome eſt perduë.
Zarès fut ſur les eaux trop longtems arrêté ;
La mer alors tranquille à regret l'a porté.
Mais Hérode en partant pour ſon nouvel Empire ,
Revole avec les vents vers l'objet qui l'attire ;
Et les mers , & l'amour , & Varus , & le Roi ,
Le ciel , les élémens , ſont armés contre moi.
Fatale ambition , que j'ai trop écoutée ,
Dans quel abîme affreux m'as-tu précipitée !
Je vous l'avais bien dit , que dans le fond du cœur
Le Roi ſe repentait de ſa juſte rigueur.
De ſon fatal penchant l'aſcendant ordinaire
A revoqué l'arrêt diĉté dans ſa colère.
J'en ai déja reçu les funeſtes avis ,
Et Zarès à ſon Roi renvoyé par mépris ,
Ne me laiſſe en ces lieux qu'une douleur ſtérile ,
Et le danger qui ſuit un éclat inutile.

. . . .

MAZAEL.

Contre elle encor , Madame , il vous reſte des armes.

J'ai

J'ai toûjours redouté le pouvoir de ses charmes ;
J'ai toûjours craint du Roi les sentimens secrets ;
Mais si je m'en rapporte aux avis de Zarès ,
La colère d'Hérode autrefois peu durable ,
Est enfin devenuë une haine implacable.
Il déteste la Reine , il a juré sa mort ;
Et s'il suspend le coup qui terminait son sort ,
C'est qu'il veut ménager sa nouvelle puissance ,
Et lui-même en ces lieux assûrer sa vengeance.
Mais soit qu'enfin son cœur , en ce funeste jour ,
Soit aigri par la haine , ou fléchi par l'amour ,
C'est assez qu'une fois il ait proscrit sa tête.
Mariamne aisément grossira la tempête :
La foudre gronde encor : un arrêt si cruel
Va mettre entr'eux , Madame , un divorce éternel.
Vous verrez Mariamne à soi-même inhumaine ,
Forcer le cœur d'Hérode à ranimer sa haine ,
Irriter son époux par de nouveaux dédains ,
Et vous rendre les traits qui tombent de vos mains.
De sa perte , en un mot , reposez-vous sur elle.

S A L O M E.

Non , cette incertitude est pour moi trop cruelle.
Non , c'est par d'autres coups que je veux la fraper :
Dans un piége plus sûr il faut l'enveloper.
Contre mes ennemis mon intérét m'éclaire.
Si j'ai bien de Varus observé la colère ,
Ce transport violent de son cœur agité
N'est point un simple effet de générosité.
La tranquille pitié n'a point ce caractère.
La Reine a des appas , Varus a pû lui plaire.
Ce n'est pas que mon cœur , injuste en son dépit ,

Tom. *III.* & du Théâtre le premier.   D d

Diſpute à ſa beauté cet éclat qui la ſuit ;
Que j'envie à ſes yeux le pouvoir de leurs armes ,
Ni ce flatteur encens qu'on prodigue à ſes charmes.
Elle peut payer cher ce bonheur dangereux ;
Et ſoit que de Varus elle écoute les vœux ,
Soit que ſa vanité de ce pompeux hommage
Tire indiſcrétement un frivole avantage ,
Il ſuffit ; c'eſt par là que je peux maintenir
Ce pouvoir qui m'échape , & qu'il faut retenir.
Faites veiller ſurtout les regards mercenaires
De tous ces délateurs aujourd'hui néceſſaires ,
Qui vendent les ſecrets de leurs concitoyens ,
Et dont cent fois les yeux ont éclairé les miens.
Mais la voici. Pourquoi faut-il que je la voye ?

S C E N E I I.

MARIAMNE , ELISE , SALOME , MAZAEL , NABAL.

S A L O M E.

. . . .

Son amour mépriſé , ſon trop de défiance ,
Avait contre vos jours allumé ſa vengeance :
Mais ce feu violent s'eſt bientôt conſumé ;
L'amour arma ſon bras , l'amour l'a deſarmé.

. . . .

. . . .

M A Z A E L.

Quel orgueil !

SALOME.
Il aura fa jufte récompenfe :
Vien, c'eft à l'artifice à punir l'imprudence.

SCENE III.

MARIAMNE, ELISE, NABAL.

ELISE.

AH! Madame, à ce point pouvez - vous irriter
Des ennemis ardens à vous perfécuter ?
La vengeance d'Hérode un moment fufpendue,
Sur votre tête encor eft peut - être étendue :

. . . .

Varus, aux nations, qui bornent cet Etat,
Ira porter bientôt les ordres du Sénat.
Hélas ! grace à fes foins, grace à vos bontés même,
Rome à votre Tyran donne un pouvoir fuprême ;
Il revient plus terrible & plus fier que jamais :
Vous le verrez armé de vos propres bienfaits ;
Vous dépendrez ici de ce fuperbe Maître,
D'autant plus dangereux qu'il vous aime peut - être ;
Et que cet amour même aigri par vos refus....

MARIAMNE.

Chère Elife, en ces lieux faites venir Varus.
Je conçois vos raifons, j'en demeure frapée :
Mais d'un autre intérêt mon ame eft occupée ;
Par de plus grands objets mes vœux font attirés ;
Que Varus vienne ici ; vous, Nabal, demeurez.

SCENE IV.

MARIAMNE, NABAL.

MARIAMNE.

. . . .

Elle veut que mes fils portés entre nos bras ,
S'éloignent avec nous de ces affreux climats.
Les vaisseaux des Romains , des bords de la Syrie ,
Nous ouvrent sur les eaux les chemins d'Italie.
J'attens tout de Varus , d'Auguste , des Romains.

. . . .

. . . .

SCENE V.

MARIAMNE, VARUS, ELISE.

MARIAMNE.

. . . .

. . . .

Loin de ces lieux sanglans que le crime environne ,
Je mettrai leur enfance à l'ombre de son trône ;
Ses généreuses mains pourront sécher nos pleurs.
Je ne demande point qu'il venge mes malheurs ,
Que sur mes ennemis son bras s'appesantisse :
C'est assez que mes fils , témoins de sa justice ,
Formés par son exemple , & devenus Romains ,

Apprennent à régner des Maîtres des humains.

. . . .

Donnez-moi dans la nuit des guides affurés,
Jufques fur vos vaiffeaux dans Sidon préparés.

. . . .

Je ne m'attendais pas, que vous duffiez vous-même
Mettre aujourd'hui le comble à ma douleur extrême.

. . . .

Ma conftante amitié refpecte encor Varus.

. . . .

SCENE VI.

VARUS, ALBIN.

ALBIN.

*V*Ous vous troublez, Seigneur, & changez de vifage.
VARUS.
J'ai fenti, je l'avoue, ébranler mon courage.
Ami, pardonne au feu, dont je fuis confumé,
Ces faibleffes d'un cœur qui n'avait point aimé.
Je ne connaiffais pas tout le poids de ma chaîne,
Je la fens à regret, je la romps avec peine.
Avec quelle douceur, avec quelle bonté,
Elle impofait filence à ma témérité !
Sans trouble & fans couroux, fa tranquille fageffe
M'apprenait mon devoir, & plaignait ma faibleffe.
J'adorais, cher Albin, jufques à fes refus.
J'ai perdu l'efpérance, & je l'aime encor plus.
A quelle épreuve, ô Dieux ! ma conftance eft réduite !

ALBIN.

Etes - vous réſolu de préparer ſa fuite ?

VARUS.

Quel emploi !

ALBIN.

Pourrez - vous reſpecter ſes rigueurs ,
Juſques à vous charger du ſoin de vos malheurs ?
Quel eſt votre deſſein ?

VARUS.

Moi , que je l'abandonne !
Que je déſobéïſſe aux loix qu'elle me donne !
Non , non , mon cœur encor eſt trop digne du ſien ;
Mariamne a parlé , je n'examine rien.
Que loin de ſes tyrans elle aille auprès d'Auguſte ;
Sa fuite eſt raiſonnable , & ma douleur injuſte.
L'amour me parle en vain , je vole à mon devoir.
Je ſervirai la Reine , & même ſans la voir.
Elle me laiſſe , au moins , la douceur éternelle ,
D'avoir tout entrepris , d'avoir tout fait pour elle.
Je briſe ſes liens , je lui ſauve le jour ;
Je fais plus , je lui veux immoler mon amour ,
Et fuyant ſa beauté , qui me ſéduit encore ,
Egaler , s'il ſe peut , ſa vertu que j'adore.

ACTE III.

SCENE III.

VARUS, IDAMAS, ALBIN, fuite de Varus.

IDAMAS.

*A*Vant que dans ces lieux mon Roi vienne lui-même
Recevoir de vos mains le facré diadéme,
Et vous foumettre un rang qu'il doit à vos bontés,
Seigneur, fouffrirez-vous ?...

VARUS.

Idamas, arrêtez.

. . . .

La Reine en ce moment eft-elle en fureté ?
Et le fang innocent fera-t-il refpecté ?

IDAMAS.

. . . .

Le perfide Zarès par votre ordre arrêté,
Et par votre ordre enfin remis en liberté,
Artifan de la fraude, & de la calomnie,
De Salome avec foin fervira la furie.
Mazael en fecret leur prête fon fecours.
Le foupçonneux Hérode écoute leurs difcours :

. . . .

VARUS.

Je fais qu'en ce palais je dois le recevoir ;
Le Sénat me l'ordonne, & tel eft mon devoir.

S C E N E I V.

H E R O D E , M A Z A E L , I D A M A S ,
suite d'Hérode.

. . . .
. . . .

M A Z A E L.
SEigneur, à vos desseins Zarès toûjours fidèle,
Renvoyé près de vous, & plein d'un méme zèle,
De la part de Salome attend pour vous parler.

H E R O D E.
Quoi ! tous deux sans relâche ils veulent m'accabler !
Que jamais devant moi ce monstre ne paraisse.
Je l'ai trop écouté. Sortez tous, qu'on me laisse.
Ciel, qui pourra calmer un trouble si cruel ? . . .
Demeurez, Idamas ; demeurez, Mazaël.

S C E N E V.

H E R O D E , M A Z A E L , I D A M A S.

H E R O D E.
EH bien ! voilà ce Roi si fier & si terrible !
Ce Roi dont on craignait le courage infléxible,
Qui sut vaincre & régner, qui sut briser ses fers,
Et dont la politique étonna l'univers.

. . . .
. . . .

A.

A Mazaël.

Sortez. Termine, ô ciel! les chagrins de ma vie.

S C E N E   VI.

H E R O D E , S A L O M E.

S A L O M E.

*H*E bien, vous avez vû votre chère ennemie.
Avez-vous essuyé des outrages nouveaux?
H E R O D E.
Madame, il n'est plus tems d'appesantir mes maux;
. . . .

. . . .

A C T E   IV.

S C E N E   P R E M I E R E.

S A L O M E , M A Z A E L.

M A Z A E L.

*J*Amais, je l'avoûrai, plus heureuse apparence
N'a d'un mensonge adroit soûtenu la prudence.
Ma bouche, auprès d'Hérode, avec dextérité,
Confondait l'artifice avec la vérité.
. . . .

. . . .

S C E N E II.

HERODE, SALOME, MAZAEL, Gardes.

M A Z A E L.

Non, ne vous vengez point ; mais sauvez votre vie ;
Prévenez de Varus l'indiscrette furie :
Ce superbe Préteur, ardent à tout tenter,
Se fait une vertu de vous persécuter.

H E R O D E.

Ah ! ma sœur, à quel point ma flamme était trahie !
Venez contre une ingrate animer ma furie.

. . . .

Et toi, Varus, & toi, faudra-t-il que ma main
Respecte ici ton crime, & le sang d'un Romain ?

. . . .

Mais... Croyez-vous qu'Auguste approuve ma rigueur ?

S A L O M E.

Il la conseillerait ; n'en doutez point, Seigneur.
Auguste a des autels où le Romain l'adore ;
Mais de ses ennemis le sang y fume encore.
Auguste à tous les Rois a pris soin d'enseigner,
Comme il faut qu'on les craigne, & comme il faut régner.
Imitez son exemple, assurez votre vie.
Tout condamne la Reine, & tout vous justifie.

. . . .

Ne montrez qu'à des yeux éclairés & discrets
Un cœur encor percé de ces indignes traits.

ACTE V.

SCENE SIXIEME.

HERODE, IDAMAS, Gardes.

. . . .
. . . .

IDAMAS.

Mais le fang de Varus, répandu par vos mains,
Peut attirer fur vous le couroux des Romains.
Songez-y bien, Seigneur, & qu'une telle offenfe...

AVERTISSEMENT.

CEtte tragédie de BRUTUS fut jouée pour la première fois en 1730. C'est de toutes les piéces de notre auteur celle qui eut en France le moins de succès aux représentations ; elle ne fut jouée que seize fois , & c'est celle qui a été traduite en plus de langues , & que les nations étrangères aiment le mieux. Elle est ici fort différente des premières éditions.

BRUTUS,

TRAGÉDIE.

Repréſentée pour la première fois le 11. Décembre 1730.

DISCOURS

SUR LA

TRAGÉDIE.

A MYLORD BOLINGBROOKE.

De la rime, & de la difficulté de la verſification Françaiſe. Tra-
gédies en proſe. Exemples de la difficulté des vers Français.
La rime plaît aux Français, même dans les comédies. Ca-
ractère du théâtre Anglais. Défaut du théâtre Français. Exem-
ple du Caton Anglais. Comparaiſon du Manlius *de Mr. de la*
Foſſe, avec la Veniſe *de Mr. Otway. Examen du* Jules Cé-
*ſar *de* Shakeſpear. Spectacles horribles chez les Grecs. Bien-*
ſéances & unités. Cinquième acte de Rodogune. *Pompe & di-*
gnité du ſpectacle dans la tragédie. Conſeils d'un excellent cri-
tique. De l'amour.

SI je dédie à un Anglais un ouvrage repréſenté à Paris,
ce n'eſt pas, Mylord, qu'il n'y ait auſſi dans ma patrie
des juges très éclairés, & d'excellens eſprits auxquels j'euſſe
pû rendre cet hommage. Mais vous ſavez que la tragédie de
Brutus eſt née en Angleterre. Vous vous ſouvenez que lorſque j'étais retiré à Wandsworth, chez mon ami Mr. *Fakener,*
ce digne & vertueux citoyen, je m'occupai chez lui à écrire
en proſe Anglaiſe le premier acte de cette piéce, à peu près
tel qu'il eſt aujourd'hui en vers Français. Je vous en parlais
quelquefois, & nous nous étonnions qu'aucun Anglais n'eût

traité ce fujet, qui de tous eſt peut-être le plus convenable
à votre théâtre *a*). Vous m'encouragiez à continuer un ouvrage fuſceptible de ſi grands ſentimens. Souffrez donc que
je vous préſente *Brutus*, quoiqu'écrit dans une autre langue,
docte ſermonis utriuſque linguæ, à vous qui me donneriez des
leçons de Français auſſi-bien que d'Anglais, à vous qui m'ap-
prendriez du moins à rendre à ma langue cette force & cette
énergie qu'inſpire la noble liberté de penſer ; car les ſentimens
vigoureux de l'ame paſſent toûjours dans le langage ; & qui
penſe fortement, parle de même.

Je vous avoüe, Mylord, qu'à mon retour d'Angleterre,
où j'avais paſſé près de deux années dans une étude continuelle de votre langue, je me trouvai embarraſſé, lorſque je
voulus compoſer une tragédie Françaiſe. Je m'étais preſque
accoutumé à penſer en Anglais : je ſentais que les termes de
ma langue ne venaient plus ſe préſenter à mon imagination
avec la même abondance qu'auparavant ; c'était comme un
ruiſſeau dont la ſource avait été détournée ; il me falut du
tems & de la peine pour le faire couler dans ſon premier lit.
Je compris bien alors que pour réuſſir dans un art, il le faut
cultiver toute ſa vie.

Ce qui m'effraya le plus en rentrant dans cette carrière,
ce fut la ſévérité de notre poëſie, & l'eſclavage de la rime.
Je regrettais cette heureuſe liberté que vous avez d'écrire vos
tragédies en vers non rimés, d'allonger, & ſurtout d'accour-
cir preſque tous vos mots, de faire enjamber les vers les uns
ſur les autres, & de créer dans le beſoin des termes nouveaux, qui ſont toûjours adoptés chez vous, lorſqu'ils ſont
ſonores, intelligibles & néceſſaires. Un poëte Anglais, diſais-
je, eſt un homme libre, qui aſſervit ſa langue à ſon génie ;
le Français eſt un eſclave de la rime, obligé de faire quelquefois quatre vers, pour exprimer une penſée qu'un Anglais
peut rendre en une ſeule ligne. L'Anglais dit tout ce qu'il
veut, le Français ne dit que ce qu'il peut. L'un court dans
une carrière vaſte, & l'autre marche avéc des entraves dans
un chemin gliſſant & étroit.

a) Il y a un *Brutus* d'un auteur nommé *Lée* ; mais c'eſt un ouvrage
ignoré, qu'on ne repréſente jamais à Londres.

Malgré toutes ces réflexions & toutes ces plaintes, nous ne pourrons jamais fecouer le joug de la rime ; elle eft effentielle à la poëfie Françaife. Notre langue ne comporte que peu d'inverfions : nos vers ne fouffrent point d'enjambement, du moins cette liberté eft très rare : nos fyllabes ne peuvent produire une harmonie fenfible par leurs mefures longues ou brèves : nos céfures & un certain nombre de pieds ne fuffiraient pas pour diftinguer la profe d'avec la verfification ; la rime eft donc néceffaire aux vers Français. De plus, tant de grands maîtres qui ont fait des vers rimés, tels que les *Corneilles*, les *Racines*, les *Defpréaux*, ont tellement accoutumé nos oreilles à cette harmonie, que nous n'en pourrions pas fupporter d'autres ; & je le répète encore, quiconque voudrait fe délivrer d'un fardeau qu'a porté le grand *Corneille*, ferait regardé avec raifon, non pas comme un génie hardi qui s'ouvre une route nouvelle, mais comme un homme très faible qui ne peut marcher dans l'ancienne carrière.

On a tenté de nous donner des tragédies en profe ; mais je ne crois pas que cette entreprife puiffe déformais réuffir ; qui a le plus, ne faurait fe contenter du moins. On fera toûjours mal venu à dire au public, Je viens diminuer votre plaifir. Si au milieu des tableaux de *Rubens* ou de *Paul Veronefe*, quelqu'un venait placer fes deffeins au crayon, n'aurait-il pas tort de s'égaler à ces peintres ? On eft accoutumé dans les fêtes, à des danfes & à des chants ; ferait-ce affez de marcher, & de parler, fous prétexte qu'on marcherait & qu'on parlerait bien, & que cela ferait plus aifé & plus naturel ?

Il y a grande apparence qu'il faudra toûjours des vers fur tous les théâtres tragiques, & de plus toûjours des rimes fur le notre. C'eft même à cette contrainte de la rime, & à cette févérité extrême de notre verfification, que nous devons ces excellens ouvrages que nous avons dans notre langue. Nous voulons que la rime ne coûte jamais rien aux penfées, qu'elle ne foit ni triviale ni trop recherchée ; nous exigeons rigoureufement dans un vers la même pureté, la même exactitude que dans la profe. Nous ne permettons pas la moindre licence ; nous demandons qu'un auteur porte fans difcontinuer

tou-

toutes ces chaînes , & cependant qu'il paraiffe toûjours libre :
& nous ne reconnaiffons pour poëtes que ceux qui ont rempli toutes ces conditions.

Voilà pourquoi il eft plus aifé de faire cent vers en toute
autre langue , que quatre vers en Français. L'exemple de notre Abbé *Regnier Defmarais* , de l'Académie Françaife , & de
celle de *la Crufca* , en eft une preuve bien évidente. Il tra-
duifit *Anacréon* en Italien avec fuccès ; & fes vers Français
font , à l'exception de deux ou trois quatrains , au rang des
plus médiocres. Notre *Ménage* était dans le même cas. Combien de nos beaux efprits ont fait de très-beaux vers Latins ,
& n'ont pû être fupportables en leur langue !

Je fais combien de difputes j'ai effuyées fur notre verfification en Angleterre , & quels reproches me fait fouvent le
favant Evêque de Rochefter fur cette contrainte puérile, qu'il
prétend que nous nous impofons de gayeté de cœur. Mais
foyez perfuadé , Mylord , que plus un étranger connaîtra
notre langue , & plus il fe réconciliera avec cette rime qui
l'effraye d'abord. Non-feulement elle eft néceffaire à notre
tragédie , mais elle embellit nos comédies mêmes. Un bon
mot en vers en eft retenu plus aifément : les portraits de la
vie humaine feront toûjours plus frapans en vers qu'en profe;
& qui dit *Vers* en Français, dit néceffairement des vers rimés :
en un mot , nous avons des comédies en profe du célèbre
Molière , que l'on a été obligé de mettre en vers après fa mort,
& qui ne font plus jouées que de cette manière nouvelle.

Ne pouvant , Mylord , hazarder fur le théâtre Français
des vers non rimés tels qu'ils font en ufage en Italie & en
Angleterre , j'aurais du moins voulu tranfporter fur notre fcène
certaines beautés de la votre. Il eft vrai , & je l'avouë, que
le théâtre Anglais eft bien défeftueux. J'ai entendu de votre
bouche , que vous n'aviez pas une bonne tragédie ; mais en
récompenfe , dans ces piéces fi monftrueufes , vous avez des
fcènes admirables. Il a manqué jufqu'à préfent à prefque tous
les auteurs tragiques de votre nation , cette pureté, cette conduite régulière , ces bienféances de l'action & du ftyle , cette
élégance , & toutes ces fineffes de l'art , qui ont établi la réputation du théâtre Français depuis le grand *Corneille.* Mais

Tom. III. *& du Théâtre le premier.* F f

vos piéces les plus irrégulières ont un grand mérite, c'eſt celui de l'action.

Nous avons en France des tragédies eſtimées, qui font plutôt des converſations qu'elles ne font la repréſentation d'un
événement. Un auteur Italien m'écrivait dans une lettre fur
les théâtres : *Un Critico del noſtro Paſtor fido diſſe che quel
componimento era un riaſſunto di belliſſimi Madrigali, credo, ſe
viveſſe, che direbbe delle tragedie Franceſe che ſono un riaſſunto
di belle elegie e ſontuoſi epitalami.* J'ai bien peur que cet Italien n'ait trop raiſon. Notre délicateſſe exceſſive nous force
quelquefois à mettre en récit ce que nous voudrions expoſer
aux yeux. Nous craignons de hazarder fur la ſcène des ſpec-
tacles nouveaux devant une nation accoutumée à tourner en
ridicule tout ce qui n'eſt pas *d'uſage*.

L'endroit où l'on jouë la comédie, & les abus qui s'y font
gliſſés, font encor une cauſe de cette ſechereſſe qu'on peut
reprocher à quelques-unes de nos piéces. Les bancs qui font
fur le théâtre deſtinés aux ſpectateurs, rétréciſſent la ſcène,
& rendent toute action preſque impraticable. *b*) Ce défaut eſt
cauſe que les décorations tant recommandées par les anciens,
font rarement convenables à la piéce. Il empêche furtout que
les acteurs ne paſſent d'un appartement dans un autre aux
yeux des ſpectateurs, comme les Grecs & les Romains le
pratiquaient ſagement, pour conſerver à la fois l'unité de lieu
& la vraiſemblance.

Comment oſerions-nous fur nos théâtres faire paraître, par
exemple, l'ombre de *Pompée*, ou le génie de *Brutus*, au milieu de tant de jeunes gens qui ne regardent jamais les choſes les plus ſérieuſes que comme l'occaſion de dire un bon
mot ? Comment apporter au milieu d'eux fur la ſcène, le corps
de *Marcus*, devant *Caton* ſon père, qui s'écrie : » Heureux
» jeune homme, tu es mort pour ton pays ! O mes amis,
» laiſſez-moi compter ces glorieuſes bleſſures ! Qui ne vou-
» drait mourir ainſi pour la patrie ? Pourquoi n'a-t-on qu'une
» vie à lui ſacrifier ? .... Mes amis, ne pleurez point ma

_____

b) Enfin ces plaintes réitérées de Mr. *de Voltaire* ont opéré la réforme
du Théâtre en France, & ces abus ne ſubſiſtent plus.

» perte , ne regrettez point mon fils ; pleurez Rome ; la maî-
» treffe du monde n'eft plus : ô liberté ! ô ma patrie ! ô ver-
» tu ! &c. « Voilà ce que feu Mr. *Addiffon* ne craignit point de
faire repréfenter à Londres ; voilà ce qui fut joué, traduit en
Italien , dans plus d'une ville d'Italie. Mais fi nous hazardions
à Paris un tel fpectacle , n'entendez-vous pas déja le parterre
qui fe récrie ? & ne voyez-vous pas nos femmes qui détour-
nent la tête ?

Vous n'imagineriez pas à quel point va cette délicateffe.
L'auteur de notre tragédie de *Manlius* prit fon fujet de la
piéce Anglaife de Mr. *Otway* , intitulée , *Venife fauvée.* Le
fujet eft tiré de l'hiftoire de la conjuration du Marquis de
Bedemar , écrite par l'Abbé de *St. Réal ;* & permettez-moi
de dire en paffant , que ce morceau d'hiftoire , égal peut-être
à *Salluste* , eft fort au-deffus de la piéce d'*Otway* & de notre
Manlius. Premiérement , vous remarquez le préjugé qui a
forcé l'auteur Français à déguifer fous des noms Romains une
avanture connuë , que l'Anglais a traitée naturellement fous
les noms véritables. On n'a point trouvé ridicule au théâtre
de Londres , qu'un Ambaffadeur Efpagnol s'appellât *Bedemar* ,
& que des conjurés euffent le nom de *Jaffier* , de *Jaques-
Pierre* , d'*Elliot ;* cela feul en France eût pû faire tomber la
piéce.

Mais voyez qu'*Otway* ne craint point d'affembler tous les
conjurés. *Renaud* prend leur ferment , affigne à chacun fon
pofte , prefcrit l'heure du carnage , & jette de tems en tems
des regards inquiets & foupçonneux fur *Jaffier* dont il fe défie. Il leur fait à tous ce difcours pathétique , traduit mot pour
mot de l'Abbé de *St. Réal. Jamais repos fi profond ne précéda
un trouble fi grand. Notre bonne deftinée a aveuglé les plus clair-
voyans de tous les hommes , raffuré les plus timides , endormi les
plus foupçonneux , confondu les plus fubtils : nous vivons encore ,
mes chers amis , nous vivons , & notre vie fera bientôt funefte
aux tyrans de ces lieux , &c.*

Qu'a fait l'auteur Français ? Il a craint de hazarder tant de
perfonnages fur la fcène ; il fe contente de faire réciter par
Renaud fous le nom de *Rutile* , une faible partie de ce même
difcours qu'il vient , dit-il , de tenir aux conjurés. Ne fentez-

vous pas par ce feul expofé combien cette fcène Anglaife eft au-deffus de la Françaife, la piéce d'*Otway* fût-elle d'ailleurs monftrueufe ?

Avec quel plaifir n'ai-je point vû à Londres votre tragédie de *Jules-Céfar*, qui depuis cent cinquante années fait les délices de votre nation ? Je ne prétens pas affurément approuver les irrégularités barbares dont elle eft remplie. Il eft feulement étonnant qu'il ne s'en trouve pas davantage dans un ouvrage compofé dans un fiécle d'ignorance, par un homme qui même ne favait pas le Latin, & qui n'eut de maître que fon génie ; mais au milieu de tant de fautes groffières, avec quel raviffement je voyais *Brutus* tenant encor un poignard teint du fang de *Céfar*, affembler le peuple Romain, & lui parler ainfi du haut de la tribune aux harangues !

Romains, compatriotes, amis, s'il eft quelqu'un de vous qui ait été attaché à Céfar, *qu'il fache que* Brutus *ne l'était pas moins : Oui, je l'aimais, Romains ; & fi vous me demandez pourquoi j'ai verfé fon fang, c'eft que j'aimais Rome davantage. Voudriez-vous voir* Céfar *vivant, & mourir fes efclaves, plutôt que d'acheter votre liberté par fa mort ?* Céfar *était mon ami, je le pleure ; il était heureux, j'applaudis à fes triomphes ; il était vaillant, je l'honore ; mais il était ambitieux, je l'ai tué. Y a-t-il quelqu'un parmi vous affez lâche pour regretter la fervitude ? S'il en eft un feul, qu'il parle, qu'il fe montre ; c'eft lui que j'ai offenfé : Y a-t-il quelqu'un affez infame pour oublier qu'il eft Romain ? Qu'il parle ; c'eft lui feul qui eft mon ennemi.*

CHŒUR DES ROMAINS.

Perfonne, non, Brutus, *perfonne.*

BRUTUS.

Ainfi donc je n'ai offenfé perfonne. Voici le corps du Dictateur qu'on vous apporte ; les derniers devoirs lui feront rendus par Antoine, *par cet* Antoine, *qui n'ayant point eu de part au châtiment de* Céfar, *en retirera le même avantage que moi : & que chacun de vous fente le bonheur ineftimable d'être libre. Je*

n'ai plus qu'un mot à vous dire : *J'ai tué de cette main mon
meilleur ami pour le salut de Rome ; je garde ce même poignard
pour moi, quand Rome demandera ma vie.*

Le Chœur.

Vivez, Brutus, *vivez à jamais.*

Après cette scène, *Antoine* vient émouvoir de pitié ces mêmes Romains, à qui *Brutus* avait inspiré sa rigueur & sa barbarie. *Antoine*, par un discours artificieux, ramène insensible-
ment ces esprits superbes ; & quand il les voit radoucis, alors
il leur montre le corps de *César*, & se servant des figures les
plus pathétiques, il les excite au tumulte & à la vengeance.
Peut-être les Français ne souffriraient pas que l'on fît paraître sur leurs théâtres un chœur composé d'artisans & de plé-
béïens Romains : que le corps sanglant de *César* y fût exposé
aux yeux du peuple, & qu'on excitât ce peuple à la vengeance du haut de la tribune aux harangues ; c'est à la coutume, qui est la reine de ce monde, à changer le goût des
nations, & à tourner en plaisir les objets de notre aversion.
Les Grecs ont hazardé des spectacles non moins révoltans
pour nous. *Hippolite* brisé par sa chute, vient compter ses
blessures & pousser des cris douloureux. *Philoctète* tombe
dans ses accès de souffrance ; un sang noir coule de sa playe.
Œdipe couvert du sang qui dégoute encor des restes de ses
yeux qu'il vient d'arracher, se plaint des Dieux & des hommes. On entend les cris de *Clytemnestre*, que son propre fils
égorge ; & *Electre* crie sur le théâtre : *Frapez, ne l'épargnez
pas, elle n'a pas épargné notre père.* *Prométhée* est attaché sur
un rocher avec des cloux qu'on lui enfonce dans l'estomac
& dans les bras. Les Furies répondent à l'ombre sanglante de
Clytemnestre par des hurlemens sans aucune articulation. Beaucoup de tragédies Grecques, en un mot, sont remplies de
cette terreur portée à l'excès.
Je sais bien, que les tragiques Grecs, d'ailleurs supérieurs
aux Anglais, ont erré en prenant souvent l'horreur pour la
terreur, & le dégoutant & l'incroyable pour le tragique &

le merveilleux. L'art était dans fon enfance du tems d'*Efchile*, comme à Londres du tems de *Shakefpear*; mais parmi les grandes fautes des poëtes Grecs, & même des votres, on trouve un vrai pathétique & de fingulières beautés; & fi quelques Français, qui ne connaiffent les tragédies & les mœurs étrangères que par des traduĉtions, & fur des ouï-dire, les condamnent fans aucune reftriĉtion, ils font, ce me femble, comme des aveugles, qui affureraient qu'une rofe ne peut avoir de couleurs vives, parce qu'ils en compteraient les épines à tâtons. Mais fi les Grecs & vous, vous paffez les bornes de la bienféance, & fi furtout les Anglais ont donné des fpeĉtacles effroyables, voulant en donner de terribles; nous autres Français, auffi fcrupuleux que vous avez été téméraires, nous nous arrêtons trop, de peur de nous emporter, & quelquefois nous n'arrivons pas au tragique, dans la crainte d'en paffer les bornes.

Je fuis bien loin de propofer, que la fcène devienne un lieu de carnage, comme elle l'eft dans *Shakefpear*, & dans fes fucceffeurs, qui n'ayant pas fon génie, n'ont imité que fes défauts; mais j'ofe croire, qu'il y a des fituations qui ne paraiffent encor que dégoutantes & horribles aux Français, & qui bien ménagées, repréfentées avec art, & furtout adoucies par le charme des beaux vers, pourraient nous faire une forte de plaifir dont nous ne doutons pas.

> Il n'eft point de ferpent ni de monftre odieux,
> Qui par l'art imité ne puiffe plaire aux yeux.

Du moins que l'on me dife, pourquoi il eft permis à nos héros & à nos héroïnes de théâtre de fe tuer, & qu'il leur eft défendu de tuer perfonne? La fcène eft-elle moins enfanglantée par la mort d'*Atalide* qui fe poignarde pour fon amant, qu'elle ne le ferait par le meurtre de *Céfar*? Et fi le fpeĉtacle du fils de *Caton*, qui parait mort aux yeux de fon père, eft l'occafion d'un difcours admirable de ce vieux Romain; fi ce morceau a été applaudi en Angleterre & en Italie par ceux qui font les plus grands partifans de la bienféance Françaife; fi les femmes les plus délicates n'en ont point été choquées,

pourquoi les Français ne s'y accoutumeraient-ils pas ? La nature n'eft-elle pas la même dans tous les hommes ?

Toutes ces loix, de ne point enfanglanter la fcène, de ne
point faire parler plus de trois interlocuteurs, &c. font des
loix qui, ce me femble, pourraient avoir quelques exceptions
parmi nous, comme elles en ont eu chez les Grecs. Il n'en
eft pas des règles de la bienféance, toûjours un peu arbitrai-
res, comme des règles fondamentales du théâtre, qui font les
trois unités. Il y aurait de la faibleffe & de la ftérilité à étendre une action au de-là de l'efpace du tems & du lieu convenables. Demandez à quiconque aura inféré dans une piéce
trop d'événemens, la raifon de cette faute : s'il eft de bonne
foi, il vous dira, qu'il n'a pas eu affez de génie pour remplir fa piéce d'un feul fait ; & s'il prend deux jours & deux
villes pour fon action, croyez que c'eft parce qu'il n'aurait
pas eu l'adreffe de la refferrer dans l'efpace de trois heures,
& dans l'enceinte d'un palais, comme l'exige la vraifemblance. Il en eft tout autrement de celui qui hazarderait
un fpectacle horrible fur le théâtre ; il ne choquerait point
la vraifemblance ; & cette hardieffe, loin de fuppofer de la
faibleffe dans l'auteur, demanderait au contraire un grand génie, pour mettre par fes vers de la véritable grandeur dans
une action, qui, fans un ftyle fublime, ne ferait qu'atroce &
dégoutante.

Voilà ce qu'a ofé tenter une fois notre grand *Corneille* dans
fa *Rodogune*. Il fait paraître une mère, qui en préfence de
la Cour & d'un Ambaffadeur, veut empoifonner fon fils & fa
belle-fille, après avoir tué fon autre fils de fa propre main ;
elle leur préfente la coupe empoifonnée, & fur leur refus &
leurs foupçons, elle la boit elle-même, & meurt du poifon
qu'elle leur deftinait. Des coups auffi terribles ne doivent pas
être prodigués, & il n'appartient pas à tout le monde d'ofer
les fraper. Ces nouveautés demandent une grande circonfpec-
tion, & une exécution de maître. Les Anglais eux-mêmes
avouent que *Shakefpear*, par exemple, a été le feul parmi
eux qui ait pû faire évoquer & parler des ombres avec
fuccès.

Within that circle none durft move but he.

Plus une action théâtrale eft majeftueufe ou effrayante, plus elle deviendrait infipide, fi elle était fouvent répétée ; à-peuprès comme les détails de batailles, qui étant par eux-mêmes ce qu'il y a de plus terrible, deviennent froids & ennuyeux, à force de reparaitre fouvent dans les hiftoires. La feule piéce où Mr. *Racine* ait mis du fpectacle, c'eft fon chef-d'œuvre d'*Athalie*. On y voit un enfant fur un trône, fa nourrice & des prêtres qui l'environnent, une Reine qui commande à fes foldats de le maffacrer, des Lévites armés qui accourent pour le défendre. Toute cette action eft pathétique ; mais fi le ftyle ne l'était pas auffi, elle n'était que puérile.

Plus on veut fraper les yeux par un appareil éclatant, plus on s'impofe la néceffité de dire de grandes chofes ; autrement on ne ferait qu'un décorateur, & non un poëte tragique. Il y a près de trente années qu'on repréfenta la tragédie de *Montefume* à Paris ; la fcène ouvrait par un fpectacle nouveau ; c'était un palais d'un goût magnifique & barbare ; *Montefume* paraiffait avec un habit fingulier ; des efclaves armés de fléches étaient dans le fond ; autour de lui étaient huit Grands de fa Cour, profternés le vifage contre terre : *Montefume* commençait la piéce en leur difant :

> Levez-vous, votre Roi vous permet aujourd'hui
> Et de l'envifager, & de parler à lui.

Ce fpectacle charma : mais voilà tout ce qu'il y eut de beau dans cette tragédie.

Pour moi, j'avoue, que ce n'a pas été fans quelque crainte que j'ai introduit fur la fcène Françaife le Sénat de Rome en robes rouges, allant aux opinions. Je me fouvenais que lorfque j'introduifis autrefois dans *Œdipe* un chœur de Thébains, qui difait :

> O mort, nous implorons ton funefte fecours ;
> O mort, vien nous fauver, vien terminer nos jours :

le parterre, au lieu d'être frapé du pathétique qui pouvait être en cet endroit, ne fentit d'abord que le prétendu ridicule

cule d'avoir mis ces vers dans la bouche d'aȼteurs peu accoû-
tumés , & il fit un éclat de rire. C'eſt ce qui m'a empêché
dans *Brutus* de faire parler les *Sénateurs* , quand *Titus* eſt
accuſé devant eux , & d'augmenter la terreur de la ſituation,
en exprimant l'étonnement & la douleur de ces Pères de Rome , qui ſans doute devraient marquer leur ſurpriſe autrement
que par un jeu muët , qui même n'a pas été exécuté.

Les Anglais donnent beaucoup plus à l'aȼtion que nous ,
ils parlent plus aux yeux : les Français donnent plus à l'élégance , à l'harmonie , aux charmes des vers. Il eſt certain qu'il
eſt plus difficile de bien écrire que de mettre ſur le théâtre
des aſſaſſinats , des rouës , des potences , des ſorciers & des
revenans. Auſſi , la tragédie de *Caton* , qui fait tant d'honneur
à Mr. *Addiſſon* votre ſucceſſeur dans le Miniſtère , cette tragédie , la ſeule bien écrite d'un bout à l'autre chez votre nation , à ce que je vous ai entendu dire à vous-même , ne doit
ſa grande réputation qu'à ſes beaux vers , c'eſt-à-dire , à des
penſées fortes & vraies , exprimées en vers harmonieux. Ce
ſont les beautés de détail qui ſoutiennent les ouvrages en vers,
& qui les font paſſer à la poſtérité. C'eſt ſouvent la manière
ſingulière de dire des choſes communes ; c'eſt cet art d'embellir par la diȼtion ce que penſent & ce que ſentent tous les
hommes , qui fait les grands poëtes. Il n'y a ni ſentimens re-
cherchés , ni avanture romaneſque dans le quatriéme livre de
Virgile ; il eſt tout naturel , & c'eſt l'effort de l'eſprit humain.
Mr. *Racine* n'eſt ſi au-deſſus des autres qui ont tous dit les
mêmes choſes que lui , que parce qu'il les a mieux dites. *Corneille* n'eſt véritablement grand , que quand il s'exprime auſſi
bien qu'il penſe. Souvenons-nous de ce précepte de *Deſpréaux:*

> Et que tout ce qu'il dit facile à retenir ,
> De ſon ouvrage en vous laiſſe un long ſouvenir.

Voilà ce que n'ont point tant d'ouvrages dramatiques , que
l'art d'un aȼteur , & la figure & la voix d'une aȼtrice , ont fait
valoir ſur nos théâtres. Combien de piéces mal écrites ont eu
plus de repréſentations que *Cinna* & *Britannicus* ; mais on n'a
jamais retenu deux vers de ces faibles poëmes , au lieu qu'on

Tom. III. *& du Théâtre le premier.* G g

fait une partie de *Britannicus* & *Cinna* par cœur. En vain le *Regulus* de *Pradon* a fait verfer des larmes par quelques fitua- tions touchantes ; l'ouvrage & tous ceux qui lui reffemblent font méprifés , tandis que leurs auteurs s'applaudiffent dans leurs préfaces.

Des critiques judicieux pourraient me demander, pourquoi j'ai parlé d'amour dans une tragédie dont le titre eſt Junius Brutus ? pourquoi j'ai mêlé cette paffion avec l'auſtère vertu du Sénat Romain , & la politique d'un Ambaffadeur ?

On reproche à notre nation d'avoir amolli le théâtre par trop de tendreffe ; & les Anglais méritent bien le même re- proche depuis près d'un fiécle ; car vous avez toûjours un peu pris nos modes & nos vices. Mais me permettez-vous de vous dire mon fentiment fur cette matière ?

Vouloir de l'amour dans toutes les tragédies me paraît un goût efféminé ; l'en profcrire toûjours eſt une mauvaiſe hu- meur bien déraifonnable.

Le théâtre , foit tragique , foit comique , eſt la peinture vi- vante des paffions humaines ; l'ambition d'un Prince eſt repré- fentée dans la tragédie ; la comédie tourne en ridicule la va- nité d'un bourgeois. Ici vous riez de la coquetterie & des intrigues d'une citoyenne ; là vous pleurez la malheureuſe paf- fion de *Phèdre* ; de même l'amour vous amufe dans un ro- man , & il vous tranfporte dans la *Didon* de *Virgile*. L'amour dans une tragédie n'eſt pas plus un défaut effentiel , que dans l'*Enéide* ; il n'eſt à reprendre que quand il eſt amené mal-à- propos , ou traité fans art.

Les Grecs ont rarement hazardé cette paffion fur le théâtre d'Athènes ; premiérement , parce que leurs tragédies n'ayant roulé d'abord que fur des fujets terribles , l'efprit des fpeéta- teurs était plié à ce genre de fpeétacles ; fecondement , parce que les femmes menaient une vie beaucoup plus retirée que les notres , & qu'ainfi le langage de l'amour n'étant pas comme aujourd'hui le fujet de toutes les converfations , les poëtes en étaient moins invités à traiter cette paffion , qui de toutes eſt la plus difficile à repréfenter , par les ménagemens délicats qu'elle demande. Une troifiéme raifon qui me paraît affez forte , c'eſt que l'on n'avait point de comédiennes ; les rôles

des femmes étaient joués par des hommes mafqués. Il femble
que l'amour eût été ridicule dans leur bouche.

C'eſt tout le contraire à Londres & à Paris ; & il faut avouer
que les auteurs n'auraient guère entendu leurs intérêts , ni
connu leur auditoire, s'ils n'avaient jamais fait parler les *Old-*
fields , ou les *Duclos ,* & les *Le Couvreurs ,* que d'ambition &
de politique.

Le mal eſt que l'amour n'eſt fouvent chez nos héros de
théâtre que de la galanterie , & que chez les votres il dégé-
nère quelquefois en débauche. Dans notre *Alcibiade ,* piéce
très fuivie , mais faiblement écrite , & ainfi peu eſtimée , on
a admiré longtems ces mauvais vers que récitait d'un ton féduifant l'*Efopus c)* du dernier fiécle.

> Ah ! lorfque pénétré d'un amour véritable ,
> Et gémiſſant aux pieds d'un objet adorable ,
> J'ai connu dans fes yeux timides ou diſtraits ,
> Que mes foins de fon cœur ont pû troubler la paix :
> Que par l'aveu fecret d'une ardeur mutuelle ,
> La mienne a pris encor une force nouvelle ;
> Dans ces momens fi doux j'ai cent fois éprouvé
> Qu'un mortel peut goûter un bonheur achevé.

Dans votre *Venife fauvée ,* le vieux *Renaud* veut violer la
femme de *Jaffier ,* & elle s'en plaint en termes aſſez indécens ,
jufqu'à dire qu'il eſt venu à elle *vn' buton'd.* , déboutonné.

Pour que l'amour foit digne du théâtre tragique , il faut
qu'il foit le nœud néceſſaire de la piéce , & non qu'il foit
amené par force pour remplir le vuide de vos tragédies &
des notres , qui font toutes trop longues ; il faut que ce foit
une paſſion véritablement tragique , regardée comme une faibleſſe , & combattuë par des remords : Il faut ou que l'amour
conduife aux malheurs & aux crimes , pour faire voir combien il eſt dangereux , ou que la vertu en triomphe , pour
montrer qu'il n'eſt pas invincible ; fans cela ce n'eſt plus qu'un
amour d'églogue ou de comédie.

c) Le comédien *Baron.*

C'eſt à vous, Mylord, à décider ſi j'ai rempli quelques-
unes de ces conditions ; mais que vos amis daignent ſurtout
ne point juger du génie & du goût de notre nation par ce
diſcours, & par cette tragédie que je vous envoye. Je ſuis
peut-être un de ceux qui cultivent les lettres en France avec
moins de ſuccès ; & ſi les ſentimens, que je ſoumets ici à
votre cenſure, ſont deſapprouvés, c'eſt à moi ſeul qu'en appartient le blâme.

A C T E U R S.

JUNIUS BRUTUS,
VALERIUS PUBLICOLA, } Conſuls.

TITUS, fils de Brutus.

TULLIE, fille de Tarquin.

ALGINE, confidente de Tullie.

ARONS, Ambaſſadeur de Porſenna.

MESSALA, ami de Titus.

PROCULUS, Tribun militaire.

ALBIN, confident d'Arons.

Sénateurs.

Liſteurs.

La ſcène eſt à Rome.

BRUTUS,

TRAGÉDIE.

ACTE PREMIER.

SCENE PREMIERE.

BRUTUS, les SENATEURS.

(*Le théâtre repréfente une partie de la maifon des Confuls fur le mont Tarpéïen ; le temple du Capitole fe voit dans le fond. Les Sénateurs font affemblés entre le temple & la maifon, devant l'autel de Mars.* Brutus & Valerius Publicola, *Confuls, préfident à cette affemblée : les Sénateurs font rangés en demi-cercle. Des* Licteurs *avec leurs faifceaux font debout derrière les Sénateurs.*)

BRUTUS.

DEſtructeurs des tyrans, vous qui n'avez pour Rois
Que les Dieux de Numa, vos vertus & nos loix ;
Enfin notre ennemi commence à nous connaître.
Ce fuperbe Tofcan qui ne parlait qu'en maître,
Porfenna, de Tarquin ce formidable appui,
Ce Tyran, protecteur d'un Tyran comme lui,
Qui couvre de fon camp les rivages du Tibre,
Refpecte le Sénat, & craint un peuple libre.
Aujourd'hui devant vous abaiffant fa hauteur,

Il demande à traiter par un Ambaſſadeur.

Arons, qu'il nous députe, en ce moment s'avance ;
Aux Sénateurs de Rome il demande audience ;
Il attend dans ce temple, & c'eſt à vous de voir
S'il le faut refuſer, s'il le faut recevoir.

VALERIUS PUBLICOLA.

Quoi qu'il vienne annoncer, quoi qu'on puiſſe en attendre ;
Il le faut à ſon Roi renvoyer ſans l'entendre ;
Tel eſt mon ſentiment. Rome ne traite plus
Avec ſes ennemis que quand ils ſont vaincus.
Votre fils, il eſt vrai, vengeur de ſa patrie,
A deux fois repouſſé le Tyran d'Etrurie ;
Je ſais tout ce qu'on doit à ſes vaillantes mains ;
Je ſais qu'à votre exemple il ſauva les Romains :
Mais ce n'eſt point aſſez. Rome aſſiégée encore,
Voit dans les champs voiſins ces Tyrans qu'elle abhorre ;
Que Tarquin ſatisfaſſe aux ordres du Sénat,
Exilé par nos loix, qu'il ſorte de l'Etat ;
De ſon coupable aſpect qu'il purge nos frontières,
Et nous pourrons enſuite écouter ſes prières.
Ce nom d'Ambaſſadeur a paru vous fraper ;
Tarquin n'a pû nous vaincre, il cherche à nous tromper.
L'Ambaſſadeur d'un Roi m'eſt toûjours redoutable.
Ce n'eſt qu'un ennemi, ſous un titre honorable,
Qui vient, rempli d'orgueil ou de dextérité,
Inſulter ou trahir avec impunité.
Rome, n'écoute point leur ſéduiſant langage ;
Tout art t'eſt étranger ; combattre eſt ton partage ;
Confon tes ennemis de ta gloire irrités ;
Tombe, ou puni les Rois ; ce ſont là tes traités.

B R U T U S.

Rome fait à quel point fa liberté m'eft chère :
Mais, plein du même efprit, mon fentiment diffère.
Je vois cette ambaffade, au nom des Souverains,
Comme un premier hommage aux citoyens Romains.
Accoûtumons des Rois la fierté defpotique,
A traiter en égale avec la République ;
Attendant que du ciel rempliffant les décrets,
Quelque jour avec elle ils traitent en fujets.
Arons vient voir ici Rome encor chancelante,
Découvrir les refforts de fa grandeur naiffante,
Epier fon génie, obferver fon pouvoir ;
Romains, c'eft pour cela qu'il le faut recevoir.
L'ennemi du Sénat connaîtra qui nous fommes :
Et l'efclave d'un Roi va voir enfin des hommes.
Que dans Rome à loifir il porte fes regards ;
Il la verra dans vous : vous êtes fes remparts.
Qu'il révère en ces lieux le Dieu qui nous raffemble ;
Qu'il paraiffe au Sénat, qu'il écoute & qu'il tremble.

*Les Sénateurs fe lèvent, & s'approchent un moment, pour
donner leurs voix.*

V A L E R I U S   P U B L I C O L A.

Je vois tout le Sénat paffer à votre avis.
Rome & vous l'ordonnez : A regret j'y foufcris.
Licteurs, qu'on l'introduife ; & puiffe fa préfence
N'apporter en ces lieux rien dont Rome s'offenfe.

A Brutus.

C'eft fur vous feul ici que nos yeux font ouverts :
C'eft vous qui le premier avez rompu nos fers :
De notre liberté foutenez la querelle ;
Brutus en eft le père, & doit parler pour elle.

S C E N E II.

LE SENAT, ARONS, ALBIN, Suite.

(Arons *entre par le côté du théâtre, précédé de deux licteurs,
& d'*Albin *fon confident ; il paſſe devant les Conſuls & le Sénat, qu'il ſaluë, & il va s'aſſeoir ſur un ſiége préparé pour
lui ſur le devant du théâtre.*)

A R O N S.

COnſuls, & vous Sénat, qu'il m'eſt doux d'être admis
Dans ce Conſeil ſacré de ſages ennemis,
De voir tous ces héros, dont l'équité ſévère
N'eut juſques aujourd'hui qu'un reproche à ſe faire ;
Témoin de leurs exploits, d'admirer leurs vertus ;
D'écouter Rome enfin par la voix de Brutus ;
Loin des cris de ce peuple indocile & barbare
Que la fureur conduit, réunit & ſépare,
Aveugle dans ſa haine, aveugle en ſon amour,
Qui menace & qui craint, règne & ſert en un jour,
Dont l'audace......

B R U T U S.

       Arrêtez, ſachez qu'il faut qu'on nomme
Avec plus de reſpect les citoyens de Rome.
La gloire du Sénat eſt de repréſenter
Ce peuple vertueux, que l'on oſe inſulter.
Quittez l'art avec nous ; quittez la flatterie ;
Ce poiſon qu'on prépare à la cour d'Etrurie,
N'eſt point encor connu dans le Sénat Romain.
Pourſuivez.

A R O N S.

A R O N S.

Moins piqué d'un difcours fi hautain,
Que touché des malheurs où cet Etat s'expofe,
Comme un de fes enfans j'embraffe ici fa caufe.

Vous voyez quel orage éclate autour de vous,
C'eft en vain que Titus en détourna les coups ;
Je vois avec regret, fa valeur & fon zèle
N'affûrer aux Romains qu'une chute plus belle ;
Sa victoire affaiblit vos remparts défolés ;
Du fang qui les inonde ils femblent ébranlés.
Ah ! ne refufez plus une paix néceffaire.
Si du peuple Romain le Sénat eft le père,
Porfenna l'eft des Rois que vous perfécutez.

Mais vous, du nom Romain vengeurs fi redoutés,
Vous des droits des mortels éclairés interprêtes,
Vous qui jugez les Rois, regardez où vous êtes.
Voici ce Capitole, & ces mêmes autels,
Où jadis atteftant tous les Dieux immortels,
J'ai vû chacun de vous, brûlant d'un autre zèle,
A Tarquin votre Roi jurer d'être fidèle.
Quels Dieux ont donc changé les droits des Souverains ?
Quel pouvoir a rompu des nœuds jadis fi faints ?
Qui du front de Tarquin ravit le diadême ?
Qui peut de vos fermens vous dégager ?

B R U T U S.

Lui - même.

N'alléguez point ces nœuds que le crime a rompus,
Ces Dieux qu'il outragea, ces droits qu'il a perdus.
Nous avons fait, Arons, en lui rendant hommage,
Serment d'obéïffance, & non point d'efclavage.
Et puifqu'il vous fouvient d'avoir vû dans ces lieux

Tom. III. *& du Théâtre le premier.* Hh

Le Sénat à fes pieds, faifant pour lui des vœux,
Songez qu'en ce lieu même, à cet autel augufte,
Devant ces mêmes Dieux, il jura d'être jufte.
De fon peuple & de lui tel était le lien ;
Il nous rend nos fermens lorfqu'il trahit le fien :
Et dès qu'aux loix de Rome il ofe être infidelle,
Rome n'eft plus fujette, & lui feul eft rebelle.

A R O N S.

Ah ! quand il ferait vrai, que l'abfolu pouvoir
Eût entraîné Tarquin par-delà fon devoir,
Qu'il en eût trop fuivi l'amorce enchantereffe ;
Quel homme eft fans erreur ? & quel Roi fans faibleffe ?
Eft-ce à vous de prétendre au droit de le punir ?
Vous nés tous fes fujets, vous faits pour obéir !
Un fils ne s'arme point contre un coupable père ;
Il détourne les yeux, le plaint & le révère.
Les droits des Souverains font-ils moins précieux ?
Nous fommes leurs enfans ; leurs juges font les Dieux.
Si le ciel quelquefois les donne en fa colère,
N'allez pas mériter un préfent plus févère,
Trahir toutes les loix en voulant les venger,
Et renverfer l'Etat au lieu de le changer.
Inftruit par le malheur, ce grand maître de l'homme,
Tarquin fera plus jufte, & plus digne de Rome.
Vous pouvez raffermir, par un accord heureux,
Des peuples & des Rois les légitimes nœuds,
Et faire encor fleurir la liberté publique
Sous l'ombrage facré du pouvoir Monarchique.

B R U T U S.

Arons, il n'eft plus tems : chaque Etat a fes loix,
Qu'il tient de fa nature, ou qu'il change à fon choix.

Efclaves de leurs Rois, & même de leurs prêtres,
Les Tofcans femblent nés pour fervir fous des maîtres :
Et de leur chaine antique adorateurs heureux,
Voudraient que l'univers fût efclave comme eux.
La Grèce entière eft libre, & la molle Ionie
Sous un joug odieux languit affujettie.
Rome eut fes Souverains, mais jamais abfolus.
Son premier citoyen fut le grand Romulus ;
Nous partagions le poids de fa grandeur fuprême :
Numa, qui fit nos loix, y fut foumis lui - même.
Rome enfin, je l'avouë, a fait un mauvais choix :
Chez les Tofcans, chez vous elle a choifi fes Rois ;
Ils nous ont apporté, du fond de l'Etrurie,
Les vices de leur cour, avec la tyrannie.

   Il fe lève.

Pardonnez-nous, grands Dieux ! fi le peuple Romain
A tardé fi longtems à condamner Tarquin.
Le fang qui regorgea fous fes mains meurtrières,
De notre obéïffance a rompu les barrières.
Sous un fceptre de fer tout ce peuple abattu,
A force de malheurs a repris fa vertu.
Tarquin nous a remis dans nos droits légitimes ;
Le bien public eft né de l'excès de fes crimes ;
Et nous donnons l'exemple à ces mêmes Tofcans,
S'ils pouvaient, à leur tour, être las des Tyrans.

  Les Confuls defcendent vers l'autel, & le Sénat fe lève.

O Mars ! Dieu des héros, de Rome & des batailles,
Qui combats avec nous, qui défends ces murailles !
Sur ton autel facré, Mars, reçoi nos fermens,
Pour ce Sénat, pour moi, pour tes dignes enfans.
Si dans le fein de Rome il fe trouvait un traître,

Qui regrettât les Rois , & qui voulût un maître ,
Que le perfide meure au milieu des tourmens :
Que fa cendre coupable , abandonnée aux vents ,
Ne laiffe ici qu'un nom , plus odieux encore
Que le nom des Tyrans , que Rome entière abhorre.

A R O N S *avançant vers l'autel.*

Et moi , fur cet autel , qu'ainfi vous profanez ,
Je jure au nom du Roi que vous abandonnez ,
Au nom de Porfenna , vengeur de fa querelle ,
A vous , à vos enfans , une guerre immortelle.

Les Sénateurs font un pas vers le Capitole.

Sénateurs , arrêtez , ne vous féparez pas ;
Je ne me fuis pas plaint de tous vos attentats ;
La fille de Tarquin , dans vos mains demeurée ,
Eft - elle une victime à Rome confacrée ?
Et donnez - vous des fers à fes royales mains ,
Pour mieux braver fon père & tous les Souverains ?
Que dis - je ! tous ces biens , ces tréfors , ces richeffes ,
Que des Tarquins dans Rome épuifaient les largeffes ,
Sont-ils votre conquête , ou vous font-ils donnés ?
Eft - ce pour les ravir que vous le détrônez ?
Sénat , fi vous l'ofez , que Brutus les dénie.

B R U T U S *fe tournant vers* A R O N S.

Vous connaiffez bien mal , & Rome & fon génie.
Ces pères des Romains , vengeurs de l'équité ,
Ont blanchi dans la pourpre & dans la pauvreté.
Au - deffus des tréfors , que fans peine ils vous cédent ,
Leur gloire eft de domter les Rois qui les poffédent.
Prenez cet or , Arons , il eft vil à nos yeux.
Quant au malheureux fang d'un Tyran odieux ,
Malgré la jufte horreur que j'ai pour fa famille ,

Le Sénat à mes foins a confié fa fille.
Elle n'a point ici de ces refpeêts flatteurs ,
Qui des enfans des Rois empoifonnent les cœurs ;
Elle n'a point trouvé la pompe & la molleffe ,
Dont la cour des Tarquins enyvra fa jeuneffe.
Mais je fais ce qu'on doit de bontés & d'hónneur ,
A fon fexe , à fon âge , & furtout au malheur.
Dès ce jour en fon camp que Tarquin la revoye ;
Mon cœur même en conçoit une fecrette joye.
Qu'aux Tyrans déformais rien ne refte en ces lieux ,
Que la haine de Rome & le couroux des Dieux.
Pour emporter au camp l'or qu'il faut y conduire ,
Rome vous donne un jour , ce tems doit vous fuffire :
Ma maifon cependant eft votre fûreté ,
Jouïffez - y des droits de l'hofpitalité.
Voilà ce que par moi le Sénat vous annonce.
Ce foir à Porfenna rapportez ma réponfe.
Reportez - lui la guerre , & dites à Tarquin
Ce que vous avez vû dans le Sénat Romain.
    Aux Sénateurs.
Et nous du Capitole allons orner le faîte
Des lauriers dont mon fils vient de ceindre fa tête ;
Sufpendons ces drapeaux , & ces dards tout fanglans ,
Que fes heureufes mains ont ravis aux Tofcans.
Ainfi puiffe toûjours , plein du même courage ,
Mon fang digne de vous , vous fervir d'âge en âge !
Dieux , protégez ainfi contre nos ennemis
Le Confulat du père , & les armes du fils.

S C E N E   I I I.

A R O N S ,   A L B I N ,

Qui font fuppofés être entrés de la falle d'audience dans un au-
tre appartement de la maifon de Brutus.

ARONS.

AS-tu bien remarqué cet orgueil inflexible ,
Cet efprit d'un Sénat qui fe croit invincible ?
Il le ferait , Albin , fi Rome avait le tems
D'affermir cette audace au cœur de fes enfans.
Croi - moi , la liberté que tout mortel adore ,
Que je veux leur ôter , mais que j'admire encore ,
Donne à l'homme un courage , infpire une grandeur ,
Qu'il n'eût jamais trouvé dans le fond de fon cœur.
Sous le joug des Tarquins , la cour & l'efclavage
Amolliffait leurs mœurs , énervait leur courage ;
Leurs Rois , trop occupés à domter leurs fujets ,
De nos heureux Tofcans ne troublaient point la paix.
Mais fi ce fier Sénat réveille leur génie ,
Si Rome eft libre , Albin , c'eft fait de l'Italie.
Ces lions , que leur maître avait rendu plus doux ,
Vont reprendre leur rage & s'élancer fur nous.
Etouffons dans leur fang la femence féconde
Des maux de l'Italie & des troubles du monde :
Affranchiffons la terre : & donnons aux Romains
Ces fers qu'ils deftinaient au refte des humains.
Meffala viendra-t-il ? Pourrai-je ici l'entendre ?
Ofera-t-il ? . . . .

A L B I N.

Seigneur, il doit ici fe rendre.
A toute heure il y vient. Titus eſt ſon appui.

A R O N S.

As-tu pû lui parler ? Puis-je compter ſur lui ?

A L B I N.

Seigneur, ou je me trompe, ou Meſſala conſpire
Pour changer ſes deſtins plus que ceux de l'Empire ;
Il eſt ferme, intrépide, autant que ſi l'honneur
Ou l'amour du pays excitait ſa valeur ;
Maître de ſon ſecret, & maître de lui-même,
Impénétrable, & calme en ſa fureur extrême.

A R O N S.

Tel autrefois dans Rome il parut à mes yeux,
Lorſque Tarquin régnant me reçut dans ces lieux ;
Et ſes lettres depuis.... mais je le vois paraître.

S C E N E   IV.

A R O N S, M E S S A L A, A L B I N.

A R O N S.

GEnéreux Meſſala, l'appui de votre maître,
Eh bien, l'or de Tarquin, les préſens de mon Roi,
Des Sénateurs Romains n'ont pû tenter la foi ?
Les plaiſirs d'une cour, l'eſpérance, la crainte,
A ces cœurs endurcis n'ont pû porter d'atteinte ?
Ces fiers patriciens ſont-ils autant de Dieux,
Jugeant tous les mortels, & ne craignant rien d'eux ?
Sont-ils ſans paſſion, ſans intérêt, ſans vice ?

MESSALA.

Ils ofent s'en vanter ; mais leur feinte juftice ,
Leur âpre auftérité , que rien ne peut gagner ,
N'eft dans ces cœurs hautains que la foif de régner :
Leur orgueil foule aux pieds l'orgueil du diadême :
Ils ont brifé le joug pour l'impofer eux-même.
De notre liberté ces illuftres vengeurs ,
Armés pour la défendre , en font les oppreffeurs.
Sous les noms féduifans de patrons & de pères ,
Ils affeĉtent des Rois les démarches altières.
Rome a changé de fers ; & fous le joug des grands ,
Pour un Roi qu'elle avait , a trouvé cent tyrans.

ARONS.

Parmi vos citoyens en eft-il d'affez fage ,
Pour détefter tout bas cet indigne efclavage ?

MESSALA.

Peu fentent leur état : leurs efprits égarés
De ce grand changement font encor enyvrés.
Le plus vil citoyen , dans fa baffeffe extrême ,
Ayant chaffé les Rois penfe être Roi lui-même.
Mais je vous l'ai mandé , Seigneur , j'ai des amis ,
Qui fous ce joug nouveau font à regret foumis ;
Qui dédaignant l'erreur des peuples imbécilles ,
Dans ce torrent fougueux reftent feuls immobiles ;
Des mortels éprouvés , dont la tête & les bras
Sont faits pour ébranler ou changer les Etats.

ARONS.

De ces braves Romains que faut-il que j'efpère ?
Serviront-ils leur Prince ?

MESSALA.

Ils font prêts à tout faire :

Tout

Tout leur fang eft à vous. Mais ne prétendez pas,
Qu'en aveugles fujets ils fervent des ingrats.
Ils ne fe piquent point du devoir fanatique
De fervir de victime au pouvoir defpotique,
Ni du zèle infenfé de courir au trépas,
Pour venger un tyran, qui ne les connait pas.
Tarquin promet beaucoup ; mais devenu leur maître ;
Il les oublîra tous, ou les craindra peut-être.
Je connais trop les grands : dans le malheur amis,
Ingrats dans la fortune, & bientôt ennemis.
Nous fommes de leur gloire un inftrument fervile,
Rejetté par dédain, dès qu'il eft inutile,
Et brifé fans pitié, s'il devient dangereux.
A des conditions on peut compter fur eux ;
Il demandent un chef digne de leur courage,
Dont le nom feul impofe à ce peuple volage ;
Un chef affez puiffant, pour obliger le Roi,
Même après le fuccès, à nous tenir fa foi ;
Ou fi de nos deffeins la trame eft découverte ;
Un chef affez hardi pour venger notre perte.

A R O N S.

Mais vous m'aviez écrit que l'orgueilleux Titus...

M E S S A L A.

Il eft l'appui de Rome, il eft fils de Brutus ;
Cependant....

A R O N S.

De quel œil voit-il les injuftices ;
Dont ce Sénat fuperbe a payé fes fervices ?
Lui feul a fauvé Rome, & toute fa valeur
En vain du confulat lui mérita l'honneur.
Je fais qu'on le refufe.

MESSALA.

Et je fais qu'il murmure :
Son cœur altier & prompt eft plein de cette injure ;
Pour toute récompenfe il n'obtient qu'un vain bruit,
Qu'un triomphe frivole, un éclat qui s'enfuit.
J'obferve d'affez près fon ame impérieufe,
Et de fon fier couroux la fougue impétueufe ;
Dans le champ de la gloire il ne fait que d'entrer ;
Il y marche en aveugle, on l'y peut égarer.
La bouillante jeuneffe eft facile à féduire ;
Mais que de préjugés nous aurions à détruire !
Rome, un conful, un père, & la haine des Rois,
Et l'horreur de la honte, & furtout fes exploits.
Connaiffez donc Titus, voyez toute fon ame,
Le couroux qui l'aigrit, le poifon qui l'enflamme ;
Il brûle pour Tullie.

ARONS.

Il l'aimerait !

MESSALA.

Seigneur,
A peine ai-je arraché ce fecret de fon cœur :
Il en rougît lui-même, & cette ame inflexible
N'ofe avouer qu'elle aime, & craint d'être fenfible.
Parmi les paffions dont il eft agité,
Sa plus grande fureur eft pour la liberté.

ARONS.

C'eft donc des fentimens, & du cœur d'un feul homme,
Qu'aujourd'hui, malgré moi, dépend le fort de Rome !

A Albin.

Ne nous rebutons pas. Préparez-vous, Albin,
A vous rendre fur l'heure aux tentes de Tarquin.

A Meſſala.

Entrons chez la Princeſſe. Un peu d'expérience
M'a pû du cœur humain donner quelque ſcience :
Je lirai dans ſon ame , & peut-être ſes mains
Vont former l'heureux piége où j'attens les Romains.

Fin du premier acte.

ACTE II.

SCENE PREMIERE.

Le théâtre représente, ou est supposé représenter, un appartement du palais des Consuls.

TITUS, MESSALA.

MESSALA.

Non, c'est trop offenser ma sensible amitié.
Qui peut de son secret me cacher la moitié,
En dit trop & trop peu, m'offense & me soupçonne.

TITUS.

Va, mon cœur à ta foi tout entier s'abandonne ;
Ne me reproche rien.

MESSALA.

Quoi ! vous dont la douleur
Du Sénat avec moi détesta la rigueur,
Qui versiez dans mon sein ce grand secret de Rome,
Ces plaintes d'un héros, ces larmes d'un grand homme !
Comment avez-vous pû dévorer si longtems
Une douleur plus tendre, & des maux plus touchans ?
De vos feux devant moi vous étouffiez la flamme.
Quoi donc ! l'ambition, qui domine en votre ame,
Eteignait-elle en vous de si chers sentimens ?
Le Sénat a-t-il fait vos plus cruels tourmens ?
Le haïssez-vous plus que vous n'aimez Tullie ?

TITUS.

Ah ! j'aime avec tranfport : je hais avec furie :
Je fuis extrême en tout , je l'avouë , & mon cœur
Voudrait en tout fe vaincre , & connait fon erreur.

MESSALA.

Et pourquoi de vos mains déchirant vos bleffures ,
Déguifer votre amour , & non pas vos injures ?

TITUS.

Que veux-tu , Meffala ? J'ai , malgré mon couroux ,
Prodigué tout mon fang pour ce Sénat jaloux.
Tu le fais , ton courage eut part à ma victoire :
Je fentais du plaifir à parler de ma gloire :
Mon cœur , enorgueilli des fuccès de mon bras ,
Trouvait de la grandeur à venger des ingrats.
On confie aifément des malheurs qu'on furmonte ;
Mais qu'il eft accablant de parler de fa honte !

MESSALA.

Quelle eft donc cette honte , & ce grand repentir ?
Et de quels fentimens auriez-vous à rougir ?

TITUS.

Je rougis de moi-même , & d'un feu téméraire ,
Inutile , imprudent , à mon devoir contraire.

MESSALA.

Quoi donc ! l'ambition , l'amour & fes fureurs ,
Sont-ce des paffions indignes des grands cœurs ?

TITUS.

L'ambition , l'amour , le dépit , tout m'accable ;
De ce Confeil de Rois l'orgueil infupportable
Méprife ma jeuneffe , & me refufe un rang
Brigué par ma valeur , & payé par mon fang :
Au milieu du dépit dont mon ame eft faifie ,

Ii iij

Je pers tout ce que j'aime , on m'enlève Tullie.
On te l'enlève , hélas ! trop aveugle couroux !
Tu n'oſais y prétendre , & ton cœur eſt jaloux.
Je l'avoûrai , ce feu , que j'avais ſû contraindre ,
S'irrite en s'échapant , & ne peu plus s'éteindre.
Ami , c'en était fait : elle partait ; mon cœur
De ſa funeſte flamme allait être vainqueur :
Je rentrais dans mes droits : je ſortais d'eſclavage.
Le ciel a - t - il marqué ce terme à mon courage ?
Moi le fils de Brutus , moi l'ennemi des Rois ,
C'eſt du ſang de Tarquin que j'attendrais des loix ?
Elle refuſe encor de m'en donner , l'ingrate !
Et partout dédaigné , partout ma honte éclate.
Le dépit , la vengeance , & la honte , & l'amour ,
De mes ſens ſoulevés diſpoſent tour à tour.

M E S S A L A.

Puis - je ici vous parler , mais avec confiance ?

T I T U S.

Toûjours de tes conſeils j'ai chéri la prudence.
Eh bien , fai - moi rougir de mes égaremens.

M E S S A L A.

J'approuve & votre amour & vos reſſentimens.
Faudra - t - il donc toûjours que Titus autoriſe
Ce Sénat de tyrans , dont l'orgueil nous maîtriſe ?
Non ; s'il vous faut rougir , rougiſſez en ce jour
De votre patience , & non de votre amour.
Quoi ! pour prix de vos feux , & de tant de vaillance ,
Citoyen ſans pouvoir , amant ſans eſpérance ,
Je vous verrais languir , victime de l'Etat ,
Oublié de Tullie , & bravé du Sénat ?
Ah ! peut - être , Seigneur , un cœur tel que le vôtre

Aurait pû gagner l'une , & se venger de l'autre.

TITUS.

De quoi viens-tu flatter mon esprit éperdu ?
Moi , j'aurais pû fléchir sa haine ou sa vertu ?
N'en parlons plus : tu vois les fatales barrières
Qu'élèvent entre nous nos devoirs & nos pères :
Sa haine désormais égale mon amour.
Elle va donc partir ?

MESSALA.

Oui , Seigneur , dès ce jour.

TITUS.

Je n'en murmure point. Le ciel lui rend justice ;
Il la fit pour régner.

MESSALA.

Ah ! ce ciel plus propice
Lui destinait peut-être un empire plus doux ;
Et sans ce fier Sénat , sans la guerre , sans vous.....
Pardonnez ; vous savez , quel est son héritage ;
Son frère ne vit plus , Rome était son partage.
Je m'emporte , Seigneur : mais si pour vous servir ,
Si pour vous rendre heureux , il ne faut que périr ;
Si mon sang . . .

TITUS.

Non , ami , mon devoir est le maître.
Non , croi-moi , l'homme est libre au moment qu'il veut l'être.
Je l'avoüe , il est vrai , ce dangereux poison
A pour quelques momens égaré ma raison ;
Mais le cœur d'un soldat sait domter la mollesse ;
Et l'amour n'est puissant que par notre faiblesse.

MESSALA.

Vous voyez des Toscans venir l'Ambassadeur ;

Cet honneur qu'il vous rend . . .

T I T U S.

Ah ! quel funefte honneur !
Que me veut-il ? C'eft lui qui m'enlève Tullie ;
C'eft lui qui met le comble au malheur de ma vie.

S C E N E   I I.

T I T U S , A R O N S.

A R O N S.

APrès avoir en vain, près de votre Sénat ,
Tenté ce que j'ai pû pour fauver cêt Etat,
Souffrez qu'à la vertu rendant un jufte hommage ,
J'admire en liberté ce généreux courage ,
Ce bras qui venge Rome , & foutient fon païs ,
Au bord du précipice où le Sénat l'a mis.
Ah ! que vous étiez digne , & d'un prix plus augufte ;
Et d'un autre adverfaire , & d'un parti plus jufte !
Et que ce grand courage , ailleurs mieux employé ,
D'un plus digne falaire aurait été payé !
Il eft, il eft des Rois, j'ofe ici vous le dire ,
Qui mettraient en vos mains le fort de leur Empire ;
Sans craindre ces vertus qu'ils admirent en vous,
Dont j'ai vû Rome éprife , & le Sénat jaloux.
Je vous plains de fervir fous ce maître farouche ,
Que le mérite aigrit, qu'aucun bienfait ne touche ;
Qui, né pour obéir, fe fait un lâche honneur
D'appefantir fa main fur fon libérateur ;
Lui, qui, s'il n'ufurpait les droits de la couronne,
Devrait prendre de vous les ordres qu'il vous donne.

T I T U S.

T I T U S.

Je rens grace à vos foins, Seigneur, & mes foupçons
De vos bontés pour moi refpectent les raifons.
Je n'examine point, fi votre politique
Penfe armer mes chagrins contre ma République,
Et porter mon dépit, avec un art fi doux,
Aux indifcrétions qui fuivent le couroux.
Perdez moins d'artifice à tromper ma franchife ;
Ce cœur eft tout ouvert, & n'a rien qu'il déguife.
Outragé du Sénat, j'ai droit de le haïr :
Je le hais ; mais mon bras eft prêt à le fervir.
Quand la caufe commune au combat nous appelle,
Rome au cœur de fes fils éteint toute querelle :
Vainqueurs de nos débats nous marchons réünis,
Et nous ne connaiffons que vous pour ennemis.
Voilà ce que je fuis, & ce que je veux être.
Soit grandeur, foit vertu, foit préjugé peut-être,
Né parmi les Romains, je périrai pour eux.
J'aime encor mieux, Seigneur, ce Sénat rigoureux,
Tout injufte pour moi, tout jaloux qu'il peut être,
Que l'éclat d'une cour, & le fceptre d'un maître.
Je fuis fils de Brutus, & je porte en mon cœur
La liberté gravée, & les Rois en horreur.

A R O N S.

Ne vous flattez-vous point d'un charme imaginaire ?
Seigneur, ainfi qu'à vous, la liberté m'eft chère :
Quoique né fous un Roi, j'en goûte les appas ;
Vous vous perdez pour elle, & n'en jouiffez pas.
Eft-il donc, entre nous, rien de plus defpotique,
Que l'efprit d'un Etat qui paffe en République ?
Vos loix font vos tyrans : leur barbare rigueur

Devient fourde au mérite, au fang, à la faveur :
Le Sénat vous opprime, & le peuple vous brave ;
Il faut s'en faire craindre, ou ramper leur efclave.
Le citoyen de Rome, infolent ou jaloux,
Ou hait votre grandeur, ou marche égal à vous.
Trop d'éclat l'effarouche ; il voit d'un œil févère,
Dans le bien qu'on lui fait, le mal qu'on lui peut faire ;
Et d'un banniffement le décret odieux
Devient le prix du fang qu'on a verfé pour eux.
  Je fais bien, que la cour, Seigneur, a fes naufrages ;
Mais fes jours font plus beaux, fon ciel a moins d'orages.
Souvent la liberté, dont on fe vante ailleurs,
Etale auprès d'un Roi fes dons les plus flatteurs.
Il récompenfe, il aime, il prévient les fervices ;
La gloire auprès de lui ne fuit point les délices.
Aimé du Souverain, de fes rayons couvert,
Vous ne fervez qu'un maître, & le refte vous fert.
Eblouï d'un éclat, qu'il refpecte & qu'il aime,
Le vulgaire applaudit jufqu'à nos fautes même ;
Nous ne redoutons rien d'un Sénat trop jaloux,
Et les févères loix fe taifent devant nous.
Ah ! que né pour la cour, ainfi que pour les armes,
Des faveurs de Tarquin vous goûteriez les charmes !
Je vous l'ai déja dit ; il vous aimait, Seigneur ;
Il aurait avec vous partagé fa grandeur ;
Du Sénat à vos pieds la fierté profternée
Aurait . . .

T I T U S.

  J'ai vû fa cour, & je l'ai dédaignée.
Je pourrais, il eft vrai, mendier fon appui,
Et fon premier efclave être tyran fous lui.

Grace au ciel ! je n'ai point cette indigne faibleffe ;
Je veux de la grandeur , & la veux fans baffeffe.
Je fens que mon deftin n'était point d'obéir :
Je combattrai vos Rois , retournez les fervir.

ARONS.

Je ne puis qu'approuver cet excès de conftance :
Mais fongez , que lui - même éleva votre enfance.
Il s'en fouvient toûjours. Hier encor , Seigneur ,
En pleurant avec moi fon fils & fon malheur ,
Titus , me difait - il , foutiendrait ma famille ,
Et lui feul méritait mon Empire & ma fille.

TITUS *en fe détournant.*

Sa fille ! Dieux ! Tullie ? O vœux infortunés !

ARONS *en regardant Titus.*

Je la ramène au Roi , que vous abandonnez :
Elle va loin de vous , & loin de fa patrie ,
Accepter pour époux le Roi de Ligurie.
Vous cependant ici fervez votre Sénat ,
Perfécutez fon père , opprimez fon Etat.
J'efpère que bientôt ces voûtes embrafées ,
Ce Capitole en cendre , & ces tours écrafées ,
Du Sénat & du peuple éclairant les tombeaux ,
A cet hymen heureux vont fervir de flambeaux.

S C E N E   III.

TITUS, MESSALA.

TITUS.

AH ! mon cher Meffala , dans quel trouble il me laiffe !

Kk ij

Tarquin me l'eût donnée ! ô douleur qui me preſſe !
Moi, j'aurais pû ! . . . mais non, miniſtre dangereux,
Tu venais épier le ſecret de mes feux.
Hélas ! en me voyant ſe peut - il qu'on l'ignore !
Il a lu dans mes yeux l'ardeur qui me dévore.
Certain de ma faibleſſe, il retourne à ſa cour,
Inſulter aux projets d'un téméraire amour.
J'aurais pû l'épouſer ! lui conſacrer ma vie !
Le ciel à mes déſirs eût deſtiné Tullie !
Malheureux que je ſuis !

M E S S A L A.

Vous pourriez être heureux ;
Arons pourrait ſervir vos légitimes feux.
Croyez - moi.

T I T U S.

Banniſſons un eſpoir ſi frivole ;
Rome entière m'appelle aux murs du Capitole.
Le peuple raſſemblé ſous ces arcs triomphaux,
Tout chargés de ma gloire, & pleins de mes travaux
M'attend pour commencer les ſermens redoutables,
De notre liberté garants inviolables.

M E S S A L A.

Allez ſervir ces Rois.

T I T U S.

Oui, je les veux ſervir ;
Oui, tel eſt mon devoir, & je le veux remplir.

M E S S A L A.

Vous gémiſſez pourtant ?

T I T U S.

Ma victoire eſt cruelle.

MESSALA.

Vous l'achetez trop cher.

TITUS.

Elle en fera plus belle.
Ne m'abandonne point dans l'état où je fuis.

MESSALA.

Allons, fuivons fes pas, aigriffons fes ennuis.
Enfonçons dans fon cœur le trait qui le déchire.

SCENE IV.

BRUTUS, MESSALA.

BRUTUS.

ARrêtez, Meffala, j'ai deux mots à vous dire.

MESSALA.

A moi, Seigneur ?

BRUTUS.

A vous. Un funefte poifon
Se répand en fecret fur toute ma maifon.
Tiberinus mon fils, aigri contre fon frère,
Laiffe éclater déja fa jaloufe colère ;
Et Titus, animé d'un autre emportement,
Suit contre le Sénat fon fier reffentiment.
L'Ambaffadeur Tofcan, témoin de leur faibleffe,
En profite avec joie, autant qu'avec adreffe.
Il leur parle, & je crains les difcours féduifans
D'un miniftre vieilli dans l'art des courtifans.
Il devait dès demain retourner vers fon maître ;
Mais un jour quelquefois eft beaucoup pour un traître.

Meſſala , je prétens ne rien craindre de lui :
Allez lui commander de partir aujourd'hui ;
Je le veux.

M E S S A L A.

C'eſt agir ſans doute avec prudence ,
Et vous ſerez content de mon obéïſſance.

B R U T U S.

Ce n'eſt pas tout , mon fils avec vous eſt lié ;
Je fais ſur ſon eſprit ce que peut l'amitié ;
Comme ſans artifice il eſt ſans défiance.
Sa jeuneſſe eſt livrée à votre expérience.
Plus il ſe fie à vous , plus je dois eſpérer ,
Qu'habile à le conduire , & non à l'égarer ,
Vous ne voudrez jamais , abuſant de ſon âge ,
Tirer de ſes erreurs un indigne avantage ,
Le rendre ambitieux & corrompre ſon cœur.

M E S S A L A.

C'eſt de quoi dans l'inſtant je lui parlais , Seigneur.
Il fait vous imiter , ſervir Rome , & lui plaire ;
Il aime aveuglément ſa patrie & ſon père.

B R U T U S.

Il le doit ; mais ſurtout il doit aimer les loix ;
Il doit en être eſclave , en porter tout le poids.
Qui veut les violer , n'aime point ſa patrie.

M E S S A L A.

Nous avons vû tous deux ſi ſon bras l'a ſervie.

B R U T U S.

Il a fait ſon devoir.

M E S S A L A.

Et Rome eût fait le ſien ,
En rendant plus d'honneurs à ce cher citoyen.

B R U T U S.

Non, non, le confulat n'eſt point fait pour ſon âge ;
J'ai moi-même à mon fils refuſé mon ſuffrage.
Croyez-moi, le ſuccès de ſon ambition
Serait le premier pas vers la corruption ;
Le prix de la vertu ferait héréditaire ;
Bientôt l'indigne fils du plus vertueux père,
Trop aſſuré d'un rang d'autant moins mérité,
L'attendrait dans le luxe & dans l'oiſiveté.
Le dernier des Tarquins en eſt la preuve inſigne.
Qui naquit dans la pourpre en eſt rarement digne.
Nous préſervent les cieux d'un ſi funeſte abus,
Berceau de la molleſſe & tombeau des vertus !
Si vous aimez mon fils, (je me plais à le croire)
Repréſentez-lui mieux ſa véritable gloire ;
Etouffez dans ſon cœur un orgueil inſenſé :
C'eſt en ſervant l'Etat qu'il eſt récompenſé.
De toutes les vertus mon fils doit un exemple ;
C'eſt l'appui des Romains que dans lui je contemple :
Plus il a fait pour eux, plus j'exige aujourd'hui.
Connaiſſez à mes vœux l'amour que j'ai pour lui.
Tempérez cette ardeur de l'eſprit d'un jeune homme :
Le flatter c'eſt le perdre, & c'eſt outrager Rome.

M E S S A L A.

Je me bornais, Seigneur, à le ſuivre aux combats ;
J'imitais ſa valeur, & ne l'inſtruiſais pas.
J'ai peu d'autorité ; mais s'il daigne me croire,
Rome verra bientôt comme il chérit la gloire.

B R U T U S.

Allez donc, & jamais n'encenſez ſes erreurs ;
Si je hais les tyrans, je hais plus les flatteurs.

S C E N E V.

M E S S A L A *feul.*

IL n'eſt point de tyran plus dur , plus haïſſable ,
Que la ſévérité de ton cœur intraitable.
Va , je verrai peut - être à mes pieds abattu ,
Cet orgueil inſultant de ta fauſſe vertu.
Coloſſe qu'un vil peuple éleva ſur nos têtes ,
Je pourrai t'écraſer , & les foudres ſont prêtes.

Fin du ſecond acte.

ACTE

A C T E   I I I.

S C E N E   P R E M I E R E.

ARONS, ALBIN, MESSALA.

ARONS *une lettre à la main.*

JE commence à goûter une juste espérance ;
Vous m'avez bien servi par tant de diligence ;
Tout succède à mes vœux. Oui, cette lettre, Albin,
Contient le fort de Rome, & celui de Tarquin.
Avez-vous dans le camp réglé l'heure fatale ?
A-t-on bien observé la porte Quirinale ?
L'assaut sera-t-il prêt, si par nos conjurés
Les remparts cette nuit ne nous sont point livrés ?
Tarquin est-il content ? Crois-tu qu'on l'introduise,
Ou dans Rome sanglante, ou dans Rome soumise ?

ALBIN.

Tout sera prêt, Seigneur, au milieu de la nuit.
Tarquin de vos projets goûte déja le fruit ;
Il pense de vos mains tenir son diadême ;
Il vous doit, a-t-il dit, plus qu'à Porsenna même.

ARONS.

Ou les Dieux, ennemis d'un Prince malheureux,
Confondront des desseins si grands, si dignes d'eux ;
Ou demain sous ses loix Rome sera rangée :
Rome en cendre peut-être, & dans son sang plongée.
Mais il vaut mieux qu'un Roi, sur le trône remis,

Commande à des fujets malheureux & foumis ,
Que d'avoir à domter , au fein de l'abondance ,
D'un peuple trop heureux l'indocile arrogance.
A Albin.
Allez , j'attens ici la Princeffe en fecret.
A Meffala.
Meffala , demeurez.

S C E N E II.

A R O N S , M E S S A L A.

A R O N S.

EH bien ! qu'avez-vous fait ?
Avez-vous de Titus fléchi le fier courage ?
Dans le parti des Rois penfez-vous qu'il s'engage ?

M E S S A L A.

J'avais trop préfumé : l'inflexible Titus
Aime trop fa patrie , & tient trop de Brutus.
Il fe plaint du Sénat , il brule pour Tullie.
L'orgueil , l'ambition , l'amour , la jaloufie ,
Le feu de fon jeune âge & de fes paffions ,
Semblaient ouvrir fon ame à mes féductions ;
Cependant , qui l'eût crû ? la liberté l'emporte.
Son amour eft au comble , & Rome eft la plus forte.
J'ai tenté par degrés d'effacer cette horreur ,
Que pour le nom de Roi Rome imprime en fon cœur.
En vain j'ai combattu ce préjugé févère ;
Le feul nom des Tarquins irritait fa colère ;
De fon entretien même il m'a foudain privé ;

Et je hazardais trop , fi j'avais achevé.

A R O N S.

Ainfi de le fléchir Meffala defefpère.

M E S S A L A.

J'ai trouvé moins d'obſtacle à vous donner ſon frère :
Et j'ai du moins ſéduit un des fils de Brutus.

A R O N S.

Quoi ! vous auriez-déja gagné Tiberinus ?
Par quels refforts fecrets , par quelle heureufe intrigue ?

M E S S A L A.

Son ambition feule a fait toute ma brigue.
Avec un œil jaloux il voit depuis longtems
De fon frère & de lui les honneurs différens.
Ces drapeaux fufpendus à ces voûtes fatales ,
Ces feſtons de lauriers , ces pompes triomphales ,
Tous les cœurs des Romains , & celui de Brutus ,
Dans ces folemnités volant devant Titus ,
Sont pour lui des affronts , qui dans fon ame aigrie
Echauffent le poifon de fa fecrette envie.
Cependant que Titus , fans haine & fans couroux ,
Trop au-deffus de lui pour en être jaloux ,
Lui tend encor la main de fon char de victoire ,
Et femble en l'embraffant l'accabler de fa gloire ;
J'ai faifi ces momens , j'ai fû peindre à fes yeux ,
Dans une cour brillante , un rang plus glorieux.
J'ai preffé , j'ai promis , au nom de Tarquin même ,
Tous les honneurs de Rome , après le rang fuprême ;
Je l'ai vû s'éblouïr , je l'ai vû s'ébranler ;
Il eſt à vous , Seigneur , & cherche à vous parler.

A R O N S.

Pourra-t-il nous livrer la porte Quirinale ?

.M e s s a l a.

Titus feul y commande., & fa vertu fatale
N'a que trop arrêté le cours de vos deftins ;
C'eft un Dieu qui préfide au falut des Romains.
Gardez de hazarder cette attaque foudaine ,
Sûre avec fon appui , fans lui trop incertaine.

A r o n s.

Mais fi du confulat il a brigué l'honneur ,
Pourrait-il dédaigner la fuprême grandeur ,
Du trône avec Tullie un affuré partage ?

M e s s a l a.

Le trône eft un affront à fa vertu fauvage.

A r o n s.

Mais il aime Tullie.

M e s s a l a.

Il l'adore , Seigneur.
Il l'aime d'autant plus qu'il combat fon ardeur.
Il brûle pour la fille en déteftant le père ;
Il craint de lui parler , il gémit de fe taire ;
Il la cherche , il la fuit , il dévore fes pleurs ;
Et de l'amour encor il n'a que les fureurs.
Dans l'agitation d'un fi cruel orage ,
Un moment quelquefois renverfe un grand courage.
Je fais quel eft Titus : ardent , impétueux ,
S'il fe rend , il ira plus loin que je ne veux.
La fière ambition qu'il renferme dans l'ame ,
Au flambeau de l'amour peut rallumer fa flâme.
Avec plaifir fans doute il verrait à fes pieds
Des Sénateurs tremblans les fronts humiliés ;
Mais je vous tromperais , fi j'ofais vous promettre ,
Qu'à cet amour fatal il veuille fe foumettre.

Je peux parler encor , & je vais aujourd'hui...

A R O N S.

Puifqu'il eft amoureux , je compte encor fur lui.
Un regard de Tullie , un feul mot de fa bouche ,
Peut plus pour amollir cette vertu farouche ,
Que les fubtils détours & tout l'art féducteur
D'un chef de conjurés ; & d'un Ambaffadeur.
N'efpérons des humains rien que par leur faibleffe.
L'ambition de l'un , de l'autre la tendreffe ,
Voilà des conjurés qui ferviront mon Roi ;
C'eft d'eux que j'attens tout ; ils font plus forts que moi.

Tullie entre. Meffala fe retire.

S C E N E I I I.

T U L L I E , A R O N S , A L G I N E.

A R O N S.

MAdame , en ce moment je reçois cette lettre ,
Qu'en vos auguftes mains mon ordre eft de remettre ,
Et que jufqu'en la mienne a fait paffer Tarquin.

T U L L I E.

Dieux ! protégez mon père , & changez fon deftin.

Elle lit.

» Le trône des Romains peut fortir de fa cendre :
» Le vainqueur de fon Roi peut en être l'appui.
» Titus eft un héros ; c'eft à lui de défendre
» Un fceptre que je veux partager avec lui.
» Vous , fongez que Tarquin vous a donné la vie ;
» Songez que mon deftin va dépendre de vous.

Ll iij

» Vous pourriez refuſer le Roi de Ligurie ;
» Si Titus vous eſt cher , il ſera votre époux.
    Ai-je bien lû ?..Titus ?...Seigneur...eſt-il poſſible ?
Tarquin dans ſes malheurs juſqu'alors inflexible ,
Pourrait?... mais d'où ſait-il?...& comment?.. Ah! Seigneur!
Ne veut-on qu'arracher les ſecrets de mon cœur ?
Epargnez les chagrins d'une triſte Princeſſe ;
Ne tendez point de piége à ma faible jeuneſſe.

              A R O N S.

Non , Madame , à Tarquin je ne fais qu'obéïr ,
Ecouter mon devoir , me taire , & vous ſervir.
Il ne m'appartient point de chercher à comprendre
Des ſecrets qu'en mon ſein vous craignez de répandre.
Je ne veux point lever un œil préſomptueux
Vers le voile ſacré que vous jettez ſur eux.
Mon devoir ſeulement m'ordonne de vous dire ,
Que le ciel veut par vous relever cet Empire ;
Que ce trône eſt un prix qu'il met à vos vertus.

              T U L L I E.

Je ſervirais mon père , & ſerais à Titus !
Seigneur , il ſe pourrait...

              A R O N S.

                  N'en doutez point , Princeſſe.
Pour le ſang de ſes Rois ce héros s'intéreſſe.
De ces républicains la triſte auſtérité ,
De ſon cœur généreux révolte la fierté ;
Les refus du Sénat ont aigri ſon courage ;
Il penche vers ſon Prince ; achevez cet ouvrage.
Je n'ai point dans ſon cœur prétendu pénétrer ;
Mais puiſqu'il vous connait , il vous doit adorer.
Quel œil , ſans s'éblouïr , peut voir un diadême ,

Préfenté par vos mains, embelli par vous-même ?
Parlez-lui feulement, vous pourrez tout fur lui.
De l'ennemi des Rois triomphez aujourd'hui.
Arrachez au Sénat, rendez à votre père,
Ce grand appui de Rome, & fon Dieu tutelaire ;
Et méritez l'honneur d'avoir entre vos mains,
Et la caufe d'un père, & le fort des Romains.

S C E N E IV.

TULLIE, ALGINE.

TULLIE.

Ciel ! que je dois d'encens à ta bonté propice !
Mes pleurs t'ont défarmé : tout change ; & ta juftice
Aux feux dont j'ai rougi rendant leur pureté,
En les récompenfant, les met en liberté.

à Algine.

Va le chercher, va, cours. Dieux ! il m'évite encore :
Faut-il qu'il foit heureux, hélas ! & qu'il l'ignore ?
Mais... n'écoutai-je point un efpoir trop flatteur ?
Titus pour le Sénat a-t-il donc tant d'horreur ?
Que dis-je ? hélas ! devrais-je au dépit qui le preffe
Ce que j'aurais voulu devoir à fa tendreffe ?

ALGINE.

Je fais que le Sénat alluma fon couroux,
Qu'il eft ambitieux, & qu'il brûle pour vous.

TULLIE.

Il fera tout pour moi ; n'en doute point, il m'aime.
Va, dis-je...

Algine fort.

Cependant ce changement extrême...
Ce billet !... De quels foins mon cœur eft combattu !
Eclatez , mon amour , ainfi que ma vertu ;
La gloire , la raifon , le devoir , tout l'ordonne.
Quoi ! mon père à mes feux va devoir fa couronne !
De Titus & de lui je ferais le lien !
Le bonheur de l'Etat va donc naître du mien !
Toi que je peux aimer , quand pourrai-je t'apprendre
Ce changement du fort où nous n'ofions prétendre ?
Quand pourrai-je , Titus , dans mes juftes tranfports,
T'entendre fans regrets , te parler fans remords ?
Tous mes maux font finis ; Rome , je te pardonne ;
Rome , tu vas fervir , fi Titus t'abandonne ;
Sénat tu vas tomber , fi Titus eft à moi ;
Ton héros m'aime ; tremble , & reconnais ton Roi.

SCENE V.

TITUS , TULLIE,

TITUS.

Madame , eft-il bien vrai ? Daignez-vous voir encore
Cet odieux Romain que votre cœur abhorre,
Si juftement haï , fi coupable envers vous ?
Cet ennemi ?

TULLIE.

Seigneur , tout eft changé pour nous.
Le deftin me permet... Titus... il faut me dire ,
Si j'avais fur votre ame un véritable empire.

TITUS.

Eh ! pouvez-vous douter de ce fatal pouvoir,

De

De mes feux , de mon crime , & de mon defefpoir ?
Vous ne l'avez que trop cet empire funefte :
L'amour vous a foumis mes jours que je détefte.
Commandez , épuifez votre jufte couroux ;
Mon fort eft en vos mains.

T U L L I E.

Le mien dépend de vous.

T I T U S.

De moi ! mon cœur tremblant ne vous en croit qu'à peine.
Moi ! je ne ferais plus l'objet de votre haine !
Ah ! Princeffe , achevez ; quel efpoir enchanteur
M'élève en un moment au faîte du bonheur ?

T U L L I E , *en donnant la lettre.*

Lifez , rendez heureux , vous , Tullie , & mon père.

Tandis qu'il lit.

Je puis donc me flatter ... mais quel regard févère !
D'où vient ce morne accueil , & ce front confterné ?
Dieux ...

T I T U S.

Je fuis des mortels le plus infortuné.
Le fort , dont la rigueur à m'accabler s'attache ,
M'a montré mon bonheur , & foudain me l'arrache ;
Et pour combler les maux que mon cœur a foufferts ,
Je puis vous poffeder , je vous aime , & vous perds.

T U L L I E.

Vous , Titus ?

T I T U S.

Ce moment a condamné ma vie
Au comble des horreurs ou de l'ignominie ,
A trahir Rome , ou vous ; & je n'ai déformais
Que le choix des malheurs , ou celui des forfaits.

Tom. III. & du Théâtre le premier.   M m

T U L L I E.

Que dis-tu ? quand ma main te donne un diadême,
Quand tu peux m'obtenir, quand tu vois que je t'aime ;
Je ne m'en cache plus : un trop jufte pouvoir,
Autorifant mes vœux, m'en a fait un devoir.
Hélas ! j'ai crû ce jour le plus beau de ma vie ;
Et le premier moment où mon ame ravie
Peut de fes fentimens s'expliquer fans rougir,
Ingrat, eft le moment qu'il m'en faut repentir.
Que m'ofes-tu parler de malheur & de crime ?
Ah ! fervir des ingrats contre un Roi légitime,
M'opprimer, me chérir, détefter mes bienfaits ;
Ce font-là mes malheurs, & voilà tes forfaits.
Ouvre les yeux, Titus, & mets dans la balance
Les refus du Sénat, & la toute-puiffance.
Choifi de recevoir, ou de donner la loi,
D'un vil peuple ou d'un trône, & de Rome ou de moi.
Infpirez-lui, grands Dieux ! le parti qu'il doit prendre.

T I T U S , *en lui rendant la lettre.*

Mon choix eft fait.

T U L L I E.

Eh bien ? crains-tu de me l'apprendre ?
Parle, ofe mériter ta grace ou mon couroux.
Quel fera ton deftin ?...

T I T U S.

D'être digne de vous,
Digne encor de moi-même, à Rome encor fidelle,
Brûlant d'amour pour vous, de combattre pour elle ;
D'adorer vos vertus, mais de les imiter ;
De vous perdre, Madame, & de vous mériter.

T U L L I E.

Ainfi donc pour jamais . . . . .

T I T U S.

Ah ! pardonnez , Princeffe :
Oubliez ma fureur , épargnez ma faibleffe ;
Ayez pitié d'un cœur de foi - même ennemi ,
Moins malheureux cent fois quand vous l'avez haï.
Pardonnez , je ne puis vous quitter , ni vous fuivre.
Ni pour vous , ni fans vous , Titus ne faurait vivre ;
Et je mourrai plutôt qu'un autre ait votre foi.

T U L L I E.

Je te pardonne tout , elle eft encor à toi.

T I T U S.

Eh bien ! fi vous m'aimez , ayez l'ame Romaine ,
Aimez ma République , & foyez plus que Reine ;
Apportez - moi pour dot , au lieu du rang des Rois ,
L'amour de mon pays , & l'amour de mes loix.
Acceptez aujourd'hui Rome pour votre mère ,
Son vengeur pour époux , Brutus pour votre père :
Que les Romains vaincus en générofité ,
A la fille des Rois doivent leur liberté.

T U L L I E.

Qui ? moi j'irais trahir ? . . .

T I T U S.

Mon defefpoir m'égare ;
Non , toute trahifon eft indigne & barbare.
Je fais ce qu'eft un père & fes droits abfolus.
Je fais . . . que je vous aime . . . & ne me connais plus.

T U L L I E.

Ecoute au moins ce fang qui m'a donné la vie.

TITUS.

Eh ! dois-je écouter moins mon fang & ma patrie ?

TULLIE.

Ta patrie ! ah barbare ! en eft-il donc fans moi ?

TITUS.

Nous fommes ennemis . . . la nature, la loi,
Nous impofe à tous deux un devoir fi farouche.

TULLIE.

Nous ennemis ! ce nom peut fortir de ta bouche !

TITUS.

Tout mon cœur la dément.

TULLIE.

Ofe donc me fervir ;
Tu m'aimes, venge-moi.

SCENE VI.

BRUTUS, ARONS, TITUS, TULLIE, MESSALA,
ALBIN, PROCULUS, Licteurs.

BRUTUS à *Tullie.*

Madame, il faut partir.
Dans les premiers éclats des tempêtes publiques,
Rome n'a pû vous rendre à vos Dieux domeftiques ;
Tarquin même en ce tems, prompt à vous oublier,
Et du foin de nous perdre occupé tout entier,
Dans nos calamités confondant fa famille,
N'a pas même aux Romains redemandé fa fille.
Souffrez que je rappelle un trifte fouvenir :
Je vous privai d'un père, & dus vous en fervir.

Allez, & que du trône où le ciel vous appelle,
L'inflexible équité foit la garde éternelle.
Pour qu'on vous obéïffe, obéïffez aux loix ;
Tremblez en contemplant tout le devoir des Rois ;
Et fi de vos flatteurs la funefte malice
Jamais dans votre cœur ébranlait la juftice,
Prête alors d'abufer du pouvoir fouverain,
Souvenez-vous de Rome, & fongez à Tarquin ;
Et que ce grand exemple, où mon efpoir fe fonde,
Soit la leçon des Rois, & le bonheur du monde.

    A Arons.

Le Sénat vous la rend, Seigneur, & c'eft à vous
De la remettre aux mains d'un père & d'un époux.
Proculus va vous fuivre à la porte facrée.

        T I T U S *éloigné.*

O de ma paffion fureur defefpérée !

      Il va vers Arons.

Je ne fouffrirai point, non... permettez, Seigneur...

    Brutus & Tullie fortent avec leur fuite.
    Arons & Meffala reftent.

Dieux ! ne mourrai-je point de honte & de douleur ?

    A Arons.

.... Pourrai-je vous parler ?

        A R O N S.

            Seigneur, le tems me preffe ;
Il me faut fuivre ici Brutus & la Princeffe ;
Je puis d'une heure encor retarder fon départ ;
Craignez, Seigneur, craignez de me parler trop tard.
Dans fon appartement nous pouvons l'un & l'autre
Parler de fes deftins, & peut-être du vôtre.

        Il fort.

        Mm iij

SCENE VII.

TITUS, MESSALA.

TITUS.

SOrt, qui nous as rejoints, & qui nous defunis !
Sort, ne nous as-tu faits que pour être ennemis ?
Ah ! cache, fi tu peux, ta fureur & tes larmes.

MESSALA.

Je plains tant de vertus, tant d'amour & de charmes ;
Un cœur tel que le fien méritait d'être à vous.

TITUS.

Non, c'en eft fait, Titus n'en fera point l'époux.

MESSALA.

Pourquoi ? Quel vain fcrupule à vos defirs s'oppofe ?

TITUS.

Abominables loix, que la cruelle impofe !
Tyrans, que j'ai vaincus, je pourrais vous fervir !
Peuples, que j'ai fauvés, je pourrais vous trahir !
L'amour, dont j'ai fix mois vaincu la violence,
L'amour aurait fur moi cette affreufe puiffance !
J'expoferai mon père à fes tyrans cruels !
Et quel père ? Un héros, l'exemple des mortels,
L'appui de fon pays, qui m'inftruifit à l'être,
Que j'imitai, qu'un jour j'euffe égalé peut-être.
Après tant de vertus, quel horrible deftin !

MESSALA.

Vous eutes les vertus d'un citoyen Romain :
Il ne tiendra qu'à vous d'avoir celles d'un maître.
Seigneur, vous ferez Roi dès que vous voudrez l'être.

Le ciel met dans vos mains, en ce moment heureux,
La vengeance, l'empire, & l'objet de vos feux.
Que dis-je? ce conful, ce héros, que l'on nomme
Le père, le foutien, le fondateur de Rome,
Qui s'enyvre à vos yeux de l'encens des humains,
Sur les débris d'un trône écrafé par vos mains,
S'il eût mal foutenu cette grande querelle,
S'il n'eût vaincu par vous, il n'était qu'un rebelle.

Seigneur, embelliffez ce grand nom de vainqueur,
Du nom plus glorieux de pacificateur;
Daignez nous ramener ces jours, où nos ancêtres,
Heureux, mais gouvernés, libres, mais fous des maîtres
Pefaient dans la balance, avec un même poids,
Les intérêts du peuple & la grandeur des Rois.
Rome n'a point pour eux une haine immortelle;
Rome va les aimer, fi vous régnez fur elle.
Ce pouvoir fouverain, que j'ai vû tour à tour
Attirer de ce peuple & la haine & l'amour,
Qu'on craint en des Etats, & qu'ailleurs on defire,
Eft des gouvernemens le meilleur ou le pire,
Affreux fous un tyran, divin fous un bon Roi.

T I T U S.

Meffala, fongez-vous que vous parlez à moi?
Que déformais en vous je ne vois plus qu'un traître
Et qu'en vous épargnant je commence de l'être?

M E S S A L A.

Eh bien, apprenez donc, que l'on vous va ravir
L'ineftimable honneur dont vous n'ofez jouïr,
Qu'un autre accomplira ce que vous pouviez faire.

T I T U S.

Un autre! arrête; Dieux! parle.... qui?

MESSALA.

Votre frère.

TITUS.

Mon frère ?

MESSALA.

A Tarquin même il a donné sa foi.

TITUS.

Mon frère trahit Rome ?

MESSALA.

Il sert Rome & son Roi.
Et Tarquin, malgré vous, n'acceptera pour gendre
Que celui des Romains qui l'aura pû défendre.

TITUS.

Ciel ! perfide ! . . . écoutez : mon cœur longtems séduit
A méconnu l'abîme où vous m'avez conduit.
Vous pensez me réduire au malheur nécessaire
D'être ou le délateur, ou complice d'un frère :
Mais plutôt votre sang . . .

MESSALA.

Vous pouvez m'en punir ;
Frapez, je le mérite en voulant vous servir.
Du sang de votre ami que cette main fumante
Y joigne encor le sang d'un frère & d'une amante ;
Et leur tête à la main, demandez au Sénat
Pour prix de vos vertus l'honneur du consulat ;
Ou moi-même à l'instant déclarant les complices,
Je m'en vai commencer ces affreux sacrifices.

TITUS.

Demeure, malheureux, ou crain mon desespoir.

SCENE

S C E N E   V I I I.

T I T U S , M E S S A L A , A L B I N.

A L B I N.

L'Ambaſſadeur Toſcan peut maintenant vous voir,
Il eſt chez la Princeſſe.

T I T U S.

. . . Oui, je vai chez Tullie . . .
J'y cours. O Dieux de Rome ! O Dieux de ma patrie !
Frapez, percez ce cœur de ſa honte allarmé,
Qui ſerait vertueux, s'il n'avait point aimé.
C'eſt donc à vous, Sénat, que tant d'amour s'immole ?
A vous, ingrats ! . . . allons . . .

A Meſſala.

Tu vois ce Capitole
Tout plein des monumens de ma fidélité.

M E S S A L A.

Songez qu'il eſt rempli d'un Sénat déteſté.

T I T U S.

Je le fais. Mais . . . du ciel qui tonne ſur ma tête
J'entens la voix qui crie : Arrête, ingrat, arrête,
Tu trahis ton pays . . . Non, Rome ! non, Brutus !
Dieux qui me ſecourez, je ſuis encor Titus.
La gloire a de mes jours accompagné la courſe ;
Je n'ai point de mon ſang deshonoré la ſource ;
Votre victime eſt pure, & s'il faut qu'aujourd'hui
Titus ſoit aux forfaits entrainé malgré lui,
S'il faut que je ſuccombe au deſtin qui m'opprime,
Dieux ! ſauvez les Romains, frapez avant le crime.

Fin du troiſiéme acte.

A C T E   IV.

S C E N E   P R E M I E R E.

TITUS, ARONS, MESSALA.

T I T U S.

Oui, j'y suis réfolu, partez, c'est trop attendre ;
Honteux, defefpéré, je ne veux rien entendre ;
Laiffez-moi ma vertu, laiffez-moi mes malheurs.
Fort contre vos raifons, faible contre fes pleurs,
Je ne la verrai plus. Ma fermeté trahie
Craint moins tous vos tyrans, qu'un regard de Tullie.
Je ne la verrai plus ! oui, qu'elle parte... Ah Dieux !

A R O N S.

Pour vos intérêts feuls arrêté dans ces lieux,
J'ai bientôt paffé l'heure avec peine accordée,
Que vous-même, Seigneur, vous m'aviez demandée.

T I T U S.

Moi, que j'ai demandée ?

A R O N S.

Hélas ! que pour vous deux
J'attendais en fecret un deftin plus heureux !
J'efpérais couronner des ardeurs fi parfaites ;
Il n'y faut plus penfer.

T I T U S.

Ah ! cruel que vous êtes !
Vous avez vû ma honte, & mon abaiffement,

Vous avez vû Titus balancer un moment.
Allez , adroit témoin de mes lâches tendreffes ,
Allez à vos deux Rois annoncer mes faibleffes.
Contez à ces tyrans terraffés par mes coups ,
Que le fils de Brutus a pleuré devant vous.
Mais ajoutez au moins , que parmi tant de larmes ,
Malgré vous & Tullie , & fes pleurs & fes charmes ,
Vainqueur encor de moi , libre , & toûjours Romain ,
Je ne fuis point foumis par le fang de Tarquin ;
Que rien ne me furmonte , & que je jure encore
Une guerre éternelle à ce fang que j'adore.

ARONS.

J'excufe la douleur où vos fens font plongés ;
Je refpecte en partant vos triftes préjugés.
Loin de vous accabler , avec vous je foupire.
Elle en mourra , c'eft tout ce que je peux vous dire.
Adieu , Seigneur.

MESSALA.

O ciel !

SCENE II.

TITUS, MESSALA.

TITUS.

NOn , je ne puis fouffrir
Que des remparts de Rome on la laiffe fortir.
Je veux la retenir au péril de ma vie.

MESSALA.

Vous voulez...

T I T U S.

Je fuis loin de trahir ma patrie.
Rome l'emportera , je le fais ; mais enfin
Je ne puis féparer Tullie & mon deftin.
Je refpire , je vis , je périrai pour elle.
Pren pitié de mes maux , courons , & que ton zèle
Soulève nos amis , raffemble nos foldats.
En dépit du Sénat je retiendrai fes pas.
Je prétens que dans Rome elle refte en ôtage.
Je le veux.

M E S S A L A.

Dans quels foins votre amour vous engage !
Et que prétendez-vous , par ce coup dangereux ,
Que d'avouer fans fruit un amour malheureux ?

T I T U S.

Eh bien , c'eft au Sénat qu'il faut que je m'adreffe.
Va de ces Rois de Rome adoucir la rudeffe ;
Di-leur que l'intérêt de l'Etat , de Brutus...
Hélas , que je m'emporte en deffeins fuperflus !

M E S S A L A.

Dans la jufte douleur où votre ame eft en proye ,
Il faut pour vous fervir...

T I T U S.

Il faut que je la voye ;
Il faut que je lui parle. Elle paffe en ces lieux ;
Elle entendra du moins mes éternels adieux.

M E S S A L A.

Parlez-lui , croyez-moi.

T I T U S.

Je fuis perdu , c'eft elle.

S C E N E   III.

TITUS, MESSALA, TULLIE, ALGINE.

ALGINE.

ON vous attend, Madame.

TULLIE.

Ah fentence cruelle !
L'ingrat me touche encor, & Brutus à mes yeux
Paraît un Dieu terrible armé contre nous deux.
J'aime, je crains, je pleure, & tout mon cœur s'égare.
Allons.

TITUS.

Non, demeurez.

TULLIE.

Que me veux-tu, barbare ?
Me tromper, me braver ?

TITUS.

Ah dans ce jour affreux,
Je fais ce que je dois, & non ce que je veux ;
Je n'ai plus de raifon, vous me l'avez ravie.
Eh bien, guidez mes pas, gouvernez ma furie ;
Régnez donc en tyran fur mes fens éperdus ;
Dictez, fi vous l'ofez, les crimes de Titus.
Non, plutôt que je livre aux flammes, au carnage,
Ces murs, ces citoyens, qu'a fauvés mon courage ;
Qu'un père, abandonné par un fils furieux,
Sous le fer de Tarquin...

TULLIE.

M'en préfervent les Dieux !

N n iij

La nature te parle , & fa voix m'eſt trop chère ;
Tu m'as trop bien appris à trembler pour un père ;
Raſſure - toi ; Brutus eſt déſormais le mien ;
Tout mon ſang eſt à toi, qui te répond du ſien :
Notre amour, mon hymen, mes jours en ſont le gage ;
Je ſerai dans tes mains , ſa fille , ſon ôtage.
Peux - tu délibérer ? Penſes - tu qu'en ſecret
Brutus te vit au trône avec tant de regret ?
Il n'a point ſur ſon front placé le diadême ;
Mais ſous un autre nom n'eſt - il pas Roi lui - même ?
Son règne eſt d'une année , & bientôt... mais hélas !
Que de faibles raiſons , ſi tu ne m'aimes pas !
Je ne dis plus qu'un mot. Je pars... & je t'adore.
Tu pleures , tu frémis , il en eſt tems encore ;
Achéve , parle , ingrat , que te faut - il de plus ?

T I T U S.

Votre haine : elle manque au malheur de Titus.

T U L L I E.

Ah ! c'eſt trop eſſuyer tes indignes murmures ,
Tes vains engagemens , tes plaintes , tes injures ;
Je te rens ton amour, dont le mien eſt confus ,
Et tes trompeurs ſermens , pires que tes refus.
Je n'irai point chercher au fond de l'Italie
Ces fatales grandeurs que je te ſacrifie ,
Et pleurer loin de Rome entre les bras d'un Roi,
Cet amour malheureux que j'ai ſenti pour toi.
J'ai réglé mon deſtin ; Romain, dont la rudeſſe
N'affecte de vertu que contre ta maîtreſſe ,
Héros pour m'accabler , timide à me ſervir,
Incertain dans tes vœux , apprends à les remplir.
Tu verras qu'une femme , à tes yeux mépriſable ,

Dans ſes projets au moins était inébranlable ;
Et par la fermeté dont ce cœur eſt armé ,
Titus , tu connaîtras comme il t'aurait aimé.
Au pied de ces murs même où régnaient mes ancêtres ,
De ces murs que ta main défend contre leurs maîtres ,
Où tu m'oſes trahir , & m'outrager comme eux ,
Où ma foi fut féduite , où tu trompas mes feux ;
Je jure à tous les dieux , qui vengent les parjures ,
Que mon bras dans mon ſang effaçant mes injures ,
Plus juſte que le tien , mais moins irréſolu ,
Ingrat , va me punir de t'avoir mal connu ;
Et je vais....

T I T U S l'arrêtant.

Non , Madame ; il faut vous ſatisfaire.
Je le veux , j'en frémis , & j'y cours pour vous plaire.
D'autant plus malheureux , que dans ma paſſion
Mon cœur n'a pour excuſe aucune illuſion ;
Que je ne goûte point dans mon déſordre extrême ,
Le triſte & vain plaiſir de me tromper moi - même ;
Que l'amour aux forfaits me force de voler ;
Que vous m'avez vaincu ſans pouvoir m'aveugler ;
Et qu'encor indigné de l'ardeur qui m'anime ,
Je chéris la vertu , mais j'embraſſe le crime.
Haïſſez - moi , fuyez , quittez un malheureux ,
Qui meurt d'amour pour vous , & déteſte ſes feux ,
Qui va s'unir à vous ſous ces affreux augures ,
Parmi les attentats , le meurtre & les parjures.

T U L L I E.

Vous inſultez , Titus , à ma funeſte ardeur ;
Vous ſentez à quel point vous régnez dans mon cœur.
Oui , je vis pour toi ſeul , oui , je te le confeſſe ;

Mais malgré ton amour , mais malgré ma faibleſſe ,
Sois ſûr que le trépas m'inſpire moins d'effroi ,
Que la main d'un époux qui craindrait d'être à moi ,
Qui ſe repentirait d'avoir ſervi ſon maître ,
Que je fais Souverain , & qui rougit de l'être.
 Voici l'inſtant affreux qui va nous éloigner.
Souvien - toi que je t'aime , & que tu peux régner.
L'Ambaſſadeur m'attend ; conſulte , délibère ;
Dans une heure avec moi tu reverras mon père.
Je pars , & je reviens ſous ces murs odieux ,
Pour y rentrer en Reine , ou périr à tes yeux.

T I T U S.

Vous ne périrez point. Je vais.

T U L L I E.

   Titus , arrête ;
En me ſuivant plus loin , tu hazardes ta tête ;
On peut te ſoupçonner : demeure , adieu , réſous
D'être mon meurtrier , ou d'être mon époux.

S C E N E   I V.

T I T U S *ſeul.*

T U l'emportes , cruelle , & Rome eſt aſſervie.
Revien régner ſur elle , ainſi que ſur ma vie ;
Revien , je vais me perdre , ou vais te couronner ;
Le plus grand des forfaits eſt de t'abandonner.
Qu'on cherche Meſſala. Ma fougueuſe imprudence
A de ſon amitié laſſé la patience.
Maîtreſſe , amis , Romains , je pers tout en un jour.

SCENE

S C E N E   V.

TITUS, MESSALA.

TITUS.

SErs ma fureur enfin ; fers mon fatal amour ;
Vien , fui - moi.

MESSALA.

Commandez , tout eſt prêt ; mes cohortes
Sont au mont Quirinal , & livreront les portes.
Tous nos braves amis vont jurer avec moi ,
De reconnaître en vous l'héritier de leur Roi.
Ne perdez point de tems , déja la nuit plus ſombre
Voile nos grands deſſeins du ſecret de ſon ombre.

TITUS.

L'heure approche ; Tullie en compte les momens . . .
Et Tarquin après tout eut mes premiers ſermens.
Le ſort en eſt jetté.

Le fond du théâtre s'ouvre.

Que vois - je ? c'eſt mon père.

S C E N E   V I.

BRUTUS, TITUS, MESSALA, Licteurs.

BRUTUS.

VIen , Rome eſt en danger ; c'eſt en toi que j'eſpère.
Par un avis ſecret le Sénat eſt inſtruit ,
Qu'on doit attaquer Rome au milieu de la nuit.

J'ai brigué pour mon fang, pour le héros que j'aime,
L'honneur de commander dans ce péril extrême ;
Le Sénat te l'accorde ; arme-toi, mon cher fils ;
Une feconde fois va fauver ton pays ;
Pour notre liberté va prodiguer ta vie ;
Va, mort ou triomphant, tu feras mon envie.

T I T U S.

Ciel !..

B R U T U S.

Mon fils !...

T I T U S.

Remettez, Seigneur, en d'autres mains
Les faveurs du Sénat, & le fort des Romains.

M E S S A L A.

Ah ! quel défordre affreux de fon ame s'empare !

B R U T U S.

Vous pourriez refufer l'honneur qu'on vous prépare !

T I T U S.

Qui ? moi, Seigneur ?

B R U T U S.

Eh quoi ! votre cœur égaré
Des refus du Sénat eft encor ulcéré ?
De vos prétentions je vois les injuftices.
Ah ! mon fils, eft-il tems d'écouter vos caprices ?
Vous avez fauvé Rome, & n'êtes pas heureux ?
Cet immortel honneur n'a pas comblé vos vœux ?
Mon fils au confulat a-t-il ofé prétendre,
Avant l'âge où les loix permettent de l'attendre ?
Va, ceffe de briguer une injufte faveur ;
La place où je t'envoye eft ton pofte d'honneur.
Va, ce n'eft qu'aux tyrans que tu dois ta colère :
De l'Etat & de toi je fens que je fuis père.

Donne ton fang à Rome , & n'en exige rien ;
Sois toûjours un héros , fois plus , fois citoyen.
Je touche , mon cher fils , au bout de ma carrière ;
Tes triomphantes mains vont fermer ma paupière ;
Mais foutenu du tien , mon nom ne mourra plus ;
Je renaîtrai pour Rome , & vivrai dans Titus.
Que dis - je ? je te fuis. Dans mon âge débile ,
Les Dieux ne m'ont donné qu'un courage inutile ;
Mais je te verrai vaincre , ou mourrai comme toi,
Vengeur du nom Romain , libre encor , & fans Roi.

T I T U S.

Ah ! Meffala !

S C E N E   V I I.

BRUTUS , VALERIUS , TITUS , MESSALA.

V A L E R I U S.

Seigneur , faites qu'on fe retire.

B R U T U S *à fon fils.*

Cours , vole . . .

(*Titus & Meffala fortent.*)

V A L E R I U S.

On trahit Rome.

B R U T U S.

Ah qu'entens - je ?

V A L E R I U S.

On confpire.

Je n'en faurais douter ; on nous trahit , Seigneur.
De cet affreux complot j'ignore encor l'auteur ;

Mais le nom de Tarquin vient de fe faire entendre,
Et d'indignes Romains ont parlé de fe rendre.

B R U T U S.

Des citoyens Romains ont demandé des fers !

V A L E R I U S.

Les perfides m'ont fui par des chemins divers ;
On les fuit. Je foupçonne & Ménas, & Lélie,
Ces partifans des Rois & de la tyrannie,
Ces fecrets ennemis du bonheur de l'Etat,
Ardens à défunir le peuple & le Sénat.
Meffala les protège ; & dans ce trouble extrême,
J'oferais foupçonner jufqu'à Meffala même,
Sans l'étroite amitié dont l'honore Titus.

B R U T U S.

Obfervons tous leurs pas, je ne puis rien de plus ;
La liberté, la loi, dont nous fommes les pères,
Nous défend des rigueurs peut-être néceffaires.
Arrêter un Romain fur de fimples foupçons,
C'eft agir en tyrans, nous qui les puniffons.
Allons parler au peuple, enhardir les timides,
Encourager les bons, étonner les perfides.
Que les pères de Rome, & de la liberté,
Viennent rendre aux Romains leur intrépidité ;
Quels cœurs en nous voyant ne reprendront courage ?
Dieux ! donnez-nous la mort plutôt que l'efclavage.
Que le Sénat nous fuive.

S C E N E   V I I I.

BRUTUS, VALERIUS, PROCULUS.

P R O C U L U S.

Un esclave, Seigneur,
D'un entretien secret implore la faveur.

B R U T U S.

Dans la nuit ? à cette heure ?

P R O C U L U S.

Oui, d'un avis fidelle
Il apporte, dit-il, la pressante nouvelle.

B R U T U S.

Peut-être des Romains le salut en dépend :
Allons, c'est les trahir que tarder un moment.

A Proculus.

Vous, allez vers mon fils ; qu'à cette heure fatale
Il défende surtout la porte Quirinale ;
Et que la terre avouë, au bruit de ses exploits,
Que le fort de mon sang est de vaincre les Rois.

Fin du quatriéme acte.

A C T E V.

S C E N E P R E M I E R E.

BRUTUS, les SENATEURS, PROCULUS, Licteurs,
l'Esclave VINDEX.

B r u t u s.

Oui, Rome n'était plus ; oui, sous la tyrannie
L'augufte liberté tombait anéantie.
Vos tombeaux fe rouvraient ; c'en était fait ; Tarquin
Rentrait dès cette nuit la vengeance à la main.
C'eft cet Ambaffadeur, c'eft lui dont l'artifice
Sous les pas des Romains creufait ce précipice.
Enfin, le croirez - vous ? Rome avait des enfans,
Qui confpiraient contr'elle, & fervaient les tyrans ;
Meffala conduifait leur aveugle furie ;
A ce perfide Arons il vendait fa patrie.
Mais le ciel a veillé fur Rome & fur vos jours.
Cet efclave a d'Arons écouté les difcours.

(*En montrant l'efclave.*)

Il a prévû le crime, & fon avis fidelle
A réveillé ma crainte, a ranimé mon zèle.
Meffala, par mon ordre arrêté cette nuit,
Devant vous à l'inftant allait être conduit.
J'attendais que du moins l'appareil des fupplices
De fa bouche infidelle arrachât fes complices.
Mes licteurs l'entouraient, quand Meffala foudain,

Saififfant un poignard, qu'il cachait dans fon fein,
Et qu'à vous, Sénateurs, il deftinait peut-être :
Mes fecrets, a-t-il dit, que l'on cherche à connaître,
C'eft dans ce cœur fanglant qu'il faut les découvrir,
Et qui fait confpirer, fait fe taire, & mourir.
On s'écrie, on s'avance, il fe frappe, & le traître
Meurt encor en Romain, quoiqu'indigne de l'être.
Déja des murs de Rome Arons était parti,
Affez loin vers le camp nos gardes l'ont fuivi ;
On arrête à l'inftant Arons avec Tullie.
Bientôt, n'en doutez point, de ce complot impie
Le ciel va découvrir toutes les profondeurs ;
Publicola partout en cherche les auteurs.
Mais quand nous connaîtrons le nom des parricides,
Prenez garde, Romains, point de grace aux perfides :
Fuffent-ils nos amis, nos frères, nos enfans,
Ne voyez que leur crime, & gardez vos fermens.
Rome, la liberté, demandent leur fupplice ;
Et qui pardonne au crime en devient le complice.

    A l'efclave.

Et toi dont la naiffance & l'aveugle deftin
N'avait fait qu'un efclave, & dut faire un Romain,
Par qui le Sénat vit, par qui Rome eft fauvée,
Reçoi la liberté que tu m'as confervée ;
Et prenant déformais des fentimens plus grands,
Sois l'égal de mes fils, & l'effroi des tyrans.
Mais qu'eft-ce que j'entens ? quelle rumeur foudaine ?

        P R O C U L U S.

Arons eft arrêté, Seigneur, & je l'amène.

        B R U T U S.

De quel front pourra-t-il ?...

S C E N E   II.

BRUTUS , les SÉNATEURS , ARONS , Licteurs.

A R O N S.

Jusques à quand , Romains ,
Voulez-vous profaner tous les droits des humains ?
D'un peuple revolté conseils vraiment siniftres ,
Penfez-vous abaiffer les Rois dans leurs miniftres ?
Vos licteurs infolens viennent de m'arrêter ;
Eft-ce mon maître ou moi que l'on veut infulter ?
Et chez les nations ce rang inviolable . . .

B R U T U S.

Plus ton rang eft facré , plus il te rend coupable ;
Ceffe ici d'attefter des titres fuperflus.

A R O N S.

L'Ambaffadeur d'un Roi ! . . .

B R U T U S.

Traître , tu ne l'es plus :
Tu n'es qu'un conjuré , paré d'un nom fublime ,
Que l'impunité feule enhardiffait au crime.
Les vrais Ambaffadeurs , interprètes des loix ,
Sans les deshonorer favent fervir leurs Rois ;
De la foi des humains difcrets dépofitaires ,
La paix feule eft le fruit de leurs faints miniftères ;
Des Souverains du monde ils font les nœuds facrés ,
Et partout bienfaifans , font partout révérés.
A ces traits , fi tu peux , ofe te reconnaître ;
Mais fi tu veux au moins rendre compte à ton maître

Des

Des refforts , des vertus , des loix de cet Etat ,
Compren l'efprit de Rome , & connai le Sénat.
Ce peuple augufte & faint fait refpecter encore
Les loix des nations que ta main deshonore ;
Plus tu les méconnais , plus nous les protégeons ;
Et le feul châtiment qu'ici nous t'impofons ,
C'eft de voir expirer les citoyens perfides ,
Qui liaient avec toi leurs complots parricides.
Tout couvert de leur fang répandu devant toi ,
Va d'un crime inutile entretenir ton Roi ;
Et montre en ta perfonne aux peuples d'Italie
La fainteté de Rome , & ton ignominie.
Qu'on l'emmène , licteurs.

S C E N E III.

Les SENATEURS , BRUTUS , VALERIUS , PROCULUS.

B R U T U S.

EH bien , Valerius ,
Ils font faifis fans doute , ils font au moins connus ?
Quel fombre & noir chagrin couvrant votre vifage ,
De maux encor plus grands femble être le préfage ?
Vous frémiffez.
V A L E R I U S.
Songez , que vous êtes Brutus.
B R U T U S.
Expliquez - vous ...
V A L E R I U S.
Je tremble à vous en dire plus.

Tom. III. *& du Théâtre le premier.* P p

(*Il lui donne des tablettes.*)

Voyez , Seigneur , lifez ; connaiffez les coupables.

BRUTUS *prenant les tablettes.*

Me trompez-vous , mes yeux ? O jours abominables !
O père infortuné ! Tibérinus ? mon fils !
Sénateurs , pardonnez... le perfide eft-il pris ?

VALERIUS.

Avec deux conjurés il s'eft ofé défendre ;
Ils ont choifi la mort plutôt que de fe rendre ;
Percé de coups , Seigneur , il eft tombé près d'eux ;
Mais il refte à vous dire un malheur plus affreux ,
Pour vous , pour Rome entière , & pour moi plus fenfible.

BRUTUS.

Qu'entens-je ?

VALERIUS.

Reprenez cette lifte terrible ,
Que chez Meffala même a faifi Proculus.

BRUTUS.

Lifons donc... je frémis , je tremble , ciel ! Titus !

(*Il fe laiffe tomber entre les bras de Proculus.*)

VALERIUS.

Affez près de ces lieux je l'ai trouvé fans armes ,
Errant , defefpéré , plein d'horreur & d'allarmes :
Peut-être il déteftait cet horrible attentat.

BRUTUS.

Allez , pères confcrits , retournez au Sénat ;
Il ne m'appartient plus d'ofer y prendre place ;
Allez , exterminez ma criminelle race.
Puniffez-en le père , & jufques dans mon flanc
Recherchez fans pitié la fource de leur fang.

Je ne vous fuivrai point, de peur que ma préfence
Ne fufpendît de Rome, ou fléchît la vengeance.

S C E N E I V.

B R U T U S *feul.*

GRands Dieux, à vos décrets tous mes vœux font foumis.
Dieux vengeurs de nos loix, vengeurs de mon pays,
C'eft vous qui par mes mains fondiez fur la juftice,
De notre liberté l'éternel édifice :
Voulez-vous renverfer fes facrés fondemens ?
Et contre votre ouvrage armez-vous mes enfans ?
Ah ! que Tibérinus en fa lâche furie
Ait fervi nos tyrans, ait trahi fa patrie ;
Le coup en eft affreux ; le traître était mon fils.
Mais, Titus ! un héros, l'amour de fon pays,
Qui dans ce même jour, heureux & plein de gloire,
A vû par un triomphe honorer fa victoire !
Titus, qu'au Capitole ont couronné mes mains !
L'efpoir de ma vieilleffe, & celui des Romains !
Titus ! Dieux !

S C E N E V.

B R U T U S, V A L E R I U S, Suite, Licteurs.

V A L E R I U S.

DU Sénat la volonté fuprême
Eft, que fur votre fils vous prononciez vous-même.

B R U T U S.

Moi ?

V A L E R I U S.

Vous feul.

B R U T U S.

Et du refte en a - t - il ordonné ?

V A L E R I U S.

Des conjurés , Seigneur , le refte eft condamné ;
Au moment où je parle ils ont vécu peut-être.

B R U T U S.

Et du fort de mon fils le Sénat me rend maître ?

V A L E R I U S.

Il croit à vos vertus devoir ce rare honneur.

B R U T U S.

O patrie !

V A L E R I U S.

Au Sénat que dirai-je , Seigneur ?

B R U T U S.

Que Brutus voit le prix de cette grace infigne ,
Qu'il ne la cherchait pas . . . mais qu'il s'en rendra digne . . .
Mais mon fils s'eft rendu fans daigner réfifter ;
Il pourrait . . . pardonnez fi je cherche à douter ;
C'était l'appui de Rome , & je fens que je l'aime.

V A L E R I U S.

Seigneur , Tullie . . .

B R U T U S.

Eh bien . . .

V A L E R I U S.

Tullie au moment même
N'a que trop confirmé ces foupçons odieux.

B R U T U S.

Comment , Seigneur ?

V A L E R I U S.

A peine elle a revû ces lieux,
A peine elle aperçoit l'appareil des supplices,
Que sa main consommant ces tristes sacrifices,
Elle tombe, elle expire, elle immole à nos loix
Ce reste infortuné de nos indignes Rois.
Si l'on nous trahissait, Seigneur, c'était pour elle.
Je respecte en Brutus la douleur paternelle ;
Mais tournant vers ces lieux ses yeux appesantis,
Tullie en expirant a nommé votre fils.

B R U T U S.

Justes Dieux !

V A L E R I U S.

C'est à vous à juger de son crime ;
Condamnez, épargnez, ou frappez la victime.
Rome doit approuver ce qu'aura fait Brutus.

B R U T U S.

Licteurs, que devant moi l'on amène Titus.

V A L E R I U S.

Plein de votre vertu, Seigneur, je me retire :
Mon esprit étonné vous plaint, & vous admire ;
Et je vais au Sénat apprendre avec terreur
La grandeur de votre ame & de votre douleur.

S C E N E   V I.

B R U T U S , P R O C U L U S.

B R U T U S.

Non, plus j'y pense encor, & moins je m'imagine,
Que mon fils des Romains ait tramé la ruïne.

Pour fon père & pour Rome il avait trop d'amour ;
On ne peut à ce point s'oublier en un jour.
Je ne le puis penfer, mon fils n'eft point coupable.

P R O C U L U S.

Meffala, qui forma ce complot déteftable,
Sous ce grand nom peut-être a voulu fe couvrir ;
Peut-être on hait fa gloire, on cherche à la flétrir.

B R U T U S.

Plût au ciel !

P R O C U L U S.

　　　De vos fils c'eft le feul qui vous refte ;
Qu'il foit coupable, ou non, de ce complot funefte,
Le Sénat indulgent vous remet fes deftins ;
Ses jours font affurés, puifqu'ils font dans vos mains.
Vous faurez à l'Etat conferver ce grand homme ;
Vous êtes père enfin.

B R U T U S.

Je fuis Conful de Rome.

———————————————————

S C E N E   V I I.

BRUTUS, PROCULUS, TITUS *dans le fond du théâtre, avec des Licteurs.*

P R O C U L U S.

LE voici.

T I T U S.

　　　C'eft Brutus ! ô douloureux momens !
O terre, entr'ouvre-toi fous mes pas chancelans !
Seigneur, fouffrez qu'un fils . . .

B R U T U S.

Arrête , téméraire.
De deux fils que j'aimai les dieux m'avaient fait père ;
J'ai perdu l'un. Que dis-je ? ah ! malheureux Titus ,
Parle : ai-je encor un fils ?

T I T U S.

Non , vous n'en avez plus.

B R U T U S.

Répon donc à ton Juge , opprobre de ma vie.

(*Il s'affied.*)

Avais-tu réfolu d'opprimer ta patrie ,
D'abandonner ton père au pouvoir abfolu ,
De trahir tes fermens ?

T I T U S.

Je n'ai rien réfolu ;
Plein d'un mortel poifon dont l'horreur me dévore ,
Je m'ignorais moi-même , & je me cherche encore ;
Mon cœur encor furpris de fon égarement ,
Emporté loin de foi , fut coupable un moment ;
Ce moment m'a couvert d'une honte éternelle ,
A mon pays que j'aime il m'a fait infidelle :
Mais ce moment paffé , mes remords infinis
Ont égalé mon crime , & vengé mon pays.
Prononcez mon arrêt. Rome , qui vous contemple ,
A befoin de ma perte , & veut un grand exemple.
Par mon jufte fupplice il faut épouvanter
Les Romains , s'il en eft qui puiffent m'imiter.
Ma mort fervira Rome autant qu'eût fait ma vie ;
Et ce fang en tout tems utile à fa patrie ,
Dont je n'ai qu'aujourd'hui fouillé la pureté ,
N'aura coulé jamais que pour la liberté.

B R U T U S.

Quoi ! tant de perfidie avec tant de courage ?
De crimes, de vertus, quel horrible affemblage !
Quoi ! fous ces lauriers même, & parmi ces drapeaux,
Que fon fang à mes yeux rendait encor plus beaux,
Quel démon t'infpira cette horrible inconftance ?

T I T U S.

Toutes les paffions, la foif de la vengeance,
L'ambition, la haine, un inftant de fureur ...

B R U T U S.

Achève, malheureux.

T I T U S.

Une plus grande erreur,
Un feu qui de mes fens eft même encor le maître,
Qui fit tout mon forfait, qui l'augmente peut-être.
C'eft trop vous offenfer par cet aveu honteux,
Inutile pour Rome, indigne de nous deux,
Mon malheur eft au comble, ainfi que ma furie ;
Terminez mes forfaits, mon defefpoir, ma vie,
Votre opprobre, & le mien. Mais fi dans les combats
J'avais fuivi la trace où m'ont conduit vos pas,
Si je vous imitai, fi j'aimai ma patrie,
D'un remords affez grand fi ma faute eft fuivie,

Il fe jette à genoux.

A cet infortuné daignez ouvrir les bras ;
Dites du moins, Mon fils, Brutus ne te hait pas.
Ce mot feul me rendant mes vertus & ma gloire,
De la honte où je fuis défendra ma mémoire.
On dira que Titus, defcendant chez les morts,
Eut un regard de vous pour prix de fes remords,
Que vous l'aimiez encor, & que malgré fon crime

Votre

Votre fils dans la tombe emporta votre eſtime.
B R U T U S.
Son remords me l'arrache. O Rome ! ô mon païs !
Proculus . . . . à la mort que l'on mène mon fils.
Lève-toi, triſte objet d'horreur & de tendreſſe :
Lève-toi, cher appui qu'eſpérait ma vieilleſſe :
Vien embraſſer ton père : il t'a dû condamner ;
Mais s'il n'était Brutus, il t'allait pardonner.
Mes pleurs, en te parlant, inondent ton viſage :
Va, porte à ton ſupplice un plus mâle courage ;
Va, ne t'attendri point, ſois plus Romain que moi ;
Et que Rome t'admire en ſe vengeant de toi.
T I T U S.
Adieu, je vai périr, digne encor de mon père.
On l'emmène.

S C E N E   V I I I.
B R U T U S ,   P R O C U L U S.
P R O C U L U S.
SEigneur, tout le Sénat, dans ſa douleur ſincère,,
En frémiſſant du coup qui doit vous accabler . . .
B R U T U S.
Vous connaiſſez Brutus, & l'oſez conſoler ?
Songez, qu'on nous prépare une attaque nouvelle.
Rome ſeule a mes ſoins, mon cœur ne connaît qu'elle.
Allons, que les Romains, dans ces momens affreux,
Me tiennent lieu du fils que j'ai perdu pour eux ;
Que je finiſſe au moins ma déplorable vie,
Comme il eût dû mourir en vengeant la patrie.

SCENE DERNIERE.

BRUTUS, PROCULUS, un SENATEUR.

LE SENATEUR.

SEigneur...

BRUTUS.

Mon fils n'eſt plus ?

LE SENATEUR.

C'en eſt fait... & mes yeux...

BRUTUS.

Rome eſt libre. Il ſuffit.. Rendons graces aux Dieux.

Fin du cinquiéme & dernier acte.

LA MORT,

DE

CÉSAR,

TRAGÉDIE.

L E T T E R A
DEL SIGNOR
CONTE ALGAROTTI
AL SIGNORE
ABATE FRANCHINI
Inviato del Gran DUCA DI TOSCANA a Parigi.

*IO non so per che cagione cotesti Signori si abbiano a ma-
raviglar tanto che io mi sia per alcune settimane ritirato alla
campagna , e in un angolo di una provincia come e' dicono. Ella
nò che non se ne maraviglia punto ; la qual pur sa à che fine
io mi vada cercando varj paesi , e quali cose io m'abbia potuto
trovare in questa campagna. Qui lungi dal tumulto di Parigi
vi si gode una vita condita dà piaceri della mente ; e ben si può
dire che a queste cene non manca nè Lambert nè Molière. Io
do l'ultima mano à miei Dialoghi , i quali han trovata molta
grazia innanzi gli occhi così della bella Emilia , come del dotto
Voltaire ; e quasi direi allo specchio di essi io vò studiando i bei
modi della culta conversazione che vorrei pur trasferire nella mia
operetta. Ma che dira ella se dal fondo di questa provincia io
le manderò cosa che dovriano pur tanto desiderare cotesti Signori
inter beatæ fumum & opes strepitumque Romæ ? Questa si è
il Cesare del nostro Voltaire non alterato o manco , ma quale
è uscito delle mani dell' autore suo. Io non dubito che ella non
sia per prendere , in leggendo questa tragedia , un piacer grandissimo ; e credo che anch' ella vi ravviserà dentro un nuovo genere
di perfezione à che si può recare il teatro tragico Francese. Benchè un gran paradosso parrà cotesto à coloro che credono spenta
la fortuna di quello insieme con Cornelio e Racine , e nulla sanno*

*immaginare sopra le cofloro produzioni. Ma certo niente pareva,
non fono ancora molti anni paffati, che fi aveffe a defiderare nella
mufica vocale dopo* Scarlatti, *o nella ftrumentale dopo* Corelli.
Pur nondimeno il Marcello *ed il* Tartini *ne han fatto fentire che
vi avea così nell' una come nell' altra alcun termine più là. In-
tantochè egli pare non accorgerfi l'uomo de' luoghi che rimangono
ancora vacui nelle arti fe non dopo occupati. Così interverrà nel
teatro ; e la morte di* Giulio Cefare *moftrerà* nefcio quid majus
*quanto al genere delle tragedie Francefi. Che fe la tragedia, a
diftinzione della commedia, è la imitazione di un'azione che abbia
in fe del terrible e del compaffionevole, è facile à vedere, quanto
quefta che non è intorno à un matrimonio o à un amoretto, ma che
è intorno a un fatto atrociffimo e alla più gran rivoluzione che fia
avvenuta nel più grande imperio del mondo, è facile dico à vedere
quanto ella venga ad effere più diftinta dalla commedia delle altre
tragedie Francefi, e monti dirò così fopra un coturno più alto
di quelle. Ma non è già per tutto ciò che io credo che i più non
fieno per fentirla altrimenti. Non fa meftieri aver veduto* mores
hominum multorum & urbes *per fapere che i più bei ragiona-
menti del mondo fe ne vanno quafi fempre con la peggio quando
egli hanno à combattere contra le opinioni radicate dall' ufanza
e dall' autorità di quel feffo, il cui imperio fi ftende fino alle
provincie fcientifiche. L'amore che è fignor difpotico delle fcene
Francefi vorrà difficilmente comportare, che altre paffioni vogliano
partire il regno con effo lui ; e non fò come una tragedia dove
non entran donne, tutta fentimenti di libertà e pratiche di politica, potrà piacere là dove odono* Mitridate *fare il galante ful
punto di muovere il campo verfo* Roma, *e dove odono* Cefare
medefimo che novello Orlando *fi vanta di aver fatto gioftra con*
Pompeo *in Farfaglia per i belli occhi di* Cleopatra. *È forfe che
il* Cefare *del* Voltaire *potrà correre la medefima fortuna à Parigi
che* Temiftocle, Alcibiade *e quegli altri grandi uomini della
Grecia corfero in Atene ; i quali erano ammirati da tutta la Terra
e sbanditi à un tempo medefimo della patria loro.*

    Come fia, il Voltaire *ha prefo in quefta tragedia ad imitare
la feverità del teatro Inglefe, e fegnatamente* Shakefpeare *uno d*
*loro poëti, in cui dicefi, e non a torto, che vi fono errori innu-
merabili e penfieri inimitabili,* faults innumerable and thoughts

inimitable. *Del che il suo* Cesare *medesimo ne fà pienissima fede. E ben ella può credere che il nostro poëta ha fatto quell' uso di* Shakespeare *che* Virgilio *faceva di* Ennio. *Egli ha espresso in Francese le due scene ultime della tragedia Inglese, le quali, toltone alcune mende, sono come quelle due di* Burro *e di* Narciso *con* Nerone *nel* Britannico, *due specchi cioè di eloquenza nel persuadere altrui le cose le più contrarie tra loro sullo stesso argomento. Ma chi sa se anche da questo lato, voglio dire a cagion della imitazione di* Shakespeare, *questa tragedia non sia per piacere meno che non si vorrebbe? A niuno è nascosto come la Francia e l'Inghilterra sono rivali nella politica, nel commercio, nella gloria delle armi e delle lettere.*

Littora littoribus contraria fluctibus undæ.

E si potrebbe dare il caso la poesia Inglese fosse accolta a Parigi allo stesso modo della filosofia che è stata loro recata dal medesimo paese. Ma certo dovranno sapere i Francesi non picciolo grado à chi è venuto ad arricchire in certa maniera il loro Parnasso di una sorgente novella. Tanto più che grandissima è la discrezione con che ad imitare gl' Inglesi s'è fatto il nostro poëta, come colui che ha trasportato nel teatro di Francia la severità delle loro tragedie senza la ferocità. Nella quale idea d'imitazione egli ha di gran lunga superato Addissono, *il quale nel suo* Catone *ha mostrato a' suoi non tanto la regolarità del teatro Francese quanto la importunità degli amori di quello. E con ciò egli è venuto à corrompere uno de' pochissimi drammi moderni, in cui lo stile sia veramente tragico, e in cui i Romani parlino Latino, à dir così, e non Spagnuolo.*

Ma un romore senza dubbio grandissimo ella sentirà levarsi contro à questa tragedia, perchè ella sia di tre atti solamente. Aristotile, egli è il vero, parlando nella poetica della lunghezza dell' azione teatrale, non si spiega così chiaramente sopra questa tal divisione in cinque atti, ma ognuno sa quei versi della poetica Latina:

Neve minor neu sit quinto productior actu
Fabula quæ posci vult & spectata reponi.

Il qual precetto da Orazio *per la commedia egualmente che*

per la tragedia. Ma se pur vi ha delle commedie di Molière *di
trè atti e non più, e che ciò non ostante son tenute buone, non
so perchè non vi possa ancora essere una buona tragedia che sia
di tre atti, e non di cinque.*

———— ·———— ———— ————Quid autem
Cæcilio Plautoque dabit Romanus ademptum
Virgilio Varioque ?

*E forse che sarebbe per lo migliore se la maggior parte delle
tragedie di oggidì si riducessero à trè atti solamente ; dacchè si
vede che per aggiungere i cinque, il più degli autori sono pur
stati costretti ad appiccarvi degli episodi, i quali allungano il componimento e ne sceman l'effetto, snervando come fanno l'azione
principale. E il* Racine *medesimo per somiglianti ragioni compose
gia l'*Ester *di tre atti e non più. Che se i Greci nelle loro tragedie benchè semplicissime furono religiosi osservatori della divisione in cinque atti, è da far considerazione, oltre che per lo più
gli atti sono anzi brevi che nò, che il coro vi occupa una grandissima parte del dramma.*

*Io non so se quivi io bene m'apponga ; questo so certo che mi
giova parlare di poesia con esso lei che ne potrebbe esser maestro
come ella ne è talora leggiadrissimo artefice.* Pollio & ipse facit
nova carmina. *Sicchè ella ben saprà scorgere la bellezza di questa
tragedia, molti versi della quale hanno di già occupato un luogo
nella mia memoria, e vi risuonan dentro in maniera che io non
gli potrei far tacere. E pigliando principalmente ad esaminare la
costituzione della favola, ella potrà meglio giudicare di chichesia
se il* Voltaire *siccome ha aperto tra' suoi una nuova carriera così
ancora ne sia giunto alla metà. Ma che non vien ella medesima
à* Cirey *à communicarci le dotte sue riflessioni ? ora massimamente
che ne assicurano essere per la pace gia segnata composte le cose di
Europa. Niente allora qui mancherebbe al desiderio mio, e à niuno
potrebbe parer nuovo in* Parigi *che io mi rimanessi in una provincia.*

Cirey 12. Octobre 1735.

A C T E U R S.

JULES-CÉSAR, Dictateur.

MARC-ANTOINE, Consul.

JUNIUS BRUTUS, Préteur.

CASSIUS,

CIMBER,

DECIMUS, } Sénateurs.

DOLABELLA,

CASCA,

Les Romains.

Licteurs.

La scène est à Rome au Capitole.

L A

LA MORT DE CÉSAR,

TRAGÉDIE.

ACTE PREMIER.

SCENE PREMIERE.

CESAR, ANTOINE.

ANTOINE.

CEsar, tu vas régner ; voici le jour augufte,
Où le peuple Romain, pour toi toûjours injufte,
Changé par tes vertus, va reconnaître en toi
Son vainqueur, fon appui, fon vengeur, & fon Roi.
Antoine, tu le fais, ne connaît point l'envie.
J'ai chéri plus que toi la gloire de ta vie ;
J'ai préparé la chaîne où tu mets les Romains,
Content d'être fous toi le fecond des humains ;
Plus fier de t'attacher ce nouveau diadême,
Plus grand de te fervir que de régner moi-même.
Quoi ! tu ne me répons que par de longs foupirs !
Ta grandeur fait ma joie, & fait tes déplaifirs !
Roi de Rome & du Monde, eft-ce à toi de te plaindre ?
Céfar peut-il gémir, ou Céfar peut-il craindre ?
Qui peut à ta grande ame infpirer la terreur ?

Tom. III. & du Théâtre le premier.　　　　Rr

CESAR.

L'amitié , cher Antoine ; il faut t'ouvrir mon cœur.
Tu fais que je te quitte , & le deftin m'ordonne
De porter nos drapeaux aux champs de Babylone.
Je pars , & vais venger fur le Parthe inhumain
La honte de Craffus & du peuple Romain.
L'aigle des légions , que je retiens encore ,
Demande à s'envoler vers les mers du Bofphore ;
Et mes braves foldats n'attendent pour fignal ,
Que de revoir mon front ceint du bandeau royal.
Peut - être avec raifon Céfar peut entreprendre
D'attaquer un païs qu'a foumis Alexandre :
Peut - être les Gaulois , Pompée & les Romains ,
Valent bien les Perfans fubjugués par fes mains.
J'ofe au moins le penfer ; & ton ami fe flatte
Que le vainqueur du Rhin peut l'être de l'Euphrate.
Mais cet efpoir m'anime , & ne m'aveugle pas.
Le fort peut fe laffer de marcher fur mes pas :
La plus haute fageffe en eft fouvent trompée ;
Il peut quitter Céfar , ayant trahi Pompée ;
Et dans les factions , comme dans les combats ,
Du triomphe à la chute il n'eft fouvent qu'un pas.
J'ai fervi , commandé , vaincu , quarante années ;
Du monde entre mes mains j'ai vû les deftinées ;
Et j'ai toûjours connu qu'en chaque événement ,
Le deftin des Etats dépendait d'un moment.
Quoi qu'il puiffe arriver , mon cœur n'a rien à craindre ;
Je vaincrai fans orgueil , ou mourrai fans me plaindre.
Mais j'exige en partant , de ta tendre amitié ,
Qu'Antoine à mes enfans foit pour jamais lié ;
Que Rome par mes mains défenduë & conquife ,

Que la terre à mes fils , comme à toi , foit foumife :
Et qu'emportant d'ici le grand titre de Roi ,
Mon fang & mon ami le prennent après moi.
Je te laiffe aujourd'hui ma volonté dernière.
Antoine , à mes enfans il faut fervir de père.
Je ne veux point de toi demander des fermens ,
De la foi des humains facrés & vains garans ;
Ta promeffe fuffit , & je la crois plus pure
Que les autels des Dieux entourés du parjure.

ANTOINE.

C'eft déja pour Antoine une affez dure loi,
Que tu cherches la guerre & le trépas fans moi ,
Et que ton intérêt m'attache à l'Italie ,
Quand la gloire t'appelle aux bornes de l'Afie.
Je m'afflige encor plus de voir que ton grand cœur
Doute de fa fortune , & préfage un malheur :
Mais je ne comprens point ta bonté qui m'outrage.
Céfar , que me dis -.tu de tes fils , de partage ?
Tu n'as de fils qu'Octave , & nulle adoption
N'a d'un autre Céfar appuyé ta maifon.

CESAR.

Il n'eft plus tems , ami , de cacher l'amertume ,
Dont mon cœur paternel en fecret fe confume.
Octave n'eft mon fang qu'à la faveur des loix :
Je l'ai nommé Céfar , il eft fils de mon choix.
Le deftin, (dois-je dire , ou propice , ou févère ?)
D'un véritable fils en effet m'a fait père ;
D'un fils que je chéris , mais qui pour mon malheur ,
A ma tendre amitié répond avec horreur.

ANTOINE.

Et quel eft cet enfant ? Quel ingrat peut-il être ,

R r ij

Si peu digne du fang dont les Dieux l'ont fait naître ?
CESAR.
Ecoute : Tu connais ce malheureux Brutus ,
Dont Caton cultiva les farouches vertus.
De nos antiques loix ce défenfeur auftère ,
Ce rigide ennemi du pouvoir arbitraire ,
Qui toûjours contre moi , les armes à la main ,
De tous mes ennemis a fuivi le deftin ;
Qui fut mon prifonnier aux champs de Theffalie ,
A qui j'ai malgré lui fauvé deux fois la vie ,
Né , nourri loin de moi chez mes fiers ennemis.
ANTOINE.
Brutus ! il fe pourrait......
CESAR.
Ne m'en crois pas. Tien , lis.
ANTOINE.
Dieux ! la fœur de Caton , la fière Servilie !
CESAR.
Par un hymen fecret elle me fut unie.
Ce farouche Caton , dans nos premiers débats ,
La fit prefqu'à mes yeux paffer en d'autres bras :
Mais le jour qui forma ce fecond hyménée ,
De fon nouvel époux trancha la deftinée.
Sous le nom de Brutus mon fils fut élevé.
Pour me haïr , ô ciel ! était - il refervé ?
Mais lis : tu fauras tout par cet écrit funefte.
ANTOINE. (*Il lit.*)
Céfar , je vai mourir. La colère célefte
Va finir à la fois ma vie & mon amour.
Souvien - toi qu'à Brutus Céfar donna le jour :
Adieu. Puiffe ce fils éprouver pour fon père

L'amitié qu'en mourant te confervait fa mère !

Servilie.

Quoi ! faut - il que du fort la tyrannique loi,
Céfar, te donne un fils fi peu femblable à toi ?

C E S A R.

Il a d'autres vertus ; fon fuperbe courage
Flatte en fecret le mien, même alors qu'il l'outrage.
Il m'irrite, il me plait. Son cœur indépendant
Sur mes fens étonnés prend un fier afcendant.
Sa fermeté m'impofe, & je l'excufe même,
De condamner en moi l'autorité fuprême.
Soit qu'étant homme & père, un charme féducteur,
L'excufant à mes yeux, me trompe en fa faveur ;
Soit qu'étant né Romain, la voix de ma patrie
Me parle malgré moi contre ma tyrannie ;
Et que la liberté que je viens d'opprimer,
Plus forte encor que moi, me condamne à l'aimer.
Te dirai - je encor plus ? Si Brutus me doit l'être,
S'il eft fils de Céfar, il doit haïr un maître.
J'ai penfé comme lui, dès mes plus jeunes ans ;
J'ai détefté Sylla, j'ai haï les tyrans.
J'euffe été citoyen, fi l'orgueilleux Pompée
N'eût voulu m'opprimer fous fa gloire ufurpée.
Né fier, ambitieux, mais né pour les vertus,
Si je n'étais Céfar, j'aurais été Brutus.

Tout homme à fon état doit plier fon courage.
Brutus tiendra bientôt un différent langage,
Quand il aura connu de quel fang il eft né.
Croi - moi, le diadême à fon front deftiné,
Adoucira dans lui fa rudeffe importune ;
Il changera de mœurs en changeant de fortune.

R r iij

La nature , le fang , mes bienfaits , tes avis ,
Le devoir , l'intérêt , tout me rendra mon fils.

CESAR.

ANTOINE.

J'en doute. Je connais fa fermeté farouche :
La fecte dont il eft n'admet rien qui la touche.
Cette fecte intraitable , & qui fait vanité
D'endurcir les efprits contre l'humanité ,
Qui domte & foule aux pieds la nature irritée ,
Parle feule à Brutus , & feule eft écoutée.
Ces préjugés affreux , qu'ils appellent devoir ,
Ont fur ces cœurs de bronze un abfolu pouvoir.
Caton même , Caton , ce malheureux ftoïque ,
Ce héros forcené , la victime d'Utique ,
Qui fuyant un pardon qui l'eût humilié ,
Préféra la mort même à ta tendre amitié ;
Caton fut moins altier , moins dur , & moins à craindre ,
Que l'ingrat qu'à t'aimer ta bonté veut contraindre.

CESAR.

Cher ami , de quels coups tu viens de me frapper !
Que m'as - tu dit ?

ANTOINE.

Je t'aime , & ne te puis tromper.

CESAR.

Le tems amollit tout.

ANTOINE.

Mon cœur en defefpère.

CESAR.

Quoi , fa haine ! . . .

ANTOINE.

Croi - moi.

C E S A R.

          N'importe , je fuis père.
J'ai chéri , j'ai fauvé mes plus grands ennemis :
Je veux me faire aimer de Rome & de mon fils ;
Et conquérant des cœurs vaincus par ma clémence ,
Voir la terre & Brutus adorer ma puiffance.
C'eft à toi de m'aider dans de fi grands deffeins :
Tu m'as prêté ton bras , pour domter les humains ;
Domte aujourd'hui Brutus , adouci fon courage ,
Prépare par degrés cette vertu fauvage
Au fecret important qu'il lui faut revéler ,
Et dont mon cœur encor héfite à lui parler.

A N T O I N E.

Je ferai tout pour toi ; mais j'ai peu d'efpérance.

S C E N E I I.

CESAR , ANTOINE , DOLABELLA.

D O L A B E L L A.

CEfar , les Sénateurs attendent audience ;
A ton ordre fuprême ils fe rendent ici.

C E S A R.

Ils ont tardé longtems ... Qu'ils entrent.

A N T O I N E.

                    Les voici.
Que je lis fur leur front de dépit & de haine !

S C E N E   III.

CESAR, ANTOINE, BRUTUS, CASSIUS, CIMBER, DECIMUS, CINNA, CASCA, &c. Licteurs.

C E S A R *assis.*

Venez, dignes soutiens de la grandeur Romaine,
Compagnons de César. Approchez, Cassius,
Cimber, Cinna, Décime, & toi mon cher Brutus.
Enfin voici le tems, si le ciel me seconde,
Où je vais achever la conquête du Monde,
Et voir dans l'Orient le trône de Cyrus
Satisfaire, en tombant, aux mânes de Crassus.
Il est tems d'ajoûter, par le droit de la guerre,
Ce qui manque aux Romains des trois parts de la terre.
Tout est prêt, tout prévû pour ce vaste dessein :
L'Euphrate attend César ; & je pars dès demain.
Brutus & Cassius me suivront en Asie ;
Antoine retiendra la Gaule & l'Italie.
De la mer Atlantique, & des bords du Bétis,
Cimber gouvernera les Rois assujettis.
Je donne à Décimus la Grèce & la Lycie,
A Marcellus le Pont, à Casca la Syrie.
Ayant ainsi réglé le sort des nations,
Et laissant Rome heureuse & sans divisions,
Il ne reste au Sénat, qu'à juger sous quel titre
De Rome & des humains je dois être l'arbitre.
Sylla fut honoré du nom de Dictateur ;
Marius fut Consul, & Pompée Empereur.
J'ai vaincu le dernier ; & c'est assez vous dire,

Qu'il

Qu'il faut un nouveau nom pour un nouvel Empire,
Un nom plus grand, plus faint, moins fujet aux revers,
Autrefois craint dans Rome, & cher à l'univers.
Un bruit trop confirmé fe répand fur la terre,
Qu'en vain Rome aux Perfans ofe faire la guerre ;
Qu'un Roi feul peut les vaincre & leur donner la loi :
Céfar va l'entreprendre, & Céfar n'eft pas Roi.
Il n'eft qu'un citoyen fameux par fes fervices,
Qui peut du peuple encor effuyer les caprices ....
Romains, vous m'entendez, vous favez mon efpoir ;
Songez à mes bienfaits, fongez à mon pouvoir.

C I M B E R.

Céfar, il faut parler. Ces fceptres, ces couronnes,
Ce fruit de nos travaux, l'univers que tu donnes,
Seraient aux yeux du peuple, & du Sénat jaloux,
Un outrage à l'Etat, plus qu'un bienfait pour nous.
Marius, ni Sylla, ni Carbon, ni Pompée,
Dans leur autorité fur le peuple ufurpée,
N'ont jamais prétendu difpofer à leur choix
Des conquêtes de Rome, & nous parler en Rois.
Céfar, nous attendions de ta clémence augufte
Un don plus précieux, une faveur plus jufte,
Au - deffus des Etats donnés par ta bonté ...

C E S A R.

Qu'ofes - tu demander, Cimber ?

C I M B E R.
La liberté.

C A S S I U S.

Tu nous l'avais promife ; & tu juras toi - même
D'abolir pour jamais l'autorité fuprême ;
Et je croyais toucher à ce moment heureux,

Où le vainqueur du monde allait combler nos vœux.
Fumante de son sang, captive, désolée,
Rome dans cet espoir renaissait consolée.
Avant que d'être à toi nous sommes ses enfans ;
Je songe à ton pouvoir ; mais songe à tes fermens.

BRUTUS.

Oui, que César soit grand : mais que Rome soit libre.
Dieux ! maîtresse de l'Inde, esclave au bord du Tibre !
Qu'importe que son nom commande à l'univers,
Et qu'on l'appelle Reine, alors qu'elle est aux fers ?
Qu'importe à ma patrie, aux Romains que tu braves,
D'apprendre que César a de nouveaux esclaves ?
Les Persans ne sont pas nos plus fiers ennemis ;
Il en est de plus grands. Je n'ai point d'autre avis.

CESAR.

Et toi, Brutus, aussi ?

ANTOINE *à César.*

Tu connais leur audace :
Voi si ces cœurs ingrats sont dignes de leur grace.

CESAR.

Ainsi vous voulez donc, dans vos témérités,
Tenter ma patience, & lasser mes bontés ?
Vous qui m'appartenez par le droit de l'épée,
Rempans sous Marius, esclaves de Pompée ;
Vous qui ne respirez qu'autant que mon couroux
Retenu trop longtems s'est arrêté sur vous :
Républicains ingrats, qu'enhardit ma clémence,
Vous qui devant Sylla garderiez le silence ;
Vous que ma bonté seule invite à m'outrager,
Sans craindre que César s'abaisse à se venger.
Voilà ce qui vous donne une ame assez hardie,

Pour ofer me parler de Rome & de patrie,
Pour affecter ici cette illuftre hauteur,
Et ces grands fentimens devant votre vainqueur.
Il les falait avoir aux plaines de Pharfale.
La fortune entre nous devient trop inégale.
Si vous n'avez fû vaincre, apprenez à fervir.

BRUTUS.

Céfar, aucun de nous n'apprendra qu'à mourir.
Nul ne m'en défavouë, & nul en Theffalie
N'abaiffa fon courage à demander la vie.
Tu nous laiffas le jour, mais pour nous avilir :
Et nous le déteftons, s'il te faut obéir.
Céfar, qu'à ta colère aucun de nous n'échape :
Commence ici par moi ; fi tu veux régner, frape.

CESAR.

Ecoute... & vous fortez *. Brutus m'ofe offenfer ?
Mais fais-tu de quels traits tu viens de me percer ?
Va, Céfar eft bien loin d'en vouloir à ta vie.
Laiffe-là du Sénat l'indifcrète furie.
Demeure. C'eft toi feul qui peux me défarmer.
Demeure. C'eft toi feul que Céfar veut aimer.

BRUTUS.

Tout mon fang eft à toi, fi tu tiens ta promeffe ;
Si tu n'es qu'un tyran, j'abhorre ta tendreffe ;
Et je ne peux refter avec Antoine & toi,
Puifqu'il n'eft plus Romain, & qu'il demande un Roi.

* *Les Sénateurs fortent.*

S C E N E IV.

C E S A R , A N T O I N E.

A N T O I N E.

EH bien , t'ai-je trompé ? Crois-tu que la nature
Puiſſe amollir une ame , & ſi fière , & ſi dure ?
Laiſſe , laiſſe à jamais dans ſon obſcurité
Ce ſecret malheureux qui peſe à ta bonté.
Que de Rome , s'il veut , il déplore la chûte ;
Mais qu'il ignore au moins quel ſang il perſécute.
Il ne mérite pas de te devoir le jour.
Ingrat à tes bontés , ingrat à ton amour ,
Renonce-le pour fils.

C E S A R.

Je ne le puis : je l'aime.

A N T O I N E.

Ah ! ceſſe donc d'aimer l'orgueil du diadême :
Deſcen donc de ce rang , où je te vois monté ;
La bonté convient mal à ton autorité ;
De ta grandeur naiſſante elle détruit l'ouvrage.
Quoi ! Rome eſt ſous tes loix , & Caſſius t'outrage !
Quoi Cimber ! quoi Cinna ! ces obſcurs Sénateurs ,
Aux yeux du Roi du Monde affectent ces hauteurs !
Ils bravent ta puiſſance , & ces vaincus reſpirent !

C E S A R.

Ils ſont nés mes égaux ; mes armes les vainquirent ;
Et trop au-deſſus d'eux , je leur puis pardonner
De frémir ſous le joug que je veux leur donner.

ANTOINE.

Marius de leur fang eût été moins avare.
Sylla les eût punis.

CESAR.

Sylla fut un barbare,
Il n'a fû qu'opprimer. Le meurtre & la fureur
Faifaient fa politique, ainfi que fa grandeur.
Il a gouverné Rome au milieu des fupplices ;
Il en était l'effroi, j'en ferai les délices.
Je fais quel eft le peuple, on le change en un jour :
Il prodigue aifément fa haine & fon amour.
Si ma grandeur l'aigrit, ma clémence l'attire.
Un pardon politique à qui ne peut me nuire,
Dans mes chaînes qu'il porte, un air de liberté
A ramené vers moi fa faible volonté.
Il faut couvrir de fleurs l'abîme où je l'entraîne,
Flatter encor ce tigre à l'inftant qu'on l'enchaîne,
Lui plaire en l'accablant, l'affervir, le charmer,
Et punir mes rivaux en me faifant aimer.

ANTOINE.

Il faudrait être craint : c'eft ainfi que l'on règne.

CESAR.

Va, ce n'eft qu'aux combats que je veux qu'on me craigne.

ANTOINE.

Le peuple abufera de ta facilité.

CESAR.

Le peuple a jufqu'ici confacré ma bonté.
Voi ce temple que Rome élève à ma clémence.

ANTOINE.

Crain qu'elle n'en élève un autre à la vengeance :
Crain des cœurs ulcérés, nourris de defefpoir,

S s iij

Idolâtres de Rome , & cruels par devoir.
Caſſius allarmé prévoit qu'en ce jour même
Ma main doit ſur ton front mettre le diadême.
Déja même à tes yeux on oſe en murmurer.
Des plus impétueux tu devrais t'aſſurer.
A prévenir leurs coups daigne au moins te contraindre.

CESAR.

Je les aurais punis , ſi je les pouvais craindre.
Ne me conſeille point de me faire haïr.
Je ſais combattre , vaincre , & ne ſais point punir.
Allons , & n'écoutant ni ſoupçon ni vengeance ,
Sur l'univers ſoumis régnons ſans violence.

Fin du premier acte.

ACTE II.

SCENE PREMIERE.

BRUTUS, ANTOINE, DOLABELLA.

ANTOINE.

CE fuperbe refus, cette animofité,
Marquent moins de vertu que de férocité.
Les bontés de Céfar, & furtout fa puiffance,
Méritaient plus d'égards & plus de complaifance :
A lui parler du moins vous pourriez confentir.
Vous ne connaiffez pas qui vous ofez haïr ;
Et vous en frémiriez, fi vous pouviez apprendre...

BRUTUS.

Ah ! je frémis déja, mais c'eft de vous entendre.
Ennemi des Romains, que vous avez vendus,
Penfez-vous ou tromper, ou corrompre Brutus ?
Allez ramper fans moi fous la main qui vous brave ;
Je fais tous vos deffeins, vous brûlez d'être efclave.
Vous voulez un Monarque, & vous êtes Romain !

ANTOINE.

Je fuis ami, Brutus, & porte un cœur humain.
Je ne recherche point une vertu plus rare :
Tu veux être un héros, mais tu n'es qu'un barbare ;
Et ton farouche orgueil, que rien ne peut fléchir,
Embraffa la vertu, pour la faire haïr.

SCENE II.

BRUTUS *feul.*

QUelle baffeffe, ô ciel ! & quelle ignominie !
Voilà donc les foutiens de ma trifte patrie !
Voilà vos fucceffeurs, Horace, Décius,
Et toi, vengeur des loix, toi mon fang, toi Brutus !
Quels reftes, juftes dieux ! de la grandeur Romaine !
Chacun baife en tremblant la main qui nous enchaine.
Céfar nous a ravi jufques à nos vertus,
Et je cherche ici Rome, & ne la trouve plus.
Vous que j'ai vû périr, vous immortels courages,
Héros, dont en pleurant j'aperçois les images,
Famille de Pompée, & toi, divin Caton,
Toi dernier des héros du fang de Scipion,
Vous ranimez en moi ces vives étincelles
Des vertus dont brillaient vos ames immortelles.
Vous vivez dans Brutus, vous mettez dans mon fein
Tout l'honneur qu'un tyran ravit au nom Romain.
Que vois-je, grand Pompée, au pied de ta ftatue ?
Quel billet, fous mon nom, fe préfente à ma vuë ?
Lifons : *Tu dors, Brutus, & Rome eft dans les fers !*
Rome, mes yeux fur toi feront toûjours ouverts ;
Ne me reproche point des chaînes que j'abhorre.
Mais quel autre billet à mes yeux s'offre encore ?
Non, tu n'es pas Brutus. Ah ! reproche cruel !
Céfar ! tremble, tyran, voilà ton coup mortel.
Non, tu n'es pas Brutus ! Je le fuis, je veux l'être.
Je périrai, Romains, ou vous ferez fans maître.

Je

Je vois que Rome encor a des cœurs vertueux.
On demande un vengeur, on a fur moi les yeux :
On excite cette ame, & cette main trop lente :
On demande du fang... Rome fera contente.

S C E N E III.

BRUTUS, CASSIUS, CINNA, CASCA, DECIMUS, Suite.

C A S S I U S.

JE t'embraffe, Brutus, pour la dernière fois.
Amis, il faut tomber fous les débris des loix.
Dè Céfar déformais je n'attens plus de grace ;
Il fait mes fentimens, il connait nôtre audace.
Notre ame incorruptible étonne fes deffeins ;
Il va perdre dans nous les derniers des Romains.
C'en eft fait, mes amis, il n'eft plus de patrie,
Plus d'honneur, plus de loix, Rome eft anéantie ;
De l'univers & d'elle il triomphe aujourd'hui.
Nos imprudens ayeux n'ont vaincu que pour lui.
Ces dépouilles des Rois, ce fceptre de la terre,
Six cent ans de vertus, de travaux & de guerre,
Céfar jouit de tout, & dévore le fruit
Que fix fiécles de gloire à peine avaient produit.
Ah Brutus ! es-tu né pour fervir fous un maître ?
La liberté n'eft plus.

B R U T U S.

Elle eft prête à renaître.

C A S S I U S.

Que dis-tu ? mais quel bruit vient frapper mes efprits ?

BRUTUS.

Laiffe-là ce vil peuple, & fes indignes cris.

CASSIUS.

La liberté, dis-tu ?... Mais quoi... le bruit redouble.

SCENE IV.

BRUTUS, CASSIUS, CIMBER, DECIMUS.

CASSIUS.

AH! Cimber, eft-ce toi ? parle, quel eft ce trouble ?

DECIMUS.

Trame-t-on contre Rome un nouvel attentat ?
Qu'a-t-on fait ? qu'as-tu vû ?

CIMBER.

La honte de l'Etat.

Céfar était au temple, & cette fière idole
Semblait être le Dieu qui tonne au Capitole.
C'eft-là qu'il annonçait fon fuperbe deffein,
D'aller joindre la Perfe à l'Empire Romain.
On lui donnait les noms de foudre de la guerre,
De vengeur des Romains, de vainqueur de la terre :
Mais parmi tant d'éclat, fon orgueil imprudent
Voulait un autre titre, & n'était pas content.
Enfin parmi ces cris, & ces chants d'allégreffe,
Du peuple qui l'entoure Antoine fend la preffe :
Il entre : ô honte ! ô crime indigne d'un Romain !
Il entre, la couronne, & le fceptre à la main.
On fe tait : on frémit : lui, fans que rien l'étonne,
Sur le front de Céfar attache la couronne ;

Et foudain devant lui fe mettant à genoux,
Céfar, règne, dit-il, fur la terre & fur nous.
Des Romains à ces mots les vifages pâliffent;
De leurs cris douloureux les voûtes retentiffent.
J'ai vû des citoyens s'enfuir avec horreur,
D'autres rougir de honte & pleurer de douleur.
Céfar, qui cependant lifait fur leur vifage
De l'indignation l'éclatant témoignage,
Feignant des fentimens longtems étudiés,
Jette & fceptre & couronne, & les foule à fes pieds.
Alors tout fe croit libre, alors tout eft en proie
Au fol enyvrement d'une indifcrète joie.
Antoine eft allarmé : Céfar feint, & rougit ;
Plus il cèle fon trouble, & plus on l'applaudit.
La modération fert de voile à fon crime :
Il affecte à regret un refus magnanime.
Mais malgré fes efforts, il frémiffait tout bas,
Qu'on applaudit en lui les vertus qu'il n'a pas.
Enfin ne pouvant plus retenir fa colère,
Il fort du Capitole avec un front févère.
Il veut que dans une heure on s'affemble au Sénat.
Dans une heure, Brutus, Céfar change l'Etat.
De ce Sénat facré la moitié corrompuë,
Ayant acheté Rome, à Céfar l'a venduë ;
Plus lâche que ce peuple, à qui dans fon malheur,
Le nom de Roi du moins fait toûjours quelque horreur.
Céfar déja trop Roi, veut encor la couronne :
Le peuple la refufe, & le Sénat la donne ;
Que faut-il faire enfin, héros qui m'écoutez ?

CASSIUS.

Mourir, finir des jours dans l'opprobre comptés.

J'ai traîné les liens de mon indigne vie,
Tant qu'un peu d'efpérance a flatté ma patrie.
Voici fon dernier jour, & du moins Caffius
Ne doit plus refpirer, lorfque l'Etat n'eft plus.
Pleure qui voudra Rome, & lui refte fidelle;
Je ne peux la venger, mais j'expire avec elle.
Je vais où font nos dieux . . . . Pompée & Scipion,
> *En regardant leurs ftatuës.*
Il eft tems de vous fuivre, & d'imiter Caton.

BRUTUS.

Non, n'imitons perfonne, & fervons tous d'exemple:
C'eft nous, braves amis, que l'univers contemple;
C'eft à nous de répondre à l'admiration
Que Rome en expirant conferve à notre nom.
Si Caton m'avait crû, plus jufte en fa furie,
Sur Céfar expirant il eût perdu la vie;
Mais il tourna fur foi fes innocentes mains;
Sa mort fut inutile au bonheur des humains.
Faifant tout pour la gloire, il ne fit rien pour Rome;
Et c'eft la feule faute où tomba ce grand homme.

CASSIUS.

Que veux - tu donc qu'on faffe en un tel defefpoir?

BRUTUS, *montrant le billet.*

Voilà ce qu'on m'écrit, voilà notre devoir.

CASSIUS.

On m'en écrit autant, j'ai reçu ce reproche.

BRUTUS.

C'eft trop le mériter.

CIMBER.

L'heure fatale approche.
Dans une heure un tyran détruit le nom Romain.

BRUTUS.

Dans une heure à Céfar il faut percer le fein.

CASSIUS.

Ah ! je te reconnais à cette noble audace.

DECIMUS.

Ennemi des tyrans, & digne de ta race,
Voilà les fentimens que j'avais dans mon cœur.

CASSIUS.

Tu me rens à moi-même, & je t'en dois l'honneur ;
C'eft là ce qu'attendaient ma haine & ma colère
De la mâle vertu qui fait ton caractère.
C'eft Rome qui t'infpire en des deffeins fi grands :
Ton nom feul eft l'arrêt de la mort des tyrans.
Lavons, mon cher Brutus, l'opprobre de la terre ;
Vengeons ce capitole, au défaut du tonnerre.
Toi Cimber, toi Cinna, vous Romains indomtés,
Avez-vous une autre ame & d'autres volontés ?

CIMBER.

Nous penfons comme toi, nous méprifons la vie.
Nous déteftons Céfar, nous aimons la patrie ;
Nous la vengerons tous ; Brutus & Caffius
De quiconque eft Romain raniment les vertus.

DECIMUS.

Nés juges de l'Etat, nés les vengeurs du crime,
C'eft fouffrir trop longtems la main qui nous opprime ;
Et quand fur un tyran nous fufpendons nos coups,
Chaque inftant qu'il refpire eft un crime pour nous.

CIMBER.

Admettrons-nous quelqu'autre à ces honneurs fuprêmes ?

BRUTUS.

Pour venger la patrie il fuffit de nous-mêmes.

T t iij

Dolabella , Lépide , Emile , Bibulus ,
Ou tremblent fous Céfar , ou bien lui font vendus.
Cicéron , qui d'un traître a puni l'infolence ,
Ne fert la liberté que par fon éloquence ,
Hardi dans le Sénat , faible dans le danger ,
Fait pour haranguer Rome , & non pour la venger.
Laiffons à l'orateur , qui charme fa patrie ,
Le foin de nous louer , quand nous l'aurons fervie.
Non , ce n'eft qu'avec vous que je veux partager
Cet immortel honneur , & ce preffant danger.
Dans une heure au Sénat le tyran doit fe rendre :
Là , je le punirai ; là , je le veux furprendre ;
Là , je veux que ce fer , enfoncé dans fon fein ,
Venge Caton , Pompée , & le peuple Romain.
C'eft hazarder beaucoup. Ses ardens fatellites
Partout du capitole occupent les limites ;
Ce peuple mou , volage , & facile à fléchir ,
Ne fait s'il doit encor l'aimer ou le haïr.
Notre mort , mes amis , paraît inévitable ;
Mais qu'une telle mort eft noble & défirable !
Qu'il eft beau de périr dans des deffeins fi grands ,
De voir couler fon fang dans le fang des tyrans !
Qu'avec plaifir alors on voit fa dernière heure !
Mourons , braves amis , pourvû que Céfar meure ,
Et que la liberté , qu'oppriment fes forfaits ,
Renaiffe de fa cendre , & revive à jamais.

CASSIUS.

Ne balançons donc plus , courons au capitole :
C'eft-là qu'il nous opprime , & qu'il faut qu'on l'immole.
Ne craignons rien du peuple , il femble encor douter ;
Mais fi l'idole tombe , il va la détefter.

B R u t u s.

Jurez donc avec moi, jurez fur cette épée,
Par le fang de Caton, par celui de Pompée,
Par les mânes facrés de tous ces vrais Romains
Qui dans les champs d'Afrique ont fini leurs deftins,
Jurez par tous les dieux, vengeurs de la patrie,
Que Céfar fous vos coups va terminer fa vie.

C a s s i u s.

Faifons plus, mes amis, jurons d'exterminer
Quiconque ainfi que lui prétendra gouverner :
Fuffent nos propres fils, nos frères, ou nos pères :
S'ils font tyrans, Brutus, ils font nos adverfaires.
Un vrai républicain n'a pour père & pour fils,
Que la vertu, les dieux, les loix & fon pays.

B r u t u s.

Oui, j'unis pour jamais mon fang avec le vôtre.
Tous dès ce moment même adoptés l'un par l'autre,
Le falut de l'Etat nous a rendu parens.
Scèlons notre union du fang de nos tyrans.

Il s'avance vers la ftatue de Pompée.

Nous le jurons par vous, héros, dont les images
A ce preffant devoir excitent nos courages ;
Nous promettons, Pompée, à tes facrés genoux,
De faire tout pour Rome, & jamais rien pour nous ;
D'être unis pour l'Etat, qui dans nous fe raffemble,
De vivre, de combattre, & de mourir enfemble.
Allons, préparons-nous : c'eft trop nous arrêter.

SCENE V.

CESAR, BRUTUS.

CESAR.

DEmeure. C'eft ici que tu dois m'écouter ;
Où vas - tu , malheureux ?

BRUTUS.
   Loin de la tyrannie.

CESAR.
Licteurs , qu'on le retienne.

BRUTUS.
   Achève , & pren ma vie.

CESAR.
Brutus , fi ma colère en voulait à tes jours ,
Je n'aurais qu'à parler , j'aurais fini leur cours.
Tu l'as trop mérité. Ta fière ingratitude
Se fait de m'offenfer une farouche étude.
Je te retrouve encor avec ceux des Romains ,
Dont j'ai plus foupçonné les perfides deffeins ;
Avec ceux qui tantôt ont ofé me déplaire ,
Ont blâmé ma conduite , ont bravé ma colère.

BRUTUS.
Ils parlaient en Romains , Cefar ; & leurs avis ,
Si les dieux t'infpiraient , feraient encor fuivis.

CESAR.
Je fouffre ton audace , & confens à t'entendre :
De mon rang avec toi je me plais à defcendre.
Que me reproches - tu ?

         BRUTUS.

B R U T U S.

Le monde ravagé,

Le fang des nations, ton païs faccagé :

Ton pouvoir, tes vertus, qui font tes injuftices,

Qui de tes attentats font en toi les complices ;

Ta funefte bonté, qui fait aimer tes fers,

Et qui n'eft qu'un appas pour tromper l'univers.

C E S A R.

Ah ! c'eft ce qu'il falait reprocher à Pompée.

Par fa feinte vertu la tienne fut trompée.

Ce citoyen fuperbe, à Rome plus fatal,

N'a pas même voulu Céfar pour fon égal.

Crois-tu, s'il m'eût vaincu, que cette ame hautaine,

Eût laiffé refpirer la liberté Romaine ?

Sous un joug defpotique il t'aurait accablé.

Qu'eût fait Brutus alors ?

B R U T U S.

Brutus l'eût immolé.

C E S A R.

Voilà donc ce qu'enfin ton grand cœur me deftine ?

Tu ne t'en défens point. Tu vis pour ma ruïne,

Brutus !

B R U T U S.

Si tu le crois, prévien donc ma fureur.

Qui peut te retenir ?

C E S A R. *Il lui préfente la lettre de Servilie.*

La nature, & mon cœur.

Lis, ingrat, lis, connais le fang que tu m'oppofes ;

Voi qui tu peux haïr, & pourfui fi tu l'ofes.

B R U T U S.

Où fuis-je ? Qu'ai-je lû ? me trompez-vous, mes yeux ?

Tom. III. & du Théâtre le premier. V v

CESAR.

Eh bien ! Brutus , mon fils !

BRUTUS.

          Lui , mon père ! grands dieux !

CESAR.

Oui , je le fuis , ingrat. Quel filence farouche !
Que dis - je ? quels fanglots échapent de ta bouche ?
Mon fils ... Quoi , je te tiens muet entre mes bras !
La nature t'étonne , & ne t'attendrit pas !

BRUTUS.

O fort épouvantable , & qui me défefpère !
O fermens ! ô patrie ! ô Rome toûjours chère !
Céfar !... Ah , malheureux ! j'ai trop longtems vécu.

CESAR.

Parle. Quoi d'un remords ton cœur eft combattu !
Ne me déguife rien. Tu gardes le filence ?
Tu crains d'être mon fils , ce nom facré t'offenfe ?
Tu crains de me chérir , de partager mon rang ;
C'eft un malheur pour toi d'être né de mon fang !
Ah ! ce fceptre du monde , & ce pouvoir fuprême ,
Ce Céfar , que tu hais , les voulait pour toi - même.
Je voulais partager , avec Octave & toi ,
Le prix de cent combats , & le titre de Roi.

BRUTUS.

Ah ! dieux !

CESAR.

      Tu veux parler , & te retiens à peine ?
Ces tranfports font - ils donc de tendreffe ou de haine ?
Quel eft donc le fecret qui femble t'accabler ?

BRUTUS.

Céfar ....

CESAR.

Eh bien, mon fils ?

BRUTUS.

Je ne puis lui parler.

CESAR.

Tu n'ofes me nommer du tendre nom de père ?

BRUTUS.

Si tu l'es, je te fais une unique prière.

CESAR.

Parle. En te l'accordant, je croirai tout gagner.

BRUTUS.

Fai-moi mourir fur l'heure, ou ceffe de régner.

CESAR.

Ah ! barbare ennemi, tigre que je careffe !
Ah ! cœur dénaturé qu'endurcit ma tendreffe !
Va, tu n'es plus mon fils. Va, cruel citoyen,
Mon cœur defefpéré prend l'exemple du tien ;
Ce cœur, à qui tu fais cette effroyable injure,
Saura bien comme toi vaincre enfin la nature.
Va, Céfar n'eft pas fait pour te prier en vain ;
J'apprendrai de Brutus à ceffer d'être humain.
Je ne te connais plus. Libre dans ma puiffance,
Je n'écouterai plus une injufte clémence.
Tranquille, à mon couroux je vai m'abandonner ;
Mon cœur trop indulgent eft las de pardonner.
J'imiterai Sylla, mais dans fes violences ;
Vous tremblerez, ingrats, au bruit de mes vengeances.
Va, cruel, va trouver tes indignes amis.
Tous m'ont ofé déplaire, ils feront tous punis.
On fait ce que je puis, on verra ce que j'ofe :

V v ij

Je deviendrai barbare , & toi feul en es caufe.

BRUTUS.

Ah! ne le quittons point dans fes cruels deffeins ,
Et fauvons , s'il fe peut , Céfar & les Romains.

Fin du fecond acte.

ACTE III.

SCENE PREMIERE.

CASSIUS, CIMBER, DECIME, CINNA, CASCA,
les Conjurés.

CASSIUS.

ENfin donc l'heure approche, où Rome va renaître.
La maîtresse du monde est aujourd'hui sans maître.
L'honneur en est à vous, Cimber, Casca, Probus,
Décime. Encore une heure, & le tyran n'est plus.
Ce que n'ont pû Caton, & Pompée, & l'Asie,
Nous seuls l'exécutons, nous vengeons la patrie ;
Et je veux qu'en ce jour on dise à l'univers,
Mortels, respectez Rome, elle n'est plus aux fers.

CIMBER.

Tu vois tous nos amis, ils sont prêts à te suivre,
A frapper, à mourir, à vivre s'il faut vivre,
A servir le Sénat dans l'un ou l'autre sort,
En donnant à César, ou recevant la mort.

DECIME.

Mais d'où vient que Brutus ne paroît point encore ;
Lui, ce fier ennemi du tyran qu'il abhorre ?
Lui qui prit nos sermens, qui nous rassembla tous,
Lui qui doit sur César porter les premiers coups ?
Le gendre de Caton tarde bien à paraître.

Serait-il arrêté ? Céfar peut-il connaître ? . . .
Mais le voici. Grands dieux ! qu'il paraît abattu !

SCENE II.

CASSIUS, BRUTUS, CIMBER, CASCA, DECIME, les Conjurés.

CASSIUS.

BRutus, quelle infortune accable ta vertu ?
Le tyran fait-il tout ? Rome eft-elle trahie ?

BRUTUS.

Non, Céfar ne fait point qu'on va trancher fa vie.
Il fe confie à vous.

DECIMUS.

Qui peut donc te troubler ?

BRUTUS.

Un malheur, un fecret, qui vous fera trembler.

CASSIUS.

De nous ou du tyran c'eft la mort qui s'apprête.
Nous pouvons tous périr ; mais trembler, nous !

BRUTUS.

Arrête ;
Je vai t'épouvanter par ce fecret affreux.
Je dois fa mort à Rome, à vous, à nos neveux,
Au bonheur des mortels ; & j'avais choifi l'heure,
Le lieu, le bras, l'inftant, où Rome veut qu'il meure :
L'honneur du premier coup à mes mains eft remis ;
Tout eft prêt. Apprenez que Brutus eft fon fils.

C I M B E R.

Toi, fon fils !

C A S S I U S.

De Céfar !

D E C I M U S.

O Rome !

B R U T U S.

        - Servilie
Par un hymen fecret à Céfar fut unie ;
Je fuis de cet hymen le fruit infortuné.

C I M B E R.

Brutus, fils d'un tyran !

C A S S I U S.

       Non, tu n'en es pas né ;
Ton cœur eft trop Romain.

B R U T U S.

        Ma honte eft véritable.
Vous, amis, qui voyez le deftin qui m'accable,
Soyez par mes fermens les maîtres de mon fort.
Eft-il quelqu'un de vous d'un efprit affez fort,
Affez ftoique, affez au deffus du vulgaire,
Pour ofer décider ce que Brutus doit faire ?
Je m'en remets à vous. Quoi ! vous baiffez les yeux !
Toi, Caffius, auffi, tu te tais avec eux !
Aucun ne me foutient au bord de cet abîme !
Aucun ne m'encourage, ou ne m'arrache au crime !
Tu frémis, Caffius ! & promt à t'étonner....

C A S S I U S.

Je frémis du confeil que je vais te donner.

B R U T U S.

Parle.

CASSIUS.

Si tu n'étais qu'un citoyen vulgaire,
Je te dirais : Va, fers, fois tyran fous ton père;
Ecrafe cet Etat que tu dois foutenir;
Rome aura déformais deux traîtres à punir :
Mais je parle à Brutus, à ce puiffant génie,
A ce héros armé contre la tyrannie,
Dont le cœur infléxible, au bien déterminé,
Epura tout le fang que Céfar t'a donné.
Ecoute, tu connais avec quelle furie
Jadis Catilina menaça fa patrie ?

BRUTUS.
Oui.

CASSIUS.

Si le même jour, que ce grand criminel
Dut à la liberté porter le coup mortel;
Si lorfque le Sénat eut condamné ce traître,
Catilina pour fils t'eût voulu reconnaître,
Entre ce monftre & nous forcé de décider,
Parle : qu'aurais-tu fait ?

BRUTUS.
Peux-tu le demander ?
Penfes-tu qu'un inftant ma vertu démentie,
Eût mis dans la balance un homme & la patrie ?

CASSIUS.
Brutus, par ce feul mot ton devoir èft dicté.
C'eft l'arrêt du Sénat, Rome eft en fûreté.
Mais, dis, fens-tu ce trouble, & ce fecret murmure,
Qu'un préjugé vulgaire impute à la nature ?
Un feul mot de Céfar a-t-il éteint dans toi
L'amour de ton pays, ton devoir & ta foi ?

En

En difant ce fecret, ou faux ou véritable,
Et t'avouant pour fils, en eft-il moins coupable ?
En es-tu moins Brutus ? en es-tu moins Romain ?
Nous dois-tu moins ta vie, & ton cœur, & ta main ?
Toi, fon fils ! Rome enfin n'eft-elle plus ta mère ?
Chacun des conjurés n'eft-il donc plus ton frère ?
Né dans nos murs facrés, nourri par Scipion,
Elève de Pompée, adopté par Caton,
Ami de Caffius, que veux-tu davantage ?
Ces titres font facrés, tout autre les outrage.
Qu'importe qu'un tyran, vil efclave d'amour,
Ait féduit Servilie, & t'ait donné le jour ?
Laiffe là les erreurs, & l'hymen de ta mère ;
Caton forma tes mœurs, Caton feul eft ton père ;
Tu lui dois ta vertu, ton ame eft toute à lui :
Brife l'indigne nœud que l'on t'offre aujourd'hui :
Qu'à nos fermens communs ta fermeté réponde ;
Et tu n'as de parens que les vengeurs du monde.

BRUTUS.

Et vous, braves amis, parlez, que penfez-vous ?

CIMBER.

Jugez de nous par lui, jugez de lui par nous.
D'un autre fentiment fi nous étions capables,
Rome n'aurait point eu des enfans plus coupables.
Mais à d'autres qu'à toi pourquoi t'en rapporter ?
C'eft ton cœur, c'eft Brutus, qu'il te faut confulter.

BRUTUS.

Eh bien, à vos regards mon ame eft dévoilée ;
Lifez-y les horreurs dont elle eft accablée.
Je ne vous cèle rien, ce cœur s'eft ébranlé ;
De mes ftoïques yeux des larmes ont coulé.

Tom. III. *& du Théâtre le premier.*   X x

Après l'affreux ferment, que vous m'avez vû faire,
Prêt à fervir l'Etat, mais à tuér mon père,
Pleurant d'être fon fils, honteux de fes bienfaits,
Admirant fes vertus, condamnant fes forfaits,
Voyant en lui mon père, un coupable, un grand homme,
Entraîné par Céfar, & retenu par Rome,
D'horreur & de pitié mes efprits déchirés,
Ont fouhaité la mort que vous lui préparez.
Je vous dirai bien plus, fachez que je l'eftime.
Son grand cœur me féduit, au fein même du crime;
Et fi fur les Romains quelqu'un pouvait régner,
Il eft le feul tyran que l'on dût épargner.
Ne vous allarmez point : ce nom que je détefte,
Ce nom feul de tyran l'emporte fur le refte.
Le Sénat, Rome, & vous, vous avez tous ma foi :
Le bien du monde entier me parle contre un Roi.
J'embraffe avec horreur une vertu cruelle;
J'en friffonne à vos yeux; mais je vous fuis fidelle.
Céfar me va parler; que ne puis-je aujourd'hui
L'attendrir, le changer, fauver l'Etat & lui !
Veuillent les immortels, s'expliquant par ma bouche,
Prêter à mon organe un pouvoir qui le touche !
Mais fi je n'obtiens rien de cet ambitieux,
Levez le bras, frappez, je détourne les yeux.
Je ne trahirai point mon païs pour mon père :
Que l'on approuve, ou non, ma fermeté févère,
Qu'à l'univers furpris cette grande action
Soit un objet d'horreur ou d'admiration :
Mon efprit peu jaloux de vivre en la mémoire,
Ne confidère point le reproche ou la gloire;
Toûjours indépendant, & toûjours citoyen,

Mon devoir me fuffit, tout le refte n'eft rien.
Allez, ne fongez plus qu'à fortir d'efclavage.

C A S S I U S.

Du falut de l'Etat ta parole eft le gage.
Nous comptons tous fur toi, comme fi dans ces lieux
Nous entendions Caton, Rome même & nos dieux.

S C E N E   III.

B R U T U S *feul.*

Voici donc le moment, où Céfar va m'entendre ;
Voici ce capitole, où la mort va l'attendre.
Epargnez-moi, grands dieux, l'horreur de le haïr.
Dieux, arrêtez ces bras levés pour le punir !
Rendez, s'il fe peut, Rome à fon grand cœur plus chère,
Et faites qu'il foit jufte, afin qu'il foit mon père.
Le voici. Je demeure immobile, éperdu.
O mânes de Caton, foutenez ma vertu.

S C E N E   I V.

C E S A R , B R U T U S.

C E S A R.

EH bien, que veux-tu ? Parle. As-tu le cœur d'un homme?
Es-tu fils de Cefar ?

B R U T U S.

Oui, fi tu l'es de Rome.

CESAR.

Républicain farouche , où vas - tu t'emporter ?
N'as - tu voulu me voir que pour mieux m'infulter ?
Quoi ! tandis que fur toi mes faveurs fe répandent ,
Que du monde foumis les hommages t'attendent ,
L'Empire , mes bontés , rien ne fléchit ton cœur ?
De quel œil vois - tu donc le fceptre ?

BRUTUS.

Avec horreur.

CESAR.

Je plains tes préjugés , je les excufe même.
Mais peux - tu me haïr ?

BRUTUS.

Non , Céfar , & je t'aime.
Mon cœur par tes exploits fut pour toi prévenu ,
Avant que pour ton fang tu m'euffes reconnu.
Je me fuis plaint aux dieux de voir qu'un fi grand homme
Fût à la fois la gloire & le fléau de Rome.
Je détefte Céfar avec le nom de Roi :
Mais Céfar citoyen ferait un Dieu pour moi ;
Je lui facrifierais ma fortune & ma vie.

CESAR.

Que peux - tu donc haïr en moi ?

BRUTUS.

La tyrannie.

Daigne écouter les vœux , les larmes , les avis
De tous les vrais Romains , du Sénat , de ton fils.
Veux - tu vivre en effet le premier de la terre ,
Jouïr d'un droit plus faint que celui de la guerre ,
Etre encor plus que Roi , plus même que Céfar ?

C E S A R.

Eh bien ?

B R U T U S.

Tu vois la terre enchaînée à ton char :
Romps nos fers , fois Romain , renonce au diadême.

C E S A R.

Ah ! que propofes - tu ?

B R U T U S.

Ce qu'a fait Sylla même.
Longtems dans notre fang Sylla s'était noyé ;
Il rendit Rome libre , & tout fut oublié.
Cet affaffin illuftre , entouré de victimes,
En defcendant du trône effaça tous fes crimes.
Tu n'eus point fes fureurs , ofe avoir fes vertus.
Ton cœur fut pardonner ; Céfar , fais encor plus.
Que fervent déformais les graces que tu donnes ?
C'eft à Rome , à l'Etat qu'il faut que tu pardonnes :
Alors plus qu'à ton rang nos cœurs te font foumis ;
Alors tu fais régner , alors je fuis ton fils.
Quoi ! je te parle en vain ?

C E S A R.

Rome demande un maître ;
Un jour à tes dépens tu l'apprendras peut-être.
Tu vois nos citoyens plus puiffans que des Rois.
Nos mœurs changent , Brutus ; il faut changer nos loix.
La liberté n'eft plus que le droit de fe nuire :
Rome , qui détruit tout , femble enfin fe détruire.
Ce coloffe effrayant , dont le monde eft foulé ,
En preffant l'univers , eft lui-même ébranlé.
Il penche vers fa chûte , & contre la tempête
Il demande mon bras pour foutenir fa tête.

X x iij

Enfin depuis Sylla , nos antiques vertus ,
Les loix , Rome , l'Etat , font des noms fuperflus.
Dans nos tems corrompus , pleins de guerres civiles ,
Tu parles comme au tems des Dèces , des Emiles.
Caton t'a trop féduit , mon cher fils , je prévoi
Que ta trifte vertu perdra l'Etat & toi.
Fai céder , fi tu peux , ta raifon détrompée
Au vainqueur de Caton , au vainqueur de Pompée ,
A ton père qui t'aime , & qui plaint ton erreur.
Sois mon fils en effet , Brutus , ren-moi ton cœur ;
Pren d'autres fentimens , ma bonté t'en conjure ;
Ne force point ton ame à vaincre la nature.
Tu ne me répons rien : tu détournes les yeux ?

                    B R U T U S.
Je ne me connais plus. Tonnez fur moi , grands dieux !
Céfar . . .

                    C E S A R.
        Quoi ! tu t'émeus ? ton ame eft amollie ?
Ah ! mon fils . . .

                    B R U T U S.
                Sais-tu bien qu'il y va de ta vie ?
Sais-tu que le Sénat n'a point de vrai Romain ,
Qui n'afpire en fecret à te percer le fein ?
Que le falut de Rome , & que le tien te touche.
Ton génie allarmé te parle par ma bouche :
Il me pouffe , il me preffe , il me jette à tes pieds.
        (*Il fe jette à fes genoux.*)
Céfar , au nom des dieux dans ton cœur oubliés ,
Au nom de tes vertus , de Rome , & de toi-même ,
Dirai-je , au nom d'un fils qui frémit & qui t'aime ,
Qui te préfère au monde , & Rome feule à toi ,

Ne me rebute pas.

CESAR.

Malheureux , laiffe - moi.
Que me veux - tu ?

BRUTUS.

Croi moi , ne fois point infenfible.

CESAR.

L'univers peut changer ; mon ame eft inflexible.

BRUTUS.

Voilà donc ta réponfe ?

CESAR.

Oui , tout eft réfolu.
Rome doit obéïr , quand Céfar a voulu.

BRUTUS *d'un air confterné.*

Adieu , Céfar.

CESAR.

Eh , quoi ! d'où viennent tes allarmes ?
Demeure encor , mon fils. Quoi , tu verfes des larmes !
Quoi ! Brutus peut pleurer ! Eft - ce d'avoir un Roi ?
Pleures - tu les Romains ?

BRUTUS.

Je ne pleure que toi.
Adieu , te dis - je.

CESAR.

O Rome ! ô rigueur héroïque !
Que ne puis - je à ce point aimer ma république !

SCENE V.

CESAR, DOLABELLA, Romains.

DOLABELLA.

LE Sénat par ton ordre au temple eſt arrivé :
On n'attend plus que toi, le trône eſt élevé.
Tous ceux qui t'ont vendu leur vie & leurs ſuffrages,
Vont prodiguer l'encens au pied de tes images.
J'amène devant toi la foule des Romains ;
Le Sénat va fixer leurs eſprits incertains.
Mais ſi Céſar croyait un vieux ſoldat qui l'aime,
Nos préſages affréux, nos devins, nos dieux même,
Céſar différerait ce grand événement.

CESAR.

Quoi ! lorſqu'il faut régner, différer d'un moment !
Qui pourrait m'arrêter, moi ?

DOLABELLA.

          Toute la nature
Conſpire à t'avertir, par un ſiniſtre augure.
Le ciel qui fait les Rois redoute ton trépas.

CESAR.

Va, Ceſar n'eſt qu'un homme, & je ne penſe pas
Que le ciel de mon ſort à ce point s'inquiète,
Qu'il anime pour moi la nature muette,
Et que les élémens paraiſſent confondus,
Pour qu'un mortel ici reſpire un jour de plus.
Les dieux du haut du ciel ont compté nos années ;
Suivons ſans reculer nos hautes deſtinées.
Céſar n'a rien à craindre.

DOLA-

DOLABELLA.

Il a des ennemis,
Qui fous un joug nouveau font à peine affervis.
Qui fait s'ils n'auraient point confpiré leur vengeance ?

CESAR.

Ils n'oferaient.

DOLABELLA.

Ton cœur a trop de confiance.

CESAR.

Tant de précautions contre mon jour fatal
Me rendraient méprifable, & me défendraient mal.

DOLABELLA.

Pour le falut de Rome il faut que Céfar vive ;
Dans le Sénat au moins permets que je te fuive.

CESAR.

Non, pourquoi changer l'ordre entre nous concerté ?
N'avançons point, ami, le moment arrêté ;
Qui change fes deffeins découvre fa faibleffe.

DOLABELLA.

Je te quitte à regret. Je crains, je le confeffe.
Ce nouveau mouvement dans mon cœur eft trop fort.

CESAR.

Va, j'aime mieux mourir que de craindre la mort.
Allons.

SCENE VI.

DOLABELLA, Romains.

DOLABELLA.

CHers citoyens, quel héros, quel courage,
De la terre & de vous méritait mieux l'hommage ?

Tom. III. *& du Théâtre le premier.* Yy

Joignez vos vœux aux miens, peuples, qui l'admirez,
Confirmez les honneurs qui lui font préparés.
Vivez pour le fervir, mourez pour le défendre....
Quelles clameurs, ô ciel ! quels cris fe font entendre !

LES CONJURÉS *derrière le théâtre.*

Meurs, expire, tyran. Courage, Caffius.

DOLABELLA.

Ah ! courons le fauver.

SCENE VII.

CASSIUS *un poignard à la main,* DOLABELLA, Romains.

CASSIUS.

C'En eft fait, il n'eft plus.

DOLABELLA.

Peuples, fecondez-moi, frappons, perçons ce traître.

CASSIUS.

Peuples, imitez-moi, vous n'avez plus de maître.
Nations de héros, vainqueurs de l'univers,
Vive la liberté ; ma main brife vos fers.

DOLABELLA.

Vous trahiffez, Romains, le fang de ce grand homme ?

CASSIUS.

J'ai tué mon ami, pour le falut de Rome.
Il vous affervit tous, fon fang eft répandu.
Eft-il quelqu'un de vous de fi peu de vertu,
D'un efprit fi rampant, d'un fi faible courage,
Qu'il puiffe regretter Céfar & l'efclavage ?
Quel eft ce vil Romain, qui veut avoir un Roi ?

S'il en eft un, qu'il parle, & qu'il fe plaigne à moi.
Mais vous m'applaudiffez, vous aimez tous la gloire.

R O M A I N S.

Céfar fut un tyran, périffe fa mémoire.

C A S S I U S.

Maîtres du monde entier, de Rome heureux enfans,
Confervez à jamais ces nobles fentimens.
Je fais que devant vous Antoine va paraître ;
Amis, fouvenez-vous que Céfar fut fon maître ;
Qu'il a fervi fous lui dès fes plus jeunes ans,
Dans l'école du crime & dans l'art des tyrans.
Il vient juftifier fon maître & fon empire ;
Il vous méprife affez pour penfer vous féduire.
Sans doute il peut ici faire entendre fa voix :
Telle eft la loi de Rome ; & j'obéïs aux loix.
Le peuple eft déformais leur organe fuprême,
Le juge de Céfar, d'Antoine, de moi-même.
Vous rentrez dans vos droits indignement perdus ;
Céfar vous les ravit, je vous les ai rendus :
Je les veux affermir. Je rentre au capitole ;
Brutus eft au Sénat, il m'attend, & j'y vole.
Je vais avec Brutus, en ces murs défolés,
Rappeller la juftice, & nos dieux exilés ;
Etouffer des méchans les fureurs inteftines,
Et de la liberté réparer les ruïnes.
Vous, Romains, feulement confentez d'être heureux,
Ne vous trahiffez pas, c'eft tout ce que je veux ;
Redoutez tout d'Antoine, & furtout l'artifice.

R O M A I N S.

S'il vous ofe accufer, que lui-même il périffe.

Y y ij

C A S S I U S.

Souvenez-vous, Romains, de ces fermens facrés.

R O M A I N S.

Aux vengeurs de l'Etat nos cœurs font affurés.

S C E N E   D E R N I E R E.

A N T O I N E, Romains, D O L A B E L L A.

U N   R O M A I N.

Mais Antoine parait.

A U T R E   R O M A I N.

Qu'ofera-t-il nous dire ?

U N   R O M A I N.

Ses yeux verfent des pleurs, il fe trouble, il foupire.

U N   A U T R E.

Il aimait trop Céfar.

A N T O I N E, *montant à la tribune aux harangues.*

Oui, je l'aimais, Romains ;
Oui, j'aurais de mes jours prolongé fes deftins.
Hélas ! vous avez tous penfé comme moi-même ;
Et lorfque de fon front ôtant le diadême,
Ce héros à vos loix s'immolait aujourd'hui,
Qui de vous en effet n'eût expiré pour lui ?
Hélas ! je ne viens point célébrer fa mémoire ;
La voix du monde entier parle affez de fa gloire ;
Mais de mon defefpoir ayez quelque pitié,
Et pardonnez du moins des pleurs à l'amitié.

UN ROMAIN.

Il les falait verfer quand Rome avait un maître.
Céfar fut un héros ; mais Céfar fut un traître.

AUTRE ROMAIN.

Puifqu'il était tyran , il n'eut point de vertus.

UN TROISIEME.

Oui , nous approuvons tous Caffius & Brutus.

ANTOINE.

Contre fes meurtriers je n'ai rien à vous dire ;
C'eft à fervir l'Etat que leur grand cœur afpire.
De votre Dictateur ils ont percé le flanc ;
Comblés de fes bienfaits , ils font teints de fon fang.
Pour forcer des Romains à ce coup déteftable ,
Sans doute il falait bien que Céfar fût coupable ;
Je le crois. Mais enfin Céfar a - t - il jamais
De fon pouvoir fur vous appefanti le faix ?
A - t - il gardé pour lui le fruit de fes conquêtes ?
Des dépouilles du monde il couronnait vos têtes.
Tout l'or des nations , qui tombaient fous fes coups ,
Tout le prix de fon fang fut prodigué pour vous.
De fon char de triomphe il voyait vos allarmes :
Céfar en defcendait pour effuyer vos larmes.
Du monde qu'il foumit vous triomphez en paix ,
Puiffans par fon courage , heureux par fes bienfaits.
Il payait le fervice : il pardonnait l'outrage.
Vous le favez , grands dieux ! vous dont il fut l'image ;
Vous , dieux , qui lui laiffiez le monde à gouverner ,
Vous favez fi fon cœur aimait à pardonner.

ROMAINS.

Il eft vrai que Céfar fit aimer fa clémence.

Y y iij

ANTOINE.

Hélas ! fi fa grande ame eût connu la vengeance ,
Il vivrait , & fa vie eût rempli nos fouhaits.
Sur tous fes meurtriers il verfa fes bienfaits.
Deux fois à Caffius il conferva la vie.
Brutus... où fuis-je ? ô ciel ! ô crime ! ô barbarie !
Chers amis , je fuccombe ; & mes fens interdits...
Brutus fon affaffin ! ... ce monftre était fon fils.

ROMAINS.

Ah dieux !

ANTOINE.

  Je vois frémir vos généreux courages ;
Amis , je vois les pleurs qui mouillent vos vifages.
Oui , Brutus eft fon fils ; mais vous qni m'écoutez ,
Vous étiez fes enfans dans fon cœur adoptés.
Hélas ! fi vous faviez fa volonté dernière !

ROMAINS.

Quelle eft-elle ? parlez.

ANTOINE.

  Rome eft fon héritière.
Ses tréfors font vos biens ; vous en allez jouïr ;
Au-delà du tombeau Céfar veut vous fervir.
C'eft vous feuls qu'il aimait : c'eft pour vous qu'en Afie
Il allait prodiguer fa fortune & fa vie.
O Romains , difait-il , peuple Roi que je fers ,
Commandez à Céfar , Céfar à l'univers.
Brutus ou Caffius eût-il fait davantage ?

ROMAINS.

Ah ! nous les déteftons. Ce doute nous outrage.

UN ROMAIN.

Céfar fut en effet le père de l'Etat.

A N T O I N E.

Votre père n'eſt plus ; un lâche aſſaſſinat
Vient de trancher ici les jours de ce grand homme,
L'honneur de la nature & la gloire de Rome.
Romains, priverez - vous des honneurs du bucher
Ce père, cet ami, qui vous était ſi cher ?
On l'apporte à vos yeux.

(*Le fond du théâtre s'ouvre ; des licteurs apportent le corps*
de Céſar, couvert d'une robe ſanglante ; Antoine deſcend de
la tribune, & ſe jette à genoux auprès du corps.)

R O M A I N S.

O ſpectacle funeſte !

A N T O I N E.

Du plus grand des Romains voilà ce qui vous reſte ;
Voilà ce dieu vengeur, idolâtré par vous,
Que ſes aſſaſſins même adoraient à genoux ;
Qui toûjours votre appui, dans la paix, dans la guerre,
Une heure auparavant faiſait trembler la terre ;
Qui devait enchaîner Babylone à ſon char ;
Amis, en cet état connaiſſez - vous Céſar ?
Vous les voyez, Romains, vous touchez ces bleſſures,
Ce ſang qu'ont ſous vos yeux verſé des mains parjures.
Là, Cimber l'a frappé ; là, ſur le grand Céſar
Caſſius & Décime enfonçaient leur poignard.
Là, Brutus éperdu, Brutus l'ame égarée,
A fouillé dans ſes flancs ſa main dénaturée.
Céſar le regardant d'un œil tranquille & doux,
Lui pardonnait encor en tombant ſous ſes coups.
Il l'appellait ſon fils, & ce nom cher & tendre
Eſt le ſeul qu'en mourant Céſar ait fait entendre :
O mon fils ! diſait - il.

UN ROMAIN.

O monſtre , que les dieux
Devaient exterminer avant ce coup affreux !

AUTRES ROMAINS , *en regardant le corps dont ils ſont proche.*
Dieux ! ſon ſang coule encor.

ANTOINE.

Il demande vengeance ,
Il l'attend de vos mains & de votre vaillance.
Entendez - vous ſa voix ? Réveillez - vous , Romains ;
Marchez , ſuivez - moi tous contre ſes aſſaſſins ;
Ce ſont là les honneurs qu'à Céſar on doit rendre.
Des brandons du bucher qui va le mettre en cendre ,
Embraſons les palais de ces fiers conjurés :
Enfonçons dans leur ſein nos bras deſeſpérés.
Venez , dignes amis ; venez , vengeurs des crimes ;
Au Dieu de la patrie immoler ces victimes.

ROMAINS.

Oui , nous les punirons ; oui , nous ſuivrons vos pas.
Nous jurons par ſon ſang de venger ſon trépas.
Courons.

ANTOINE à *Dolabella.*

Ne laiſſons pas leur fureur inutile ;
Précipitons ce peuple inconſtant & facile ;
Entraînons - le à la guerre , & ſans rien ménager ,
Succédons à Céſar , en courant le venger.

Fin du troiſiéme & dernier acte.

ZAYRE,

ZAYRE,

TRAGÉDIE.

Repréfentée pour la première fois le 13. Août 1732.

AVERTISSEMENT.

CEux qui aiment l'histoire littéraire seront bien-aises de sa-voir comment cette piéce fut faite. Plusieurs Dames avaient reproché à l'auteur, qu'il n'y avait pas assez d'amour dans ses tragédies. Il leur répondit, qu'il ne croyait pas que ce fût la véritable place de l'amour ; mais que puisqu'il leur falait abso-lument des héros amoureux, il en ferait tout comme un autre. La piéce fut achevée en dix-huit jours : elle eut un grand suc-cès. On l'appelle à Paris, tragédie chrétienne, & on l'a jouée fort souvent à la place de Polyeucte.

EPITRE DEDICATOIRE

A M^R. FAKENER,

MARCHAND ANGLAIS,

DEPUIS AMBASSADEUR A CONSTANTINOPLE.

VOus êtes Anglais , mon cher ami , & je fuis né en France ; mais ceux qui aiment les arts font tous concitoyens.
Les honnêtes - gens qui penfent ont à - peu - près les mêmes
principes , & ne compofent qu'une République ; ainfi il n'eft
pas plus étrange de voir aujourd'hui une tragédie Françaife
dédiée à un Anglais , ou à un Italien , que fi un citoyen
d'Ephèfe , ou d'Athènes , avait autrefois adreffé fon ouvrage
à un Grec d'une autre ville. Je vous offre donc cette tragédie comme à mon compatriote dans la littérature , & comme
à mon ami intime.

Je joüis en même tems du plaifir de pouvoir dire à ma
nation , de quel œil les négocians font regardés chez vous ,
quelle eftime on fait avoir en Angleterre pour une profeffion
qui fait la grandeur de l'Etat ; & avec quelle fupériorité quelques - uns d'entre vous repréfentent leur patrie dans leur Parlement , & font au rang des Légiflateurs.

Je fais bien que cette profeffion eft méprifée de nos petits-
maîtres ; mais vous favez auffi , que nos petits - maîtres & les
vôtres font l'efpèce la plus ridicule , qui rampe avec orgueil
fur la furface de la terre.

Une raifon encore , qui m'engage à m'entretenir de belles - lettres avec un Anglais plutôt qu'avec un autre , c'eft
votre heureufe liberté de penfer ; elle en communique à mon
efprit ; mes idées fe trouvent plus hardies avec vous.

Quiconque avec moi s'entretient ,
Semble difpofer de mon ame :

S'il fent vivement, il m'enflamme ;
Et s'il eft fort , il me foutient.
Un courtifan paitri de feinte,
Fait dans moi triftement paffer
Sa défiance & fa contrainte ;
Mais un efprit libre , & fans crainte,
M'enhardit , & me fait penfer.
Mon feu s'échauffe à fa lumière ,
Ainfi qu'un jeune peintre inftruit
Sous le Moine & fous l'Argilière ,
De ces maîtres qui l'ont conduit
Se rend la touche familière ;
Il prend malgré lui leur manière,
Et compofe avec leur efprit.
C'eft pourquoi Virgile fe fit
Un devoir d'admirer Homère.
Il le fuivit dans fa carrière ,
Et fon émule il fe rendit ,
Sans fe rendre fon plagiaire.

Ne craignez pas qu'en vous envoyant ma piéce , je vous
en faffe une longue apologie ; je pourrais vous dire , pourquoi je n'ai pas donné à *Zayre* une vocation plus détermi-
née au Chriftianifme , avant qu'elle reconnût fon père , &
pourquoi elle cache fon fecret à fon amant , &c. Mais les
efprits fages , qui aiment à rendre juftice , verront bien mes
raifons , fans que je les indique ; pour les critiques détermi-
nés , qui font difpofés à ne me pas croire , ce ferait peine
perduë que de les leur dire.

Je me vanterai avec vous d'avoir fait feulement une piéce
affez fimple , qualité dont on doit faire cas de toutes façons.

Cette heureufe fimplicité
Fut un des plus dignes partages
De la favante antiquité.
Anglais , que cette nouveauté
S'introduife dans vos ufages.

Sur votre théâtre infecté
D'horreurs , de gibets , de carnages ,
Mettez donc plus de vérité ,
Avec de plus nobles images :
Addiſſon l'a déja tenté ;
C'était le poëte des ſages ,
Mais il était trop concerté ;
Et dans ſon *Caton* ſi vanté ,
Ses deux filles , en vérité ,
Sont d'inſipides perſonnages.
Imitez du grand Addiſſon
Seulement ce qu'il a de bon :
Poliſſez la rude action
De vos Melpomènes ſauvages ;
Travaillez pour les connaiſſeurs
De tous les tems , de tous les âges ,
Et répandez dans vos ouvrages
La ſimplicité de vos mœurs.

Que Meſſieurs les poëtes Anglais ne s'imaginent pas que je veuille leur donner *Zayre* pour modèle : je leur prêche la ſimplicité naturelle , & la douceur des vers ; mais je ne me fais point du tout le Saint de mon ſermon. Si *Zayre* a eu quelque ſuccès , je le dois beaucoup moins à la bonté de mon ouvrage , qu'à la prudence que j'ai euë de parler d'amour le plus tendrement qu'il m'a été poſſible. J'ai flatté en cela le goût de mon auditoire : on eſt aſſez ſûr de réuſſir , quand on parle aux paſſions des gens plus qu'à leur raiſon. On veut de l'amour , quelque bon Chrétien que l'on ſoit ; & je ſuis très-perſuadé que bien en prit au grand *Corneille* de ne s'être pas borné dans ſon *Polyeucte* à faire caſſer les ſtatuës de *Jupiter* par les néophytes ; car telle eſt la corruption du genre humain , que peut-être

De Polyeucte la belle ame
Aurait faiblement attendri ,
Et les vers chrétiens qu'il déclame

Seraient tombés dans le décri ,
N'eût été l'amour de fa femme
Pour ce Payen fon favori ,
Qui méritait bien mieux fa flamme
Que fon bon dévot de mari.

Même avanture à-peu-près eft arrivée à *Zayre*. Tous ceux
qui vont aux fpectacles , m'ont affûré , que fi elle n'avait été
que convertie , elle aurait peu intéreffé ; mais elle eft amoureufe de la meilleure foi du monde , & voilà ce qui a fait
fa fortune. Cependant il s'en faut bien , que j'aye échapé à
la cenfure.

Plus d'un éplucheur intraitable
M'a vetillé , m'a critiqué :
Plus d'un railleur impitoyable
Prétendait que j'avais croqué ,
Et peu clairement expliqué
Un roman très-peu vraifemblable ,
Dans ma cervelle fabriqué ;
Que le fujet en eft tronqué ,
Que la fin n'eft pas raifonnable ;
Même on m'avait pronoftiqué
Ce fiflet tant épouvantable ,
Avec quoi le public choqué
Régale un auteur miférable.
Cher ami , je me fuis moqué
De leur cenfure infuportable.
J'ai mon drame en public rifqué ,
Et le parterre favorable
Au lieu du fiflet m'a claqué.
Des larmes même ont offufqué
Plus d'un œil , que j'ai remarqué
Pleurer de l'air le plus aimable.
Mais je ne fuis point requinqué
Par un fuccès fi défirable :
Car j'ai comme un autre marqué

Tous les *deficit* de ma fable.
Je fais qu'il eft indubitable ,
Que pour former œuvre parfait ,
Il faudrait fe donner au Diable ,
Et c'eft ce que je n'ai pas fait.

Je n'ofe me flatter que les Anglais faffent à *Zayre* le même honneur qu'ils ont fait à *Brutus a*) , dont on a joué la tra-duction fur le théâtre de Londres. Vous avez ici la réputa-tion de n'être ni affez dévots pour vous foucier beaucoup du vieux *Lufignan* , ni affez tendres pour être touchés de *Zayre.* Vous paffez pour aimer mieux une intrigue de con-jurés , qu'une intrigue d'amans. On croit qu'à votre théâtre on bat des mains au mot de *patrie* , & chez nous à celui d'*a-mour* ; cependant la vérité eft que vous mettez de l'amour tout comme nous dans vos tragédies. Si vous n'avez pas la réputation d'être tendres , ce n'eft pas que vos héros de théâ-tre ne foient amoureux ; mais c'eft qu'ils expriment rarement leur paffion d'une manière naturelle. Nos amans parlent en amans , & les vôtres ne parlent encor qu'en poëtes.

Si vous permettez que les Français foient vos maîtres en galanterie , il y a bien des chofes en récompenfe que nous pourrions prendre de vous. C'eft au théâtre Anglais que je dois la hardieffe que j'ai euë de mettre fur la fcène les noms de nos Rois & des anciennes familles du Royaume. Il me paraît , que cette nouveauté pourrait être la fource d'un genre de tragédie qui nous eft inconnu jufqu'ici , & dont nous avons befoin. Il fe trouvera fans doute des génies heureux , qui per-fectionneront cette idée , dont *Zayre* n'eft qu'une faible ébau-che. Tant que l'on continuera en France de protéger les let-tres , nous aurons affez d'écrivains. La nature forme prefque toûjours des hommes en tout genre de talent ; il ne s'agit que de les encourager & de les employer. Mais fi ceux qui fe diftinguent un peu n'étaient foutenus par quelque récom-penfe honorable , & par l'attrait plus flatteur de la confidé-

---

a) Mr. de *Voltaire* s'eft trompé ; on a traduit & joué *Zayre* en An-gleterre avec beaucoup de fuccès.

ration, tous les beaux arts pourraient bien dépérir un jour au milieu des abris élevés pour eux : & ces arbres plantés par *Louïs XIV.* dégénéreraient faute de culture : le public aurait toûjours du goût, mais les grands maîtres manqueraient. Un fculpteur dans fon académie verrait des hommes médiocres à côté de lui, & n'éléverait pas fa penfée jufqu'à *Girardon* & au *Pujet* ; un peintre fe contenterait de fe croire fupérieur à fon confrère, & ne fongerait pas à égaler le *Pouffin*. Puiffent les fucceffeurs de *Louïs XIV.* fuivre toûjours l'exemple de ce grand Roi, qui donnait d'un coup d'œil une noble émulation à tous les artiftes ! Il encourageait à la fois un *Racine* & un *van Robais*..... Il portait notre commerce & notre gloire par-delà les Indes ; il étendait fes graces fur des étrangers étonnés d'être connus & récompenfés par notre cour. Partout où était le mérite, il avait un protecteur dans *Louïs XIV.*

> Car de fon aftre bienfaifant
> Les influences libérales,
> Du Caire au bord de l'Occident ;
> Et fous les glaces Boréales,
> Cherchaient le mérite indigent.
> Avec plaifir fes mains royales
> Répandaient la gloire & l'argent,
> Le tout fans brigue & fans cabales.
> Guillelmini, Viviani,
> Et le célefte Caffini,
> Auprès des lis venaient fe rendre ;
> Et quelque forte penfion
> Vous aurait pris le grand Newton,
> Si Newton avait pù fe prendre.
> Ce font là les heureux fuccès
> Qui faifaient la gloire immortelle
> De Louïs & du nom Français.
> Ce Louïs était le modèle
> De l'Europe & de vos Anglais.
> On craignait que par fes progrès

Il

Il n'envahit à tout jamais
La Monarchie universelle ;
Mais il l'obtint par ses bienfaits.

Vous n'avez pas chez vous des fondations pareilles aux monumens de la munificence de nos Rois ; mais votre nation y supplée. Vous n'avez pas besoin des regards du Maître pour honorer & récompenser les grands talens en tout genre. Le Chevalier *Steele* & le Chevalier *van Brouk*, étaient en même tems auteurs comiques & membres du Parlement. La Primatie du Docteur *Tillotson*, l'Ambassade de Mr. *Prior*, la Charge de Mr. *Newton*, le Ministère de Mr. *Addisson*, ne font que les suites ordinaires de la considération qu'ont chez vous les grands hommes. Vous les comblez de biens pendant leur vie, vous leur élevez des mausolées & des statuës après leur mort ; il n'y a pas jusqu'aux actrices célèbres qui n'ayent chez vous leur place dans les temples à côté des grands poëtes.

Votre Ofilds *b*) & sa devancière
Bracegirdle la minaudière,
Pour avoir sû dans leurs beaux jours
Réussir au grand art de plaire,
Ayant achevé leur carrière,
S'en furent, avec le concours
De votre république entière,
Sous un grand poële de velours,
Dans votre église pour toûjours,
Loger de superbe manière.
Leur ombre en paraît encor fière,
Et s'en vante avec les Amours :
Tandis que le divin Molière,
Bien plus digne d'un tel honneur,
A peine obtint le froid bonheur
De dormir dans un cimetière ;
Et que l'aimable le Couvreur,

b) Fameuse actrice mariée à un Seigneur d'Angleterre.

Tom. III. *& du Théâtre le premier.* `A a a`

A qui j'ai fermé la paupière ,
N'a pas eu même la faveur
De deux cierges & d'une bière ;
Et que Monfieur de Laubinière
Porta la nuit par charité
Ce corps autrefois fi vanté ,
Dans un vieux fiacre empaqueté ,
Vers le bord de notre rivière.
Voyez-vous pas à ce récit
L'amour irrité qui gémit ,
Qui s'envole en brifant fes armes ,
Et Melpomène toute en larmes ,
Qui m'abandonne , & fe bannit
Des lieux ingrats qu'elle embellit
Si longtems de fes nobles charmes ?

Tout femble ramener les Français à la barbarie dont *Louïs
XIV.* & le Cardinal de *Richelieu* les ont tirés. Malheur aux
politiques qui ne connaiffent pas le prix des beaux arts ! La
terre eft couverte de nations auffi puiffantes que nous. D'où
vient cependant que nous les regardons prefque toutes avec
peu d'eftime ? C'eft par la raifon qu'on méprife dans la fociété un homme riche , dont l'efprit eft fans goût & fans culture. Surtout ne croyez pas , que cet empire de l'efprit , &
cet honneur d'être le modèle des autres peuples , foit une
gloire frivole. Elle eft la marque infaillible de la grandeur
d'un Empire : c'eft toûjours fous les plus grands Princes que
les arts ont fleuri , & leur décadence eft quelquefois l'époque de celle d'un Etat. L'hiftoire eft pleine de ces exemples;
mais ce fujet me ménerait trop loin. Il faut que je finiffe
cette lettre déja trop longue , en vous envoyant un petit
ouvrage , qui trouve naturellement fa place à la tête de cette
tragédie. C'eft une épître en vers à celle qui a joué le rôle
de *Zayre* : je lui devais au moins un compliment pour la façon dont elle s'en eft acquittée :

Car le prophète de la Mecque
Dans fon ferrail n'a jamais eu

Si gentille Arabefque ou Grecque ;
Son œil noir , tendre & bien fendu ,
Sa voix , & fa grace intrinsèque ,
Ont mon ouvrage défendu
Contre l'auditeur qui rebecque :
Mais quand le lecteur morfondu
L'aura dans fa bibliothèque ,
Tout mon honneur fera perdu.

Adieu , mon ami ; cultivez toûjours les lettres & la philofophie , fans oublier d'envoyer des vaiffeaux dans les Échel-
les du Levant. Je vous embraffe de tout mon cœur.

V.

EPITRE

A MADEMOISELLE

GOSSIN,

JEUNE ACTRICE,

Qui a représenté le rôle de ZAYRE avec beaucoup de succès.

Jeune GOSSIN, reçoi mon tendre hommage,
Reçoi mes vers au théatre applaudis,
Protège-les, ZAYRE est ton ouvrage,
Il est à toi, puisque tu l'embellis.
Ce sont tes yeux, ces yeux si pleins de charmes,
Ta voix touchante, & tes sons enchanteurs,
Qui du critique ont fait tomber les armes.
Ta seule vuë adoucit les censeurs.
L'illusion, cette Reine des cœurs,
Marche à ta suite, inspire les allarmes,
Le sentiment, les regrets, les douleurs,
Et le plaisir de répandre des larmes.
 Le Dieu des vers qu'on allait dédaigner,
Est par ta voix aujourd'hui sûr de plaire ;
Le Dieu d'amour, à qui tu fus plus chère,
Est par tes yeux bien plus sûr de régner.
Entre ces dieux désormais tu vas vivre :
Hélas ! longtems je les servis tous deux ;
Il en est un que je n'ose plus suivre.
Heureux cent fois le mortel amoureux,

Qui tous les jours peut te voir & t'entendre,
Que tu reçois avec un souris tendre,
Qui voit son sort écrit dans tes beaux yeux,
Qui pénétré de leurs feux qu'il adore,
A tes genoux oubliant l'Univers,
Parle d'amour, & t'en reparle encore !
Et malheureux qui n'en parle qu'en vers !

SECONDE LETTRE

AU MÊME

MONSIEUR FAKENER,

ALORS

AMBASSADEUR A CONSTANTINOPLE,

Tirée d'une seconde édition de ZAYRE.

MOn cher ami ; (car votre nouvelle dignité d'Ambaſſadeur rend ſeulement notre amitié plus reſpeƈable , & ne m'empêche pas de me ſervir ici d'un titre plus ſacré que le titre de Miniſtre : le nom d'ami eſt bien au-deſſus de celui d'Excellence.)

Je dédie à l'Ambaſſadeur d'un grand Roi & d'une nation libre, le même ouvrage que j'ai dédié au ſimple citoyen, au négociant Anglais *c*).

Ceux qui ſavent combien le commerce eſt honoré dans votre patrie, n'ignorent pas auſſi qu'un négociant y eſt quelquefois un Légiſlateur , un bon Officier , un Miniſtre public.

Quelques perſonnes, corrompuës par l'indigne uſage de ne rendre hommage qu'à la grandeur, ont eſſayé de jetter un ridicule ſur la nouveauté d'une dédicace faite à un homme qui n'avait alors que du mérite. On a oſé , ſur un théâtre conſacré au mauvais goût & à la médiſance, inſulter à l'auteur de cette dédicace ; & à celui qui l'avait reçuë, on a oſé

---

c) Ce que Mr. de *Voltaire* avait prévû dans ſa dédicace de *Zayre* eſt arrivé ; Mr. *Fakener* a été un des meilleurs Miniſtres , & eſt devenu un des hommes des plus conſidé- rables de l'Angleterre. C'eſt ainſi que les auteurs devraient dédier leurs ouvrages , au lieu d'écrire des lettres d'eſclave à des gens dignes de l'être.

lui reprocher d'être *d*) un négociant. Il ne faut point imputer à notre nation une groffiéreté fi honteufe, dont les peuples les moins civilifés rougiraient. Les Magiftrats, qui veil-
lent parmi nous fur les mœurs, & qui font continuellement
occupés à reprimer le fcandale, furent furpris alors. Mais le
mépris & l'horreur du public pour l'auteur connu de cette
indignité, font une nouvelle preuve de la politeffe des Français.

Les vertus qui forment le caractère d'un peuple, font fouvent démenties par les vices d'un particulier. Il y a eu quelques hommes voluptueux à Lacédémone. Il y a eu des efprits
légers & bas en Angleterre. Il y a eu dans Athènes des hommes fans goût, impolis & groffiers ; & on en trouve dans
Paris.

Oublions-les, comme ils font oubliés du public, & rece-
vez ce fecond hommage. Je le dois d'autant plus à un Anglais, que cette tragédie vient d'être embellie à Londres.
Elle y a été traduite & jouée avec tant de fuccès, on a parlé
de moi fur votre théâtre avec tant de politeffe & de bonté,
que j'en dois ici un remerciment public à votre nation.

Je ne peux mieux faire, je crois, pour l'honneur des lettres, que d'apprendre ici à mes compatriotes les fingularités de
la traduction & de la repréfentation de *Zayre* fur le théâtre
de Londres.

Monfieur *Hille*, homme de lettres, qui paraît connaître le
théâtre mieux qu'aucun auteur Anglais, me fit l'honneur de
traduire la piéce, dans le deffein d'introduire fur votre fcène
quelques nouveautés, & pour la manière d'écrire les tragédies, & pour celle de les réciter. Je parlerai d'abord de la
repréfentation.

L'art de déclamer était chez vous un peu hors de la nature ; la plûpart de vos acteurs tragiques s'exprimaient fouvent plus en poëtes faifis d'entoufiafme, qu'en hommes que
la paffion infpire. Beaucoup de comédiens avaient encor outré

---

d) On joua une mauvaife farce
à la comédie Italienne de Paris,
dans laquelle on infultait groffiére-
ment plufieurs perfonnes de mérite, & entr'autres Mr. *Fakener*. Le
Sr. *Héraut*, Lieutenant de Police,
permit cette indignité, & le public
la fifla.

ce défaut ; ils déclamaient des vers ampoulés , avec une fureur & une impétuofité , qui eft au beau naturel , ce que des
convulfions font à l'égard d'une démarche noble & aifée.

Cet air d'empreffement femblait étranger à votre nation ;
car elle eft naturellement fage , & cette fageffe eft quelquefois prife pour de la froideur par les étrangers. Vos prédi-
cateurs ne fe permettent jamais un ton de déclamateur. On
rirait chez vous d'un avocat qui s'échaufferait dans fon plai-
doyer. Les feuls comédiens étaient outrés. Nos acteurs , &
furtout nos actrices de Paris , avaient ce défaut , il y a quelques années : ce fut Mlle. *le Couvreur* qui les en corrigea.
Voyez ce qu'en dit un auteur Italien de beaucoup d'efprit &
de fens.

> „ La legiadra Couvreur fola non trotta
> „ Per quella ftrada dove i fuoi compagni
> „ Van di galoppo tutti quanti in frotta ,
> „ Se avvien ch'ella pianga , o che fi lagni
> „ Senza quegli urli fpaventofi loro ,
> „ Ti muove fi che in pianger l'accompagni.

Ce même changement que Mlle. *le Couvreur* avait fait fur
notre fcène , Mlle. *Cibber* vient de l'introduire fur le théâtre
Anglais , dans le rôle de *Zayre*. Chofe étrange , que dans tous
les arts ce ne foit qu'après bien du tems qu'on vienne enfin
au naturel & au fimple !

Une nouveauté qui va paraître plus fingulière aux Français , c'eft qu'un gentilhomme de votre pays , qui a de la
fortune & de la confidération , n'a pas dédaigné de jouer fur
votre théâtre le rôle d'*Orofmane*. C'était un fpectacle affez
intéreffant de voir les deux principaux perfonnages remplis ,
l'un par un homme de condition , & l'autre par une jeune
actrice de dix-huit ans , qui n'avait pas encor récité un vers
en fa vie.

Cet exemple d'un citoyen , qui a fait ufage de fon talent
pour la déclamation , n'eft pas le premier parmi vous. Tout
ce qu'il y a de furprenant en cela , c'eft que nous nous en
étonnions.

Nous

Nous devrions faire réflexion , que toutes les chofes de ce monde dépendent de l'ufage & de l'opinion. La cour de France a danfé fur le théâtre avec les acteurs de l'opéra ; & on n'a rien trouvé en cela d'étrange , finon que la mode de ces divertiffemens ait fini. Pourquoi fera-t-il plus étonnant de réciter que de danfer en public ? Y a-t-il d'autre différence entre ces deux arts , finon que l'un eft autant au-deffus de l'autre , que les talens où l'efprit a quelque part font au-deffus de ceux du corps ? Je le répète encore , & je le dirai toûjours , aucun des beaux arts n'eft méprifable , & il n'eft véritablement honteux que d'attacher de la honte aux talens.

Venons à préfent à la traduction de *Zayre* , & au changement qui vient de fe faire chez vous dans l'art dramatique.

Vous aviez une coûtume à laquelle Mr. *Addiffon* , le plus fage de vos écrivains , s'eft affervi lui-même ; tant l'ufage tient lieu de raifon & de loi. Cette coûtume peu raifonnable était de finir chaque acte par des vers d'un goût différent du refte de la piéce , & ces vers devaient néceffairement renfermer une comparaifon. *Phèdre* en fortant du théâtre fe comparait poëtiquement à une biche , *Caton* à un rocher , *Cléopatre* à des enfans qui pleurent jufqu'à ce qu'ils foient endormis.

Le traducteur de *Zayre* eft le premier qui ait ofé maintenir les droits de la nature contre un goût fi éloigné d'elle. Il a profcrit cet ufage ; il a fenti que la paffion doit parler un langage vrai , & que le poëte doit fe cacher toûjours pour ne laiffer paraître que le héros.

C'eft fur ce principe qu'il a traduit avec naïveté , & fans aucune enflure , tous les vers fimples de la piéce , que l'on gâterait , fi on voulait les rendre beaux.

„ On ne peut défirer ce qu'on ne connaît pas.

„ J'euffe été près du Gange efclave des faux Dieux ,
„ Chrétienne dans Paris , Mufulmane en ces lieux.

„ Mais Orofmane m'aime , & j'ai tout oublié

„ Non , la reconnaiffance eft un faible retour,
„ Un tribut offenfant , trop peu fait pour l'amour.

„ Je me croirais haï d'être aimé faiblement.

„ Je veux avec excès vous aimer & vous plaire.

„ L'art n'eft pas fait pour toi , tu n'en a pas befoin.

„ L'art le plus innocent tient de la perfidie.

Tous les vers qui font dans ce goût fimple & vrai, font rendus mot à mot dans l'Anglais. Il eût été aifé de les orner ; mais le traducteur a jugé autrement que quelques-uns de mes compatriotes ; il a aimé , & il a rendu toute la naiveté de ces vers. En effet , le ftyle doit être conforme au fujet. *Alzire , Brutus , & Zayre* demandaient, par exemple , trois fortes de verfifications différentes.

Si *Bérénice* fe plaignait de *Titus* , & *Ariane* de *Théfée* , dans le ftile de *Cinna , Bérénice* & *Ariane* ne toucheraient point.

Jamais on ne parlera bien d'amour , fi on cherche d'autres ornemens que la fimplicité & la vérité.

Il n'eft pas queftion ici d'examiner s'il eft bien de mettre tant d'amour dans les piéces de théâtre. Je veux que ce foit une faute , elle eft & fera univerfelle ; & je ne fais quel nom donner aux fautes qui font le charme du genre humain.

Ce qui eft certain , c'eft que dans ce défaut les Français ont réuffi plus que toutes les autres nations anciennes & modernes mifes enfemble. L'amour paraît fur nos théâtres avec des bienféances , une délicateffe , une vérité , qu'on ne trouve point ailleurs. C'eft que de toutes les nations la Françaife eft celle qui a le plus connu la fociété.

Le commerce continuel fi vif & fi poli des deux fexes, a introduit en France une politeffe affez ignorée ailleurs.

La fociété dépend des femmes. Tous les peuples qui ont le malheur de les enfermer font infociables. Et des mœurs encor auftères parmi vous, des querelles politiques, des guerres de Religion, qui vous avaient rendu farouches, vous ôtèrent, jufqu'au tems de *Charles II*, la douceur de la fociété, au milieu même de la liberté. Les poëtes ne devaient donc favoir ni dans aucun pays, ni même chez les Anglais, la manière dont les honnêtes gens traitent l'amour.

La bonne comédie fut ignorée jufqu'à *Molière*, comme l'art d'exprimer fur le théâtre des fentimens vrais & délicats fut ignoré jufqu'à *Racine*, parce que la fociété ne fut, pour ainfi dire, dans fa perfection que de leur tems. Un poëte, du fond de fon cabinet, ne peut peindre des mœurs qu'il n'a point vûes; il aura plutôt fait cent odes & cent épîtres, qu'une fcène où il faut faire parler la nature.

Votre *Dryden*, qui d'ailleurs était un très-grand génie, mettait dans la bouche de fes héros amoureux, ou des hyperboles de rhétorique, ou des indécences; deux chofes également oppofées à la tendreffe.

Si Mr. *Racine* fait dire à *Titus*:

» Depuis cinq ans entiers chaque jour je la vois,
» Et crois toûjours la voir pour la première fois:

votre *Dryden* fait dire à *Antoine*:

» Ciel! comme j'aimai! Témoins les jours & les nuits qui
» fuivaient en danfant fous vos pieds. Ma feule affaire était
» de vous parler de ma paffion; un jour venait, & ne voyait
» rien qu'amour; un autre venait, & c'était de l'amour en-
» core. Les foleils étaient las de nous regarder, & moi je
» n'étais point las d'aimer.

Il eft bien difficile d'imaginer, qu'*Antoine* ait en effet tenu de pareils difcours à *Cléopatre*.

Dans la même piéce *Cléopatre* parle ainfi à *Antoine*.

» Venez à moi, venez dans mes bras, mon cher foldat ;
» j'ai été trop longtems privée de vos careffes. Mais quand
» je vous embrafferai, quand vous ferez tout à moi, je vous
» punirai de vos cruautés, en laiffant fur vos lèvres l'impref-
» fion de mes ardens baifers.

Il eft très-vraifemblable que *Cléopatre* parlait fouvent dans
ce goût : mais ce n'eft point cette indécence qu'il faut repréfenter devant une audience refpeftable.

Quelques-uns de vos compatriotes ont beau dire, C'eft-là
la pure nature ; on doit leur répondre que c'eft précifément
cette nature qu'il faut voiler avec foin.

Ce n'eft pas même connaître le cœur humain, de penfer
qu'on doit plaire davantage en préfentant ces images licen-
tieufes. Au contraire, c'eft fermer l'entrée de l'ame aux vrais
plaifirs. Si tout eft d'abord à découvert, on eft raffafié. Il ne
refte plus rien à chercher, rien à défirer, & on arrive tout
d'un coup à la langueur en croyant courir à la volupté. Voilà
pourquoi la bonne compagnie a des plaifirs que les gens groffiers ne connaiffent pas.

Les fpeftateurs en ce cas font comme les amans, qu'une
jouïffance trop prompte dégoûte : ce n'eft qu'à travers cent
nuages qu'on doit entrevoir ces idées, qui feraient rougir,
préfentées de trop près. C'eft ce voile qui fait le charme des
honnêtes gens ; il n'y a point pour eux de plaifir fans bienféance.

Les Français ont connu cette règle plus tôt que les autres
peuples, non parce qu'*ils font fans génie & fans hardieffe*,
comme le dit ridiculement l'inégal & impétueux *Dryden*,
mais parce que depuis la régence d'*Anne d'Autriche* ils ont
été le peuple le plus fociable & le plus poli de la Terre ; &
cette politeffe n'eft point une chofe arbitraire, comme ce qu'on
appelle civilité ; c'eft une loi de la nature qu'ils ont heureufement cultivée plus que les autres peuples.

Le tradufteur de *Zayre* a refpefté prefque partout ces bienféances théatrales, qui vous doivent être communes comme
à nous ; mais il y a quelques endroits où il s'eft livré encor
à d'anciens ufages.

Par exemple, lorfque dans la piéce Anglaife *Orofmane* vient

annoncer à *Zayre* qu'il croit ne la plus aimer, *Zayre* lui répond en se roulant par terre. Le Sultan n'est point ému de
la voir dans cette posture de ridicule & de desespoir, & le
moment d'après il est tout étonné que *Zayre* pleure.

Il lui dit cet hémistiche :

„ Zayre , vous pleurez !

Il aurait dû lui dire auparavant :

„ Zayre , vous vous roulez par terre.

Aussi ces trois mots, *Zayre*, *vous pleurez*, qui font un grand
effet sur notre théâtre, n'en ont fait aucun sur le votre, parce
qu'ils étaient déplacés. Ces expressions familières & naïves
tirent toute leur force de la seule manière dont elles sont
amenées. *Seigneur*, *vous changez de visage*, n'est rien par soi-
même ; mais le moment où ces paroles si simples sont prononcées dans *Mithridate*, fait frémir.

Ne dire que ce qu'il faut, & de la manière dont il le faut,
est, ce me semble, un mérite, dont les Français, si vous m'en
exceptez, ont plus approché que les écrivains des autres pays.
C'est, je crois, sur cet art que notre nation doit en être crue.
Vous nous apprenez des choses plus grandes & plus utiles :
il serait honteux à nous de ne le pas avouer. Les Français
qui ont écrit contre les découvertes du Chevalier *Newton* sur
la lumière, en rougissent ; ceux qui combattent la gravitation
en rougiront bientôt.

Vous devez vous soumettre aux règles de notre théâtre,
comme nous devons embrasser votre philosophie. Nous avons
fait d'aussi bonnes expériences sur le cœur humain, que vous
sur la physique. L'art de plaire semble l'art des Français, &
l'art de penser paraît le votre. Heureux, Monsieur, qui comme
vous les réunit ! &c.

LETTRE

A MONSIEUR DE LA ROQUE,

sur la tragédie de ZAYRE *, 1732.*

QUoique pour l'ordinaire vous vouliez bien prendre la peine , Monfieur , de faire les extraits des piéces nouvelles , cependant vous me privez de cet avantage , & vous voulez que ce foit moi qui parle de *Zayre*. Il me femble que je vois Mr. *le Normand ,* ou Mr. *Cochin ,* réduire un de leurs cliens à plaider fa caufe. L'entreprife eft dangereufe , mais je vais mériter au moins la confiance que vous avez en moi par la fincérité avec laquelle je m'expliquerai.

Zayre eft la première piéce de théâtre , dans laquelle j'aye ofé m'abandonner à toute la fenfibilité de mon cœur. C'eft la feule tragédie tendre que j'aye faite. Je croyais dans l'âge même des paffions les plus vives , que l'amour n'était point fait pour le théâtre tragique. Je ne regardais cette faibleffe que comme un défaut charmant qui aviliffait l'art des *Sophocles.* Les connaiffeurs qui fe plaifent plus à la douceur élégante de *Racine* qu'à la force de *Corneille ,* me paraiffent reffembler aux curieux qui préfèrent les nudités du *Corrège* au chafte & noble pinceau de *Raphaël.*

Le public qui fréquente les fpectacles , eft aujourd'hui plus que jamais dans le goût du *Corrège.* Il faut de la tendreffe & du fentiment ; c'eft même ce que les acteurs jouent le mieux. Vous trouverez vingt comédiens qui plairont dans *Andronic* & dans *Hippolite ,* & à peine un feul qui réuffiffe dans *Cinna* & dans *Horace.* Il a donc falu me plier aux mœurs du tems , & commencer tard à parler d'amour.

J'ai cherché du moins à couvrir cette paffion de toute la bienféance poffible ; & pour l'annoblir , j'ai voulu la mettre à côté de ce que les hommes ont de plus refpectable. L'idée me vint de faire contraſter dans un même tableau, d'un côté, l'honneur, la naiſſance, la patrie, la Religion; & de l'autre, l'amour le plus tendre & le plus malheureux; les mœurs des Mahométans & celles des Chrétiens; la cour d'un Soudan & celle d'un Roi de France; & de faire paraître, pour la première fois, des Français ſur la ſcène tragique. Je n'ai pris dans l'hiſtoire que l'époque de la guerre de *St. Louïs ;* tout le reſte eſt entiérement d'invention. L'idée de cette piéce étant ſi neuve & ſi fertile, s'arrangea d'elle-même; & au lieu que le plan d'*Eriphile* m'avait beaucoup coûté, celui de *Zayre* fut fait en un ſeul jour; & l'imagination échauffée par l'intérêt qui régnait dans ce plan, acheva la piéce en vingt-deux jours.

Il entre peut-être un peu de vanité dans cet aveu, (car où eſt l'artiſte ſans amour-propre ?) mais je devais cette excuſe au public, des fautes & des négligences qu'on a trouvées dans ma tragédie. Il aurait été mieux ſans doute d'attendre à la faire repréſenter que j'en euſſe châtié le ſtyle; mais des raiſons, dont il eſt inutile de fatiguer le public, n'ont pas permis qu'on différat. Voici, Monſieur, le ſujet de cette piéce.

La Paleſtine avait été enlevée aux Princes Chrétiens par le conquérant *Saladin. Noradin,* Tartare d'origine, s'en était enſuite rendu maître. *Oroſmane,* fils de *Noradin,* jeune homme plein de grandeur, de vertus & de paſſions, commençait à régner avec gloire dans Jéruſalem. Il avait porté ſur le trône de la Syrie la franchiſe & l'eſprit de liberté de ſes ancêtres. Il mépriſait les règles auſtères du ſerrail, & n'affectait point de ſe rendre inviſible aux étrangers & à ſes ſujets, pour devenir plus reſpectable. Il traitait avec douceur les eſclaves Chrétiens, dont ſon ſerrail & ſes Etats étaient remplis. Parmi ces eſclaves il s'était trouvé un enfant, pris autrefois au ſac de Céſarée, ſous le règne de *Noradin.* Cet enfant ayant été racheté par des Chrétiens à l'âge de neuf ans, avait été amené en France au Roi *St. Louïs,* qui avait daigné prendre ſoin de ſon éducation & de ſa fortune. Il avait pris en France le nom de *Néreſtan ;* & étant retourné en Syrie, il avait été fait priſonnier encor une fois, & avait été enfermé parmi les eſclaves d'*Oroſmane.* Il retrouva dans la captivité une jeune perſonne avec qui il avait été priſonnier dans ſon enfance, lorſque les Chrétiens avaient perdu Céſarée. Cette jeune per‑ ſonne, à qui on avait donné le nom de *Zayre*, ignorait ſa naiſſance, auſſi‑bien que *Néreſtan* & que tous ces enfans de tribut qui ſont enlevés de bonne heure des mains de leurs pa‑ rens, & qui ne connaiſſent de famille & de patrie que le ſerrail. *Zayre* ſavait ſeulement qu'elle était née Chrétienne. *Néreſtan* & quelques autres eſclaves un peu plus âgés qu'elle, l'en aſſuraient. Elle avait toûjours conſervé un ornement qui renfermait une croix, ſeule preuve qu'elle eût de ſa Religion. Une autre eſclave nommée *Fatime*, née Chrétienne, & miſe au ſerrail à l'âge de dix ans, tâchait d'inſtruire *Zayre* du peu qu'elle ſavait de la Religion de ſes pères. Le jeune *Néreſtan*, qui avait la liberté de voir *Zayre* & *Fatime*, animé du zèle qu'avaient alors les Chevaliers Français, touché d'ailleurs pour *Zayre* de la plus tendre amitié, la diſpoſait au Chriſtianiſme. Il ſe propoſa de racheter *Zayre*, *Fatime* & dix Chevaliers Chrétiens, du bien qu'il avait acquis en France, & de les amener à la cour de *St. Louïs*. Il eut la hardieſſe de demander au Soudan *Oroſmane* la permiſſion de retourner en France ſur ſa ſeule parole, & le Sultan eut la généroſité de le permettre. *Néreſtan* partit, & fut deux ans hors de Jéruſalem.

Cependant la beauté de *Zayre* croiſſait avec ſon âge, & la naïveté touchante de ſon caractère la rendait encor plus aimable que ſa beauté. *Oroſmane* la vit & lui parla. Un cœur comme le ſien ne pouvait l'aimer qu'éperdûment. Il réſolut de bannir la molleſſe qui avait efféminé tant de Rois de l'Aſie, & d'avoir dans *Zayre* une amie, une maîtreſſe, une femme, qui lui tiendrait lieu de tous les plaiſirs, & qui partagerait ſon cœur avec les devoirs d'un Prince & d'un guerrier. Les faibles idées du Chriſtianiſme, tracées à peine dans le cœur de *Zayre*, s'évanouïrent bientôt à la vûe du Soudan; elle l'aima autant qu'elle en était aimée, ſans que l'ambition ſe mêlât en rien à la pureté de ſa tendreſſe.

Néreſtan ne revenait point de France. *Zayre* ne voyait qu'*Oroſmane* & ſon amour. Elle était prête d'épouſer le Sul‑ tan, lorſque le jeune Français arriva. *Oroſmane* le fait entrer en préſence même de *Zayre*. *Néreſtan* apportait avec la ran‑
çon

çon de *Zayre* & de *Fatime*, celle de dix Chevaliers qu'il devait choifir. J'ai fatisfait à mes fermens, dit-il au Soudan : c'eft à toi de tenir ta promeffe, de me remettre *Zayre*, *Fatime* & les dix Chevaliers ; mais appren que j'ai épuifé ma fortune à payer leur rançon : *Une pauvreté noble eft tout ce qui me refte ;* je viens me remettre dans tes fers. Le Soudan fatisfait du grand courage de ce Chrétien, & né pour être plus généreux encore, lui rendit toutes les rançons qu'il apportait, lui donna cent Chevaliers au lieu de dix, & le combla de préfens ; mais il lui fit entendre que *Zayre* n'était pas faite pour être rachetée, & qu'elle était d'un prix au-deffus de toutes rançons. Il refufa auffi de lui rendre, parmi les Chevaliers qu'il délivrait, un Prince de *Lufignan*, fait efclave depuis long-tems dans Céfarée.

Ce *Lufignan*, le dernier de la branche des Rois de Jérufalem, était un vieillard refpefté dans l'Orient, l'amour de tous les Chrétiens, & dont le nom feul pouvait être dangereux aux Sarrazins. C'était lui principalement que *Néreftan* avait voulu racheter. Il parut devant *Orofmane* accablé du refus qu'on lui faifait de *Lufignan* & de *Zayre*. Le Soudan remarqua ce trouble ; il fentit dès ce moment un commencement de jaloufie que la générofité de fon caraftère lui fit étouffer. Cependant il ordonna que les cent Chevaliers fuffent prêts à partir le lendemain avec *Néreftan*.

Zayre, fur le point d'être Sultane, voulut donner au moins à *Néreftan* une preuve de fa reconnaiffance. Elle fe jette aux pieds d'*Orofmane* pour obtenir la liberté du vieux *Lufignan*. *Orofmane* ne pouvait rien refufer à *Zayre*. On alla tirer *Lufignan* des fers. Les Chrétiens délivrés étaient avec *Néreftan* dans les appartemens extérieurs du ferrail ; ils pleuraient la deftinée de *Lufignan* : fur-tout le Chevalier de *Châtillon*, ami tendre de ce malheureux Prince, ne pouvait fe réfoudre à accepter une liberté qu'on refufait à fon ami & à fon maître, lorfque *Zayre* arrive & leur amène celui qu'ils n'efpéraient plus.

Lufignan, ébloui de la lumière qu'il revoyait après vingt années de prifon, pouvant fe foutenir à peine, ne fachant où il eft & où on le conduit, voyant enfin qu'il était avec des Français , & reconnaiſſant *Châtillon* , s'abandonna à cette joye mêlée d'amertume que les malheureux éprouvent dans leur conſolation. Il demande à qui il doit ſa délivrance. *Zayre* prend la parole en lui préſentant *Néreſtan* : C'eſt à ce jeune Français , dit - elle , que vous , & tous les Chrétiens , devez votre liberté. Alors le vieillard apprend que *Néreſtan* a été élevé dans le ſerrail avec *Zayre ;* & ſe tournant vers eux , Hélas ! dit - il , puiſque vous avez pitié de mes malheurs , achevez votre ouvrage , inſtruiſez - moi du ſort de mes enfans. Deux me furent enlevés au berceau , lorſque je fus pris dans *Céſarée ;* deux autres furent maſſacrés devant moi avec leur mère. O mes fils ! ô martyrs ! veillez du haut du ciel ſur mes autres enfans , s'ils ſont vivans encore. Hélas ! j'ai ſû que mon dernier fils & ma fille furent conduits dans ce ſerrail. Vous qui m'écoutez , *Néreſtan* , *Zayre* , *Châtillon* , n'avez-vous nulle connaiſſance de ces triſtes reſtes du ſang de *Godefroi* & de *Luſignan.*

Au milieu de ces queſtions , qui déja remuaient le cœur de *Néreſtan* & de *Zayre* , *Luſignan* aperçut au bras de *Zayre* un ornement qui renfermait une croix : il ſe reſſouvint que l'on avait mis cette parure à ſa fille lorſqu'on la portait au batême ; *Châtillon* l'en avait ornée lui - même , & *Zayre* avait été arrachée de ſes bras avant que d'être batiſée. La reſſemblance des traits , l'âge , toutes les circonſtances , une cicatrice de la bleſſure que ſon jeune fils avait reçue , tout confirme à *Luſignan* qu'il eſt père encore ; & la nature parlant à la fois au cœur de tous les trois , & s'expliquant par des larmes : Embraſſez - moi , mes chers enfans , s'écria *Luſignan* , & revoyez votre père. *Zayre* & *Néreſtan* ne pouvaient s'arracher de ſes bras. Mais , hélas ! dit ce vieillard infortuné , goûterai - je une joye pure ? Grand Dieu , qui me rends ma fille , me la rends - tu Chrétienne ? *Zayre* rougit & frémit à ces paroles. *Luſignan* vit ſa honte & ſon malheur , & *Zayre* avoüa qu'elle était Muſulmane. La douleur , la religion & la nature donnèrent en ce moment des forces à *Luſignan ;* il embraſſa ſa fille , & lui montrant d'une main le tombeau de JÉSUS - CHRIST , & le ciel de l'autre , animé de ſon deſeſpoir , de ſon zèle , aidé de tant de Chrétiens , de ſon fils &

du Dieu qui l'infpire, il touche fa fille, il l'ébranle ; elle fe
jette à fes pieds & lui promet d'être Chrétienne.

Au moment arrive un officier du ferrail qui fépare *Zayre*
de fon père & de fon frère, & qui arrête tous les Chevaliers
Français. Cette rigueur inopinée était le fruit d'un Confeil
qu'on venait de tenir en préfence d'*Orofmane*. La flotte de
St. Louïs était partie de Chypre, & on craignait pour les
côtes de Syrie ; mais un fecond courier ayant apporté la nouvelle du départ de *St. Louïs* pour l'Egypte, *Orofmane* fut
raffuré ; il était lui-même ennemi du Soudan d'Egypte. Ainfi
n'ayant rien à craindre ni du Roi ni des Français qui étaient
à Jérufalem, il commanda qu'on les renvoyât à leur Roi, &
ne fongea plus qu'à réparer, par la pompe & la magnificence
de fon mariage, la rigueur dont il avait ufé envers *Zayre*.

Pendant que le mariage fe préparait, *Zayre* défolée demanda au Soudan la permiffion de revoir *Néreftan* encor une
fois. *Orofmane*, trop heureux de trouver une occafion de
plaire à *Zayre*, eut l'indulgence de permettre cette entrevue.
Néreftan revit donc *Zayre* ; mais ce fut pour lui apprendre que
fon père était prêt d'expirer, qu'il mourait entre la joie d'a-
voir retrouvé fes enfans, & l'amertume d'ignorer fi *Zayre*
ferait Chrétienne, & qu'il lui ordonnait en mourant d'être
batifée ce jour-là même de la main du Pontife de Jérufalem. *Zayre* attendrie & vaincue, promit tout, & jura à fon
frère qu'elle ne trahirait point le fang dont elle était née,
qu'elle ferait Chrétienne, qu'elle n'épouferait point *Orofmane*,
qu'elle ne prendrait aucun parti avant que d'avoir été batifée.

A peine avait-elle prononcé ce ferment, qu'*Orofmane*,
plus amoureux & plus aimé que jamais, vient la prendre pour
la conduire à la Mofquée. Jamais on n'eut le cœur plus déchiré que *Zayre* ; elle était partagée entre fon Dieu, fa famille, & fon nom qui la retenaient, & le plus aimable de
tous les hommes qui l'adorait. Elle ne fe connut plus ; elle
céda à la douleur, & s'échapa des mains de fon amant, le
quittant avec defefpoir & le laiffant dans l'accablement de la
furprife, de la douleur & de la colère.

Les impreffions de jaloufie fe réveillèrent dans le cœur
d'*Orofmane*. L'orgueil les empêcha de paraître, & l'amour

les adoucit. Il prit la fuite de *Zayre* pour un caprice , pour
un artifice innocent , pour la crainte naturelle à une jeune
fille , pour toute autre chofe enfin que pour une trahifon. Il
vit encor *Zayre* , lui pardonna & l'aima plus que jamais. L'a-
mour de *Zayre* augmentait par la tendreffe indulgente de fon
amant. Elle fe jette en larmes à fes genoux , le fupplie de
différer le mariage jufqu'au lendemain. Elle comptait que fon
frère ferait alors parti, qu'elle aurait reçu le batême , que Dieu
lui donnerait la force de réfifter. Elle fe flattait même quelquefois que la Religion Chrétienne lui permettrait d'aimer un
homme fi tendre , fi généreux , fi vertueux , à qui il ne manquait que d'être Chrétien. Frapée de toutes ces idées , elle
parlait à *Orofmane* avec une tendreffe fi naïve & une douleur
fi vraie, qu'*Orofmane* céda encore, & lui accorda le facrifice
de vivre fans elle ce jour-là. Il était fûr d'être aimé ; il était
heureux dans cette idée , & fermait les yeux fur le refte.

. Cependant dans les premiers mouvemens de jaloufie , il
avait ordonné que le ferrail fût fermé à tous les Chrétiens.
Néreftan trouvant le ferrail fermé , & n'en foupçonnant pas
la caufe , écrivit une lettre preffante à *Zayre* ; il lui mandait
d'ouvrir une porte fecrette qui conduifait vers la Mofquée ,
& lui recommandait d'être fidèle.

. La lettre tomba entre les mains d'un garde qui la porta
à *Orofmane*. Le Soudan en crut à peine fes yeux. Il fe vit
trahi ; il ne douta pas de fon malheur & du crime de *Zayre*.
Avoir comblé un étranger , un captif de bienfaits ; avoir donné
fon cœur , fa couronne à une fille efclave , lui avoir tout facrifié ; ne vivre que pour elle , & en être trahi pour ce captif
même ; être trompé par les apparences du plus tendre amour ;
éprouver en un moment ce que l'amour a de plus violent ,
ce que l'ingratitude a de plus noir , ce que la perfidie a de
plus traître ; c'était fans doute un état horrible. Mais *Orofmane* aimait , & il fouhaitait de trouver *Zayre* innocente. Il
lui fait rendre ce billet par un efclave inconnu. Il fe flatte
que *Zayre* pouvait ne point écouter *Néreftan* ; *Néreftan* feul
lui paraiffait coupable. Il ordonne qu'on l'arrête & qu'on
l'enchaîne ; & il va , à l'heure & à la place du rendez-vous ,
attendre l'effet de la lettre.

La lettre eſt rendue à *Zayre* , elle la lit en tremblant ; & après avoir longtems héſité , elle dit enfin à l'eſclave , qu'elle attendra *Néreſtan* , & donne ordre qu'on l'introduiſe. L'eſclave rend compte de tout à *Oroſmane.*

Le malheureux Soudan tombe dans l'excès d'une douleur mêlée de fureur & de larmes. Il tire ſon poignard , & il pleure. *Zayre* vient au rendez-vous dans l'obſcurité de la nuit. *Oroſmane* entend ſa voix , & ſon poignard lui échape. Elle approche, elle appelle *Néreſtan* ; & à ce nom , *Oroſmane* la poignarde.

Dans l'inſtant on lui amène *Néreſtan* enchaîné , avec *Fatime* complice de *Zayre.* *Oroſmane* hors de lui s'adreſſe à *Néreſtan* , en le nommant ſon rival : C'eſt toi qui m'arraches *Zayre* , dit-il , regarde-la avant que de mourir ; que ton ſupplice commence avec le ſien ; regarde-la , te dis-je. *Néreſtan* approche de ce corps expirant. Ah ! que vois-je ! ah ! ma ſœur ! barbare , qu'as-tu fait....? A ce mot de ſœur , *Oroſ-mane* eſt comme un homme qui revient d'un ſonge funeſte ; il connaît ſon erreur ; il voit ce qu'il a perdu ; il s'eſt trop abîmé dans l'horreur de ſon état pour ſe plaindre. *Néreſtan* & *Fatime* lui parlent ; mais de tout ce qu'ils diſent il n'entend autre choſe ſinon qu'il était aimé. Il prononce le nom de *Zayre* , il court à elle ; on l'arrête , il retombe dans l'engourdiſſement de ſon deſeſpoir. Qu'ordonnes-tu de moi ? lui dit *Néreſtan.* Le Soudan , après un long ſilence , fait ôter les fers à *Néreſtan* , le comble de largeſſes , lui & tous les Chrétiens , & ſe tue auprès de *Zayre.*

Voilà , Monſieur , le plan exact de la conduite de cette tragédie que j'expoſe avec toutes ſes fautes. Je ſuis bien loin de m'enorgueillir du ſuccès paſſager de quelques repréſentations. Qui ne connaît l'illuſion du théâtre ? Qui ne ſait qu'une ſituation intéreſſante , mais triviale , une nouveauté brillante & hazardée , la ſeule voix d'une actrice , ſuffiſent pour tromper quelque tems le public ? Quelle diſtance immenſe entre un ouvrage ſouffert au théâtre & un bon ouvrage ! J'en ſens malheureuſement toute la différence. Je vois combien il eſt difficile de réuſſir au gré des connaiſſeurs. Je ne ſuis pas plus indulgent qu'eux pour moi-même ; & ſi j'oſe travailler , c'eſt que mon goût extrême pour cet art l'emporte encore sur la connaissance que j'ai de mon peu de talent.

A C T E U R S.

OROSMANE , Soudan de Jérusalem.

LUSIGNAN , Prince du sang des Rois de Jérusalem.

ZAYRE ,
FATIME , } Esclaves du Soudan.

NERESTAN ,
CHATILLON , } Chevaliers Français.

CORASMIN ,
MELEDOR , } Officiers du Soudan.

Un esclave.

Suite.

La scène est au serrail de Jérusalem.

Z A Y R E,

T R A G É D I E.

A C T E   P R E M I E R.

S C E N E   P R E M I E R E.

Z A Y R E , F A T I M E.

F A T I M E.

JE ne m'attendais pas , jeune & belle Zayre ,
Aux nouveaux fentimens que ce lieu vous infpire.
Quel efpoir fi flatteur , ou quels heureux deftins ,
De vos jours ténébreux ont fait des jours fereins ?
La paix de votre cœur augmente avec vos charmes ;
Cet éclat de vos yeux n'eft plus terni de larmes ;
Vous ne les tournez plus vers ces heureux climats ,
Où ce brave Français devait guider nos pas ;
Vous ne me parlez plus de ces belles contrées ,
Où d'un peuple poli les femmes adorées
Reçoivent cet encens que l'on doit à vos yeux ;
Compagnes d'un époux , & Reines en tous lieux ,
Libres fans deshonneur , & fages fans contrainte ,
Et ne devant jamais leurs vertus à la crainte.
Ne foupirez - vous plus pour cette liberté ?

Le ferrail d'un Soudan , fa trifte auftérité ,
Ce nom d'efclave enfin , n'ont - ils rien qui vous gêne ?
Préférez - vous Solyme aux rives de la Seine ?

ZAYRE.

On ne peut défirer ce qu'on ne connait pas.
Sur les bords du Jourdain le ciel fixa nos pas.
Au ferrail des Soudans dès l'enfance enfermée,
Chaque jour ma raifon s'y voit accoutumée.
Le refte de la terre anéanti pour moi ,
M'abandonne au Soudan , qui nous tient fous fa loi :
Je ne connais que lui , fa gloire , fa puiffance :
Vivre fous Orofmane eft ma feule efpérance ,
Le refte eft un vain fonge.

FATIME.

Avez - vous oublié
Ce généreux Français ; dont la tendre amitié
Nous promit fi fouvent de rompre notre chaîne ?
Combien nous admirions fon audace hautaine !
Quelle gloire il acquit dans ces triftes combats
Perdus par les Chrétiens fous les murs de Damas !
Orofmane vainqueur , admirant fon courage ,
Le laiffa fur fa foi partir de ce rivage.
Nous l'attendons encor ; fa générofité
Devait payer le prix de notre liberté.
N'en aurions - nous conçu qu'une vaine efpérance ?

ZAYRE.

Peut - être fa promeffe a paffé fa puiffance.
Depuis plus de deux ans il n'eft point revenu.
Un étranger , Fatime , un captif inconnu ,
Promet beaucoup , tient peu , permet à fon courage
Des fermens indifcrets pour fortir d'efclavage.

Ii

Il devait délivrer dix Chevaliers Chrétiens ,
Venir rompre leurs fers , ou reprendre les fiens.
J'admirai trop en lui cet inutile zèle.
Il n'y faut plus penfer.

FATIME.

Mais s'il était fidèle ,
S'il revenait enfin dégager fes fermens ,
Ne voudriez - vous pas ? . . . .

ZAYRE.

Fatime , il n'eft plus tems.
Tout eft changé . . . .

FATIME.

Comment ? que prétendez - vous dire ?

ZAYRE.

Va , c'eft trop te céler le deftin de Zayre ;
Le fecret du Soudan doit encor fe cacher ;
Mais mon cœur dans le tien fe plait à s'épancher.
Depuis près de trois mois qu'avec d'autres captives
On te fit du Jourdain abandonner les rives ,
Le ciel , pour terminer les malheurs de nos jours ,
D'une main plus puiffante a choifi le fecours.
Ce fuperbe Orofmane . . . .

FATIME.

Eh bien !

ZAYRE.

Ce Soudan même ,
Ce vainqueur des Chrétiens... chère Fatime... il m'aime...
Tu rougis . . . je t'entens . . . garde - toi de penfer
Qu'à briguer fes foupirs je puiffe m'abaiffer ,
Que d'un maître abfolu la fuperbe tendreffe
M'offre l'honneur honteux du rang de fa maîtreffe ,

Tom. III. *& du Théâtre le premier.*   Ddd

Et que j'effuye enfin l'outrage & le danger
Du malheureux éclat d'un amour paffager.
Cette fierté qu'en nous foutient la modeftie ,
Dans mon cœur à ce point ne s'eft pas démentie.
Plutôt que jufques-là j'abaiffe mon orgueil ,
Je verrais fans pâlir les fers & le cercueil.
Je m'en vais t'étonner ; fon fuperbe courage
A mes faibles appas préfente un pur hommage ;
Parmi tous ces objets à lui plaire empreffés ,
J'ai fixé fes regards à moi feule adreffés ;
Et l'hymen confondant leurs intrigues fatales ,
Me foumettra bientôt fon cœur & mes rivales.

F A T I M E.

Vos appas , vos vertus , font dignes de ce prix ;
Mon cœur en eft flatté , plus qu'il n'en eft furpris :
Que vos félicités , s'il fe peut , foient parfaites !
Je me vois avec joie au rang de vos fujettes.

Z A Y R E.

Sois toûjours mon égale , & goûte mon bonheur ;
Avec toi partagé je fens mieux fa douceur.

F A T I M E.

Hélas ! puiffe le ciel fouffrir cet hyménée !
Puiffe cette grandeur , qui vous eft deftinée ,
Qu'on nomme fi fouvent du faux nom de bonheur ,
Ne point laiffer de trouble au fond de votre cœur !
N'eft-il point en fecret de frein qui vous retienne ?
Ne vous fouvient-il plus que vous fûtes Chrétienne ?

Z A Y R E.

Ah ! que dis-tu ? Pourquoi rappeller mes ennuis ?
Chère Fatime , hélas ! fais-je ce que je fuis ?

Le ciel m'a-t-il jamais permis de me connaître ?
Ne m'a-t-il pas caché le fang qui m'a fait naître ?

FATIME.

Néreſtan qui nâquit non loin de ce ſejour ,
Vous dit que d'un Chrétien vous reçutes le jour ;
Que dis-je ? Cette croix qui ſur vous fut trouvée ,
Parure de l'enfance , avec ſoin conſervée ,
Ce ſigne des Chrétiens que l'art dérobe aux yeux ,
Sous ce brillant éclat d'un travail précieux ,
Cette croix , dont cent fois mes ſoins vous ont parée ,
Peut-être entre vos mains eſt-elle demeurée ,
Comme un gage ſecret de la fidélité
Que vous deviez au Dieu que vous aviez quitté.

ZAYRE.

Je n'ai point d'autre preuve ; & mon cœur qui s'ignore ,
Peut-il admettre un Dieu que mon amant abhorre ?
La coûtume , la loi plia mes premiers ans
A la Religion des heureux Muſulmans.
Je le vois trop : les ſoins qu'on prend de notre enfance ,
Forment nos ſentimens , nos mœurs , notre créance.
J'euſſe été près du Gange eſclave des faux dieux ,
Chrétienne dans Paris , Muſulmane en ces lieux.
L'inſtruction fait tout ; & la main de nos pères
Grave en nos faibles cœurs ces premiers caractères ,
Que l'exemple & le tems nous viennent retracer ,
Et que peut-être en nous Dieu ſeul peut effacer.
Priſonnière , en ces lieux , tu n'y fus renfermée
Que lorſque ta raiſon , par l'âge confirmée ,
Pour éclairer ta foi te prétait ſon flambeau :
Pour moi des Sarrazins eſclave en mon berceau ,
La foi de nos Chrétiens me fut trop tard connuë.

Contre elle cependant, loin d'être prévenuë,
Cette croix, je l'avouë, a fouvent malgré moi
Saifi mon cœur furpris de refpect & d'effroi :
J'ofais l'invoquer même avant qu'en ma penfée,
D'Orofmane en fecret l'image fût tracée.
J'honore, je chéris ces charitables loix,
Dont ici Néreftan me parla tant de fois ;
Ces loix, qui de la terre écartant les mifères,
Des humains attendris font un peuple de frères ;
Obligés de s'aimer, fans doute, ils font heureux.

F A T I M E .

Pourquoi donc aujourd'hui vous déclarer contr'eux ?
A la loi Mufulmane à jamais affervie,
Vous allez des Chrétiens devenir l'ennemie ;
Vous allez époufer leur fuperbe vainqueur.

Z A Y R E .

Eh ! qui refuferait le préfent de fon cœur ?
De toute ma faibleffe il faut que je convienne ;
Peut-être fans l'amour j'aurais été Chrétienne ;
Peut-être qu'à ta loi j'aurais facrifié :
Mais Orofmane m'aime, & j'ai tout oublié.
Je ne vois qu'Orofmane, & mon ame enyvrée
Se remplit du bonheur de s'en voir adorée.
Mets-toi devant les yeux fa grace, fes exploits ;
Songe à ce bras puiffant, vainqueur de tant de Rois,
A cet aimable front que la gloire environne :
Je ne te parle point du fceptre qu'il me donne :
Non, la reconnaiffance eft un faible retour,
Un tribut offenfant, trop peu fait pour l'amour.
Mon cœur aime Orofmane, & non fon diadême ;
Chère Fatime, en lui je n'aime que lui-même.

Peut-être j'en crois trop un panchant fi flatteur ;
Mais fi le ciel fur lui déployant fa rigueur ,
Aux fers que j'ai portés eût condamné fa vie ,
Si le ciel fous mes loix eût rangé la Syrie ,
Ou mon amour me trompe , ou Zayre aujourd'hui
Pour l'élever à foi defcendrait jufqu'à lui.

F A T I M E.

On marche vers ces lieux ; fans doute , c'eft lui-même.

Z A Y R E.

Mon cœur , qui le prévient , m'annonce ce que j'aime.
Depuis deux jours , Fatime , abfent de ce palais ,
Enfin mon tendre amour le rend à mes fouhaits.

S C E N E II.

O R O S M A N E , Z A Y R E , F A T I M E.

O R O S M A N E.

VErtueufe Zayre , avant que l'hyménée
Joigne à jamais nos cœurs & notre deftinée ,
J'ai cru , fur mes projets , fur vous , fur mon amour ,
Devoir en Mufulman vous parler fans détour.
Les Soudans qu'à genoux cet univers contemple ,
Leurs ufages , leurs droits , ne font point mon exemple ;
Je fais que notre loi , favorable aux plaifirs ,
Ouvre un champ fans limite à nos vaftes défirs ;
Que je puis à mon gré , prodiguant mes tendreffes ,
Recevoir à mes pieds l'encens de mes maîtreffes ;
Et tranquille au ferrail , dictant mes volontés ,
Gouverner mon pays du fein des voluptés ;

Mais la molleſſe eſt douce, & ſa ſuite eſt cruelle.
Je vois autour de moi cent Rois vaincus par elle ;
Je vois de Mahomet ces lâches ſucceſſeurs ,
Ces Califes tremblans dans leurs triſtes grandeurs ,
Couchés ſur les débris de l'autel & du trône ,
Sous un nom ſans pouvoir languir dans Babylone ;
Eux , qui feraient encor , ainſi que leurs ayeux ,
Maîtres du monde entier , s'ils l'avaient été d'eux.
Bouillon leur arracha Solyme & la Syrie ;
Mais bientôt pour punir une ſecte ennemie ,
Dieu ſuſcita le bras du puiſſant Saladin ;
Mon père , après ſa mort , aſſervit le Jourdain ;
Et moi , faible héritier de ſa grandeur nouvelle ,
Maître encor incertain d'un Etat qui chancelle ,
Je vois ces fiers Chrétiens , de rapine altérés ,
Des bords de l'Occident vers nos bords attirés ;
Et lorſque la trompette , & la voix de la guerre ,
Du Nil au Pont - Euxin font retentir la terre ,
Je n'irai point en proye à de lâches amours ,
Aux langueurs d'un ſerrail abandonner mes jours.
J'atteſte ici la gloire , & Zayre , & ma flamme ,
De ne choiſir que vous pour maîtreſſe & pour femme ,
De vivre votre ami , votre amant , votre époux ,
De partager mon cœur entre la guerre & vous.
Ne croyez pas non - plus , que mon honneur confie
La vertu d'une épouſe à ces monſtres d'Aſie ,
Du ſerrail des Soudans gardes injurieux ,
Et des plaiſirs d'un maître eſclaves odieux.
Je fais vous eſtimer autant que je vous aime ,
Et ſur votre vertu me fier à vous - même.
Après un tel aveu , vous connaiſſez mon cœur.

Vous fentez qu'en vous feule il a mis fon bonheur.
Vous comprenez affez quelle amertume affreufe
Corromprait de mes jours la durée odieufe,
Si vous ne receviez les dons que je vous fais,
Qu'avec ces fentimens que l'on doit aux bienfaits.
Je vous aime, Zayre; & j'attens de votre ame
Un amour qui réponde à ma brûlante flamme.
Je l'avoûrai, mon cœur ne veut rien qu'ardemment;
Je me croirais haï d'être aimé faiblement.
De tous mes fentimens tel eft le caraƈtère.
Je.veux avec excès vous aimer & vous plaire.
Si d'une égale amour votre cœur eft épris,
Je viens vous époufer, mais c'eft à ce feul prix;
Et du nœud de l'hymen l'étreinte dangereufe
Me rend infortuné, s'il ne vous rend heureufe.

Z A Y R E.

Vous, Seigneur, malheureux! Ah! fi votre grand cœur
A fur mes fentimens pu fonder fon bonheur,
S'il dépend en effet de mes flammes fecrètes,
Quel mortel fut jamais plus heureux que vous l'êtes!
Ces noms chers & facrés, & d'amant & d'époux,
Ces noms nous font communs: & j'ai par-deffus vous
Ce plaifir fi flatteur à ma tendreffe extrême,
De tenir tout, Seigneur, du bienfaiteur que j'aime;
De voir que fes bontés font feules mes deftins,
D'être l'ouvrage heureux de fes auguftes mains,
De révérer, d'aimer un héros que j'admire.
Oui, fi parmi les cœurs foumis à votre Empire,
Vos yeux ont difcerné les hommages du mien,
Si votre augufte choix. . . .

S C E N E   I I I.

OROSMANE, ZAYRE, FATIME, CORASMIN.

CORASMIN.

CEt efclave Chrétien,
Qui fur fa foi, Seigneur, a paffé dans la France,
Revient au moment même, & demande audience.

FATIME.

O ciel !

OROSMANE.

Il peut entrer. Pourquoi ne vient-il pas ?

CORASMIN.

Dans la première enceinte il arrête fes pas.
Seigneur, je n'ai pas cru qu'aux regards de fon maître
Dans ces auguftes lieux un Chrétien pût paraître.

OROSMANE.

Qu'il paraiffe. En tous lieux, fans manquer de refpeſt,
Chacun peut déformais jouïr de mon afpeſt.
Je vois avec mépris ces maximes terribles,
Qui font de tant de Rois des tyrans invifibles.

S C E N E   I V.

OROSMANE, ZAYRE, FATIME, CORASMIN, NERESTAN.

NERESTAN.

REfpeſtable ennemi qu'eftiment les Chrétiens,
Je reviens dégager mes fermens & les tiens ;

J'ai

J'ai fatisfait à tout, c'eſt à toi d'y fouſcrire ;
Je te fais apporter la rançon de Zayre,
Et celle de Fatime, & de dix Chevaliers,
Dans les murs de Solyme illuſtres priſonniers.
Leur liberté par moi trop longtems retardée,
Quand je reparaîtrais leur dut être accordée :
Sultan, tien ta parole, ils ne ſont plus à toi,
Et dès ce moment même ils ſont libres par moi.
Mais graces à mes ſoins, quand leur chaine eſt briſée,
A t'en payer le prix ma fortune épuiſée,
Je ne le cèle pas, m'ôte l'eſpoir heureux
De faire ici pour moi ce que je fais pour eux.
Une pauvreté noble eſt tout ce qui me reſte.
J'arrache des Chrétiens à leur priſon funeſte ;
Je remplis mes ſermens, mon honneur, mon devoir,
Il me ſuffit : Je viens me mettre en ton pouvoir ;
Je me rens priſonnier, & demeure en ôtage.

O R O S M A N E.

Chrétien, je ſuis content de ton noble courage ;
Mais ton orgueil ici ſe ſerait - il flatté
D'effacer Oroſmane en généroſité ?
Repren ta liberté, remporte tes richeſſes,
A l'or de ces rançons join mes juſtes largeſſes :
Au lieu de dix Chrétiens que je dus t'accorder,
Je t'en veux donner cent ; tu les peux demander.
Qu'ils aillent ſur tes pas apprendre à ta patrie,
Qu'il eſt quelques vertus au fond de la Syrie ;
Qu'ils jugent en partant, qui méritait le mieux,
Des Français, ou de moi, l'Empire de ces lieux.
Mais parmi ces Chrétiens que ma bonté délivre,
Luſignan ne fut point réſervé pour te ſuivre :

De ceux qu'on peut te rendre il eſt ſeul excepté ;
Son nom ſerait ſuſpeƈt à mon autorité :
Il eſt du ſang Français qui régnait à Solyme ;
On ſait ſon droit au trône, & ce droit eſt un crime :
Du deſtin qui fait tout, tel eſt l'arrêt cruel :
Si j'euſſe été vaincu, je ſerais criminel.
Luſignan dans les fers finira ſa carrière,
Et jamais du ſoleil ne verra la lumière.
Je le plains, mais pardonne à la néceſſité
Ce reſte de vengeance & de ſévérité.
Pour Zayre, croi-moi, ſans que ton cœur s'offenſe,
Elle n'eſt pas d'un prix qui ſoit en ta puiſſance ;
Tes Chevaliers Français, & tous leurs Souverains,
S'uniraient vainement pour l'ôter de mes mains.
Tu peux partir.

N E R E S T A N.

Qu'entens-je ? Elle nâquit Chrétienne.
J'ai pour la délivrer ta parole & la ſienne ;
Et quant à Luſignan, ce vieillard malheureux,
Pourrait-il ? . . .

O R O S M A N E.

Je t'ai dit, Chrétien, que je le veux.
J'honore ta vertu ; mais cette humeur altière,
Se faiſant eſtimer, commence à me déplaire :
Sors, & que le ſoleil levé ſur mes Etats,
Demain près du Jourdain ne te retrouve pas.

Néreſtan ſort.

F A T I M E.

O Dieu, ſecourez-nous.

O R O S M A N E.

Et vous, allez, Zayre,

Prenez dans le ferrail un fouverain empire,
Commandez en Sultane, & je vais ordonner
La pompe d'un hymen qui vous doit couronner.

S C E N E V.

O R O S M A N E , C O R A S M I N.

O R O S M A N E.

Corafmin, que veut donc cet efclave infidelle ?
Il foupirait... fes yeux fe font tournés vers elle.
Les as - tu remarqués ?

C O R A S M I N.

Que dites - vous, Seigneur ?
De ce foupçon jaloux écoutez - vous l'erreur ?

O R O S M A N E.

Moi, jaloux ! qu'à ce point ma fierté s'aviliffe !
Que j'éprouve l'horreur de ce honteux fupplice !
Moi, que je puiffe aimer comme l'on fait haïr !
Quiconque eft foupçonneux invite à le trahir.
Je vois à l'amour feul ma maîtreffe affervie ;
Cher Corafmin, je l'aime avec idolatrie.
Mon amour eft plus fort, plus grand que mes bienfaits.
Je ne fuis point jaloux... fi je l'étais jamais...
Si mon cœur !.. Ah ! chaffons cette importune idée.
D'un plaifir pur & doux mon ame eft poffédée.
Va, fai tout préparer pour ces momens heureux,
Qui vont joindre ma vie à l'objet de mes vœux.
Je vai donner une heure aux foins de mon Empire,
Et le refte du jour fera tout à Zayre.

Fin du premier acte.

Eee ij

ACTE II.

S C E N E   P R E M I E R E.
NERESTAN, CHATILLON.

C H A T I L L O N.

O Brave Néreſtan , Chevalier généreux ,
Vous qui briſez les fers de tant de malheureux ,
Vous , ſauveur des Chrétiens qu'un Dieu ſauveur envoye ,
Paraiſſez , montrez vous , goûtez la douce joye ,
De voir nos compagnons pleurans à vos genoux ,
Baiſer l'heureuſe main qui nous délivre tous.
Aux portes du ſerrail en foule ils vous demandent ;
Ne privez point leurs yeux du héros qu'ils attendent ,
Et qu'unis à jamais ſous notre bienfaiteur. . . .

N E R E S T A N.

Illuſtre Châtillon , moderez cet honneur ;
J'ai rempli d'un Français le devoir ordinaire ;
J'ai fait ce qu'à ma place on vous aurait vû faire.

C H A T I L L O N.

Sans doute ; & tout Chrétien , tout digne Chevalier ,
Pour ſa religion ſe doit ſacrifier ;
Et la félicité des cœurs tels que les nôtres ,
Conſiſte à tout quitter pour le bonheur des autres.
Heureux à qui le ciel a donné le pouvoir
De remplir comme vous un ſi noble devoir !
Pour nous , triſtes jouets du ſort qui nous opprime ,

Nous malheureux Français , efclaves dans Solyme ,
Oubliés dans les fers , où longtems fans fecours
Le père d'Orofmane abandonna nos jours :
Jamais nos yeux fans vous ne reverraient la France.

NERESTAN.

Dieu s'eft fervi de moi , Seigneur. Sa providence
De ce jeune Orofmane a fléchi la rigueur.
Mais quel trifte mêlange altère ce bonheur !
Que de ce fier Soudan la clémence odieufe
Répand fur fes bienfaits une amertume affreufe !
Dieu me voit & m'entend ; il fait fi dans mon cœur
J'avais d'autres projets que ceux de fa grandeur.
Je faifais tout pour lui : j'efpérais de lui rendre
Une jeune beauté , qu'à l'âge le plus tendre
Le cruel Noradin fit efclave avec moi ,
Lorfque les ennemis de notre augufte foi ,
Baignant de notre fang la Syrie enyvrée ,
Surprirent Lufignan vaincu dans Céfarée :
Du ferrail des Sultans fauvé par des Chrétiens ,
Remis depuis trois ans dans mes premiers liens ,
Renvoyé dans Paris fur ma feule parole ,
Seigneur , je me flattais , efpérance frivole !
De ramener Zayre à cette heureufe cour ,
Où Louïs des vertus a fixé le féjour.
Déja même la Reine à mon zèle propice ,
Lui tendait de fon trône une main proteftrice.
Enfin lorfqu'elle touche au moment fouhaité ,
Qui la tirait du fein de fa captivité ,
On la retient... Que dis - je... Ah ! Zayre elle - même ,
Oubliant les Chrétiens , pour ce Soudan qui l'aime....
N'y penfons plus... Seigneur , un refus plus cruel

Vient m'accabler encor d'un déplaisir mortel ;
Des Chrétiens malheureux l'espérance est trahie.
C H A T I L L O N.
Je vous offre pour eux ma liberté , ma vie ;
Disposez - en , Seigneur , elle vous appartient.
N E R E S T A N.
Seigneur , ce Lusignan , qu'à Solyme on retient ,
Ce dernier d'une race en héros si féconde ,
Ce guerrier dont la gloire avait rempli le monde ,
Ce héros malheureux de Bouillon descendu ,
Aux soupirs des Chrétiens ne sera point rendu.
C H A T I L L O N.
Seigneur , s'il est ainsi , votre faveur est vaine :
Quel indigne soldat voudrait briser sa chaîne ,
Alors que dans les fers son chef est retenu ?
Lusignan , comme à moi , ne vous est pas connu.
Seigneur , remerciez ce ciel , dont la clémence
A pour votre bonheur placé votre naissance ,
Longtems après ces jours à jamais détestés ,
Après ces jours de sang & de calamités ,
Où je vis sous le joug de nos barbares maîtres ,
Tomber ces murs sacrés conquis par nos ancêtres.
Ciel ! si vous aviez vû ce temple abandonné ,
Du Dieu que nous servons le tombeau profané ,
Nos pères , nos enfans , nos filles & nos femmes ,
Aux pieds de nos autels expirans dans les flammes ,
Et notre dernier Roi courbé du faix des ans ,
Massacré sans pitié sur ses fils expirans !
Lusignan , le dernier de cette auguste race ,
Dans ces momens affreux ranimant notre audace ,
Au milieu des débris des temples renversés ,

Des vainqueurs , des vaincus , & des morts entaſſés ,
Terrible , & d'une main reprenant cette épée ,
Dans le ſang infidèle à tout moment trempée ;
Et de l'autre à nos yeux montrant avec fierté
De notre ſainte foi le ſigne redouté ,
Criant à haute voix , Français , ſoyez fidèles . . .
Sans doute en ce moment , le couvrant de ſes aîles ,
La vertu du Très - haut , qui nous ſauve aujourd'hui ,
Applaniſſait ſa route , & marchait devant lui ;
Et des triſtes Chrétiens la foule délivrée
Vint porter avec nous ſes pas dans Céſarée.
Là , par nos Chevaliers , d'une commune voix ,
Luſignan fut choiſi pour nous donner des loix.
O mon cher Néreſtan ! Dieu qui nous humilie ,
N'a pas voulu ſans doute , en cette courte vie ,
Nous accorder le prix qu'il doit à la vertu ;
Vainement pour ſon nom nous avons combattu.
Reſſouvenir affreux , dont l'horreur me dévore !
Jéruſalem en cendre , hélas ! fumait encore ,
Lorſque dans notre aſyle attaqués & trahis ,
Et livrés par un Grec à nos fiers ennemis ,
La flamme , dont brûla Sion deſeſpérée ,
S'étendit en fureur aux murs de Céſarée ;
Ce fut là le dernier de trente ans de revers ;
Là je vis Luſignan chargé d'indignes fers :
Inſenſible à ſa chûte , & grand dans ſes miſères ,
Il n'était attendri que des maux de ſes frères.
Seigneur , depuis ce tems , ce père des Chrétiens ,
Reſſerré loin de nous , blanchi dans ſes liens ,
Gémit dans un cachot , privé de la lumière ,
Oublié de l'Aſie , & de l'Europe entière.

Tel eſt ſon ſort affreux ; & qui peut aujourd'hui ,
Quand il ſouffre pour nous , ſe voir heureux ſans lui ?

NERESTAN.

Ce bonheur , il eſt vrai , ſerait d'un cœur barbare.
Que je hais le deſtin qui de lui nous ſépare !
Que vers lui vos diſcours m'ont ſans peine entrainé !
Je connais ſes malheurs , avec eux je ſuis né.
Sans un trouble nouveau je n'ai pû les entendre ;
Votre priſon , la ſienne , & Céſarée en cendre ,
Sont les premiers objets , ſont les premiers revers ,
Qui frappèrent mes yeux à peine encor ouverts.
Je ſortais du berceau ; ces images ſanglantes
Dans vos triſtes récits me ſont encor préſentes.
Au milieu des Chrétiens dans un temple immolés ,
Quelques enfans , Seigneur , avec moi raſſemblés ,
Arrachés par des mains de carnage fumantes ,
Aux bras enſanglantés de nos mères tremblantes ,
Nous fûmes tranſportés dans ce palais des Rois ,
Dans ce même ſerrail , Seigneur , où je vous vois.
Noradin m'éleva près de cette Zayre ,
Qui depuis … pardonnez ſi mon cœur en ſoupire ,
Qui depuis égarée en ce funeſte lieu ,
Pour un maître barbare abandonna ſon Dieu.

CHATILLON.

Telle eſt des Muſulmans la funeſte prudence.
De leurs Chrétiens captifs ils ſéduiſent l'enfance ;
Et je bénis le ciel propice à nos deſſeins ,
Qui dans vos premiers ans vous ſauva de leurs mains.
Mais , Seigneur , après tout , cette Zayre même ,
Qui renonce aux Chrétiens pour le Soudan qui l'aime ,
De ſon crédit au moins nous pourrait ſecourir :

Qu'im-

Qu'importe de quel bras Dieu daigne fe fervir ?
M'en croirez - vous ? Le jufte , auffi-bien que le fage ,
Du crime & du malheur fait tirer avantage.
Vous pourriez de Zayre employer la faveur
A fléchir Orofmane , à toucher fon grand cœur ,
A nous rendre un héros , que lui - même a dû plaindre ,
Que fans doute il admire , & qui n'eft plus à craindre.

NERESTAN.

Mais ce même héros , pour brifer fes liens ,
Voudra - t - il qu'on s'abaiffe à ces honteux moyens ?
Et quand il le voudrait , eft-il en ma puiffance
D'obtenir de Zayre un moment d'audience ?
Croyez - vous qu'Orofmane y daigne confentir ?
Le ferrail à ma voix pourra - t - il fe rouvrir ?
Quand je pourrais enfin paraître devant elle ,
Que faut - il efpérer d'une femme infidelle ,
A qui mon feul afpect doit tenir lieu d'affront ,
Et qui lira fa honte écrite fur mon front ?
Seigneur , il eft bien dur , pour un cœur magnanime ,
D'attendre des fecours de ceux qu'on méfeftime.
Leurs refus font affreux , leurs bienfaits font rougir.

CHATILLON.

Songez à Lufignan , fongez à le fervir.

NERESTAN.

Eh bien ... Mais quels chemins jufqu'à cette infidelle
Pourront... On vient à nous. Que vois - je ? ô ciel ! c'eft elle.

S C E N E II.

ZAYRE, CHATILLON, NERESTAN.

Z A Y R E *à Néreſtan.*

C'Eſt vous, digne Français, à qui je viens parler.
Le Soudan le permet, ceſſez de vous troubler ;
Et raſſurant mon cœur, qui tremble à votre approche,
Chaſſez de vos regards la plainte & le reproche.
Seigneur, nous nous craignons, nous rougiſſons tous deux ;
Je ſouhaite & je crains de rencontrer vos yeux.
L'un à l'autre attachés depuis notre naiſſance,
Une affreuſe priſon renferma notre enfance ;
Le ſort nous accabla du poids des mêmes fers,
Que la tendre amitié nous rendait plus légers.
Il me falut depuis gémir de votre abſence ;
Le ciel porta vos pas aux rives de la France :
Priſonnier dans Solyme, enfin je vous revis ;
Un entretien plus libre alors m'était permis.
Eſclave dans la foule, où j'étais confondue,
Aux regards du Soudan je vivais inconnue :
Vous daignâtes bientôt, ſoit grandeur, ſoit pitié,
Soit plutôt digne effet d'une pure amitié,
Revoyant des Français le glorieux Empire,
Y chercher la rançon de la triſte Zayre :
Vous l'apportez : le ciel a trompé vos bienfaits ;
Loin de vous dans Solyme il m'arrête à jamais.
Mais quoi que ma fortune ait d'éclat & de charmes,
Je ne puis vous quitter ſans répandre des larmes.
Toûjours de vos bontés je vais m'entretenir,

Chérir de vos vertus le tendre souvenir,
Comme vous des humains foulager la mifère,
Protéger les Chrétiens, leur tenir lieu de mère :
Vous me les rendez chers, & ces infortunés ...

NERESTAN.
Vous, les protéger ! vous, qui les abandonnez !
Vous, qui des Lufignans foulant aux pieds la cendre...

ZAYRE.
Je la viens honorer, Seigneur, je viens vous rendre
Le dernier de ce fang, votre amour, votre efpoir :
Oui, Lufignan eft libre, & vous l'allez revoir.

CHATILLON.
O ciel ! nous reverrions notre appui, notre père !

NERESTAN.
Les Chrétiens vous devraient une tête fi chère !

ZAYRE.
J'avais fans efpérance ofé la demander :
Le généreux Soudan veut bien nous l'accorder :
On l'amène en ces lieux.

NERESTAN.
                    Que mon ame eft émuë !

ZAYRE.
Mes larmes malgré moi me dérobent fa vuë.
Ainfi que ce vieillard j'ai langui dans les fers :
Qui ne fait compatir aux maux qu'on a foufferts ?

NERESTAN.
Grand Dieu ! que de vertu dans une ame infidelle !

S C E N E III.

ZAYRE, LUSIGNAN, CHATILLON, NERESTAN,
plufieurs efclaves Chrétiens.

L U S I G N A N.

DU féjour du trépas quelle voix me rappelle ?
Suis-je avec des Chrétiens ?... Guidez mes pas tremblans.
Mes maux m'ont affaibli plus encor que mes ans.
En s'affeyant.
Suis-je libre en effet ?

Z A Y R E.

Oui, Seigneur ; oui, vous l'êtes.

C H A T I L L O N.

Vous vivez, vous calmez nos douleurs inquiètes.
Tous nos triftes Chrétiens ....

L U S I G N A N.

O jour ! ô douce voix !
Châtillon, c'eft donc vous ? c'eft vous que je revois !
Martyr, ainfi que moi, de la foi de nos pères,
Le Dieu que nous fervons finit-il nos mifères ?
En quels lieux fommes-nous ? Aidez mes faibles yeux.

C H A T I L L O N.

C'eft ici le palais qu'ont bâti vos ayeux ;
Du fils de Noradin c'eft le féjour profane.

Z A Y R E.

Le maître de ces lieux, le puiffant Orofmane,
Sait connaître, Seigneur, & chérir la vertu.
Ce généreux Français, qui vous eft inconnu,
En montrant Néreftan.
Par la gloire amené des rives de la France

Venait de dix Chrétiens payer la délivrance :
Le Soudan , comme lui , gouverné par l'honneur ,
Croit , en vous délivrant , égaler son grand cœur.

L U S I G N A N.

Des Chevaliers Français tel est le caractère ;
Leur nobleffe en tout tems me fut utile & chère.
Trop digne Chevalier , quoi ! vous paffez les mers ,
Pour foulager nos maux , & pour brifer nos fers ?
Ah ! parlez , à qui dois - je un fervice fi rare ?

N E R E S T A N.

Mon nom eft Néreftan ; le fort longtems barbare ,
Qui dans les fers ici me mit prefqu'en naiffant ,
Me fit quitter bientôt l'Empire du Croiffant.
A la cour de Louïs , guidé par mon courage ,
De la guerre fous lui j'ai fait l'apprentiffage ;
Ma fortune & mon rang font un don de ce Roi ,
Si grand par fa valeur , & plus grand par fa foi.
Je le fuivis , Seigneur , au bord de la Charante ,
Lorfque du fier Anglais la valeur menaçante ,
Cédant à nos efforts trop longtems captivés ,
Satisfit en tombant aux lys qu'ils ont bravés.
Venez , Prince , & montrez au plus grand des Monarques ,
De vos fers glorieux les vénérables marques.
Paris va révérer le martyr de la croix ,
Et la cour de Louïs eft l'afyle des Rois.

L U S I G N A N.

Hélas ! de cette cour j'ai vû jadis la gloire.
Quand Philippe à Bovine enchaînait la victoire ,
Je combattais , Seigneur , avec Montmorency ,
Melun , Deftaing , de Nesle , & ce fameux Couci.
Mais à revoir Paris je ne dois plus prétendre :

Vous voyez qu'au tombeau je fuis prêt à defcendre :
Je vais au Roi des Rois demander aujourd'hui
Le prix de tous les maux que j'ai foufferts pour lui.
Vous , généreux témoins de mon heure dernière ,
Tandis qu'il en eft tems , écoutez ma prière ,
Néreftan , Châtillon , & vous . . . . de qui les pleurs
Dans ces momens fi chers honorent mes malheurs.
Madame , ayez pitié du plus malheureux père ,
Qui jamais ait du ciel éprouvé la colère ,
Qui répand devant vous des larmes que le tems
Ne peut encor tarir dans mes yeux expirans.
Une fille , trois fils , ma fuperbe efpérance ,
Me furent arrachés dès leur plus tendre enfance :
O mon cher Châtillon , tu dois t'en fouvenir.

CHATILLON.

De vos malheurs encor vous me voyez frémir.

LUSIGNAN.

Prifonnier avec moi dans Céfarée en flamme ,
Tes yeux virent périr mes deux fils & ma femme.

CHATILLON.

Mon bras chargé de fers ne les put fecourir.

LUSIGNAN.

Hélas ! & j'étais père , & je ne pus mourir !
Veillez du haut des cieux , chers enfans que j'implore ,
Sur mes autres enfans , s'ils font vivans encore.
Mon dernier fils , ma fille , aux chaînes réfervés ,
Par de barbares mains pour fervir confervés ,
Loin d'un père accablé , furent portés enfemble
Dans ce même ferrail où le ciel nous raffemble.

CHATILLON.

Il eft vrai , dans l'horreur de ce péril nouveau ,

Je tenais votre fille à peine en fon berceau :
Ne pouvant la fauver, Seigneur, j'allais moi - même
Répandre fur fon front l'eau fainte du batême,
Lorfque les Sarazins de carnage fumans,
Revinrent l'arracher à mes bras tout fanglans.
Votre plus jeune fils, à qui les deftinées
Avaient à peine encor accordé quatre années,
Trop capable déja de fentir fon malheur,
Fut dans Jérufalem conduit avec fa fœur.

N E R E S T A N.

De quel reffouvenir mon ame eft déchirée !
A cet âge fatal j'étais dans Céfarée :
Et tout couvert de fang, & chargé de liens,
Je fuivis en ces lieux la foule des Chrétiens.

L U S I G N A N.

Vous ... Seigneur ! ... Ce ferrail éleva votre enfance ? ...

En les regardant.

Hélas ! de mes enfans auriez - vous connaiffance ?
Ils feraient de votre âge, & peut - être mes yeux ....
Quel ornement, Madame, étranger en ces lieux ?
Depuis quand l'avez - vous ?

Z A Y R E.

Depuis que je refpire,
Seigneur... Eh quoi ! d'où vient que votre ame foupire ?

L U S I G N A N.

Ah ! daignez confier à mes tremblantes mains ....

Z A Y R E.

De quel trouble nouveau tous mes fens font atteints !
Seigneur, que faites - vous ?

L U S I G N A N.

O ciel ! ô providence !

Mes yeux , ne trompez point ma timide efpérance ;
Serait - il bien poffible ? Oui , c'eft elle . . . Je vois
Ce préfent qu'une époufe avait reçu de moi ,
Et qui de mes enfans ornait toûjours la tête ,
Lorfque de leur naiffance on célébrait la fête :
Je revois . . . . Je fuccombe à mon faififfement.

Z A Y R E.

Qu'entens - je ? & quel foupçon m'agite en ce moment ?
Ah , Seigneur ! . . .
L U S I G N A N.

   Dans l'efpoir dont j'entrevois les charmes ,
Ne m'abandonnez pas , Dieu qui voyez mes larmes ,
Dieu mort fur cette croix , & qui revis pour nous ,
Parle , achève , ô mon Dieu ! ce font là de tes coups.
Quoi ! Madame , en vos mains elle était demeurée ?
Quoi ! tous les deux captifs , & pris dans Céfarée ?

Z A Y R E.

Oui , Seigneur.
N E R E S T A N.

 Se peut - il ?
L U S I G N A N.

    Leur parole , leurs traits ,
De leur mère en effet font les vivans portraits.
Oui , grand Dieu , tu le veux , tu permets que je voye.
Dieu , ranime mes fens trop faibles pour ma joye.
Madame. . . Néreftan. . . Soutien - moi , Châtillon. . .
Néreftan , fi je dois nommer encor ce nom ,
Avez - vous dans le fein la cicatrice heureufe
Du fer dont à mes yeux une main furieufe . . .

N E R E S T A N.

Oui , Seigneur , il eft vrai.

L U S I.

LUSIGNAN.

Dieu jufte ! heureux momens !

NERESTAN *fe jettant à genoux.*

Ah , Seigneur ! ah , Zayre !

LUSIGNAN.

Approchez , mes enfans.

NERESTAN.

Moi , votre fils !

ZAYRE.

Seigneur.

LUSIGNAN.

Heureux jour qui m'éclaire !

Ma fille ! mon cher fils ! embraffez votre père.

CHATILLON.

Que d'un bonheur fi grand mon cœur fe fent toucher !

LUSIGNAN.

De vos bras , mes enfans , je ne puis m'arracher.
Je vous revois enfin , chère & trifte famille ,
Mon fils , digne héritier... Vous... hélas ! vous ? ma fille !
Diffipez mes foupçons , ôtez - moi cette horreur,
Ce trouble qui m'accable au comble du bonheur.
Toi qui feul as conduit fa fortune & la mienne,
Mon Dieu qui me la rens, me la rens - tu Chrétienne ?
Tu pleures , malheureufe , & tu baiffes les yeux !
Tu te tais ! je t'entens ! ô crime ! ô juftes cieux !

ZAYRE.

Je ne puis vous tromper : fous les loix d'Orofmane...
Puniffez votre fille ... Elle était Mufulmane.

LUSIGNAN.

Que la foudre en éclats ne tombe que fur moi !
Ah , mon fils ! A ces mots j'euffe expiré fans toi.

Tom. III. & du Théâtre le premier. Ggg

Mon Dieu , j'ai combattu foixante ans pour ta gloire ;
J'ai vu tomber ton temple , & périr ta mémoire ;
Dans un cachot affreux abandonné vingt ans ,
Mes larmes t'imploraient pour mes triftes enfans :
Et lorfque ma famille eft par toi réünie ,
Quand je trouve une fille , elle eft ton ennemie !
Je fuis bien malheureux . . . c'eft ton père , c'eft moi ,
C'eft ma feule prifon qui t'a ravi ta foi.
Ma fille , tendre objet de mes dernières peines ,
Songe au moins , fonge au fang qui coule dans tes veines :
C'eft le fang de vingt Rois , tous Chrétiens comme moi ;
C'eft le fang des héros , défenfeurs de ma loi ;
C'eft le fang des martyrs. . . . O fille encor trop chère !
Connais - tu ton deftin ? fais - tu quelle eft ta mère ?
Sais - tu bien qu'à l'inftant que fon flanc mit au jour
Ce trifte & dernier fruit d'un malheureux amour ,
Je la vis maffacrer par la main forcenée ,
Par la main des brigands à qui tu t'es donnée ?
Tes frères , ces martyrs égorgés à mes yeux ,
T'ouvrent leurs bras fanglans tendus du haut des cieux.
Ton Dieu que tu trahis , ton Dieu que tu blafphêmes ,
Pour toi , pour l'univers , eft mort en ces lieux mêmes ,
En ces lieux où mon bras le fervit tant de fois ,
En ces lieux où fon fang te parle par ma voix.
Voi ces murs , voi ce temple envahi par tes maîtres :
Tout annonce le Dieu qu'ont vengé tes ancêtres.
Tourne les yeux , fa tombe eft près de ce palais ;
C'eft ici la montagne où lavant nos forfaits ,
Il voulut expirer fous les coups de l'impie ;
C'eft là que de fa tombe il rappella fa vie.
Tu ne faurais marcher dans cet augufte lieu ,

Tu n'y peux faire un pas, fans y trouver ton Dieu ;
Et tu n'y peux refter fans renier ton père ,
Ton honneur qui te parle , & ton Dieu qui t'éclaire.
Je te vois dans mes bras , & pleurer & frémir ;
Sur ton front pâliffant Dieu met le repentir :
Je vois la vérité dans ton cœur defcenduë ;
Je retrouve ma fille après l'avoir perduë ;
Et je reprens ma gloire & ma félicité ,
En dérobant mon fang à l'infidélité.

N E R E S T A N.

Je revois donc ma fœur ? . . . Et fon ame . . .

Z A Y R E.

Ah , mon père !

Cher auteur de mes jours , parlez , que dois-je faire ?

L U S I G N A N.

M'ôter , par un feul mot , ma honte & mes ennuis ,
Dire , Je fuis Chrétienne.

Z A Y R E.

Oui . . . . Seigneur . . . . Je le fuis.

L U S I G N A N.

Dieu , reçoi fon aveu du fein de ton Empire.

S C E N E   I V.

ZAYRE , LUSIGNAN , CHATILLON , NERESTAN,
C O R A S M I N.

C O R A S M I N.

Madame , le Soudan m'ordonne de vous dire ,
Qu'à l'inftant de ces lieux il faut vous retirer ,

Ggg ij

Et de ces vils Chrétiens furtout vous féparer.
Vous , Français , fuivez - moi : de vous je dois répondre.

CHATILLON.

Où fommes-nous, grand Dieu! Quel coup vient nous confondre?

LUSIGNAN.

Notre courage , amis , doit ici s'animer.

ZAYRE.

Hélas , Seigneur !

LUSIGNAN.

O vous que je n'ofe nommer ,
Jurez - moi de garder un fecret fi funefte.

ZAYRE.

Je vous le jure.

LUSIGNAN.

Allez , le ciel fera le refte.

Fin du fecond acte.

A C T E I I I.

S C E N E P R E M I E R E.

OROSMANE , CORASMIN.

OROSMANE.

Vous étiez , Corafmin , trompé par vos allarmes ;
Non , Louïs contre moi ne tourne point fes armes ;
Les Français font laffés de chercher déformais
Des climats que pour eux le deftin n'a point faits ;
Ils n'abandonnent point leur fertile patrie,
Pour languir aux deferts de l'aride Arabie ,
Et venir arrofer , de leur fang odieux,
Ces palmes que pour nous Dieu fait croître en ces lieux.
Ils couvrent de vaiffeaux la mer de la Syrie.
Louïs , des bords de Chypre , épouvante l'Afie ;
Mais j'apprens que ce Roi s'éloigne de nos ports ;
De la féconde Egypte il menace les bords ;
J'en reçois à l'inftant la première nouvelle.
Contre les Mamelus fon courage l'appelle ;
Il cherche Mélédin , mon fecret ennemi ;
Sur leurs divifions mon trône eft affermi.
Je ne crains plus enfin l'Egypte , ni la France.
Nos communs ennemis cimentent ma puiffance,
Et prodigues d'un fang qu'ils devraient ménager,
Prennent , en s'immolant , le foin de me venger.
Relâche ces Chrétiens ; ami , je les délivre ;

Je veux plaire à leur maître , & leur permets de vivre :
Je veux que fur la mer on les mène à leur Roi ,
Que Louïs me connaiffe , & refpecte ma foi.
Mène-lui Lufignan ; di-lui que je lui donne
Celui que la naiffance allie à fa couronne ,
Celui que par deux fois mon père avait vaincu ,
Et qu'il tint enchaîné tandis qu'il a vécu.

C O R A S M I N.

Son nom cher aux Chrétiens . . . .

O R O S M A N E.

Son nom n'eft point à craindre.

C O R A S M I N.

Mais , Seigneur , fi Louïs . . . .

O R O S M A N E.

Il n'eft plus tems de feindre.

Zayre l'a voulu ; c'eft affez : & mon cœur ,
En donnant Lufignan , le donne à mon vainqueur.
Louïs eft peu pour moi ; je fais tout pour Zayre ;
Nul autre fur mon cœur n'aurait pris cet empire.
Je viens de l'affliger , c'eft à moi d'adoucir
Le déplaifir mortel qu'elle a dû reffentir ,
Quand , fur les faux avis des deffeins de la France ,
J'ai fait à ces Chrétiens un peu de violence.
Que dis-je ? Ces momens perdus dans mon confeil ,
Ont de ce grand hymen fufpendu l'appareil :
D'une heure encor , ami , mon bonheur fe diffère :
Mais j'emploîrai du moins ce tems à lui complaire.
Zayre ici demande un fecret entretien
Avec ce Néreftan , ce généreux Chrétien . . .

C O R A S M I N.

Et vous avez , Seigneur , encor cette indulgence ?

O R O S M A N E.

Ils ont été tous deux efclaves dans l'enfance ;
Ils ont porté mes fers, ils ne fe verront plus ;
Zayre enfin de moi n'aura point un refus.
Je ne m'en défens point ; je foule aux pieds pour elle
Des rigueurs du ferrail la contrainte cruelle.
J'ai méprifé ces loix, dont l'âpre auftérité
Fait d'une vertu trifte une néceffité.
Je ne fuis point formé du fang Afiatique ;
Né parmi les rochers au fein de la Taurique,
Des Scythes mes ayeux je garde la fierté,
Leurs mœurs, leurs paffions, leur générofité :
Je confens qu'en partant Néreftan la revoye ;
Je veux que tous les cœurs foient heureux de ma joye.
Après ce peu d'inftans volés à mon amour,
Tous fes momens, ami, font à moi fans retour.
Va, ce Chrétien attend, & tu peux l'introduire.
Preffe fon entretien, obéis à Zayre.

S C E N E I I.

C O R A S M I N , N E R E S T A N.

C O R A S M I N.

EN ces lieux, un moment, tu peux encor refter.
Zayre à tes regards viendra fe préfenter.

S C E N E   I I I.

N E R E S T A N *feul.*

EN quel état, ô ciel ! en quels lieux je la laiſſe !
O ma Religion ! ô mon père ! ô tendreſſe !
Mais je la vois.

S C E N E   I V.

Z A Y R E , N E R E S T A N.

N E R E S T A N.

MA ſœur, je puis donc vous parler ?
Ah ! dans quel tems le ciel nous voulut raſſembler !
Vous ne reverrez plus un trop malheureux père.

Z A Y R E.

Dieu , Luſignan !

N E R E S T A N.

Il touche à ſon heure dernière.
Sa joye en nous voyant, par de trop grands efforts,
De ſes ſens affaiblis a rompu les reſſorts ;
Et cette émotion, dont ſon ame eſt remplie,
A bientôt épuiſé les ſources de ſa vie.
Mais pour comble d'horreurs, à ces derniers momens,
Il doute de ſa fille, & de ſes ſentimens ;
Il meurt dans l'amertume, & ſon ame incertaine
Demande en ſoupirant ſi vous êtes Chrétienne.

Z A Y R E.

Z A Y R E.

Quoi, je fuis votre fœur, & vous pouvez penfer
Qu'à mon fang, à ma loi, j'aille ici renoncer?

N E R E S T A N.

Ah, ma fœur! cette loi n'eft pas la votre encore;
Le jour qui vous éclaire eft pour vous à l'aurore;
Vous n'avez point reçû ce gage précieux,
Qui nous lave du crime, & nous ouvre les cieux.
Jurez par nos malheurs, & par votre famille,
Par ces martyrs facrés, de qui vous êtes fille,
Que vous voulez ici recevoir aujourd'hui
Le fceau du Dieu vivant qui nous attache à lui.

Z A Y R E.

Oui, je jure en vos mains, par ce Dieu que j'adore,
Par fa loi que je cherche, & que mon cœur ignore,
De vivre déformais fous cette fainte loi. . . .
Mais, mon cher frère . . . . . Hélas! que veut-elle de moi?
Que faut-il?

N E R E S T A N.

Détefter l'empire de vos maîtres,
Servir, aimer ce Dieu qu'ont aimé nos ancêtres,
Qui né près de ces murs eft mort ici pour nous,
Qui nous a raffemblés, qui m'a conduit vers vous.
Eft-ce à moi d'en parler? Moins inftruit que fidèle,
Je ne fuis qu'un foldat, & je n'ai que du zèle.
Un pontife facré viendra jufqu'en ces lieux,
Vous apporter la vie, & déciller vos yeux.
Songez à vos fermens, & que l'eau du batême
Ne vous apporte point la mort & l'anathême.
Obtenez qu'avec lui je puiffe revenir.
Mais à quel titre, ô ciel! faut-il donc l'obtenir?

A qui le demander dans ce ferrail profane ? . . . .
Vous , le fang de vingt Rois , efclave d'Orofmane !
Parente de Louïs ! fille de Lufignan !
Vous Chrétienne , & ma fœur , efclave d'un Soudan !
Vous m'entendez . . . . je n'ofe en dire davantage :
Dieu , nous réferviez - vous à ce dernïer outrage ?

Z A Y R E.

Ah , cruel ! pourfuivez , vous ne connaiffez pas
Mon fecret , mes tourmens , mes vœux , mes attentats.
Mon frère , ayez pitié d'une fœur égarée ,
Qui brûle , qui gémit , qui meurt defefpérée.
Je fuis Chrétienne , hélas ! . . . j'attens avec ardeur
Cette eau fainte , cette eau , qui peut guérir mon cœur.
Non , je ne ferai point indigne de mon frère ,
De mes ayeux , de moi , de mon malheureux père.
Mais parlez à Zayre , & ne lui cachez rien ,
Dites . . . quelle eft la loi de l'Empire Chrétien ? . . .
Quel eft le châtiment pour une infortunée ,
Qui loin de fes parens aux fers abandonnée ,
Trouvant chez un barbare un généreux appui ,
Aurait touché fon ame , & s'unirait à lui ?

N E R E S T A N.

O ciel ! que dites - vous ? Ah ! la mort la plus promte
Devrait . . . .

Z A Y R E.

C'en eft affez , frappe , & prévien ta honte.

N E R E S T A N.

Qui vous , ma fœur ?

Z A Y R E.

C'eft moi que je viens d'accufer.
Orofmane m'adore . . . & j'allais l'époufer.

NERESTAN.

L'épouſer ! eſt-il vrai, ma ſœur ? Eſt-ce vous-même ?
Vous, la fille des Rois ?

ZAYRE.

Frappe, dis-je ; je l'aime.

NERESTAN.

Opprobre malheureux du ſang dont vous ſortez,
Vous demandez la mort, & vous la méritez :
Et ſi je n'écoutais que ta honte & ma gloire,
L'honneur de ma maiſon, mon père, ſa mémoire,
Si la loi de ton Dieu, que tu ne connais pas,
Si ma Religion ne retenait mon bras,
J'irais dans ce palais, j'irais au moment même,
Immoler de ce fer un barbare qui t'aime,
De ſon indigne flanc le plonger dans le tien,
Et ne l'en retirer que pour percer le mien.
Ciel ! tandis que Louïs, l'exemple de la terre,
Au Nil épouvanté ne va porter la guerre,
Que pour venir bientôt, frappant des coups plus ſurs,
Délivrer ton Dieu même, & lui rendre ces murs :
Zayre, cependant, ma ſœur, ſon alliée,
Au tyran d'un ſerrail par l'hymen eſt liée ?
Et je vais donc apprendre à Luſignan trahi,
Qu'un Tartare eſt le Dieu que ſa fille a choiſi ?
Dans ce moment affreux, hélas ! ton père expire,
En demandant à Dieu le ſalut de Zayre.

ZAYRE.

Arrête, mon cher frère,.... arrête, connai-moi ;
Peut-être que Zayre eſt digne encor de toi.
Mon frère, épargne-moi cet horrible langage ;
Ton couroux, ton reproche, eſt un plus grand outrage,

Plus fenfible pour moi., plus dur que ce trépas,
Que je te demandais, & que je n'obtiens pas.
L'état où tu me vois accable ton courage ;
Tu fouffres, je le vois ; je fouffre davantage.
Je voudrais que du ciel le barbare fecours,
De mon fang, dans mon cœur, eût arrêté le cours ;
Le jour qu'empoifonné d'une flamme profane,
Ce pur fang des Chrétiens brûla pour Orofmane,
Le jour que de ta fœur Orofmane charmé...
Pardonnez-moi, Chrétiens ; qui ne l'aurait aimé ?
Il faifait tout pour moi ; fon cœur m'avait choifie ;
Je voyais fa fierté pour moi feule adoucie.
C'eft lui qui des Chrétiens a ranimé l'efpoir :
C'eft à lui que je dois le bonheur de te voir :
Pardonne ; ton couroux, mon père, ma tendreffe,
Mes fermens, mon devoir, mes remors, ma faibleffe,
Me fervent de fupplice, & ta fœur en ce jour
Meurt de fon repentir plus que de fon amour.

N E R E S T A N.

Je te blâme, & te plains ; croi-moi, la providence
Ne te laiffera point périr fans innocence :
Je te pardonne, hélas ! ces combats odieux ;
Dieu ne t'a point prêté fon bras victorieux :
Ce bras, qui rend la force aux plus faibles courages,
Soutiendra ce rofeau plié par les orages.
Il ne fouffrira pas qu'à fon culte engagé,
Entre un barbare & lui ton cœur foit partagé.
Le batême éteindra ces feux dont il foupire,
Et tu vivras fidèle, ou périras martyre.
Achève donc ici ton ferment commencé ;
Achève, & dans l'horreur dont ton cœur eft preffé,

Promets au Roi Louïs, à l'Europe, à ton père,
Au Dieu qui déja parle à ce cœur fi fincère,
De ne point accomplir cet hymen odieux,
Avant que le pontife ait éclairé tes yeux,
Avant qu'en ma préfence il te faffe Chrétienne,
Et que Dieu par fes mains t'adopte & te foutienne.
Le promets-tu, Zayre?...

Z A Y R E.

Oui, je te le promets:
Ren-moi Chrétienne & libre; à tout je me foumets.
Va, d'un père expirant, va fermer la paupière;
Va, je voudrais te fuivre, & mourir la première.

N E R E S T A N.

Je pars, adieu, ma fœur, adieu: puifque mes vœux
Ne peuvent t'arracher à ce palais honteux,
Je reviendrai bientôt, par un heureux batême,
T'arracher aux enfers, & te rendre à toi-même.

S C E N E V.

Z A Y R E *feule.*

ME voilà feule, ô Dieu! que vai-je devenir?
Dieu, commande à mon cœur de ne te point trahir.
Hélas! fuis-je en effet, ou Françaife, ou Sultane?
Fille de Lufignan, ou femme d'Orofmane?
Suis-je amante, ou Chrétienne? O fermens que j'ai faits!
Mon père, mon pays, vous ferez fatisfaits.
Fatime ne vient point. Quoi! dans ce trouble extrême,
L'univers m'abandonne! on me laiffe à moi-même!

Mon cœur peut-il porter feul, & privé d'appui,
Le fardeau des devoirs qu'on m'impofe aujourd'hui ?
A ta loi, Dieu puiffant, oui, mon ame eft renduë ;
Mais fai que mon amant s'éloigne de ma vuë.
Cher amant ! ce matin l'aurais-je pû prévoir,
Que je duffe aujourd'hui redouter de te voir ?
Moi, qui de tant de feux juftement poffédée,
N'avais d'autre bonheur, d'autre foin, d'autre idée,
Que de t'entretenir, écouter ton amour,
Te voir, te fouhaiter, attendre ton retour ?
Hélas ! & je t'adore ; & t'aimer eft un crime !

S C E N E   VI.

Z A Y R E , O R O S M A N E.

O R O S M A N E.

Paraiffez, tout eft prêt ; le beau feu qui m'anime,
Ne fouffre plus, Madame, aucun retardement ;
Les flambeaux de l'hymen brillent pour votre amant ;
Les parfums de l'encens rempliffent la mofquée ;
Du Dieu de Mahomet la puiffance invoquée
Confirme mes fermens, & préfide à mes feux.
Mon peuple profterné pour vous offre fes vœux.
Tout tombe à vos genoux ; vos fuperbes rivales,
Qui difputaient mon cœur, & marchaient vos égales,
Heureufes de vous fuivre, & de vous obéïr,
Devant vos volontés vont apprendre à fléchir.
Le trône, les feftins, & la cérémonie,
Tout eft prêt ; commencez le bonheur de ma vie.

Z A Y R E.

Où fuis-je, malheureuſe, ô tendreſſe! ô douleur!

O R O S M A N E.

Venez.

Z A Y R E.

Où me cacher?

O R O S M A N E.

Que dites-vous?

Z A Y R E.

Seigneur.

O R O S M A N E.

Donnez-moi votre main, daignez, belle Zayre....

Z A Y R E.

Dieu de mon père! hélas! que pourrai-je lui dire?

O R O S M A N E.

Que j'aime à triompher de ce tendre embarras!
Qu'il redouble ma flamme, & mon bonheur!...

Z A Y R E.

Hélas!

O R O S M A N E.

Ce trouble à mes déſirs vous rend encor plus chère;
D'une vertu modeſte il eſt le caractère.
Digne & charmant objet de ma conſtante foi,
Venez, ne tardez plus.

Z A Y R E.

Fatime, ſoutien-moi....
Seigneur.

O R O S M A N E.

O ciel! eh quoi!

Z A Y R E.

Seigneur, cet hyménée
Etait un bien ſuprême à mon ame étonnée.

Je n'ai point recherché le trône & la grandeur.
Qu'un fentiment plus jufte occupait tout mon cœur !
Hélas ! j'aurais voulu qu'à vos vertus unie,
Et méprifant pour vous les trônes de l'Afie,
Seule, & dans un défert auprès de mon époux,
J'euffe pû fous mes pieds les fouler avec vous.
Mais... Seigneur... ces Chrétiens...

O R O S M A N E.

Ces Chrétiens... Quoi ! Madame ?
Qu'auraient donc de commun cette fecte & ma flamme ?

Z A Y R E.

Lufignan, ce vieillard accablé de douleurs,
Termine en ces momens fa vie & fes malheurs.

O R O S M A N E.

Eh bien ! quel intérêt fi preffant & fi tendre,
A ce vieillard Chrétien votre cœur peut-il prendre ?
Vous n'êtes point Chrétienne ; élevée en ces lieux,
Vous fuivez dès longtems la foi de mes ayeux.
Un vieillard qui fuccombe au poids de fes années,
Peut-il troubler ici vos belles deftinées ?
Cette aimable pitié, qu'il s'attire de vous,
Doit fe perdre avec moi dans des momens fi doux.

Z A Y R E.

Seigneur, fi vous m'aimez, fi je vous étais chère...

O R O S M A N E.

Si vous l'êtes, ah Dieu !

Z A Y R E.

Souffrez que l'on diffère...
Permettez que ces nœuds par vos mains affemblés....

O R O S M A N E.

Que dites-vous ? ô ciel ! eft-ce vous qui parlez,

Zayre ?

Zayre ?
> Z A Y R E.

Je ne puis foutenir fa colère.

> O R O S M A N E.

Zayre !

> Z A Y R E.

Il m'eft affreux, Seigneur, de vous déplaire ;
Excufez ma douleur... Non, j'oublie à la fois,
Et tout ce que je fuis, & tout ce que je dois.
Je ne puis foutenir cet afpeét qui me tuë.
Je ne puis.... Ah ! fouffrez que loin de votre vuë,
Seigneur, j'aille cacher mes larmes, mes ennuis,
Mes vœux, mon defefpoir, & l'horreur où je fuis.

Elle fort.

S C E N E   VII.

O R O S M A N E , C O R A S M I N.

> O R O S M A N E.

JE demeure immobile, & ma langue glacée
Se refufe aux tranfports de mon ame offenfée.
Eft-ce à moi que l'on parle ? ai-je bien entendu ?
Eft-ce moi qu'elle fuit ? ô ciel ! & qu'ai-je vû ?
Corafmin, quel eft donc ce changement extrême ?
Je la laiffe échaper ! je m'ignore moi-même.

> C O R A S M I N.

Vous feul caufez fon trouble, & vous vous en plaignez.
Vous accufez, Seigneur, un cœur où vous régnez.

> O R O S M A N E.

Mais pourquoi donc ces pleurs, ces regrets, cette fuite,
Cette douleur fi fombre en fes regards écrite ?

Si c'était ce Français ! ... quel foupçon ! quelle horreur !
Quelle lumière affreufe a paffé dans mon cœur !
Hélas ! je repouffais ma jufte défiance :
Un barbare, un efclave, aurait cette infolence ?
Cher ami, je verrais un cœur comme le mien,
Réduit à redouter un efclave Chrétien ?
Mais parle, tu pouvais obferver fon vifage,
Tu pouvais de fes yeux entendre le langage :
Ne me déguife rien, mes feux font-ils trahis ?
Appren-moi mon malheur ... tu trembles ... tu frémis...
C'en eft affez.

C O R A S M I N.

Je crains d'irriter vos allarmes.
Il eft vrai que fes yeux ont verfé quelques larmes ;
Mais, Seigneur, après tout, je n'ai rien obfervé
Qui doive ...

O R O S M A N E.

A cet affront, je ferais refervé ?
Non, fi Zayre, ami, m'avait fait cette offenfe,
Elle eût avec plus d'art trompé ma confiance.
Le déplaifir fecret de fon cœur agité,
Si ce cœur eft perfide, aurait-il éclaté ?
Ecoute, garde-toi de foupçonner Zayre.
Mais, dis-tu, ce Français gémit, pleure, foupire :
Que m'importe après tout le fujet de fes pleurs ?
Qui fait fi l'amour même entre dans fes douleurs ?
Et qu'ai-je à redouter d'un efclave infidelle,
Qui demain pour jamais fe va féparer d'elle ?

C O R A S M I N.

N'avez-vous pas, Seigneur, permis, malgré nos loix,
Qu'il jouït de fa vuë une feconde fois ?

Qu'il revint en ces lieux ?

OROSMANE.

Qu'il revint ? lui ce traître,
Qu'aux yeux de ma maîtreffe il ofât reparaître ?
Oui, je le lui rendrais, mais mourant, mais puni,
Mais verfant à fes yeux le fang qui m'a trahi :
Déchiré devant elle, & ma main dégoutante
Confondrait dans fon fang le fang de fon amante ....
Excufe les tranfports de ce cœur offenfé ;
Il eft né violent, il aime, il eft bleffé.
Je connais mes fureurs, & je crains ma faibleffe ;
A des troubles honteux je fens que je m'abaiffe.
Non, c'eft trop fur Zayre arrêter un foupçon ;
Non, fon cœur n'eft point fait pour une trahifon :
Mais ne croi pas non plus que le mien s'aviliffe
A fouffrir des rigueurs, à gémir d'un caprice,
A me plaindre, à reprendre, à redonner ma foi ;
Les éclairciffemens font indignes de moi.
Il vaut mieux fur mes fens reprendre un jufte empire ;
Il vaut mieux oublier jufqu'au nom de Zayre.
Allons, que le ferrail foit fermé pour jamais ;
Que la terreur habite aux portes du palais ;
Que tout reffente ici le frein de l'efclavage.
Des Rois de l'Orient fuivons l'antique ufage.
On peut pour fon efclave, oubliant fa fierté,
Laiffer tomber fur elle un regard de bonté ;
Mais il eft trop honteux de craindre une maîtreffe ;
Aux mœurs de l'Occident laiffons cette baffeffe.
Ce fexe dangereux, qui veut tout affervir,
S'il règne dans l'Europe, ici doit obéir.

Fin du troifiéme acte.

Iii ij

ACTE IV.

S C E N E   P R E M I E R E.

Z A Y R E , F A T I M E.

F A T I M E.

Que je vous plains , Madame , & que je vous admire !
C'eſt le Dieu des Chrétiens , c'eſt Dieu qui vous inſpire ;
Il donnera la force à vos bras languiſſans ,
De briſer des liens ſi chers & ſi puiſſans.

Z A Y R E.

Eh ! pourrai - je achever ce fatal ſacrifice ?

F A T I M E.

Vous demandez ſa grace , il vous doit ſa juſtice :
De votre cœur docile il doit prendre le ſoin.

Z A Y R E.

Jamais de ſon appui je n'eus tant de beſoin.

F A T I M E.

Si vous ne voyez plus votre auguſte famille ,
Le Dieu que vous ſervez vous adopte pour fille :
Vous êtes dans ſes bras , il parle à votre cœur ;
Et quand ce ſaint pontife , organe du Seigneur ,
Ne pourrait aborder dans ce palais profane . . . .

Z A Y R E.

Ah ! j'ai porté la mort dans le ſein d'Oroſmane.
J'ai pu deſeſpérer le cœur de mon amant !
Quel outrage , Fatime , & quel affreux moment !

Mon Dieu , vous l'ordonnez , j'euſſe été trop heureuſe.

F A T I M E.

Quoi ! vous regretteriez cette chaîne honteuſe ,
Hazarder la victoire , ayant tant combattu ?

Z A Y R E.

Victoire infortunée ! inhumaine vertu !
Non , tu ne connais pas ce que je ſacrifie.
Cet amour ſi puiſſant , ce charme de ma vie ,
Dont j'eſpérais , hélas ! tant de félicité ,
Dans toute ſon ardeur n'avait point éclaté.
Fatime , j'offre à Dieu mes bleſſures cruelles ;
Je mouille devant lui de larmes criminelles
Ces lieux , où tu m'as dit qu'il choiſit ſon ſéjour ;
Je lui crie en pleurant , Ote - moi mon amour ,
Arrache - moi mes vœux , rempli - moi de toi - même ;
Mais , Fatime , à l'inſtant les traits de ce que j'aime ,
Ces traits chers & charmans , que toûjours je revois ,
Se montrent dans mon ame entre le ciel & moi.
Eh bien , race des Rois , dont le ciel me fit naître ,
Père , mère , Chrétiens , vous , mon Dieu , vous , mon maître ,
Vous qui de mon amant me privez aujourd'hui ,
Terminez donc mes jours , qui ne ſont plus pour lui.
Que j'expire innocente , & qu'une main ſi chère ,
De ces yeux qu'il aimait ferme au moins la paupière.
Ah ! que fait Oroſmane ? Il ne s'informe pas ,
Si j'attens loin de lui la vie ou le trépas ;
Il me fuit , il me laiſſe , & je n'y peux ſurvivre.

F A T I M E.

Quoi vous ! fille des Rois , que vous prétendez ſuivre ,
Vous dans les bras d'un Dieu , votre éternel appui ? . . .

Iii iij

Z A Y R E.

Eh ! pourquoi mon amant n'eſt - il pas né pour lui ?
Oroſmane eſt - il fait pour être ſa victime ?
Dieu pourrait - il haïr un cœur ſi magnanime ?
Généreux , bienfaiſant , juſte , plein de vertus ,
S'il était né Chrétien , que ſerait - il de plus ?
Et plût à Dieu du moins que ce ſaint interprète ,
Ce Miniſtre ſacré , que mon ame ſouhaite ,
Du trouble où tu me vois vint bientôt me tirer !
Je ne ſais ; mais enfin , j'oſe encor eſpérer ,
Que ce Dieu , dont cent fois on m'a peint la clémence ,
Ne reprouverait point une telle alliance ;
Peut - être de Zayre en ſecret adoré ,
Il pardonne aux combats de ce cœur déchiré ;
Peut - être en me laiſſant au trône de Syrie ,
Il ſoutiendrait par moi les Chrétiens de l'Aſie.
Fatime , tu le ſais , ce puiſſant Saladin ,
Qui ravit à mon ſang l'Empire du Jourdain ,
Qui fit comme Oroſmane admirer ſa clémence ,
Au ſein d'une Chrétienne il avait pris naiſſance.

F A T I M E.

Ah ! ne voyez - vous pas que pour vous conſoler ...

Z A Y R E.

Laiſſe - moi ; je vois tout ; je meurs ſans m'aveugler :
Je vois que mon pays , mon ſang , tout me condamne :
Que je ſuis Luſignan , que j'adore Oroſmane ;
Que mes vœux , que mes jours à ſes jours ſont liés.
Je voudrais quelquefois me jetter à ſes pieds ,
De tout ce que je ſuis faire un aveu ſincère.

F A T I M E.

Songez que cet aveu peut perdre votre frère ,

Expofe les Chrétiens, qui n'ont que vous d'appui,
Et va trahir le Dieu, qui vous rappelle à lui.

Z A Y R E.

Ah ! fi tu connaiffais le grand cœur d'Orofmane !

F A T I M E.

Il eft le protecteur de la loi Mufulmane ;
Et plus il vous adore, & moins il peut fouffrir
Qu'on vous ofe annoncer un Dieu qu'il doit haïr.
Le pontife à vos yeux en fecret va fe rendre,
Et vous avez promis...

Z A Y R E.

Eh bien, il faut l'attendre.
J'ai promis, j'ai juré de garder ce fecret :
Hélas ! qu'à mon amant je le tais à regret !
Et pour comble d'horreur je ne fuis plus aimée.

S C E N E   I I.

O R O S M A N E, Z A Y R E.

O R O S M A N E.

MAdame, il fut un tems où mon ame charmée,
Ecoutant fans rougir des fentimens trop chérs,
Se fit une vertu de languir dans vos fers.
Je croyais être aimé, Madame, & votre maître,
Soupirant à vos pieds, devait s'attendre à l'être :
Vous ne m'entendrez point, amant faible & jaloux,
En reproches honteux éclater contre vous ;
Cruellement bleffé, mais trop fier pour me plaindre,
Trop généreux, trop grand, pour m'abaiffer à feindre,

Je viens vous déclarer , que le plus froid mépris
De vos caprices vains fera le digne prix.
Ne vous préparez point à tromper ma tendreſſe ,
A chercher des raiſons , dont la flatteuſe adreſſe ,
A mes yeux éblouïs colorant vos refus ,
Vous ramène un amant qui ne vous connaît plus ;
Et qui craignant ſurtout qu'à rougir on l'expoſe ,
D'un refus outrageant veut ignorer la cauſe.
Madame , c'en eſt fait , une autre va monter
Au rang que mon amour vous daignait préſenter ;
Une autre aura des yeux , & va du moins connaître
De quel prix mon amour & ma main devaient être.
Il pourra m'en coûter , mais mon cœur s'y réſout.
Apprenez qu'Oroſmane eſt capable de tout ,
Que j'aime mieux vous perdre , & loin de votre vuë
Mourir deſeſpéré de vous avoir perduë ,
Que de vous poſſéder , s'il faut qu'à votre foi
Il en coûte un ſoupir qui ne ſoit pas pour moi.
Allez , mes yeux jamais ne reverront vos charmes.

Z A Y R E.

Tu m'as donc tout ravi , Dieu , témoin de mes larmes !
Tu veux commander ſeul à mes ſens éperdus . . .
Eh bien , puiſqu'il eſt vrai que vous ne m'aimez plus ,
Seigneur . . .

O R O S M A N E.

    Il eſt trop vrai que l'honneur me l'ordonne ,
Que je vous adorai , que je vous abandonne ,
Que je renonce à vous , que vous le déſirez ,
Que ſous une autre loi . . . . . . Zayre , vous pleurez ?

Z A Y R E.

A ! Seigneur ! ah ! du moins gardez de jamais croire ,

                           Que

Que du rang d'un Soudan je regrette la gloire :
Je fais qu'il faut vous perdre, & mon fort l'a voulu :
Mais, Seigneur, mais mon cœur ne vous eſt pas connu.
Me puniſſe à jamais ce ciel qui me condamne,
Si je regrette rien que le cœur d'Oroſmane !

OROSMANE.

Zayre, vous m'aimez !

ZAYRE.

Dieu ! ſi je l'aime, hélas !

OROSMANE.

Quel caprice étonnant que je ne conçois pas !
Vous m'aimez ? Eh, pourquoi vous forcez-vous, cruelle,
A déchirer le cœur d'un amant ſi fidelle ?
Je me connaiſſais mal ; oui, dans mon deſeſpoir,
J'avais cru ſur moi-même avoir plus de pouvoir.
Va, mon cœur eſt bien loin d'un pouvoir ſi funeſte.
Zayre, que jamais la vengeance céleſte
Ne donne à ton amant enchaîné ſous ta loi,
La force d'oublier l'amour qu'il a pour toi !
Qui, moi ? que ſur mon trône une autre fût placée !
Non, je n'en eus jamais la fatale penſée :
Pardonne à mon couroux, à mes ſens interdits,
Ces dédains affectés, & ſi bien démentis ;
C'eſt le ſeul déplaiſir que jamais dans ta vie,
Le ciel aura voulu que ta tendreſſe eſſuye.
Je t'aimerai toûjours... Mais d'où vient que ton cœur,
En partageant mes feux, différait mon bonheur ?
Parle. Etait-ce un caprice ? Eſt-ce crainte d'un maître,
D'un Soudan, qui pour toi veut renoncer à l'être ?
Serait-ce un artifice ? Epargne-toi ce ſoin ;
L'art n'eſt pas fait pour toi, tu n'en a pas beſoin :

Qu'il ne fouille jamais le faint nœud qui nous lie !
L'art le plus innocent tient de la perfidie.
Je n'en connus jamais , & mes fens déchirés ,
Pleins d'un amour fi vrai . . . .

Z A Y R E.

Vous me defefpérez.

Vous m'êtes cher , fans doute , & ma tendreffe extrême
Eft le comble des maux pour ce cœur qui vous aime.

O R O S M A N E.

O ciel ! expliquez vous. Quoi ? toûjours me troubler ?
Se peut - il ? . . .

Z A Y R E.

Dieu puiffant , que ne puis - je parler ?

O R O S M A N E.

Quel étrange fecret me cachez - vous , Zayre ?
Eft - il quelque Chrétien qui contre moi confpire ?
Me trahit - on ? parlez.

Z A Y R E.

Eh ! peut - on vous trahir ?
Seigneur , entr'eux & vous vous me verriez courir :
On ne vous trahit point , pour vous rien n'eft à craindre ;
Mon malheur eft pour moi , je fuis la feule à plaindre.

O R O S M A N E.

Vous , à plaindre , grand Dieu !

Z A Y R E.

Souffrez qu'à vos genoux
Je demande en tremblant une grace de vous.

O R O S M A N E.

Une grace ! ordonnez , & demandez ma vie.

Z A Y R E.

Plût au ciel qu'à vos jours la mienne fût unie !

Orofmane . . . Seigneur . . . permettez qu'aujourd'hui ,
Seule , loin de vous - même , & toute à mon ennui ,
D'un œil plus recueilli contemplant ma fortune ,
Je cache à votre oreille une plainte importune . . . .
Demain tous mes fecrets vous feront revélés.

O R O S M A N E.

De quelle inquiétude , ô ciel , vous m'accablez !
Pouvez - vous ? . . .

Z A Y R E.

Si pour moi l'amour vous parle encore ,
Ne me refufez pas la grace que j'implore.

O R O S M A N E.

Eh bien , il faut vouloir tout ce que vous voulez ;
J'y confens ; il en coûte à mes fens défolés.
Allez , fouvenez - vous que je vous facrifie
Les momens les plus beaux , les plus chers de ma vie.

Z A Y R E.

En me parlant ainfi , vous me percez le cœur.

O R O S M A N E.

Eh bien , vous me quittez , Zayre ?

Z A Y R E.

Hélas , Seigneur !

S C E N E   I I I.

O R O S M A N E , C O R A S M I N.

O R O S M A N E.

AH ! c'eft trop tôt chercher ce folitaire afyle ,
C'eft trop tôt abufer de ma bonté facile ;

Et plus j'y penfe , ami , moins je puis concevoir
Le fujet fi caché de tant de defefpoir.
Quoi donc ! par ma tendreffe élevée à l'Empire ,
Dans le fein du bonheur , que fon ame défire ,
Près d'un amant qu'elle aime , & qui brûle à fes pieds ,
Ses yeux remplis d'amour , de larmes font noyés.
Je fuis bien indigné de voir tant de caprices.
Mais moi - même après tout eus - je moins d'injuftices ?
Ai - je été moins coupable à fes yeux offenfés ?
Eft - ce à moi de me plaindre ? On m'aime , c'eft affez.
Il me faut expier , par un peu d'indulgence ,
De mes tranfports jaloux l'injurieufe offenfe.
Je me rens , je le vois , fon cœur eft fans détours ;
La nature naïve anime fes difcours.
Elle eft dans l'âge heureux où règne l'innocence ;
A fa fincérité je dois ma confiance.
Elle m'aime fans doute ; oui , j'ai lû devant toi ,
Dans fes yeux attendris , l'amour qu'elle a pour moi ;
Et fon ame éprouvant cette ardeur qui me touche ,
Vingt fois pour me le dire a volé fur fa bouche.
Qui peut avoir un cœur affez traître , affez bas ,
Pour montrer tant d'amour , & ne le fentir pas ?

SCENE IV.

OROSMANE, CORASMIN, MELEDOR.

MELEDOR.

CEtte lettre , Seigneur , à Zayre adreffée ,
Par vos gardes faifie , & dans mes mains laiffée . . .

OROSMANE.

Donne . . . qui la portait ? . . . Donne.

MELEDOR.

Un de ces Chrétiens,
Dont vos bontés, Seigneur, ont brifé les liens :
Au ferrail, en fecret, il allait s'introduire ;
On l'a mis dans les fers.

OROSMANE.

Hélas ! que vais-je lire ?
Laiffe-nous . . . je frémis.

SCENE V.

OROSMANE, CORASMIN.

CORASMIN.

CEtte lettre, Seigneur,
Pourra vous éclaircir, & calmer votre cœur.

OROSMANE.

Ah ! lifons ; ma main tremble, & mon ame étonnée
Prévoit que ce billet contient ma deftinée.
Lifons . . . » Chère Zayre, il eft tems de nous voir :
» Il eft vers la mofquée une fecrette iffuë,
» Où vous pouvez fans bruit, & fans être apperçuë,
» Tromper vos furveillans, & remplir notre efpoir :
» Il faut tout hazarder ; vous connaiffez mon zèle :
» Je vous attends ; je meurs, fi vous n'êtes fidelle.
Eh bien, cher Corafmin, que dis-tu ?

C O R A S M I N.

Moi, Seigneur ?

Je fuis épouvanté de ce comble d'horreur.

O R O S M A N E.

Tu vois comme on me traite.

C O R A S M I N.

O trahifon horrible !

Seigneur, à cet affront vous êtes infenfible ?
Vous, dont le cœur tantôt, fur un fimple foupçon,
D'une douleur fi vive a reçû le poifon ?
Ah ! fans doute l'horreur d'une action fi noire
Vous guérit d'un amour qui bleffait votre gloire.

O R O S M A N E.

Cours chez elle à l'inftant, va, vole, Corafmin :
Montre - lui cet écrit... Qu'elle tremble... & foudain
De cent coups de poignard que l'infidelle meure.
Mais avant de frapper... Ah ! cher ami, demeure,
Demeure, il n'eft pas tems. Je veux que ce Chrétien
Devant elle amené... non... je ne veux plus rien...
Je me meurs... Je fuccombe à l'excès de ma rage.

C O R A S M I N.

On ne reçut jamais un fi fanglant outrage.

O R O S M A N E.

Le voilà donc connu, ce fecret plein d'horreur !
Ce fecret qui pefait à fon infame cœur !
Sous le voile emprunté d'une crainte ingénuë,
Elle veut quelque tems fe fouftraire à ma vuë.
Je me fais cet effort, je la laiffe fortir ;
Elle part en pleurant... & c'eft pour me trahir.
Quoi, Zayre !

C O R A S M I N.
Tout fert à redoubler fon crime.
Seigneur, n'en foyez pas l'innocente victime,
Et de vos fentimens rappellant la grandeur . . . .

O R O S M A N E.
C'eft là ce Néreftan, ce héros plein d'honneur,
Ce Chrétien fi vanté, qui rempliffait Solyme
De ce fafte impofant de fa vertu fublime !
Je l'admirais moi-même, & mon cœur combattu
S'indignait qu'un Chrétien m'égalât en vertu.
Ah ! qu'il va me payer fa fourbe abominable !
Mais Zayre, Zayre eft cent fois plus coupable.
Une efclave Chrétienne, & que j'ai pu laiffer
Dans les plus vils emplois languir fans l'abaiffer !
Une efclave ! Elle fait ce que j'ai fait pour elle.
Ah malheureux !

C O R A S M I N.
Seigneur, fi vous fouffrez mon zèle,
Si parmi les horreurs qui doivent vous troubler,
Vouz vouliez . . . .

O R O S M A N E.
Oui, je veux la voir & lui parler.
Allez, volez, efclave, & m'amenez Zayre.

C O R A S M I N.
Hélas ! en cet état que pourrez-vous lui dire ?

O R O S M A N E.
Je ne fais, cher ami, mais je prétens la voir.

C O R A S M I N.
Ah ! Seigneur, vous allez, dans votre defefpoir,
Vous plaindre, menacer, faire couler fes larmes.
Vos bontés contre vous lui donneront des armes ;

Et votre cœur féduit, malgré tous vos foupçons,
Pour la juftifier cherchera des raifons.
M'en croirez-vous ? cachez cette lettre à fa vuë.
Prenez pour la lui rendre une main inconnuë.
Par-là, malgré la fraude & les déguifemens,
Vos yeux démêleront fes fecrets fentimens,
Et des plis de fon cœur verront tout l'artifice.

OROSMANE.

Penfes-tu qu'en effet Zayre me trahiffe ?...
Allons, quoi qu'il en foit, je vai tenter mon fort,
Et pouffer la vertu jufqu'au dernier effort.
Je veux voir à quel point une femme hardie
Saura de fon côté pouffer la perfidie.

CORASMIN.

Seigneur, je crains pour vous ce funefte entretien ;
Un cœur tel que le vôtre....

OROSMANE.

Ah ! n'en redoute rien.
A fon exemple, hélas ! ce cœur ne faurait feindre.
Mais j'ai la fermeté de favoir me contraindre :
Oui, puifqu'elle m'abaiffe à connaître un rival....
Tien, reçoi ce billet à tous trois fi fatal :
Va, choifi pour le rendre un efclave fidelle,
Mets en de fûres mains cette lettre cruelle ;
Va, cours... Je ferai plus, j'éviterai fes yeux ;
Qu'elle n'approche pas... C'eft elle, juftes cieux !

SCENE

S C E N E VI.

O R O S M A N E , Z A Y R E , C O R A S M I N.

Z A Y R E.

SEigneur, vous m'étonnez ; quelle raifon foudaine ,
Quel ordre fi preffant près de vous me ramène ?

O R O S M A N E.

Eh bien , Madame , il faut que vous m'éclairciffiez :
Cet ordre eft important plus que vous ne croyez ;
Je me fuis confulté. . . . Malheureux l'un par l'autre ,
Il faut régler d'un mot & mon fort & le vôtre.
Peut-être qu'en effet ce que j'ai fait pour vous ,
Mon orgueil oublié , mon fceptre à vos genoux ,
Mes bienfaits , mon refpeft , mes foins , ma confiance ,
Ont arraché de vous quelque reconnaiffance.
Votre cœur par un maître attaqué chaque jour ,
Vaincu par mes bienfaits , crut l'être par l'amour.
Dans votre ame , avec vous , il eft tems que je life ;
Il faut que fes replis s'ouvrent à ma franchife.
Jugez vous : répondez avec la vérité
Que vous devez au moins à ma fincérité.
Si de quelqu'autre amour l'invincible puiffance
L'emporte fur mes foins , ou même les balance ,
Il faut me l'avouer , & dans ce même inftant ,
Ta grace eft dans mon cœur ; prononce , elle t'attend.
Sacrifie à ma foi l'infolent qui t'adore :
Songe que je te vois , que je te parle encore ,
Que ma foudre à ta voix pourra fe détourner ,
Que c'eft le feul moment où je peux pardonner.

Tom. III. & du Théâtre le premier. LII

Z A Y R E.

Vous, Seigneur! vous ofez me tenir ce langage?
Vous, cruel!... Apprenez que ce cœur qu'on outrage,
Et que par tant d'horreurs le ciel veut éprouver,
S'il ne vous aimait pas, eft né pour vous braver.
Je ne crains rien ici que ma funefte flamme;
N'imputez qu'à ce feu qui brûle encor mon ame,
N'imputez qu'à l'amour, que je dois oublier,
La honte où je defcens de me juftifier.
J'ignore fi le ciel, qui m'a toûjours trahie,
A deftiné pour vous ma malheureufe vie.
Quoi qu'il puiffe arriver, je jure par l'honneur,
Qui non moins que l'amour eft gravé dans mon cœur,
Je jure que Zayre à foi-même renduë,
Des Rois les plus puiffans détefterait la vuë,
Que tout autre autre, après vous, me ferait odieux.
Voulez-vous plus favoir, & me connaître mieux?
Voulez-vous que ce cœur à l'amertume en proye,
Ce cœur defefpéré devant vous fe déploye?
Sachez donc qu'en fecret il penfait malgré lui,
Tout ce que devant vous il déclare aujourd'hui;
Qu'il foupirait pour vous avant que vos tendreffes
Vinffent juftifier mes naiffantes faibleffes;
Qu'il prévint vos bienfaits, qu'il brûlait à vos pieds,
Qu'il vous aimait enfin, lorfque vous m'ignoriez;
Qu'il n'eut jamais que vous, n'aura que vous pour maître.
J'en attefte le ciel, que j'offenfe peut-être;
Et fi j'ai mérité fon éternel couroux,
Si mon cœur fut coupable, ingrat, c'était pour vous.

O R O S M A N E.

Quoi? des plus tendres feux fa bouche encor m'affure!

Quel excès de noirceur ! Zayre !... ah la parjure !
Quand de fa trahifon j'ai la preuve en ma main !

Z A Y R E.

Que dites - vous ? Quel trouble agite votre fein ?

O R O S M A N E.

Je ne fuis point troublé. Vous m'aimez ?

Z A Y R E.

Votre bouche
Peut - elle me parler avec ce ton farouche ,
D'un feu fi tendrement déclaré chaque jour ?
Vous me glacez de crainte , en me parlant d'amour.

O R O S M A N E.

Vous m'aimez ?

Z A Y R E.

Vous pouvez douter de ma tendreffe !
Mais encor une fois quelle fureur vous preffe ?
Quels regards effrayans vous me lancez ! hélas !
Vous doutez de mon cœur ?

O R O S M A N E.

Non , je n'en doute pas.

Allez , rentrez , Madame.

S C E N E   V I I.

O R O S M A N E , C O R A S M I N.

O R O S M A N E.

AMi , fa perfidie
Au comble de l'horreur ne s'eft pas démentie ;

Tranquille dans le crime , & fauſſe avec douceur ,
Elle a juſques au bout ſoutenu ſa noirceur.
As - tu trouvé l'eſclave ? as - tu ſervi ma rage ?
Connaîtrai - je à la fois ſon crime & mon outrage ?

C O R A S M I N.

Oui , je viens d'obéir ; mais vous ne pouvez pas
Soupirer déſormais pour ſes traîtres appas :
Vous la verrez ſans doute avec indifférence ,
Sans que le repentir ſuccède à la vengeance ,
Sans que l'amour ſur vous en repouſſe les traits.

O R O S M A N E.

Coraſmin , je l'adore encor plus que jamais.

C O R A S M I N.

Vous ? ô ciel ! vous ?

O R O S M A N E.

Je vois un rayon d'eſpérance.
Cet odieux Chrétien , l'élève de la France ,
Eſt jeune , impatient , léger , préſomptueux ,
Il peut croire aiſément ſes téméraires vœux :
Son amour indiſcret , & plein de confiance ,
Aura de ſes ſoupirs hazardé l'inſolence :
Un regard de Zayre aura pû l'aveugler :
Sans doute il eſt aiſé de s'en laiſſer troubler :
Il croit qu'il eſt aimé ; c'eſt lui ſeul qui m'offenſe ;
Peut - être ils ne ſont point tous deux d'intelligence :
Zayre n'a point vû ce billet criminel ,
Et j'en croyais trop tôt mon déplaiſir mortel.
Coraſmin , écoutez . . . Dès que la nuit plus ſombre
Aux crimes des mortels viendra prêter ſon ombre ,
Si - tôt que ce Chrétien , chargé de mes bienfaits ,
Néreſtan , paraitra ſous les murs du palais ,

Ayez foin qu'à l'inftant la garde le faififfe,
Qu'on prépare pour lui le plus honteux fupplice,
Et que chargé de fers il me foit préfenté.
Laiffez, furtout, laiffez Zaÿre en liberté.
Tu vois mon cœur, tu vois à quel excès je l'aime.
Ma fureur eft plus grande, & j'en tremble moi-même.
J'ai honte des douleurs où je me fuis plongé ;
Mais malheur aux ingrats qui m'auront outragé !

Fin du quatriéme aéte.

A C T E V.

S C E N E P R E M I E R E.

OROSMANE, CORASMIN, un efclave.

OROSMANE.

ON l'a fait avertir, l'ingrate va paraître.
Songe que dans tes mains eft le fort de ton maître ;
Donne - lui le billet de ce traître Chrétien ;
Ren - moi compte de tout, examine - la bien.
Porte - moi fa réponfe. On approche... c'eft elle.
   A Corafmin.
Vien, d'un malheureux Prince ami tendre & fidelle,
Vien m'aider à cacher ma rage & mes ennuis.

S C E N E I I.

ZAYRE, FATIME, l'efclave.

ZAYRE.

EH qui peut me parler dans l'état où je fuis ?
A tant d'horreurs, hélas ! qui pourra me fouftraire ?
Le ferrail eft fermé ! Dieu ! fi c'était mon frère !
Si la main de ce Dieu, pour foutenir ma foi,
Par des chemins cachés, le conduifait vers moi !
Quel efclave inconnu fe préfente à ma vuë ?

L'E S C L A V E.

Cette lettre en fecret à mes mains parvenuë,
Pourra vous affurer de ma fidélité.

Z A Y R E.

Donne.

Elle lit.

F A T I M E *à part pendant que Zayre lit.*

Dieu tout-puiffant, éclate en ta bonté,
Fai defcendre ta grace en ce féjour profane,
Arrache ma Princeffe au barbare Orofmane.

Z A Y R E *à Fatime.*

Je voudrais te parler.

F A T I M E *à l'efclave.*

Allez, retirez-vous ;
On vous rappellera, foyez prêt, laiffez-nous.

S C E N E III.

Z A Y R E , F A T I M E.

Z A Y R E.

LI ce billet : hélas ! di-moi ce qu'il faut faire ;
Je voudrais obéir aux ordres de mon frère.

F A T I M E.

Dites plutôt, Madame, aux ordres éternels
D'un Dieu qui vous demande aux pieds de fes autels.
Ce n'eft point Néreftan, c'eft Dieu qui vous appelle.

Z A Y R E.

Je le fais, à fa voix je ne fuis point rebelle,
J'en ai fait le ferment : mais puis-je m'engager,

Moi, les Chrétiens, mon frère, en un fi grand danger ?
F A T I M E.

Ce n'eft point leur danger dont vous êtes troublée,
Votre amour parle feul à votre ame ébranlée.
Je connais votre cœur ; il penferait comme eux,
Il hazarderait tout, s'il n'était amoureux.
Ah ! connaiffez du moins l'erreur qui vous engage.
Vous tremblez d'offenfer l'amant qui vous outrage.
Quoi ! ne voyez-vous pas toutes fes cruautés,
Et l'ame d'un Tartare, à travers fes bontés ?
Ce tigre encor farouche au fein de fa tendreffe,
Même en vous adorant, menaçait fa maîtreffe...
Et votre cœur encor ne s'en peut détacher ?
Vous foupirez pour lui ?
Z A Y R E.

Qu'ai-je à lui reprocher ?
C'eft moi qui l'offenfais, moi qu'en cette journée
Il a vû fouhaiter ce fatal hyménée ;
Le trône était tout prêt, le temple était paré,
Mon amant m'adorait, & j'ai tout differé.
Moi, qui devais ici trembler fous fa puiffance,
J'ai de fes fentimens bravé la violence ;
J'ai foumis fon amour, il fait ce que je veux,
Il m'a facrifié fes tranfports amoureux.
F A T I M E.

Ce malheureux amour, dont votre ame eft bleffée,
Peut-il en ce moment remplir votre penfée ?
Z A Y R E.

Ah ! Fatime, tout fert à me defefpérer ;
Je fais que du ferrail rien ne peut me tirer :
Je voudrais des Chrétiens voir l'heureufe contrée,

Quit-

Quitter ce lieu funeste à mon ame égarée ;
Et je fens qu'à l'inftant, promte à me démentir,
Je fais des veux fecrets pour n'en jamais fortir.
Quel état ! quel tourment ! Non, mon ame inquiète
Ne fait ce qu'elle doit, ni ce qu'elle fouhaite ;
Une terreur affreufe eft tout ce que je fens.
Dieu, détourne de moi, ces noirs preffentimens ;
Pren foin de nos Chrétiens, & veille fur mon frère ;
Pren foin, du haut des cieux, d'une tête fi chère.
Oui, je le vais trouver, je lui vais obéir :
Mais dès que de Solyme il aura pû partir,
Par fon abfence alors à parler enhardie,
J'apprens à mon amant le fecret de ma vie :
Je lui dirai le culte où mon cœur eft lié ;
Il lira dans ce cœur, il en aura pitié.
Mais duffai-je au fupplice être ici condamnée,
Je ne trahirai point le fang dont je fuis née.
Va, tu peux amener mon cher frère en ces lieux.
Rappelle cet efclave.

S C E N E   I V.

Z A Y R E *feule.*

O Dieu de mes ayeux,
Dieu de tous mes parens, de mon malheureux père,
Que ta main me conduife, & que ton œil m'éclaire !

S C E N E V.

Z A Y R E , l'efclave.

Z A Y R E.

ALlez dire au Chrétien , qui marche fur vos pas ,
Que mon cœur aujourd'hui ne le trahira pas ,
Que Fatime en ces lieux va bientôt l'introduire.
  A part.
Allons , raffure - toi , malheureufe Zayre !

S C E N E V I.

O R O S M A N E , C O R A S M I N , l'efclave.

O R O S M A N E.

QUe ces momens , grand Dieu , font lents pour ma fureur!
  A l'efclave.
Eh bien ! que t'a - t - on dit ? Répon. Parle.

L'E S C L A V E.

        Seigneur ,
On n'a jamais fenti de fi vives allarmes.
Elle a pâli , tremblé , fes yeux verfaient des larmes ;
Elle m'a fait fortir , elle m'a rappellé ,
Et d'une voix tremblante , & d'un cœur tout troublé ,
Près de ces lieux , Seigneur , elle a promis d'attendre
Celui qui cette nuit à fes yeux doit fe rendre.

O R O S M A N E.

  A l'efclave.   *A Corafmin.*
Allez , il me fuffit. Ote - toi de mes yeux ,

Laiffez - moi : tout mortel me devient. odieux.
Laiffe - moi feul , te dis - je , à ma fureur extrême.
Je hais le monde entier , je m'abhorre moi - même.

S C E N E V I I.

O R O S M A N E *feul.*

Ou fuis-je ? ô ciel ! où fuis-je ? où portai-je mes vœux ?
Zayre , Néreftan... couple ingrat , couple affreux ,
Traîtres , arrachez - moi ce jour que je refpire ,
Ce jour fouillé par vous... Miférable Zayre ,
Tu ne jouïras pas... Corafmin , revenez.

S C E N E V I I I.

O R O S M A N E , C O R A S M I N.

O R O S M A N E.

Ah ! trop cruel ami , quoi vous m'abandonnez ?
Venez ; a - t - il paru , ce rival , ce coupable ?

C O R A S M I N.

Rien ne paraît encor.

O R O S M A N E.

O nuit ! nuit effroyable !
Peux - tu prêter ton voile à de pareils forfaits ?
Zayre !... l'infidelle.... après tant de bienfaits !
J'aurais d'un œil ferein , d'un front inaltérable ,
Contemplé de mon rang la chute épouvantable :

Mmm ij

J'aurais fû , dans l'horreur de la captivité ,
Conferver mon courage & ma tranquillité ;
Mais me voir à ce point trompé par ce que j'aime !...

CORASMIN.

Eh ! que prétendez-vous dans cette horreur extrême ?
Quel eft votre deffein ?

OROSMANE.

       N'entens-tu pas des cris ?

CORASMIN.

Seigneur ...

OROSMANE.

       Un bruit affreux a frappé mes efprits.
On vient.

CORASMIN.

       Non , jufqu'ici nul mortel ne s'avance ;
Le ferrail eft plongé dans un profond filence ;
Tout dort ; tout eft tranquille , & l'ombre de la nuit...

OROSMANE.

Hélas ! le crime veille , & fon horreur me fuit.
A ce coupable excès porter fa hardieffe !
Tu ne connaiffais pas mon cœur & ma tendreffe ,
Combien je t'adorais ! quels feux ! Ah , Corafmin !
Un feul de fes regards aurait fait mon deftin.
Je ne puis être heureux , ni fouffrir que par elle.
Pren pitié de ma rage. Oui , cours ... Ah , la cruelle !

CORASMIN.

Eft-ce vous qui pleurez ? vous , Orofmane ? ô cieux !

OROSMANE.

Voilà les premiers pleurs qui coulent de mes yeux.
Tu vois mon fort , tu vois la honte où je me livre :
Mais ces pleurs font cruels , & la mort va les fuivre :

Plain Zayre, plain-moi ; l'heure approche, ces pleurs
Du fang qui va couler font les avant-coureurs.

C O R A S M I N.

Ah ! je tremble pour vous.

O R O S M A N E.

Frémi de mes fouffrances,
Frémi de mon amour, frémi de mes vengeances.
Approche, vien, j'entens ... je ne me trompe pas.

C O R A S M I N.

Sous les murs du palais quelqu'un porte fes pas.

O R O S M A N E.

Va faifir Néreftan, va, dis-je, qu'on l'enchaîne ;
Que tout chargé de fers à mes yeux on l'entraîne.

S C E N E IX.

OROSMANE, ZAYRE & FATIME,
marchant pendant la nuit dans l'enfoncement du théâtre.

Z A Y R E.

Vien, Fatime.

O R O S M A N E.

Qu'entens-je ! eft-ce là cette voix,
Dont les fons enchanteurs m'ont féduit tant de fois ?
Cette voix qui trahit un feu fi légitime ?
Cette voix infidelle, & l'organe du crime ?
Perfide !... vengeons-nous... quoi ! c'eft elle ? ô deftin !
Il tire fon poignard.
Zayre ! ah Dieu !... ce fer échape de ma main.

Z A Y R E *à Fatime.*

C'eft ici le chemin, vien, foutien mon courage.

Z A Y R E ,

Il va venir.

O R O S M A N E.

Ce mot me rend toute ma rage.

Z A Y R E.

Je marche en friſſonnant, mon cœur eſt éperdu...
Eſt-ce vous, Néreſtan, que j'ai tant attendu ?

O R O S M A N E *courant à Zayre.*

C'eſt moi que tu trahis : tombe à mes pieds, parjure.

Z A Y R E *tombant dans la couliſſe.*

Je me. meurs, ô mon Dieu !

O R O S M A N E.

      J'ai vengé mon injure.
Otons-nous de ces lieux. Je ne puis... Qu'ai-je fait ? ...
Rien que de juſte... Allons, j'ai puni ſon forfait.
Ah ! voici ſon amant que mon deſtin m'envoye,
Pour remplir ma vengeance & ma cruelle joye.

S C E N E D E R N I E R E.

O R O S M A N E, Z A Y R E, N E R E S T A N, C O R A S M I N, F A T I M E, eſclaves.

O R O S M A N E.

APproche, malheureux, qui viens de m'arracher,
De m'ôter pour jamais ce qui me fut ſi cher ;
Mépriſable ennemi, qui fais encor paraître
L'audace d'un héros avec l'ame d'un traître ;
Tu m'impoſais ici pour me deshonorer.
Va, le prix en eſt prêt ; tu peux t'y préparer.

Tes maux vont égaler les maux où tu m'expofes,
Et ton ingratitude, & l'horreur que tu caufes.
Avez-vous ordonné fon fupplice?

C O R A S M I N.

Oui, Seigneur.

O R O S M A N E.

Il commence déja dans le fond de ton cœur.
Tes yeux cherchent partout, & demandent encore
La perfide qui t'aime, & qui me deshonore.
Regarde, elle eft ici.

N E R E S T A N.

Que dis-tu? Quelle erreur...

O R O S M A N E.

Regarde-la, te dis-je.

N E R E S T A N.

Ah! que vois-je? Ah, ma fœur!
Zayre!... Elle n'eft plus! Ah, monftre! Ah, jour horrible!

O R O S M A N E.

Sa fœur! Qu'ai-je entendu? Dieu, ferait-il poffible?

N E R E S T A N.

Barbare, il eft trop vrai: viens épuifer mon flanc
Du refte infortuné de cet augufte fang.
Lufignan, ce vieillard, fut fon malheureux père,
Il venait dans mes bras d'achever fa mifère,
Et d'un père expiré j'apportais en ces lieux
La volonté dernière, & les derniers adieux;
Je venais, dans un cœur trop faible & trop fenfible,
Rappeller des Chrétiens le culte incorruptible.
Hélas! elle offenfait notre Dieu, notre loi;
Et ce Dieu la punit d'avoir brûlé pour toi.

O R O S M A N E.

Zayre !... Elle m'aimait.? Eft-il bien vrai , Fatime ?
Sa fœur ? ... J'étais aimé.?

F A T I M E.

Cruel ! voila fon crime.
Tigre altéré de fang , tu viens de maffacrer
Celle qui malgré foi conftante à t'adorer ,
Se flattait , efpérait que le Dieu de fes pères
Recevrait le tribut de fes larmes fincères ;
Qu'il verrait en pitié cet amour malheureux ,
Que peut-être il voudrait vous réunir tous deux.
Hélas ! à cet excès fon cœur l'avait trompée ;
De cet efpoir trop tendre elle était occupée ;
Tu balançais fon Dieu dans fon cœur allarmé.

O R O S M A N E.

Tu m'en as dit affez. O ciel ! j'étais aimé !
Va , je n'ai pas befoin d'en favoir davantage...

N E R E S T A N.

Cruel ! qu'attens-tu donc pour affouvir ta rage ?
Il ne refte que moi de ce fang glorieux ,
Dont ton père & ton bras ont inondé ces lieux ;
Rejoins un malheureux à fa trifte famille ,
Au héros dont tu viens d'affaffiner la fille.
Tes tourmens font-ils prêts ? Je puis braver tes coups ;
Tu m'as fait éprouver le plus cruel de tous.
Mais la foif de mon fang , qui toûjours te dévore ,
Permet-elle à l'honneur de te parler encore ?
En m'arrachant le jour , fouvien-toi des Chrétiens ,
Dont tu m'avais juré de brifer les liens ;
Dans fa férocité ton cœur impitoyable ,
De ce trait généreux ferait-il bien capable ?

Parle ,

Parle ; à ce prix encor je bénis mon trépas.

   O R O S M A N E , *allant vers le corps de Zayre.*

Zayre !

           C O R A S M I N.

Hélas ! Seigneur , où portez-vous vos pas ?
Rentrez , trop de douleur de votre ame s'empare.
Souffrez que Néreftan...

         N E R E S T A N.

        Qu'ordonnes-tu , barbare ?

  O R O S M A N E *après une longue paufe.*

Qu'on détache fes fers. Ecoutez , Corafmin ,
Que tous fes compagnons foient délivrés foudain.
Aux malheureux Chrétiens prodiguez mes largeffes ;
Comblés de mes bienfaits , chargés de mes richeffes ,
Jufqu'au port de Joppé vous conduirez leurs pas.

         C O R A S M I N.

Mais , Seigneur ...

       O R O S M A N E.

    Obéis , & ne replique pas ;
Vole , & ne trahis point la volonté fuprême
D'un Soudan qui commande , & d'un ami qui t'aime ;
Va , ne perds point de tems , fors , obéis ...

                à Néreftan.

               Et toi ,
Guerrier infortuné , mais moins encor que moi ,
Quitte ces lieux fanglans , remporte en ta patrie
Cet objet que ma rage a privé de la vie.
Ton Roi , tous tes Chrétiens , apprenant tes malheurs ,
N'en parleront jamais fans répandre des pleurs.
Mais fi la vérité par toi fe fait connaître ,
En détestant mon crime , on me plaindra peut-être.

Tom. III. & du Théâtre le premier.   N n n

Porte aux tiens ce poignard , que mon bras égaré
A plongé dans un fein qui dut m'être facré ;
Di-leur que j'ai donné la mort la plus affreufe
A la plus digne femme , à la plus vertueufe ,
Dont le ciel ait formé les innocens appas ;
Di-leur qu'à fes genoux j'avais mis mes Etats ;
Di-leur que dans fon fang cette main s'eft plongée ;
Di que je l'adorais , & que je l'ai vengée. *Il fe tue.*

   Aux fiens.
Refpectez ce héros , & conduifez fes pas.

    N E R E S T A N.
Guide-moi , Dieu puiffant , je ne me connais pas.
Faut-il qu'à t'admirer ta fureur me contraigne ,
Et que dans mon malheur ce foit moi qui te plaigne ?

   Fin du cinquiéme & dernier acte.

A L Z I R E,

O U   L E S

A M E R I C A I N S,

T R A G É D I E.

Repréfentée pour la première fois le 27. Janvier 1736.

E P I T R E

A MADAME LA MARQUISE

D U C H A S T E L E T.

MADAME,

QUel faible hommage pour vous, qu'un de ces ouvrages de poëfie, qui n'ont qu'un tems, qui doivent leur mérite à la faveur paffagère du public, & à l'illufion du théâtre, pour tomber enfuite dans la foule & dans l'obfcurité!

Qu'eft-ce en effet qu'un roman mis en action & en vers, devant celle qui lit les ouvrages de géométrie avec la même facilité que les autres lifent les romans; devant celle qui n'a trouvé dans *Locke*, ce fage précepteur du genre-humain, que fes propres fentimens & l'hiftoire de fes penfées; enfin aux yeux d'une perfonne, qui née pour les agrémens, leur préfère la vérité?

Mais, Madame, le plus grand génie, & fûrement le plus défirable, eft celui qui ne donne l'exclufion à aucun des beaux-arts. Ils font tous la nourriture & le plaifir de l'ame : y en a-t-il dont on doive fe priver? Heureux l'efprit que la philofophie ne peut deffécher, & que les charmes des belles-lettres ne peuvent amollir, qui fait fe fortifier avec *Locke*, s'éclairer avec *Clarke* & *Newton*, s'élever dans la lecture de *Cicéron* & de *Boffuet*, s'embellir par les charmes de *Virgile* & du *Taffe!*

Tel eft votre génie, Madame; il faut que je ne craigne point de le dire, quoique vous craigniez de l'entendre. Il faut que votre exemple encourage les perfonnes de votre fexe & de votre rang, à croire qu'on s'annoblit encor en perfectionnant fa raifon, & que l'efprit donne des graces.

N n n iij

Il a été un tems en France, & même dans toute l'Europe, où les hommes penſaient déroger, & les femmes ſortir de leur état, en oſant s'inſtruire. Les uns ne ſe croyaient nés que pour la guerre, ou pour l'oiſiveté ; & les autres, que pour la coquetterie.

Le ridicule même que *Molière* & *Deſpréaux* ont jetté ſur les femmes ſavantes, a ſemblé dans un ſiécle poli, juſtifier les préjugés de la barbarie. Mais *Molière*, ce légiſlateur dans la morale & dans les bienſéances du monde, n'a pas aſſurément prétendu, en attaquant les femmes ſavantes, ſe moquer de la ſcience & de l'eſprit. Il n'en a joué que l'abus & l'affeſtation ; ainſi que dans ſon *Tartuffe*, il a diffamé l'hypocriſie, & non pas la vertu.

Si, au lieu de faire une ſatyre contre les femmes, l'exaſt, le ſolide, le laborieux, l'élégant *Deſpréaux* avait conſulté les femmes de la cour les plus ſpirituelles, il eût ajouté à l'art & au mérite de ſes ouvrages ſi bien travaillés, des graces & des fleurs, qui leur euſſent encor donné un nouveau charme. En vain, dans ſa ſatyre des femmes, il a voulu couvrir de ridicule une Dame qui avait appris l'aſtronomie ; il eût mieux fait de l'apprendre lui-même.

L'eſprit philoſophique fait tant de progrès en France depuis quarante ans, que ſi *Boileau* vivait encore, lui qui oſait ſe moquer d'une femme de condition, parce qu'elle voyait en ſecret *Roberval* & *Sauveur*, ſerait obligé de reſpeſter & d'imiter celles qui profitent publiquement des lumières des *Maupertuis*, des *Réaumurs*, des *Mairans*, des *Dufays*, & des *Clairauts* ; de tous ces véritables ſavans, qui n'ont pour objet qu'une ſcience utile, & qui en la rendant agréable, la rendent inſenſiblement néceſſaire à notre nation. Nous ſommes au tems, j'oſe le dire, où il faut qu'un poëte ſoit philoſophe, & où une femme peut l'être hardiment.

Dans le commencement du dernier ſiécle les Français apprirent à arranger des mots. Le ſiécle des choſes eſt arrivé. Telle qui liſait autrefois *Montagne*, l'*Aſtrée*, & les *Contes de la Reine de Navarre*, était une ſavante. Les *Deshoullières* & les *Daciers*, illuſtres dans différens genres, ſont venuës depuis. Mais votre ſexe a encor tiré plus de gloire de celles qui ont mérité qu'on fît pour elles le livre charmant des *Mondes* , & les *Dialogues fur la lumière* qui vont paraître , ouvrage peut-être comparable aux *Mondes*.

Il eſt vrai , qu'une femme qui abandonnerait les devoirs de ſon état pour cultiver les ſciences, ferait condamnable , même dans ſes ſuccès ; mais , Madame , le même eſprit qui mène à la connaiſſance de la vérité , eſt celui qui porte à remplir ſes devoirs. La Reine d'Angleterre , l'épouſe de *George II.* qui a ſervi de médiatrice entre les deux plus grands métaphyſiciens de l'Europe , *Clarke* & *Leibnitʒ* , & qui pouvait les juger , n'a pas négligé pour cela un moment les ſoins de Reine , de femme & de mère. *Chriſtine* , qui abandonna le trône pour les beaux - arts , fut au rang des grands Rois , tant qu'elle régna. La petite-fille du grand *Condé* , dans laquelle on voit revivre l'eſprit de ſon ayeul , n'a-t-elle pas ajouté une nou- velle conſidération au ſang dont elle eſt ſortie ?

Vous , Madame , dont on peut citer le nom à côté de ce- lui de tous les Princes , vous faites aux lettres le même hon- neur. Vous en cultivez tous les genres. Elles font votre oc- cupation dans l'âge des plaiſirs. Vous faites plus ; vous cachez ce mérite étranger au monde , avec autant de ſoin que vous l'avez acquis. Continuez , Madame , à chérir , à oſer cultiver les ſciences , quoique cette lumière , longtems renfermée dans vous - même , ait éclaté malgré vous. Ceux qui ont répandu en ſecret des bienfaits , doivent - ils renoncer à cette vertu , quand elle eſt devenue publique ?

Eh ! pourquoi rougir de ſon mérite ? L'eſprit orné n'eſt qu'une beauté de plus. C'eſt un nouvel empire. On ſouhaite aux arts la protection des Souverains : celle de la beauté n'eſt - elle pas au - deſſus ?

Permettez-moi de dire encore , qu'une des raiſons , qui doi- vent faire eſtimer les femmes qui font uſage de leur eſprit , c'eſt que le goût ſeul les détermine. Elles ne cherchent en cela qu'un nouveau plaiſir , & c'eſt en quoi elles font bien louables.

Pour nous autres hommes , c'eſt ſouvent par vanité , quel- quefois par intérêt , que nous conſumons notre vie dans la culture des arts. Nous en faiſons les inſtrumens de notre fortune.; c'eſt une eſpèce de profanation. Je ſuis fâché qu'*Ho-race* diſe de lui :

a) *L'indigence eſt le Dieu qui m'inſpira des vers.*

La rouille de l'envie, l'artifice des intrigues, le poiſon de la calomnie, l'aſſaſſinat de la ſatyre (ſi j'oſe m'exprimer ainſi) deshonorent parmi les hommes une profeſſion, qui par elle-même a quelque choſe de divin.

Pour moi, Madame, qu'un penchant invincible a déterminé aux arts dès mon enfance, je me ſuis dit de bonne heure ces paroles, que je vous ai ſouvent répétées, de *Ciceron*, ce con-ſul Romain qui fut le père de la patrie, de la liberté & de l'éloquence *b*). » Les lettres forment la jeuneſſe, & font les » charmes de l'âge avancé. La proſpérité en eſt plus brillante. » L'adverſité en reçoit des conſolations ; & dans nos maiſons, » dans celles des autres, dans les voyages, dans la ſolitude, » en tout tems, en tous lieux, elles font la douceur de notre » vie.

Je les ai toûjours aimées pour elles-mêmes ; mais à pré-ſent, Madame, je les cultive pour vous, pour mériter, s'il eſt poſſible, de paſſer auprès de vous le reſte de ma vie, dans le ſein de la retraite, de la paix, peut-être de la vé-rité, à qui vous ſacrifiez dans votre jeuneſſe les plaiſirs faux, mais enchanteurs du monde ; enfin pour être à portée de dire un jour avec *Lucrèce*, ce poëte philoſophe dont les beautés & les erreurs vous ſont ſi connuës :

c) Heureux, qui retiré dans le temple des ſages,
    Voit en paix ſous ſes pieds ſe former les orages,

Qui

---

a) ⸺ Paupertas impulit audax
     Ut verſus facerem. ⸺
Horat. Epiſt. Libr. II. Epiſt. 2. *verſ.* 51.
  b) Studia adoleſcentiam alunt, ſenec- tutem oblectant, ſecundas res ornant, ad-verſis perfugium ac ſolatium præbent ; delectant domi, non impediunt foris, per-noctant nobiſcum, peregrinantur, ruſti-cantur.

    c) *Sed nil dulcius eſt, bene quam munita tenere*
        Edita doctrina ſapientûm templa ſerena ;
        Deſpicere unde queas alios, paſſimque videre
        Errare, atque viam palanteis quærere vitæ ;

Certare

Qui contemple de loin les mortels infenfés,
De leur joug volontaire efclaves empreffés,
Inquiets , incertains du chemin qu'il faut fuivre,
Sans penfer , fans jouïr, ignorant l'art de vivre,
Dans l'agitation confumant leurs beaux jours,
Pourfuivant la fortune & rampant dans les cours !
O vanité de l'homme ! ô faibleffe ! ô mifère !

Je n'ajouterai rien à cette longue épître , touchant la tragédie que j'ai l'honneur de vous dédier. Comment en parler,
Madame , après avoir parlé de vous ? Tout ce que je puis
dire , c'eft que je l'ai compofée dans votre maifon & fous
vos yeux. J'ai voulu la rendre moins indigne de vous , y mettant de la nouveauté , de la vérité & de la vertu. J'ai effayé
de peindre *d*) ce fentiment généreux , cette humanité, cette
grandeur d'ame qui fait le bien & qui pardonne le mal , ces
fentimens tant recommandés par les fages de l'antiquité , &
épurés dans notre Religion , ces vraies loix de la nature ,
toûjours fi mal fuivies. Vous avez ôté bien des défauts à cet
ouvrage , vous connaiffez ceux qui le défigurent encore. Puiffe
le public, d'autant plus févère qu'il a d'abord été plus indulgent , me pardonner, comme vous , mes fautes !

Puiffe au moins cet hommage , que je vous rens, Madame,
périr moins vite que mes autres écrits ! Il ferait immortel ,
s'il était digne de celle à qui je l'adreffe.

Je fuis avec un profond refpect , &c.

Certare ingenio , contendere nobilitate ;
Noéteis atque dies niti præftante labore
Ad fummas emergere opes , rerumque potiri.
O miferas hominum mentes ! O peétora cæca !

d) Tout cela n'était pas un vain
compliment, comme la plûpart des
épitres dédicatoires. L'auteur paffa
en effet vingt ans de fa vie à cultiver , avec cette Dame illuftre , les
belles - lettres & la philofophie ; &
tant qu'elle vécut , il refufa conftam-
ment de venir auprès d'un Souverain
qui le demandait, comme on le voit
par plufieurs lettres inférées dans
cette collection.

DISCOURS PRELIMINAIRE.

ON a tâché dans cette tragédie, toute d'invention & d'une
efpèce affez neuve, de faire voir combien le véritable
efprit de Religion l'emporte fur les vertus de la nature.

La Religion d'un barbare confifte à offrir à fes dieux le
fang de fes ennemis. Un Chrétien mal inftruit n'eft fouvent
guères plus jufte. Etre fidèle à quelques pratiques inutiles,
& infidèle aux vrais devoirs de l'homme : faire certaines
prières, & garder fes vices : jeuner, mais haïr, cabaler, perfécuter ; voilà fa Religion. Celle du Chrétien véritable eft de
regarder tous les hommes comme fes frères, de leur faire du
bien & de leur pardonner le mal. Tel eft *Gufman* au moment
de fa mort ; tel *Alvarès* dans le cours de fa vie ; tel j'ai peint
Henri IV. même au milieu de fes faibleffes.

On retrouvera dans prefque tous mes écrits cette humanité qui doit être le premier caractère d'un être penfant : on
y verra (fi j'ofe m'exprimer ainfi) le défir du bonheur des
hommes, l'horreur de l'injuftice & de l'oppreffion ; & c'eft
cela feul qui a jufqu'ici tiré mes ouvrages de l'obfcurité où
leurs défauts devaient les enfevelir.

Voilà pourquoi la *Henriade* s'eft foutenue malgré les efforts
de quelques Français jaloux, qui ne voulaient pas abfolument
que la France eût un poëme épique. Il y a toûjours un petit
nombre de lecteurs, qui ne laiffent point empoifonner leur
jugement du venin des cabales & des intrigues, qui n'aiment
que le vrai, qui cherchent toûjours l'homme dans l'auteur.
Voilà ceux devant qui j'ai trouvé grace. C'eft à ce petit nombre d'hommes que j'adreffe les réflexions fuivantes ; j'efpère
qu'ils les pardonneront à la néceffité où je fuis de les faire.

Un étranger s'étonnait un jour à Paris d'une foule de libelles de toute efpèce, & d'un déchaînement cruel, par lequel un homme était opprimé. Il faut apparemment, dit-il,
que cet homme foit d'une grande ambition, & qu'il cherche
à s'élever à quelqu'un de ces poftes qui irritent la cupidité

humaine & l'envie. Non , lui répondit-on ; c'eſt un citoyen obſcur , retiré , qui vit plus avec *Virgile* & *Locke* qu'avec ſes compatriotes , & dont la figure n'eſt pas plus connue de quelques-uns de ſes ennemis , que du graveur qui a prétendu graver ſon portrait. C'eſt l'auteur de quelques piéces qui vous ont fait verſer des larmes , & de quelques ouvrages dans leſquels , malgré leurs défauts , vous aimez cet eſprit d'humanité , de juſtice , de liberté qui y règne. Ceux qui le calomnient , ce ſont des hommes pour la plûpart plus obſcurs que lui , qui prétendent lui diſputer un peu de fumée , & qui le perſécuteront juſqu'à ſa mort , uniquement à cauſe du plaiſir qu'il vous a donné. Cet étranger ſe ſentit quelque indignation pour les perſécuteurs , & quelque bienveillance pour le perſécuté.

Il eſt dur , il faut l'avouer , de ne point obtenir de ſes contemporains & de ſes compatriotes ce que l'on peut eſpérer des étrangers & de la poſtérité. Il eſt bien cruel , bien honteux pour l'eſprit humain , que la littérature ſoit infeſtée de ces haines perſonnelles , de ces cabales , de ces intrigues, qui devraient être le partage des eſclaves de la fortune. Que gagnent les auteurs en ſe déchirant mutuellement ? Ils aviliſſent une profeſſion qu'il ne tient qu'à eux de rendre reſpectable. Faut-il que l'art de penſer , le plus beau partage des hommes , devienne une ſource de ridicule , & que les gens d'eſprit , rendus ſouvent par leurs querelles le jouet des ſots, ſoient les bouffons d'un public dont ils devraient être les maîtres.

Virgile , *Varius* , *Pollion* , *Horace* , *Tibulle* , étaient amis ; les monumens de leur amitié ſubſiſtent , & apprendront à jamais aux hommes , que les eſprits ſupérieurs doivent être unis. Si nous n'atteignons pas à l'excellence de leur génie , ne pouvons-nous pas avoir leurs vertus ? Ces hommes ſur qui l'univers avait les yeux , qui avaient à ſe diſputer l'admiration de l'Aſie , de l'Afrique , de l'Europe , s'aimaient pourtant & vivaient en frères ; & nous , qui ſommes renfermés ſur un ſi petit théâtre , nous dont les noms à peine connus dans un coin du monde , paſſeront bientôt comme nos modes , nous nous acharnons les uns contre les autres pour un éclair de réputation, qui hors de notre petit horizon ne frappe les yeux de perfonne. Nous fommes dans un tems de difette; nous avons peu, nous nous l'arrachons. *Virgile* & *Horace* ne fe difputaient rien, parce qu'ils étaient dans l'abondance.

On a imprimé un livre, *de Morbis Artificum : des maladies des artiftes*. La plus incurable eft cette jaloufie & cette baffeffe. Mais ce qu'il y a de deshonorant, c'eft que l'intérêt a fouvent plus de part encor que l'envie à toutes ces petites brochures fatyriques dont nous fommes inondés. On demandait, il n'y a pas longtems, à un homme qui avait fait je ne fais quelle mauvaife brochure contre fon ami & fon bienfaiteur, pourquoi il s'était emporté à cet excès d'ingratitude ? Il répondit froidement : Il faut que je vive *a*).

De quelque fource que partent ces outrages, il eft fûr qu'un homme qui n'eft attaqué que dans fes écrits, ne doit jamais répondre aux critiques ; car fi elles font bonnes, il n'a autre chofe à faire qu'à fe corriger ; & fi elles font mauvaifes, elles meurent en naiffant. Souvenons-nous de la fable du *Boccalini*. » Un voyageur, dit-il, était importuné dans » fon chemin du bruit des cigales ; il s'arrêta pour les tuer ; » il n'en vint pas à bout, & ne fit que s'écarter de fa route. » Il n'avait qu'à continuer paifiblement fon voyage ; les ci- » gales feraient mortes d'elles-mêmes au bout de huit jours. «

Il faut toûjours que l'auteur s'oublie ; mais l'homme ne doit jamais s'oublier, *fe ipfum deferere turpiffimum eft*. On fait que ceux qui n'ont pas affez d'efprit pour attaquer nos ouvrages, calomnient nos perfonnes ; quelque honteux qu'il foit de leur répondre, il le ferait quelquefois davantage de ne leur répondre pas.

On m'a traité dans vingt libelles d'homme fans Religion ; & une des belles preuves qu'on en a apportées, c'eft que dans *Œdipe*, *Jocafte* dit ces vers :

„ Les prêtres ne font point ce qu'un vain peuple penfe,
„ Notre crédulité fait toute leur fcience.

Ceux qui m'ont fait ce reproche, font auffi raifonnables

---

a) Ce fut l'Abbé *Guiot des Fon-* | le Comte d'*Argenfon*, depuis Secré-
taines, qui fit cette réponfe à Mr. | taire d'Etat de la guerre.

pour le moins que ceux qui ont imprimé , que la *Henriade* dans plufieurs endroits *fentait bien fon Sémipélagien.* On renouvelle fouvent cette accufation cruelle d'irréligion , parce que c'eft le dernier refuge des calomniateurs. Comment leur répondre ? comment s'en confoler , finon en fe fouvenant de la foule de ces grands hommes , qui depuis *Socrate* jufqu'à *Defcartes* ont effuyé ces calomnies atroces ? Je ne ferai ici qu'une feule queftion : Je demande , qui a le plus de Religion , ou le calomniateur qui perfécute , ou le calomnié qui pardonne ?

Ces mêmes libelles me traitent d'homme envieux de la réputation d'autrui ; je ne connais l'envie que par le mal qu'elle m'a voulu faire. J'ai défendu à mon efprit d'être fatyrique , & il eft impoffible à mon cœur d'être envieux. J'en appelle à l'auteur de *Radamifte* & d'*Electre ,* qui par ces deux ouvrages m'infpira le premier le défir d'entrer quelque tems dans la même carrière : fes fuccès ne m'ont jamais coûté d'autres larmes que celles que l'attendriffement m'arrachait aux repréfentations de fes piéces ; il fait qu'il n'a fait naître en moi que de l'émulation & de l'amitié.

J'ofe dire avec confiance , que je fuis plus attaché aux beaux arts qu'à mes écrits : fenfible à l'excès dès mon enfance pour tout ce qui porte le caractère de génie , je regarde un grand poëte , un bon muficien , un bon peintre , un fculpteur habile (s'il a de la probité) , comme un homme que je dois chérir , comme un frère que les arts m'ont donné. Les jeunes gens , qui voudront s'appliquer aux lettres , trouveront en moi un ami ; plufieurs y ont trouvé un père. Voilà mes fentimens ; quiconque a vécu avec moi fait bien que je n'en ai point d'autres.

Je me fuis cru obligé de parler ainfi au public fur moi-même une fois en ma vie. A l'égard de ma tragédie , je n'en dirai rien. Refuter des critiques eft un vain amour - propre ; confondre la calomnie eft un devoir.

ACTEURS.

D. GUSMAN, Gouverneur du Pérou.

D. ALVARES, père de Gufman, ancien Gouverneur.

ZAMORE, Souverain d'une partie du Potoze.

MONTEZE, Souverain d'une autre partie.

ALZIRE, fille de Monteze.

EMIRE,
CEPHALE, } fuivantes d'Alzire.

Officiers Efpagnols.

Américains.

La fcène eft dans la ville de Los - Reyes *, autrement* Lima.

ALZIRE,

OU LES

AMÉRICAINS,

TRAGÉDIE.

ACTE PREMIER.

SCENE PREMIERE.

ALVARES, GUSMAN.

ALVARES.

Du conseil de Madrid l'autorité suprême
Pour successeur enfin me donne un fils que j'aime.
Faites régner le Prince , & le Dieu que je sers ,
Sur la riche moitié d'un nouvel univers :
Gouvernez cette rive en malheurs trop féconde,
Qui produit les tréfors & les crimes du monde.
Je vous remets , mon fils , ces honneurs souverains ,
Que la vieillesse arrache à mes débiles mains.
J'ai consumé mon âge au sein de l'Amérique :

Je montrai le premier au peuple du Mexique *a*)
L'appareil inouï , pour ces mortels nouveaux ,
De nos châteaux ailés qui volaient fur les eaux.
Des mers de Magellan jufqu'aux aftres de l'ourfe ,
Les vainqueurs Caftillans *b*) ont dirigé ma courfe ;
Heureux , fi j'avais pû , pour fruit de mes travaux ,
En mortels vertueux changer tous ces héros !
Mais qui peut arrêter l'abus de la victoire ?
Leurs cruautés , mon fils , ont obfcurci leur gloire ,
Et j'ai pleuré longtems fur ces triftes vainqueurs ,
Que le ciel fit fi grands , fans les rendre meilleurs.
Je touche au dernier pas de ma longue carrière ,
Et mes yeux fans regret quitteront la lumière ,
S'ils vous ont vû régir fous d'équitables loix ,
L'Empire du Potoze & la ville des Rois.

G U S M A N.

J'ai conquis avec vous ce fauvage hémifphère ;
Dans ces climats brûlans j'ai vaincu fous mon père ;
Je dois de vous encor apprendre à gouverner ,
Et recevoir vos loix plutôt que d'en donner.

A L V A R E S.

Non , non , l'autorité ne veut point de partage.
Confumé de travaux , appefanti par l'âge ,
Je fuis las du pouvoir ; c'eft affez fi ma voix
Parle encor au confeil , & règle vos exploits.
Croyez moi , les humains , que j'ai trop fû connaître ,

Méri-

---

a) L'expédition du Mexique fe fit en 1517. & celle du Pérou en 1525. Ainfi *Alvarès* a pû aifément les voir. *Los - Reyes* , lieu de la fcène , fut bâti en 1535.

b) On fait quelles cruautés *Fernand Cortez* exerça au Mexique , & *Pizaro* au Pérou.

Méritent peu, mon fils, qu'on veuille être leur maître.
Je confacre à mon Dieu, négligé trop longtems,
De ma caducité les reftes languiffans.
Je ne veux qu'une grace, elle me fera chère ;
Je l'attens comme ami, je la demande en père.
Mon fils, remettez moi ces efclaves obfcurs,
Aujourd'hui par votre ordre arrêtés dans nos murs :
Songez que ce grand jour doit être un jour propice,
Marqué par la clémence, & non par la juftice.

G U S M A N.

Quand vous priez un fils, Seigneur, vous commandez ;
Mais daignez voir au moins ce que vous hazardez.
D'une ville naiffante encor mal affurée
Au peuple Américain nous défendons l'entrée :
Empêchons, croyez-moi, que ce peuple orgueilleux
Au fer qui l'a domté n'accoutume fes yeux ;
Que méprifant nos loix, & promt à les enfraindre,
Il ofe contempler des maîtres qu'il doit craindre.
Il faut toûjours qu'il tremble, & n'apprenne à nous voir,
Qu'armés de la vengeance, ainfi que du pouvoir.
L'Américain farouche eft un monftre fauvage,
Qui mord en frémiffant le frein de l'efclavage ;
Soumis au châtiment, fier dans l'impunité,
De la main qui le flatte il fe croit redouté.
Tout pouvoir, en un mot, périt par l'indulgence,
Et la févérité produit l'obéïffance.
Je fais qu'aux Caftillans il fuffit de l'honneur,
Qu'à fervir fans murmure ils mettent leur grandeur :
Mais le refte du monde, efclave de la crainte,
A befoin qu'on l'opprime, & fert avec contrainte.
Les dieux même adorés dans ces climats affreux,

Tom. III. *& du Théâtre le premier.* Ppp

S'ils ne font teints de fang , n'obtiennent point de vœux *c*).

A L V A R E S.

Ah ! mon fils , que je hais ces rigueurs tyranniques !
Les pouvez-vous aimer , ces forfaits politiques ,
Vous , Chrétien , vous choifi pour régner déformais
Sur des Chrétiens nouveaux au nom d'un Dieu de paix ?
Vos yeux ne font-ils pas affouvis des ravages ,
Qui de ce continent dépeuplent les rivages ?
Des bords de l'Orient n'étais-je donc venu
Dans un monde idolâtre , à l'Europe inconnu ,
Que pour voir abhorrer fous ce brûlant tropique ,
Et le nom de l'Europe , & le nom catholique ?
Ah ! Dieu nous envoyait , par un contraire choix ,
Pour annoncer fon nom , pour faire aimer fes loix ;
Et nous de ces climats deftructeurs implacables ,
Nous & d'or & de fang toûjours infatiables ,
Déferteurs de fes loix qu'il falait enfeigner ,
Nous égorgeons ce peuple , au lieu de le gagner.
Par nous tout eft en fang , par nous tout eft en poudre ,
Et nous n'avons du ciel imité que la foudre.
Notre nom , je l'avoue , infpire la terreur ;
Les Efpagnols font craints , mais ils font en horreur :
Fléaux du nouveau monde , injuftes , vains , avares ,
Nous feuls en ces climats nous fommes les barbares.
L'Américain farouche en fa fimplicité ,
Nous égale en courage , & nous paffe en bonté.
Hélas ! fi comme vous il était fanguinaire ,
S'il n'avait des vertus , vous n'auriez plus de père.
Avez-vous oublié , qu'ils m'ont fauvé le jour ?

---

c) On immolait quelquefois des | prefque aucun peuple qui n'ait été
hommes en Amérique ; mais il n'y a | coupable de cette horrible fuperftition.

Avez-vous oublié, que près de ce féjour
Je me vis entouré par ce peuple en furie,
Rendu cruel enfin par notre barbarie ?
Tous les miens, à mes yeux, terminèrent leur fort.
J'étais feul, fans fecours, & j'attendais la mort :
Mais à mon nom, mon fils, je vis tomber leurs armes.
Un jeune Américain, les yeux baignés de larmes,
Au lieu de me frapper, embraffa mes genoux.
» Alvarès, me dit-il, Alvarès, eft-ce vous ?
» Vivez, votre vertu nous eft trop néceffaire :
» Vivez, aux malheureux fervez longtems de père :
» Qu'un peuple de tyrans, qui veut nous enchaîner,
» Du moins par cet exemple apprenne à pardonner.
» Allez, la grandeur d'ame eft ici le partage
» Du peuple infortuné qu'ils ont nommé fauvage.
Eh bien, vous gémiffez : je fens qu'à ce récit
Votre cœur, malgré vous, s'émeut & s'adoucit.
L'humanité vous parle, ainfi que votre père.
Ah ! fi la cruauté vous était toûjours chère,
De quel front aujourd'hui pourriez-vous vous offrir
Au vertueux objet qu'il vous faut attendrir,
A la fille des Rois de ces triftes contrées,
Qu'à vos fanglantes mains la fortune à livrées ?
Prétendez-vous, mon fils, cimenter ces liens
Par le fang répandu de fes concitoyens ?
Ou bien attendez-vous que fes cris & fes larmes
De vos févères mains faffent tomber les armes ?

G U S M A N.

Eh bien, vous l'ordonnez, je brife leurs liens ;
J'y confens ; mais fongez qu'il faut qu'ils foient Chrétiens ;
Ainfi le veut la loi : quitter l'idolatrie,

Ppp ij

Eſt un titre en ces lieux pour mériter la vie :
A la Religion gagnons-les à ce prix :
Commandons aux cœurs même, & forçons les eſprits.
De la néceſſité le pouvoir invincible
Traîne aux pieds des autels un courage inflexible.
Je veux que ces mortels, eſclaves de ma loi,
Tremblent ſous un ſeul Dieu, comme ſous un ſeul Roi.

ALVARES.

Ecoutez moi, mon fils ; plus que vous je déſire,
Qu'ici la vérité fonde un nouvel Empire,
Que le ciel & l'Eſpagne y ſoient ſans ennemis :
Mais les cœurs opprimés ne ſont jamais ſoumis.
J'en ai gagné plus d'un, je n'ai forcé perſonne,
Et le vrai Dieu, mon fils, eſt un Dieu qui pardonne.

GUSMAN.

Jé me rens donc, Seigneur, & vous l'avez voulu ;
Vous avez ſur un fils un pouvoir abſolu :
Oui, vous amolliriez le cœur le plus farouche :
L'indulgente vertu parle par votre bouche.
Eh bien, puiſque le ciel voulut vous accorder
Ce don, cet heureux don, de tout perſuader,
C'eſt de vous que j'attens le bonheur de ma vie.
Alzire contre moi par mes feux enhardie,
Se donnant à regret, ne me rend point heureux.
Je l'aime, je l'avoue, & plus que je ne veux ;
Mais enfin je ne peux, même en voulant lui plaire,
De mon cœur trop altier fléchir le caractère ;
Et rampant ſous ſes loix, eſclave d'un coup d'œil,
Par des ſoumiſſions careſſer ſon orgueil.
Je ne veux point ſur moi lui donner tant d'empire.
Vous ſeul, vous pouvez tout ſur le père d'Alzire ;

En un mot , parlez - lui pour la dernière fois ;
Qu'il commande à fa fille , & force enfin fon choix.
Daignez . . . Mais c'en eft trop , je rougis que mon père
Pour l'intérêt d'un fils s'abaiffe à la prière.

A L V A R E S.

C'en eft fait. J'ai parlé , mon fils , & fans rougir.
Monteze a vû fa fille , il l'aura fû fléchir.
De fa famille augufte en ces lieux prifonnière ,
Le ciel a par mes foins confolé la mifère.
Pour le vrai Dieu Monteze a quitté fes faux dieux.
Lui - même de fa fille a décillé les yeux.
De tout ce nouveau monde Alzire eft le modelle ;
Les peuples incertains fixent les yeux fur elle ;
Son cœur aux Caftillans va donner tous les cœurs ;
L'Amérique à genoux adoptera nos mœurs ;
La foi doit y jetter fes racines profondes ;
Votre hymen eft le nœud qui joindra les deux mondes.
Ces féroces humains , qui déteftent nos loix ,
Voyant entre vos bras la fille de leurs Rois ,
Vont d'un efprit moins fier , & d'un cœur plus facile ,
Sous votre joug heureux baiffer un front docile ;
Et je verrai , mon fils , grace à ces doux liens ,
Tous les cœurs déformais Efpagnols & Chrétiens.
Monteze vient ici. Mon fils , allez m'attendre
Aux autels , où fa fille avec lui va fe rendre.

S C E N E I I.

A L V A R E S , M O N T E Z E.

A L V A R E S.

EH bien ! votre fageſſe & votre autorité
Ont d'Alzire en effet fléchi la volonté ?

M O N T E Z E.

Père des malheureux , pardonne ſi ma fille ,
Dont Guſman détruiſit l'Empire & la famille ,
Semble éprouver encor un reſte de terreur ,
Et d'un pas chancelant marche vers ſon vainqueur.
Les nœuds qui vont unir l'Europe & ma patrie ,
Ont revolté ma fille en ces climats nourrie.
Mais tous les préjugés s'effacent à ta voix ;
Tes mœurs nous ont appris à révérer tes loix.
C'eſt par toi que le ciel à nous s'eſt fait connaître.
Notre eſprit éclairé te doit ſon nouvel être.
Sous le fer Caſtillan ce monde eſt abattu ;
Il cède à la puiſſance , & nous à la vertu.
De tes concitoyens la rage impitoyable
Aurait rendu comme eux leur Dieu même haïſſable :
Nous déteſtions ce Dieu qu'annonça leur fureur ;
Nous l'aimons dans toi ſeul , il s'eſt peint dans ton cœur.
Voilà ce qui te donne , & Monteze , & ma fille.
Inſtruits par tes vertus , nous ſommes ta famille.
Sers - lui longtems de père , ainſi qu'à nos Etats.
Je la donne à ton fils , je la mets dans ſes bras ;
Le Pérou , le Potoze , Alzire , eſt ſa conquête :
Va dans ton temple auguſte en ordonner la fête :

Va , je crois voir des cieux les peuples éternels,
Defcendre de leur fphère , & fe joindre aux mortels.
Je répons de ma fille , elle va reconnaître ,
Dans le fier Don Gufman , fon époux & fon maître.

ALVARES.

Ah ! puifqu'enfin mes mains ont pû former ces nœuds ,
Cher Monteze , au tombeau je defcens trop heureux.
Toi , qui nous découvris ces immenfes contrées ,
Ren du monde aujourd'hui les bornes éclairées.
Dieu des Chrétiens , préfide à ces vœux folemnels ,
Les premiers qu'en ces lieux on forme à tes autels ;
Defcen , attire à toi l'Amérique étonnée.
Adieu , je vais preffer cet heureux hyménée :
Adieu , je vous devrai le bonheur de mon fils.

SCENE III.

MONTEZE *feul.*

Dieu , deftructeur des dieux que j'avais trop fervis ,
Protège de mes ans la fin dure & funefte.
Tout me fut enlevé , ma fille ici me refte ;
Daigne veiller fur elle , & conduire fon cœur.

SCENE IV.

MONTEZE , ALZIRE.

MONTEZE.

Ma fille , il en eft tems , confens à ton bonheur ;
Ou plutôt , fi ta foi , fi ton cœur me feconde ,

Par ta félicité fai le bonheur du monde :
Protège les vaincus, commande à nos vainqueurs ;
Eteins entre leurs mains leurs foudres deftruɛteurs :
Remonte au rang des Rois, du fein de la mifère ;
Tu dois à ton état plier ton caraɛtère :
Prens un cœur tout nouveau ; viens, obéi, fui-moi,
Et renais Efpagnole en renonçant à toi.
Sèche tes pleurs, Alzire, ils outragent ton père.

A L Z I R E.

Tout mon fang eft à vous : mais fi je vous fuis chère,
Voyez mon defefpoir, & lifez dans mon cœur.

M O N T E Z E.

Non, je ne veux plus voir ta honteufe douleur.
J'ai reçu ta parole, il faut qu'on l'accompliffe.

A L Z I R E.

Vous m'avez arraché cet affreux facrifice.
Mais quel tems, juftes cieux, pour engager ma foi !
Voici ce jour horrible où tout périt pour moi,
Où de ce fier Gufman le fer ofa détruire
Des enfans du foleil le redoutable Empire.
Que ce jour eft marqué par des fignes affreux !

M O N T E Z E.

Nous feuls rendons les jours heureux ou malheureux.
Quitte un vain préjugé, l'ouvrage de nos prêtres,
Qu'à nos peuples grofliers ont tranfmis nos ancêtres.

A L Z I R E.

Au même jour, hélas ! le vengeur de l'Etat,
Zamore, mon efpoir, périt dans le combat,
Zamore, mon amant, choifi pour votre gendre.

M O N T E Z E.

J'ai donné comme toi des larmes à fa cendre ;

Les morts dans le tombeau n'exigent point ta foi ;
Porte, porte aux autels un cœur maître de foi ;
D'un amour infenfé pour des cendres éteintes,
Commande à ta vertu d'écarter les atteintes.
Tu dois ton ame entière à la loi des Chrétiens ;
Dieu t'ordonne par moi de former ces liens :
Il t'appelle aux autels, il règle ta conduite ;
Enten fa voix.

A L Z I R E.

   Mon père, où m'avez-vous réduite !
Je fais ce qu'eft un père, & quel eft fon pouvoir.
M'immoler quand il parle eft mon premier devoir,
Et mon obéïffance a paffé les limites,
Qu'à ce devoir facré la nature a prefcrites.
Mes yeux n'ont jufqu'ici rien vû que par vos yeux.
Mon cœur changé par vous abandonna fes dieux.
Je ne regrette point leurs grandeurs terraffées,
Devant ce Dieu nouveau, comme nous abaiffées.
Mais vous, qui m'affuriez, dans mes troubles cruels,
Que la paix habitait aux pieds de fes autels,
Que fa loi, fa morale, & confolante & pure,
De mes fens défolés guérirait la bleffure,
Vous trompiez ma faibleffe. Un trait toûjours vainqueur
Dans le fein de ce Dieu vient déchirer mon cœur.
Il y porte une image à jamais renaiffante ;
Zamore vit encor au cœur de fon amante.
Condamnez, s'il le faut, ces juftes fentimens,
Ce feu victorieux de la mort & du tems,
Cet amour immortel ordonné par vous-même ;
Uniffez votre fille au fier tyran qui m'aime ;
Mon pays le demande, il le faut, j'obéis :

  Tom. III. & du Théâtre le premier.   Q q q

Mais tremblez en formant ces nœuds mal aſſortis ;
Tremblez, vous qui d'un Dieu m'annoncez la vengeance,
Vous qui me condamnez d'aller en ſa préſence,
Promettre à cet époux, qu'on me donne aujourd'hui,
Un cœur qui brûle encor pour un autre que lui.

M O N T E Z E.

Ah, que dis-tu, ma fille ? épargne ma vieilleſſe ;
Au nom de la nature, au nom de ma tendreſſe,
Par nos deſtins affreux, que ta main peut changer,
Par ce cœur paternel, que tu viens d'outrager,
Ne ren point de mes ans la fin trop douloureuſe.
Ai-je fait un ſeul pas que pour te rendre heureuſe ?
Joüi de mes travaux ; mais crain d'empoiſonner
Ce bonheur difficile où j'ai ſû t'amener.
Ta carrière nouvelle, aujourd'hui commencée,
Par la main du devoir eſt à jamais tracée.
Ce monde gémiſſant te preſſe d'y courir,
Il n'eſpère qu'en toi : voudrais-tu le trahir ?
Apprens à te domter.

A L Z I R E.
Faut-il apprendre à feindre ?
Quelle ſcience, hélas !

S C E N E V.

G U S M A N , A L Z I R E.

G U S M A N.

J'Ai ſujet de me plaindre,
Que l'on oppoſe encor à mes empreſſemens

L'offenſante lenteur de ces retardemens.
J'ai ſuſpendu ma loi, prête à punir l'audace
De tous ces ennemis dont vous vouliez la grace.
Ils ſont en liberté ; mais j'aurais à rougir,
Si ce faible ſervice eût pû vous attendrir.
J'attendais encor moins de mon pouvoir ſuprême ;
Je voulais vous devoir à ma flamme, à vous - même :
Et je ne penſais pas, dans mes vœux ſatisfaits,
Que ma félicité vous coûtât des regrets.

A L Z I R E.

Que puiſſe ſeulement la colère céleſte
Ne pas rendre ce jour à tous les deux funeſte !
Vous voyez quel effroi me trouble & me confond :
Il parle dans mes yeux, il eſt peint ſur mon front.
Tel eſt mon caractère : & jamais mon viſage
N'a de mon cœur encor démenti le langage.
Qui peut ſe déguiſer pourrait trahir ſa foi :
C'eſt un art de l'Europe : il n'eſt pas fait pour moi.

G u s m a n.

Je vois votre franchiſe ; & je ſais que Zamore
Vit dans votre mémoire, & vous eſt cher encore.
Ce Cacique *d*) obſtiné, vaincu dans les combats,
S'arme encor contre moi de la nuit du trépas.
Vivant je l'ai domté, mort doit - il être à craindre ?
Ceſſez de m'offenſer, & ceſſez de le plaindre ;
Votre devoir, mon nom, mon cœur en ſont bleſſés ;
Et ce cœur eſt jaloux des pleurs que vous verſez.

---

d) Le mot propre eſt *Inca* : mais les Eſpagnols accoutumés dans l'Amérique ſeptentrionale au titre de *Cacique*, le donnèrent d'abord à tous les Souverains du nouveau monde.

A,L Z I R E.

Ayez moins de colère, & moins de jaloufie ;
Un rival au tombeau doit caufer peu d'envie.
Je l'aimai, je l'avouë, & tel fut mon devoir.
De ce monde opprimé Zamore était l'efpoir.
Sa foi me fut promife, il eut pour moi des charmes,
Il m'aima : fon trépas me coûte encor des larmes.
Vous, loin d'ofer ici condamner ma douleur,
Jugez de ma conftance, & connaiffez mon cœur ;
Et quittant avec moi cette fierté cruelle,
Méritez, s'il fe peut, un cœur auffi fidelle.

S C E N E V I.

G U S M A N *feul.*

SOn orgueil, je l'avouë, & fa fincérité,
Etonne mon courage, & plait à ma fierté.
Allons, ne fouffrons pas que cette humeur altière
Coûte plus à domter que l'Amérique entière.
La groffière nature, en formant fes appas,
Lui laiffe un cœur fauvage, & fait pour ces climats.
Le devoir fléchira fon courage rebelle ;
Ici tout m'eft foumis, il ne refte plus qu'elle ;
Que l'hymen en triomphe : & qu'on ne dife plus,
Qu'un vainqueur & qu'un maître effuya des refus.

Fin du premier acte.

A C T E I I.

S C E N E P R E M I E R E.

Z A M O R E , Américains.

Z A M O R E.

AMis de qui l'audace, aux mortels peu commune,
Renaît dans les dangers, & croit dans l'infortune ;
Illuſtres compagnons de mon funeſte ſort,
N'obtiendrons-nous jamais la vengeance ou la mort ?
Vivrons-nous ſans ſervir Alzire & la patrie,
Sans ôter à Guſman ſa déteſtable vie,
Sans punir, ſans trouver cet inſolent vainqueur,
Sans venger mon pays qu'a perdu ſa fureur ?
Dieux impuiſſans ! Dieux vains de nos vaſtes contrées !
A des Dieux ennemis vous les avez livrées :
Et ſix cent Eſpagnols ont détruit ſous leurs coups
Mon pays, & mon trône, & vos temples, & vous.
Vous n'avez plus d'autels, & je n'ai plus d'Empire ;
Nous avons tout perdu, je ſuis privé d'Alzire.
J'ai porté mon couroux, ma honte & mes regrets
Dans les ſables mouvans, dans le fond des forêts ;
De la Zone brûlante, & du milieu du monde,
L'aſtre du jour *e*) a vû ma courſe vagabonde,

---

e) L'aſtronomie, la géographie, la géométrie étaient cultivées au Pérou. On traçait des lignes ſur des colomnes pour marquer les équinoxes & les ſolſtices.

Qqq iij

Jufqu'aux lieux où ceffant d'éclairer nos climats ,
Il ramène l'année , & revient fur fes pas.
Enfin votre amitié , vos foins , votre vaillance
A mes vaftes défirs ont rendu l'efpérance ;
Et j'ai cru fatisfaire , en cet affreux féjour ,
Deux vertus de mon cœur , la vengeance & l'amour.
Nous avons raffemblé des mortels intrépides ,
Eternels ennemis de nos maîtres avides ;
Nous les avons laiffés dans ces forêts errans ,
Pour obferver ces murs bâtis par nos tyrans.
J'arrive , on nous faifit : une foule inhumaine
Dans des gouffres profonds nous plonge & nous enchaine.
De ces lieux infernaux on nous laiffe fortir ,
Sans que de notre fort on nous daigne avertir.
Amis , où fommes-nous ? Ne pourra-t-on m'inftruire ,
Qui commande en ces lieux , quel eft le fort d'Alzire ?
Si Monteze eft efclave , & voit encor le jour ?
S'il traîne fes malheurs en cette horrible cour ?
Chers & triftes amis du malheureux Zamore ,
Ne pouvez-vous m'apprendre un deftin que j'ignore ?

UN AMERICAIN.

En des lieux différens , comme toi mis aux fers ,
Conduits en ce palais par des chemins divers ,
Etrangers , inconnus chez ce peuple farouche ,
Nous n'avons rien appris de tout ce qui te touche.
Cacique infortuné , digne d'un meilleur fort ,
Du moins fi nos tyrans ont réfolu ta mort ,
Tes amis avec toi , prêts à ceffer de vivre ,
Sont dignes de t'aimer , & dignes de te fuivre.

ZAMORE.

Après l'honneur de vaincre , il n'eft rien fous les cieux

De plus grand en effet qu'un trépas glorieux ;
Mais mourir dans l'opprobre & dans l'ignominie,
Mais laiffer en mourant des fers à fa patrie,
Périr fans fe venger, expirer par les mains
De ces brigands d'Europe, & de ces affaffins,
Qui de fang enyvrés, de nos tréfors avides,
De ce monde ufurpé défolateurs perfides,
Ont ofé me livrer à des tourmens honteux,
Pour m'arracher des biens plus méprifables qu'eux ;
Entraîner au tombeau des citoyens qu'on aime,
Laiffer à ces tyrans la moitié de foi-même,
Abandonner Alzire à leur lâche fureur ;
Cette mort eft affreufe, & fait frémir d'horreur.

S C E N E   II.

A L V A R E S , Z A M O R E , Américains.

A L V A R E S.

Soyez libres, vivez.

Z A M O R E.

Ciel ! que viens-je d'entendre !
Quelle eft cette vertu que je ne puis comprendre ?
Quel vieillard, ou quel Dieu vient ici m'étonner ?
Tu parais Efpagnol, & tu fais pardonner !
Es-tu Roi ? Cette ville eft-elle en ta puiffance ?

A L V A R E S.

Non ; mais je puis au moins protéger l'innocence.

Z A M O R E.

Quel eft donc ton deftin, vieillard trop généreux ?

A L V A R E S.

Celui de fecourir les mortels malheureux.

Z A M O R E.

Eh , qui peut t'infpirer cette augufte clémence ?

A L V A R E S.

Dieu , ma religion , & la reconnaiffance.

Z A M O R E.

Dieu ? ta religion ? Quoi ces tyrans cruels ,
Monftres défaltérés dans le fang des mortels ,
Qui dépeuplent la terre , & dont la barbarie
En vafte folitude a changé ma patrie ,
Dont l'infame avarice eft la fuprême loi ,
Mon père , ils n'ont donc pas le même Dieu que toi ?

A L V A R E S.

Ils ont le même Dieu , mon fils ; mais ils l'outragent ;
Nés fous la loi des faints , dans le crime ils s'engagent.
Ils ont tous abufé de leur nouveau pouvoir ;
Tu connais leurs forfaits , mais connai mon devoir.
Le Soleil par deux fois a d'un tropique à l'autre
Eclairé dans fa marche & ce monde & le nôtre ,
Depuis que l'un des tiens , par un noble fecours ,
Maître de mon deftin , daigna fauver mes jours.
Mon cœur dès ce moment partagea vos mifères ;
Tous vos concitoyens font devenus mes frères ;
Et je mourrais heureux fi je pouvais trouver
Ce héros inconnu qui m'a pu conferver.

Z A M O R E.

A fes traits , à fon âge , à fa vertu fuprême ,
C'eft lui , n'en doutons point , c'eft Alvarès lui-même.
Pourrais-tu parmi nous reconnaître le bras
A qui le ciel permit d'empêcher ton trépas ?

A L V A-

A L V A R E S.

Que me dit-il ? Approche. O ciel ! ô providence !
C'eſt lui, voilà l'objet de ma reconnaiſſance.
Mes yeux, mes triſtes yeux affaiblis par les ans,
Hélas ! avez-vous pû le chercher ſi longtems ?
Mon bienfaiteur ! mon fils *f*), parle, que dois-je faire ?
Daigne habiter ces lieux, & je t'y ſers de père.
La mort a reſpecté ces jours que je te doi,
Pour me donner le tems de m'acquitter vers toi.

Z A M O R E.

Mon père, ah ! ſi jamais ta nation cruelle
Avait de tes vertus montré quelque étincelle !
Croi-moi, cet univers aujourd'hui déſolé,
Au devant de leur joug ſans peine aurait volé.
Mais autant que ton ame eſt bienfaiſante & pure,
Autant leur cruauté fait frémir la nature :
Et j'aime mieux périr que de vivre avec eux.
Tout ce que j'oſe attendre, & tout ce que je veux,
C'eſt de ſavoir au moins ſi leur main ſanguinaire
Du malheureux Monteze a fini la miſère ;
Si le père d'Alzire . . . . . . hélas ! tu vois les pleurs,
Qu'un ſouvenir trop cher arrache à mes douleurs.

A L V A R E S.

Ne cache point tes pleurs, ceſſe de t'en défendre :
C'eſt de l'humanité la marque la plus tendre.
Malheur aux cœurs ingrats, & nés pour les forfaits,
Que les douleurs d'autrui n'ont attendri jamais !
Appren que ton ami plein de gloire & d'années,
Coule ici près de moi ſes douces deſtinées.

f) Il l'embraſſe.

ZAMORE.

Le verrai-je ?

ALVARES.

Oui ; croi moi, puiſſe-t-il aujourd'hui
T'engager à penſer, à vivre comme lui !

ZAMORE.

Quoi ! Monteze ! dis-tu ?

ALVARES.

Je veux que de ſa bouche
Tu ſois inſtruit ici de tout ce qui le touche,
Du ſort qui nous unit, de ces heureux liens,
Qui vont joindre mon peuple à tes concitoyens.
Je vai dire à mon fils, dans l'excès de ma joye,
Ce bonheur inouï que le ciel nous envoye.
Je te quitte un moment ; mais c'eſt pour te ſervir,
Et pour ſerrer les nœuds qui vont tous nous unir.

S C E N E   III.

ZAMORE, Américains.

ZAMORE.

DEs cieux enfin ſur moi la bonté ſe déclare ;
Je trouve un homme juſte en ce ſéjour barbare.
Alvarès eſt un dieu, qui parmi ces pervers
Deſcend pour adoucir les mœurs de l'univers.
Il a, dit-il, un fils : ce fils ſera mon frère ;
Qu'il ſoit digne, s'il peut, d'un ſi vertueux père.
O jour ! ô doux eſpoir à mon cœur éperdu !
Monteze, après trois ans, tu vas m'être rendu.

Alzire, chère Alzire, ô toi que j'ai servie,
Toi pour qui j'ai tout fait, toi l'ame de ma vie,
Serais-tu dans ces lieux ? hélas ! me gardes-tu
Cette fidélité, la première vertu ?
Un cœur infortuné n'est point sans défiance...
Mais quel autre vieillard à mes regards s'avance ?

S C E N E   I V.

M O N T E Z E , Z A M O R E , Américains.

Z A M O R E.

CHer Monteze, est-ce toi que je tiens dans mes bras ?
Revoi ton cher Zamore échapé du trépas,
Qui du sein du tombeau renaît pour te défendre ;
Revoi ton tendre ami, ton allié, ton gendre.
Alzire est-elle ici ? parle, quel est son sort ?
Achève de me rendre ou la vie ou la mort.

M O N T E Z E.

Cacique malheureux ! sur le bruit de ta perte,
Aux plus tendres regrets notre ame était ouverte.
Nous te redemandions à nos cruels destins,
Autour d'un vain tombeau que t'ont dressé nos mains.
Tu vis ; puisse le ciel te rendre un sort tranquille !
Puissent tous nos malheurs finir dans cet asyle !
Zamore, ah ! quel dessein t'a conduit en ces lieux ?

Z A M O R E.

La soif de me venger, toi, ta fille, & mes dieux.

M O N T E Z E.

Que dis-tu ?

Z A M O R E.

Souvien-toi du jour épouvantable,
Où ce fier Efpagnol , terrible , invulnerable ,
Renverfa , détruifit , jufqu'en leurs fondemens ,
Ces murs que du Soleil ont bâti les enfans *g*) ;
Gusman était fon nom. Le deftin qui m'opprime
Ne m'apprit rien de lui que fon nom & fon crime.
Ce nom , mon cher Monteze , à mon cœur fi fatal ,
Du pillage & du meurtre était l'affreux fignal.
A ce nom , de mes bras on m'arracha ta fille ;
Dans un vil efclavage on traîna ta famille :
On démolit ce temple , & ces autels chéris ,
Où nos Dieux m'attendaient pour me nommer ton fils :
On me traîna vers lui ; dirai-je à quel fuplice ,
A quels maux me livra fa barbare avarice ,
Pour m'arracher ces biens par lui déifiés ,
Idoles de fon peuple , & que je foule aux pieds !
Je fus laiffé mourant au milieu des tortures.
Le tems ne peut jamais affaiblir les injures :
Je viens après trois ans d'affembler des amis ,
Dans leur commune haine avec nous affermis :
Ils font dans nos forêts , & leur foule héroïque
Vient périr fous ces murs , ou venger l'Amérique.

M O N T E Z E.

Je te plains ; mais hélas ! où vas-tu t'emporter ?
Ne cherche point la mort , qui voulait t'éviter.
Que peuvent tes amis , & leurs armes fragiles ,
Des habitans des eaux dépouilles inutiles ,

g) Les Péruviens , qui avaient leurs fables comme les peuples de notre continent , croyaient que leur premier Inca , qui bâtit Cufco , était fils du Soleil.

Ces marbres impuiffans en fabres façonnés ,
Ces foldats prefque nuds & mal difciplinés ,
Contre ces fiers géans , ces tyrans de la terre ,
De fer étincelans , armés de leur tonnerre ,
Qui s'élancent fur nous , auffi promts que les vents ,
Sur des monftres guerriers pour eux obéiffans ?
L'univers a cédé ; cédons , mon cher Zamore.

ZAMORE.

Moi fléchir , moi ramper , lorfque je vis encore !
Ah , Monteze , croi-moi , ces foudres , ces éclairs ,
Ce fer , dont nos tyrans font armés & couverts ,
Ces rapides courfiers , qui fous eux font la guerre ,
Pouvaient à leur abord épouvanter la terre.
Je les vois d'un œil fixe , & leur ofe infulter ;
Pour les vaincre il fuffit de ne rien redouter.
Leur nouveauté , qui feule a fait ce monde efclave ,
Subjugue qui la craint , & cède à qui la brave.
L'or , ce poifon brillant qui nait dans nos climats ,
Attire ici l'Europe , & ne nous défend pas.
Le fer manque à nos mains : les cieux , pour nous avares ,
Ont fait ce don funefte à des mains plus barbares ;
Mais pour venger enfin nos peuples abattus ,
Le ciel , au lieu de fer , nous donna des vertus.
Je combats pour Alzire , & je vaincrai pour elle.

MONTEZE.

Le ciel eft contre toi : calme un frivole zèle.
Les tems font trop changés.

ZAMORE.

Que peux-tu dire , hélas ?
Les tems font-ils changés , fi ton cœur ne l'eft pas ?
Si ta fille eft fidèle à fes vœux , à fa gloire ?

Si Zamore eſt préſent encor à ſa mémoire ?
Tu détournes les yeux , tu pleures , tu gémis !

M O N T E Z E.

Zamore infortuné !

Z A M O R E.

Ne ſuis-je plus ton fils ?
Nos tyrans ont flétri ton ame magnanime ;
Sur le bord de la tombe ils t'ont appris le crime.

M O N T E Z E.

Je ne ſuis point coupable , & tous ces conquérans ,
Ainſi que tu le crois , ne ſont point des tyrans.
Il en eſt que le ciel guida dans cet Empire ,
Moins pour nous conquérir qu'afin de nous inſtruire ;
Qui nous ont apporté de nouvelles vertus ,
Des ſecrets immortels , & des arts inconnus ,
La ſcience de l'homme , un grand exemple à ſuivre ,
Enfin , l'art d'être heureux , de penſer , & de vivre.

Z A M O R E.

Que dis-tu ? quelle horreur ta bouche oſe avouer ?
Alzire eſt leur eſclave , & tu peux les louer !

M O N T E Z E.

Elle n'eſt point eſclave.

Z A M O R E.

Ah ! Monteze ! ah ! mon père !
Pardonne à mes malheurs , pardonne à ma colère ;
Songe qu'elle eſt à moi par des nœuds éternels :
Oui , tu me l'as promiſe aux pieds des immortels ;
Ils ont reçu ſa foi , ſon cœur n'eſt point parjure.

M O N T E Z E.

N'atteſte point ces dieux , enfans de l'impoſture ,
Ces fantômes affreux , que je ne connais plus ;

Sous le Dieu que j'adore ils font tous abattus.
ZAMORE.
Quoi, ta religion ? quoi, la loi de nos pères ?
MONTEZE.
J'ai connu fon néant, j'ai quitté fes chimères.
Puiffe le Dieu des Dieux, dans ce monde ignoré,
Manifefter fon être à ton cœur éclairé !
Puiffes-tu mieux connaître, ô malheureux Zamore !
Les vertus de l'Europe, & le Dieu qu'elle adore !
ZAMORE.
Quelles vertus ! cruel ! les tyrans de ces lieux
T'ont fait efclave en tout, t'ont arraché tes dieux ?
Tu les as donc trahis pour trahir ta promeffe ?
Alzire a-t-elle encor imité ta faibleffe ?
Garde-toi...
MONTEZE.
    Va, mon cœur ne fe reproche rien ;
Je dois bénir mon fort, & pleurer fur le tien.
ZAMORE.
Si tu trahis ta foi, tu dois pleurer fans doute.
Pren pitié des tourmens que ton crime me coûte ;
Pren pitié de ce cœur enyvré tour à tour
De zèle pour mes dieux, de vengeance & d'amour.
Je cherche ici Gufman, j'y vole pour Alzire ;
Vien, condui-moi vers elle, & qu'à fes pieds j'expire.
Ne me dérobe point le bonheur de la voir.
Crain de porter Zamore au dernier defefpoir ;
Reprens un cœur humain, que ta vertu bannie....

S C E N E V.

M O N T E Z E , Z A M O R E , Gardes.

U N G A R D E *à Monteze.*

SEigneur, on vous attend pour la cérémonie.

M O N T E Z E.

Je vous fuis.

Z A M O R E.

Ah ! cruel, je ne te quitte pas.
Quelle eft donc cette pompe où s'adreffent tes pas ?
Monteze...

M O N T E Z E.

Adieu ; croi-moi, fui de ce lieu funefte.

Z A M O R E.

Dût m'accabler ici la colère célefte,
Je te fuivrai.

M O N T E Z E.

Pardonne à mes foins paternels.

aux gardes.

Gardes, empêchez-les de me fuivre aux autels.
Des Payens, élevés dans des loix étrangères,
Pourraient de nos Chrétiens profaner les myftères :
Il ne m'appartient pas de vous donner des loix :
Mais Gufman vous l'ordonne, & parle par ma voix.

S C E N E VI.

Z A M O R E , Américains.

Z A M O R E.

QU'ai-je entendu ? Gufman ! O trahifon ! ô rage !

O

O comble des forfaits ! lâche & dernier outrage !
Il fervirait Gufman ! l'ai-je bien entendu ?
Dans l'univers entier n'eft-il plus de vertu ?
Alzire, Alzire auffi fera-t-elle coupable ?
Aura-t-elle fucé ce poifon déteftable,
Apporté parmi nous par ces perfécuteurs,
Qui pourfuivent nos jours & corrompent nos mœurs ?
Gufman eft donc ici ? que réfoudre & que faire ?

U n A m e r i c a i n.

J'ofe ici te donner un confeil falutaire.
Celui qui t'a fauvé, ce vieillard vertueux,
Bientôt avec fon fils va paraître à tes yeux.
Aux portes de la ville obtien qu'on nous conduife.
Sortons, allons tenter notre illuftre entreprife :
Allons tout préparer contre nos ennemis,
Et furtout n'épargnons qu'Alvarès & fon fils.
J'ai vû de ces remparts l'étrangère ftruéture,
Cet art nouveau pour nous, vainqueur de la nature ;
Ces angles, ces foffés, ces hardis boulevarts,
Ces tonnerres d'airain grondans fur les remparts,
Ces piéges de la guerre, où la mort fe préfente,
Tout étonnans qu'ils font, n'ont rien qui m'épouvante.
Hélas ! nos citoyens enchaînés en ces lieux
Servent à cimenter cet afyle odieux ;
Ils dreffent d'une main dans les fers avilie,
Ce fiége de l'orgueil & de la tyrannie.
Mais, croi moi, dans l'inftant qu'ils verront leurs vengeurs,
Leurs mains vont fe lever fur leurs perfécuteurs ;
Eux-même ils détruiront cet effroyable ouvrage,
Inftrument de leur honte & de leur efclavage.
Nos foldats, nos amis, dans ces foffés fanglans,

Vont te faire un chemin fur leurs corps expirans.
Partons , & revenons , fur ces coupables têtes
Tourner ces traits de feu , ce fer & ces tempêtes ,
Ce falpêtre enflammé , qui d'abord à nos yeux
Parut un feu facré , lancé des mains des dieux.
Connaiffons , renverfons cette horrible puiffance,
Que l'orgueil trop longtems fonda fur l'ignorance.

ZAMORE.

Illuftres malheureux , que j'aime à voir vos cœurs
Embraffer mes deffeins , & fentir mes fureurs !
Puiffions - nous de Gufman punir la barbarie !
Que fon fang fatisfaffe au fang de ma patrie !
Trifte divinité des mortels offenfés ,
Vengeance , arme nos mains , qu'il meure , & c'eft affez ;
Qu'il meure… mais hélas ! plus malheureux que braves ,
Nous parlons de punir , & nous fommes efclaves.
De notre fort affreux le joug s'appefantit.
Alvarès difparait , Monteze nous trahit.
Ce que j'aime eft peut - être en des mains que j'abhorre ;
Je n'ai d'autre douceur que d'en douter encore.
Mes amis , quels accens rempliffent ce féjour ?
Ces flambeaux allumés ont redoublé le jour.
J'entens l'airain tonnant de ce peuple barbare ;
Quelle fête , ou quel crime eft - ce donc qu'il prépare ?
Voyons fi de ces lieux on peut au moins fortir ,
Si je puis vous fauver, ou s'il nous faut périr.

Fin du fecond acte.

A C T E   I I I.

S C E N E   P R E M I E R E.

A L Z I R E *feule.*

MAnes de mon amant, j'ai donc trahi ma foi !
C'en eft fait, & Gufman règne à jamais fur moi !
L'Océan, qui s'élève entre nos hémifphères,
A donc mis entre nous d'impuiffantes barrières ;
Je fuis à lui, l'autel a donc reçu nos vœux,
Et déja nos fermens font écrits dans les cieux !
O toi, qui me pourfuis, ombre chère & fanglante,
A mes fens défolés ombre à jamais préfente,
Cher amant, fi mes pleurs, mon trouble, mes remors,
Peuvent percer ta tombe, & paffer chez les morts ;
Si le pouvoir d'un Dieu fait furvivre à fa cendre
Cet efprit d'un héros, ce cœur fidèle & tendre,
Cette ame qui m'aima jufqu'au dernier foupir,
Pardonne à cet hymen où j'ai pû confentir.
Il falait m'immoler aux volontés d'un père,
Au bien de mes fujets, dont je me fens la mère,
A tant de malheureux, aux larmes des vaincus,
Au foin de l'univers, hélas ! où tu n'es plus.
Zamore, laiffe en paix mon ame déchirée
Suivre l'affreux devoir où les cieux m'ont livrée ;
Souffre un joug impofé par la néceffité ;
Permets ces nœuds cruels, ils m'ont affez coûté.

Sss ij

S C E N E II.

A L Z I R E, E M I R E.

A L Z I R E.

EH bien ! veut-on toûjours ravir à ma préfence
Les habitans des lieux fi chers à mon enfance ?
Ne puis-je voir enfin ces captifs malheureux,
Et goûter la douceur de pleurer avec eux ?

E M I R E.

Ah ! plutôt de Gufman redoutez la furie,
Craignez pour ces captifs, tremblez pour la patrie.
On nous menace, on dit qu'à notre nation
Ce jour fera le jour de la deftruction.
On déploye aujourd'hui l'étendart de la guerre ;
On allume ces feux enfermés fous la terre ;
On affemblait déja le fanglant tribunal ;
Monteze eft appellé dans ce confeil fatal ;
C'eft tout ce que j'ai fû.

A L Z I R E.

Ciel, qui m'avez trompée !
De quel étonnement je demeure frappée !
Quoi ! prefqu'entre mes bras, & du pied de l'autel,
Gufman contre les miens lève fon bras cruel !
Quoi ! j'ai fait le ferment du malheur de ma vie !
Serment, qui pour jamais m'avez affujettie !
Hymen, cruel hymen ! fous quel aftre odieux
Mon père a-t-il formé tes redoutables nœuds ?

SCENE III.

ALZIRE, EMIRE, CEPHANE.

CEPHANE.

MAdame, un des captifs, qui dans cette journée
N'ont dû leur liberté qu'à ce grand hyménée,
A vos pieds en fecret demande à fe jetter.

ALZIRE.

Ah ! qu'avec affurance il peut fe préfenter !
Sur lui, fur fes amis, mon ame eft attendrie :
Ils font chers à mes yeux, j'aime en eux la patrie.
Mais quoi ! faut-il qu'un feul demande à me parler ?

CEPHANE.

Il a quelques fecrets, qu'il veut vous révéler.
C'eft ce même guerrier, dont la main tutelaire
De Gufman votre époux fauva, dit-on, le père.

EMIRE.

Il vous cherchait, Madame, & Monteze en ces lieux
Par des ordres fecrets le cachait à vos yeux.
Dans un fombre chagrin fon ame envelopée,
Semblait d'un grand deffein profondément frappée.

CEPHANE.

On lifait fur fon front le trouble & les douleurs.
Il vous nommait, Madame, & répandait des pleurs ;
Et l'on connaît affez, par fes plaintes fecrètes,
Qu'il ignore, & le rang, & l'éclat où vous êtes.

ALZIRE.

Quel éclat, chère Emire ! & quel indigne rang !
Ce héros malheureux peut-être eft de mon fang ;

De ma famille au moins il a vû la puiſſance ;
Peut-être de Zamore il avait connaiſſance.
Qui ſait , ſi de ſa perte il ne fut pas témoin ?
Il vient pour m'en parler : ah quel funeſte ſoin !
Sa voix redoublera les tourmens que j'endure ;
Il va percer mon cœur , & rouvrir ma bleſſure.
Mais n'importe , qu'il vienne. Un mouvement confus
S'empare malgré moi de mes ſens éperdus.
Hélas ! dans ce palais arroſé de mes larmes ,
Je n'ai point encor eu de moment ſans allarmes.

S C E N E I V.

A L Z I R E , Z A M O R E , E M I R E.

Z A M O R E.

M'Eſt-elle enfin rendue ? Eſt-ce elle que je vois ?

A L Z I R E.

Ciel ! tels étaient ſes traits , ſa démarche , ſa voix.
Elle tombe entre les bras de ſa confidente.
Zamore . . . Je ſuccombe ; à peine je reſpire.

Z A M O R E.

Reconnai ton amant.

A L Z I R E.

Zamore aux pieds d'Alzire !
Eſt-ce une illuſion ?

Z A M O R E.

Non ; je revis pour toi ;
Je réclame à tes pieds tes ſermens & ta foi.
O moitié de moi-même ! idole de mon ame !
Toi qu'un amour ſi tendre aſſurait à ma flamme ,

Qu'as-tu fait des faints nœuds qui nous ont enchaînés ?

ALZIRE.

O jours ! ô doux momens d'horreur empoifonnés !
Cher & fatal objet de douleur & de joye !
Ah ! Zamore, en quel tems faut-il que je te voye ?
Chaque mot dans mon cœur enfonce le poignard.

ZAMORE.

Tu gémis & me vois !

ALZIRE.

Je t'ai revû trop tard.

ZAMORE.

Le bruit de mon trépas a dû remplir le monde.
J'ai traîné loin de toi ma courfe vagabonde,
Depuis que ces brigands, t'arrachant à mes bras,
M'enlevèrent mes dieux, mon trône & tes appas.
Sais-tu que ce Gufman, ce deftructeur fauvage,
Par des tourmens fans nombre éprouva mon courage ?
Sais-tu que ton amant, à ton lit deftiné,
Chère Alzire, aux bourreaux fe vit abandonné ?
Tu frémis. Tu reffens le couroux qui m'enflamme.
L'horreur de cette injure a paffé dans ton ame.
Un Dieu fans doute, un Dieu, qui préfide à l'amour,
Dans le fein du trépas me conferva le jour.
Tu n'as point démenti ce grand Dieu qui me guide ;
Tu n'es point devenue Efpagnole & perfide.
On dit que ce Gufman refpire dans ces lieux ;
Je venais t'arracher à ce monftre odieux.
Tu m'aimes : vengeons-nous ; livre-moi la victime.

ALZIRE.

Oui, tu dois te venger, tu dois punir le crime ;
Frappe.

ZAMORE.

Que me dis-tu ? Quoi, tes vœux ! quoi, ta foi !

ALZIRE.

Frappe ; je fuis indigne & du jour & de toi.

ZAMORE.

Ah Monteze ! ah cruel ! mon cœur n'a pû te croire.

ALZIRE.

A-t-il ofé t'apprendre une action fi noire ?
Sais-tu pour quel époux j'ai pû t'abandonner ?

ZAMORE.

Non, mais parle : aujourd'hui rien ne peut m'étonner.

ALZIRE.

Eh bien ! voi donc l'abîme où le fort nous engage :
Voi le comble du crime, ainfi que de l'outrage.

ZAMORE.

Alzire !

ALZIRE.

Ce Gufman . . .

ZAMORE.

Grand Dieu !

ALZIRE.

Ton affaffin,
Vient en ce même inftant de recevoir ma main.

ZAMORE.

Lui ?

ALZIRE.

Mon père, Alvarès, ont trompé ma jeuneffe ;
Ils ont à cet hymen entraîné ma faibleffe.
Ta criminelle amante, aux autels des Chrétiens,
Vient prefque fous tes yeux de former ces liens.
J'ai tout quitté, mes dieux, mon amant, ma patrie :

Au

Au nom de tous les trois, arrache-moi la vie.
Voilà mon cœur, il vole au-devant de tes coups.

ZAMORE.

Alzire, eſt-il bien vrai ? Guſman eſt ton époux !

ALZIRE.

Je pourrais t'alléguer, pour affaiblir mon crime,
De mon père ſur moi le pouvoir légitime ;
L'erreur où nous étions, mes regrets, mes combats,
Les pleurs que j'ai trois ans donnés à ton trépas :
Que des Chrétiens vainqueurs eſclave infortunée,
La douleur de ta perte à leur Dieu m'a donnée :
Que je t'aimai toûjours, que mon cœur éperdu
A déteſté tes dieux, qui t'ont mal défendu.
Mais je ne cherche point, je ne veux point d'excuſe,
Il n'en eſt point pour moi, lorſque l'amour m'accuſe.
Tu vis, il me ſuffit. Je t'ai manqué de foi ;
Tranche mes jours affreux, qui ne ſont plus pour toi.
Quoi ! tu ne me vois point d'un œil impitoyable ?

ZAMORE.

Non, ſi je ſuis aimé, non, tu n'es point coupable :
Puis-je encor me flatter de régner dans ton cœur ?

ALZIRE.

Quand Monteze, Alvarès, peut-être un Dieu vengeur,
Nos Chrétiens, ma faibleſſe, au temple m'ont conduite,
Sûre de ton trépas, à cet hymen réduite,
Enchaînée à Guſman par des nœuds éternels,
J'adorais ta mémoire au pied de nos autels.
Nos peuples, nos tyrans, tous ont ſû que je t'aime ;
Je l'ai dit à la terre, au ciel, à Guſman même ;
Et dans l'affreux moment, Zamore, où je te vois,
Je te le dis encor pour la dernière fois.

Z A M O R E.

Pour la dernière fois Zamore t'aurait vûë !
Tu me ferais ravie auffi-tôt que renduë !
Ah ! fi l'amour encor te parlait aujourd'hui !....

A L Z I R E.

O ciel ! c'eft Gufman même, & fon père avec lui.

S C E N E V.

ALVARES, GUSMAN, ZAMORE, ALZIRE, Suite.

A L V A R E S *à fon fils.*

TU vois mon bienfaiteur, il eft auprès d'Alzire.
    à Zamore.
O toi ! jeune héros, toi par qui je refpire,
Viens, ajoute à ma joie, en cet augufte jour ;
Viens avec mon cher fils partager mon amour.

Z A M O R E.

Qu'entens-je ? lui, Gufman ! lui, ton fils, ce barbare ?

A L Z I R E.

Ciel ! détourne les coups que ce moment prépare.

A L V A R E S.

Dans quel étonnement...

Z A M O R E.

        Quoi ! le ciel a permis
Que ce vertueux père eût cet indigne fils ?

G U S M A N *à Zamore.*

Efclave, d'où te vient cette aveugle furie ?
Sais-tu bien qui je fuis ?

Z A M O R E.

Horreur de ma patrie !
Parmi les malheureux que ton pouvoir a faits,
Connais-tu bien Zamore, & vois-tu tes forfaits ?

G U S M A N.

Toi !

A L V A R E S.

Zamore !

Z A M O R E.

Oui, lui-même, à qui ta barbarie
Voulut ôter l'honneur, & crut ôter la vie ;
Lui que tu fis languir dans des tourmens honteux,
Lui dont l'afpeét ici te fait baiffer les yeux.
Raviffeur de nos biens, tyran de notre Empire,
Tu viens de m'arracher le feul bien où j'afpire :
Achève, & de ce fer, tréfor de tes climats,
Prévien mon bras vengeur, & prévien ton trépas.
La main, la même main, qui t'a rendu ton père,
Dans ton fang odieux pourrait venger la terre *h*) ;
Et j'aurais les mortels & les dieux pour amis,
En revérant le père, & puniffant le fils.

A L V A R E S à *Gufman.*

De ce difcours, ô ciel, que je me fens confondre !
Vous fentez-vous coupable, & pouvez-vous répondre ?

G U S M A N.

Répondre à ce rebelle, & daigner m'avilir,

---

h) *Père* doit rimer avec *Terre*, parce qu'on les prononce tous deux de même. C'eft aux oreilles & non pas aux yeux qu'il faut rimer. Cela eft fi vrai, que le mot *Paon* n'a jamais rimé avec *Phaon*, quoique l'orthographe foit la même : & le mot encore rime très-bien avec *abhorre*, quoiqu'il n'y ait qu'un *r* à l'un & qu'il y ait *rr* à l'autre. La poéfie eft faite pour l'oreille : un ufage contraire ne ferait qu'une pédanterie ridicule & déraifonnable.

Jufqu'à le réfuter, quand je le dois punir !
Son jufte châtiment, que lui-même il prononce,
Sans mon refpeét pour vous eût été ma réponfe.

A Alʒire.

Madame, votre cœur doit vous inftruire affez,
A quel point en fecret ici vous m'offenfez ;
Vous, qui, finon pour moi, du moins pour votre gloire,
Deviez de cet efclave étouffer la mémoire ;
Vous, dont les pleurs encor outragent votre époux ;
Vous, que j'aimais affez pour en être jaloux.

A L Z I R E.

A Gufman.   A Alvarès.

Cruel ! Et vous, Seigneur ! mon proteéteur, fon père :

A Zamore.

Toi ! jadis mon efpoir en un tems plus profpère,
Voyez le joug horrible où mon fort eft lié,
Et frémiffez tous trois d'horreur & de pitié.

En montrant Zamore.

Voici l'amant, l'époux, que me choifit mon père,
Avant que je connuffe un nouvel hémifphère,
Avant que de l'Europe on nous portât des fers.
Le bruit de fon trépas perdit cet univers.
Je vis tomber l'Empire où régnaient mes ancêtres ;
Tout changea fur la terre, & je connus des maîtres.
Mon père infortuné, plein d'ennuis & de jours,
Au Dieu que vous fervez eut à la fin recours :
C'eft ce Dieu des Chrétiens, que devant vous j'attefte ;
Ses autels font témoins de mon hymen funefte ;
C'eft aux pieds de ce Dieu qu'un horrible ferment
Me donne au meurtrier qui m'ôta mon amant.
Je connais mal peut-être une loi fi nouvelle ;

Mais j'en crois ma vertu qui parle auffi haut qu'elle.
Zamore, tu m'es cher, je t'aime, je le dois ;
Mais après mes fermens je ne puis être à toi.
Toi, Gufman, dont je fuis l'époufe & la victime,
Je ne fuis point à toi, cruel, après ton crime.
Qui des deux ofera fe venger aujourd'hui ?
Qui percera ce cœur que l'on arrache à lui ?
Toûjours infortunée, & toûjours criminelle,
Perfide envers Zamore, à Gufman infidelle,
Qui me délivrera, par un trépas heureux,
De la néceffité de vous trahir tous deux ?
Gufman, du fang des miens ta main déja rougie,
Frémira moins qu'une autre à m'arracher la vie.
De l'hymen, de l'amour il faut venger les droits.
Punis une coupable, & fois jufte une fois.

G U S M A N.

Ainfi vous abufez d'un refte d'indulgence,
Que ma bonté trahie oppofe à votre offenfe :
Mais vous le demandez, & je vais vous punir ;
Votre fupplice eft prêt, mon rival va périr.
Hola, foldats.

A L Z I R E.

    Cruel !

A L V A R E S.

    Mon fils, qu'allez-vous faire ?
Refpectez fes bienfaits, refpectez fa mifère.
Quel eft l'état horrible, ô ciel, où je me vois !
L'un tient de moi la vie, à l'autre je la dois !
Ah mes fils ! de ce nom reffentez la tendreffe ;
D'un père infortuné regardez la vieilleffe,
Et du moins...

S C E N E VI.

ALVARES, GUSMAN, ALZIRE, ZAMORE,
D. ALONZE *officier Efpagnol.*

A L O N Z E.

Paraiffez, Seigneur, & commandez ;
D'armes & d'ennemis ces champs font inondés :
Ils marchent vers ces murs, & le nom de Zamore
Eft le cri menaçant qui les raffemble encore.
Ce nom facré pour eux fe mêle dans les airs,
A ce bruit belliqueux des barbares concerts.
Sous leurs boucliers d'or les campagnes mugiffent ;
De leurs cris redoublés les échos retentiffent ;
En bataillons ferrés ils mefurent leurs pas,
Dans un ordre nouveau qu'ils ne connaiffaient pas ;
Et ce peuple autrefois, vil fardeau de la terre,
Semble apprendre de nous le grand art de la guerre.

G U S M A N.

Allons, à leurs regards il faut donc fe montrer.
Dans la poudre à l'inftant vous les verrez rentrer.
Héros de la Caftille, enfans de la victoire,
Ce monde eft fait pour vous, vous l'êtes pour la gloire,
Eux pour porter vos fers, vous craindre & vous fervir.

Z A M O R E.

Mortel égal à moi, nous faits pour obéir ?

G U S M A N.

Qu'on l'entraîne.

Z A M O R E.

Ofes - tu ? tyran de l'innocence,

Oses - tu me punir d'une juste défense ?
Aux Espagnols qui l'entourent.
Etes - vous donc des dieux qu'on ne puisse attaquer ?
Et teints de notre sang, faut - il vous invoquer ?

G U S M A N.

Obéissez.

A L Z I R E.

Seigneur !

A L V A R E S.

Dans ton couroux sévère,
Songe au moins, mon cher fils, qu'il a sauvé ton père.

G U S M A N.

Seigneur, je songe à vaincre, & je l'appris de vous ;
J'y vole, adieu.

S C E N E   V I I.

A L V A R E S , A L Z I R E.

A L Z I R E *se jettant à genoux.*

SEigneur, j'embrasse vos genoux.
C'est à votre vertu que je rens cet hommage,
Le premier où le sort abaissa mon courage.
Vengez, Seigneur, vengez, sur ce cœur affligé,
L'honneur de votre fils par sa femme outragé.
Mais à mes premiers nœuds mon ame était unie ;
Hélas ! peut - on deux fois se donner dans sa vie ?
Zamore était à moi, Zamore eut mon amour :
Zamore est vertueux ; vous lui devez le jour.
Pardonnez . . . je succombe à ma douleur mortelle.

A L V A R E S.

Je conferve pour toi ma bonté paternelle.
Je plains Zamore & toi ; je ferai ton appui ;
Mais fonge au nœud facré qui t'attache aujourd'hui.
Ne porte point l'horreur au fein de ma famille :
Non , tu n'es plus à toi ; fois mon fang , fois ma fille ;
Gufman fut inhumain , je le fais , j'en frémis ;
Mais il eft ton époux , il t'aime , il eft mon fils ;
Son ame à la pitié fe peut ouvrir encore.

A L Z I R E.

Hélas , que n'êtes - vous le père de Zamore ?

Fin du troifiéme acte.

ACTE

ACTE IV.

SCENE PREMIERE.
ALVARES, GUSMAN.

ALVARES.

MEritez donc, mon fils, un si grand avantage.
Vous avez triomphé du nombre & du courage ;
Et de tous les vengeurs de ce triste univers,
Une moitié n'est plus, & l'autre est dans vos fers.
Ah ! n'ensanglantez point le prix de la victoire,
Mon fils, que la clémence ajoute à votre gloire.
Je vais sur les vaincus étendant mes secours,
Consoler leur misère, & veiller sur leurs jours.
Vous, songez cependant qu'un père vous implore ;
Soyez homme & Chrétien, pardonnez à Zamore,
Ne pourrai-je adoucir vos inflexibles mœurs ?
Et n'apprendrez-vous point à conquérir des cœurs ?

GUSMAN.

Ah ! vous percez le mien. Demandez-moi ma vie :
Mais laissez un champ libre à ma juste furie :
Ménagez le couroux de mon cœur opprimé.
Comment lui pardonner ? le barbare est aimé.

ALVARES.

Il en est plus à plaindre.

GUSMAN.

A plaindre ! lui, mon père !

Ah ! qu'on me plaigne ainfi , la mort me fera chère.

ALVARES.

Quoi , vous joignez encor à cet ardent couroux
La fureur des foupçons , ce tourment des jaloux ?

GUSMAN.

Et vous condamneriez jufqu'à ma jaloufie ?
Quoi ! ce jufte tranfport dont mon ame eft faifie ,
Ce trifte fentiment plein de honte & d'horreur ,
Si légitime en moi , trouve en vous un cenfeur !
Vous voyez fans pitié ma douleur effrénée !

ALVARES.

Mêlez moins d'amertume à votre deftinée ;
Alzire a des vertus , & loin de les aigrir ,
Par des dehors plus doux vous devez l'attendrir.
Son cœur de ces climats conferve la rudeffe ;
Il réfifte à la force , il cède à la foupleffe ,
Et la douceur peut tout fur notre volonté.

GUSMAN.

Moi que je flatte encor l'orgueil de fa beauté ?
Que fous un front ferein déguifant mon outrage ,
A de nouveaux mépris ma bonté l'encourage ?
Ne devriez - vous pas , de mon honneur jaloux ,
Au lieu de le blâmer , partager mon couroux ?
J'ai déja trop rougi d'époufer une efclave ,
Qui m'ofe dédaigner , qui me hait , qui me brave ,
Dont un autre à mes yeux poffède encor le cœur ,
Et que j'aime , en un mot , pour comble de malheur.

ALVARES.

Ne vous repentez point d'un amour légitime :
Mais fachez le régler ; tout excès mène au crime.
Promettez moi du moins de ne décider rien ,

Avant de m'accorder un fecond entretien.

GUSMAN.

Eh ! que pourrait un fils refufer à fon père ?
Je veux bien pour un tems fufpendre ma colère ;
N'en exigez pas plus de mon cœur outragé.

ALVARES.

Je ne veux que du tems.   *Il fort.*

GUSMAN *feul.*

Quoi n'être point vengé ?
Aimer, me repentir, être réduit encore
A l'horreur d'envier le deftin de Zamore,
D'un de ces vils mortels en Europe ignorés,
Qu'à peine du nom d'homme on aurait honorés !
Que vois-je ! Alzire ! ô ciel ! . . . .

SCENE II.

GUSMAN, ALZIRE, EMIRE.

ALZIRE.

C'Eft moi, c'eft ton époufe ;
C'eft ce fatal objet de ta fureur jaloufe,
Qui n'a pû te chérir, qui t'a dû révérer,
Qui te plaint, qui t'outrage, & qui vient t'implorer.
Je n'ai rien déguifé. Soit grandeur, foit faibleffe,
Ma bouche a fait l'aveu qu'un autre a ma tendreffe :
Et ma fincérité, trop funefte vertu,
Si mon amant périt, eft ce qui l'a perdu.
Je vais plus t'étonner : ton époufe a l'audace
De s'adreffer à toi pour demander fa grace.

V v v ij

J'ai cru que Don Gufman , tout fier , tout rigoureux ,
Tout terrible qu'il eſt , doit être généreux.
J'ai penſé qu'un guerrier , jaloux de ſa puiſſance ,
Peut mettre l'orgueil même à pardonner l'offenſe :
Une telle vertu ſéduirait plus nos cœurs ,
Que tout l'or de ces lieux n'éblouït nos vainqueurs.
Par ce grand changement dans ton ame inhumaine ,
Par un effort ſi beau tu vas changer la mienne ;
Tu t'aſſures ma foi , mon reſpeĉt , mon retour ,
Tous mes vœux (s'il en eſt qui tiennent lieu d'amour.)
Pardonne... je m'égare ... éprouve mon courage.
Peut - être une Eſpagnole eût promis davantage ;
Elle eût pû prodiguer les charmes de ſes pleurs ;
Je n'ai point leurs attraits , & je n'ai point leurs mœurs.
Ce cœur ſimple & formé des mains de la nature ,
En voulant t'adoucir redouble ton injure :
Mais enfin c'eſt à toi d'eſſayer déſormais
Sur ce cœur indomté la force des bienfaits.

GUSMAN.

Eh bien ! ſi les vertus peuvent tant ſur votre ame ,
Pour en ſuivre les loix , connaiſſez - les , Madame.
Etudiez nos mœurs , avant de les blâmer.
Ces mœurs ſont vos devoirs ; il faut s'y conformer.
Sachez que le premier eſt d'étouffer l'idée
Dont votre ame à mes yeux eſt encor poſſédée ;
De vous reſpeĉter plus , & de n'oſer jamais
Me prononcer le nom d'un rival que je hais ;
D'en rougir la première , & d'attendre en ſilence
Ce que doit d'un barbare ordonner ma vengeance.
Sachez que votre époux , qu'ont outragé vos feux ,
S'il peut vous pardonner , eſt aſſez généreux.

Plus que vous ne penſez je porte un cœur ſenſible ,
Et ce n'eſt pas à vous à me croire inflexible.

S C E N E   III.

A L Z I R E ,   E M I R E.

E M I R E.

Vous voyez qu'il vous aime , on pourrait l'attendrir.

A L Z I R E.

S'il m'aime , il eſt jaloux ; Zamore va périr :
J'aſſaſſinais Zamore en demandant ſa vie.
Ah ! je l'avais prévû. M'auras-tu mieux ſervie ?
Pourras-tu le ſauver ? Vivra-t-il loin de moi ?
Du ſoldat qui le garde as-tu tenté la foi ?

E M I R E.

L'or qui les ſéduit tous vient d'éblouïr ſa vuë.
Sa foi , n'en doutez point , ſa main vous eſt venduë.

A L Z I R E.

Ainſi , graces aux cieux , ces métaux déteſtés
Ne ſervent pas toûjours à nos calamités.
Ah ! ne perds point de tems : tu balances encore !

E M I R E.

Mais aurait-on juré la perte de Zamore ?
Alvarès aurait-il aſſez peu de crédit ?
Et le conſeil enfin....

A L Z I R E.

Je crains tout : il ſuffit.
Tu vois de ces tyrans la fureur deſpotique ,
Ils penſent que pour eux le ciel fit l'Amérique ,

Qu'ils en font nés les Rois ; & Zamore à leurs yeux,
Tout Souverain qu'il fût, n'eft qu'un féditieux.
Confeil de meurtriers ! Gufman ! peuple barbare !
Je préviendrai les coups que votre main prépare.
Ce foldat ne vient point : qu'il tarde à m'obéir !

E M I R E.

Madame, avec Zamore il va bientôt venir ;
Il court à la prifon. Déja la nuit plus fombre
Couvre ce grand deffein du fecret de fon ombre.
Fatigués de carnage & de fang enyvrés,
Les tyrans de la terre au fommeil font livrés.

A L Z I R E.

Allons, que ce foldat nous conduife à la porte :
Qu'on ouvre la prifon, que l'innocence en forte.

E M I R E.

Il vous prévient déja ; Céphane le conduit :
Mais fi l'on vous rencontre en cette obfcure nuit,
Votre gloire eft perdue, & cette honte extrême....

A L Z I R E.

Va, la honte feraît de trahir ce que j'aime.
Cet honneur étranger, parmi nous inconnu,
N'eft qu'un fantôme vain qu'on prend pour la vertu :
C'eft l'amour de la gloire, & non de la juftice,
La crainte du reproche, & non celle du vice.
Je fus inftruite, Emire, en ce groffier climat,
A fuivre la vertu fans en chercher l'éclat.
L'honneur eft dans mon cœur, & c'eft lui qui m'ordonne
De fauver un héros que le ciel abandonne.

S C E N E   IV.

ALZIRE , ZAMORE , EMIRE , un foldat.

A L Z I R E.

Tout eft perdu pour toi ; tes tyrans font vainqueurs :
Ton fupplice eft tout prêt : fi tu ne fuis , tu meurs.
Pars , ne perds point de tems ; pren ce foldat pour guide.
Trompons des meurtriers l'efpérance homicide ;
Tu vois mon defefpoir , & mon faififfement.
C'eft à toi d'épargner la mort à mon amant ,
Un crime à mon époux , & des larmes au monde.
L'Amérique t'appelle , & la nuit te feconde ;
Pren pitié de ton fort , & laiffe-moi le mien.

Z A M O R E.

Efclave d'un barbare , époufe d'un Chrétien ,
Toi qui m'as tant aimé , tu m'ordonnes de vivre !
Eh bien , j'obéirai : mais ofes-tu me fuivre ?
Sans trône , fans fecours , au comble du malheur ,
Je n'ai plus à t'offrir qu'un défert & mon cœur.
Autrefois à tes pieds j'ai mis un diadême.

A L Z I R E.

Ah ! qu'était-il fans toi ? qu'ai-je aimé que toi-même ?
Et qu'eft-ce auprès de toi que ce vil univers ?
Mon ame va te fuivre au fond de tes déferts.
Je vais feule en ces lieux , où l'horreur me confume ,
Languir dans les regrets , fécher dans l'amertume ,
Mourir dans le remots d'avoir trahi ma foi ,
D'être au pouvoir d'un autre , & de brûler pour toi.
Pars , emporte avec toi mon bonheur & ma vie ;

Laiſſe-moi les horreurs du devoir qui me lie.
J'ai mon amant enſemble & ma gloire à ſauver.
Tous deux me ſont ſacrés ; je les veux conſerver.

ZAMORE.

Ta gloire ! Quelle eſt donc cette gloire inconnue ?
Quel fantôme d'Europe a faſciné ta vûe ?
Quoi, ces affreux ſermens, qu'on vient de te dicter,
Quoi ! ce temple Chrétien que tu dois déteſter,
Ce Dieu, ce deſtructeur des dieux de mes ancêtres,
T'arrachent à Zamore, & te donnent des maîtres ?

ALZIRE.

J'ai promis ; il ſuffit : il n'importe à quel Dieu.

ZAMORE.

Ta promeſſe eſt un crime ; elle eſt ma perte ; adieu.
Périſſent tes ſermens, & le Dieu que j'abhorre !

ALZIRE.

Arrête. Quels adieux, Arrête, cher Zamore !

ZAMORE.

Guſman eſt ton époux !

ALZIRE.

                    Plain-moi, ſans m'outrager.

ZAMORE.

Songe à nos premiers nœuds.

ALZIRE.

                         Je ſonge à ton danger.

ZAMORE.

Non, tu trahis, cruelle, un feu ſi légitime.

ALZIRE.

Non, je t'aime à jamais ; & c'eſt un nouveau crime.
Laiſſe-moi mourir ſeule : ôte-toi de ces lieux.
Quel deſeſpoir horrible étincelle en tes yeux ?

                                        Za-

Zamore....

Z A M O R E.

C'en eſt fait.

A L Z I R E.

Où vas-tu ?

Z A M O R E.

Mon courage
De cette liberté va faire un digne uſage.

A L Z I R E.

Tu n'en ſaurais douter, je péris ſi tu meurs.

Z A M O R E.

Peux-tu mêler l'amour à ces momens d'horreurs ?
Laiſſe-moi, l'heure fuit, le jour vient, le tems preſſe :
Soldat, guide mes pas.

S C E N E V.

A L Z I R E , E M I R E.

A L Z I R E.

JE ſuccombe, il me laiſſe :
Il part, que va-t-il faire ? O moment plein d'effroi !
Guſman ! Quoi c'eſt donc lui que j'ai quitté pour toi !
Emire, ſui ſes pas, vole, & revien m'inſtruire,
S'il eſt en ſûreté, s'il faut que je reſpire.
Va voir ſi ce ſoldat nous ſert ou nous trahit.

(*Emire ſort.*)

Un noir preſſentiment m'afflige & me ſaiſit ;
Ce jour, ce jour pour moi ne peut être qu'horrible.
O toi ! Dieu des Chrétiens, Dieu vainqueur & terrible !

Tom. III. & du Théâtre le premier. Xxx

Je connais peu tes loix. Ta main du haut des cieux
Perce à peine un nuage épaiſſi ſur mes yeux ;
Mais ſi je ſuis à toi , ſi mon amour t'offenſe ,
Sur ce cœur malheureux épuiſe ta vengeance.
Grand Dieu ! condui Zamore au milieu des déſerts ;
Ne ſerais - tu le Dieu que d'un autre univers ?
Les ſeuls Européans ſont - ils nés pour te plaire ?
Es - tu tyran d'un monde , & de l'autre le père ?
Les vainqueurs , les vaincus , tous ces faibles humains ;
Sont tous également l'ouvrage de tes mains.
Mais de quels cris affreux mon oreille eſt frappée !
J'entens nommer Zamore. O ciel ! on m'a trompée.
Le bruit redouble ; on vient. Ah ! Zamore eſt perdu.

S C E N E V I.

A L Z I R E , E M I R E.

A L Z I R E.

CHère Emire , eſt - ce toi ? qu'a - t - on fait ? qu'as - tu vû ?
Tire - moi par pitié de mon doute terrible.

E M I R E.

Ah ! n'eſpérez plus rien : ſa perte eſt infaillible.
Des armes du ſoldat , qui conduiſait ſes pas ,
Il a couvert ſon front , il a chargé ſon bras.
Il s'éloigne : à l'inſtant , le ſoldat prend la fuite ;
Votre amant au palais court & ſe précipite.
Je le ſuis en tremblant , parmi nos ennemis ,
Parmi ces meurtriers dans le ſang endormis ,
Dans l'horreur de la nuit , des morts & du ſilence.

Au palais de Gufman , je le vois qui s'avance :
Je l'appellais en vain de la voix & des yeux :
Il m'échape , & foudain j'entens des cris affreux ;
J'entens dire , qu'il meure : on court , on vole aux armes.
Retirez - vous , Madame , & fuyez tant d'allarmes :
Rentrez.

A L Z I R E.

Ah ! chère Emire , allons le fecourir.

E M I R E.

Que pouvez - vous , Madame , ô ciel !

A L Z I R E.

Je peux mourir.

S C E N E   VII.

ALZIRE , EMIRE , D. ALONZE , gardes.

A L O N Z E.

A Mes ordres fecrets , Madame , il faut vous rendre.

A L Z I R E.

Que me dis - tu , barbare , & que viens - tu m'apprendre ?
Qu'eft devenu Zamore ?

A L O N Z E.

En ce moment affreux ,
Je ne puis qu'annoncer un ordre rigoureux.
Daignez me fuivre.

A L Z I R E.

O fort ! ô vengeance trop forte !

Xxx ij

Cruels , quoi , ce n'eſt point la mort que l'on m'apporte ?
Quoi Zamore n'eſt plus ! & je n'ai que des fers !
Tu gémis , & tes yeux de larmes ſont couverts !
Mes maux ont - ils touché les cœurs nés pour la haine ?
Vien , ſi la mort m'attend , vien , j'obéis ſans peine.

Fin du quatriéme acte.

A C T E V.

S C E N E P R E M I E R E.

A L Z I R E , gardes.

A L Z I R E.

Réparez - vous pour moi vos supplices cruels ,
Tyrans , qui vous nommez les juges des mortels ?
Laissez-vous dans l'horreur de cette inquiétude
De mes destins affreux flotter l'incertitude ?
On m'arrête , on me garde , on ne s'informe pas ,
Si l'on a résolu ma vie ou mon trépas.
Ma voix nomme Zamore , & mes gardes pâlissent.
Tout s'émeut à ce nom : ces monstres en frémissent.

S C E N E I I.

M O N T E Z E , A L Z I R E.

A L Z I R E.

AH mon père !

M O N T E Z E.

Ma fille , où nous as - tu réduits ?
Voilà de ton amour les exécrables fruits.
Hélas ! nous demandions la grace de Zamore ;
Alvarès avec moi daignait parler encore :

Xxx iij

Un foldat à l'inftant fe préfente à nos yeux ;
C'était Zamore même , égaré , furieux.
Par ce déguifement la vuë était trompée ;
A peine entre fes mains j'aperçois une épée.
Entrer , voler vers nous , s'élancer fur Gufman ,
L'attaquer , le frapper , n'eft pour lui qu'un moment.
Le fang de ton époux rejaillit fur ton père.
Zamore au même inftant dépouillant fa colère ,
Tombe aux pieds d'Alvarès , & tranquille , foumis ,
Lui préfentant ce fer , teint du fang de fon fils ,
J'ai fait ce que j'ai dû , j'ai vengé mon injure ,
Fai ton devoir , dit - il , & venge la nature.
Alors il fe profterne , attendant le trépas.
Le père tout fanglant fe jette entre mes bras ;
Tout fe réveille , on court , on s'avance , on s'écrie ,
On vole à ton époux , on rappelle fa vie ;
On arrête fon fang , on preffe le fecours
De cet art inventé pour conferver nos jours.
Tout le peuple à grands cris demande ton fupplice.
Du meurtre de fon maître il te croit la complice...

ALZIRE.

Vous pourriez !...

MONTEZE.

   Non , mon cœur ne t'en foupçonne pas.
Non , le tien n'eft pas fait pour de tels attentats ;
Capable d'une erreur , il ne l'eft point d'un crime ;
Tes yeux s'étaient fermés fur le bord de l'abîme.
Je le fouhaite ainfi , je le crois , cependant
Ton époux va mourir des coups de ton amant.
On va te condamner ; tu vas perdre la vie
Dans l'horreur du fupplice & dans l'ignominie ;

Et je retourne enfin, par un dernier effort,
Demander au conseil & ta grace & ma mort.

A L Z I R E.

Ma grace ! à mes tyrans ! les prier ! vous, mon père ?
Osez vivre & m'aimer, c'est ma seule prière.
Je plains Gusman ; son sort a trop de cruauté :
Et je le plains surtout de l'avoir mérité.
Pour Zamore il n'a fait que venger son outrage ;
Je ne peux excuser ni blâmer son courage.
J'ai voulu le sauver, je ne m'en défens pas.
Il mourra..... Gardez-vous d'empêcher mon trépas.

M O N T E Z E.

O ciel ! inspire-moi : j'implore ta clémence.

Il sort.

S C E N E I I I.

A L Z I R E *seule.*

O Ciel ! anéanti ma fatale existence.
Quoi, ce Dieu que je sers me laisse sans secours !
Il défend à mes mains d'attenter sur mes jours.
Ah ! j'ai quitté des dieux, dont la bonté facile
Me permettait la mort, la mort mon seul asyle.
Eh, quel crime est-ce donc devant ce Dieu jaloux,
De hâter un moment qu'il nous prépare à tous ?
Quoi, du calice amer d'un malheur si durable
Faut-il boire à longs traits la lie insupportable ?
Ce corps vil & mortel est-il donc si sacré,
Que l'esprit qui le meut ne le quitte à son gré ?
Ce peuple de vainqueurs armé de son tonnerre,

A-t-il le droit affreux de dépeupler la terre ?
D'exterminer les miens ? de déchirer mon flanc ?
Et moi je ne pourrai difpofer de mon fang ?
Je ne pourrai fur moi permettre à mon courage
Ce que fur l'univers il permet à fa rage ?
Zamore va mourir dans des tourmens affreux.
Barbares !

***

S C E N E I V.

Z A M O R E *enchainé,* A L Z I R E, gardes.

Z A M O R E.

C'Eft ici qu'il faut périr tous deux.
Sous l'horrible appareil de fa fauffe juftice,
Un tribunal de fang te condamne au fupplice.
Gufman refpire encor ; mon bras defefpéré
N'a porté dans fon fein qu'un coup mal affuré.
Il vit pour achever le malheur de Zamore ;
Il mourra tout couvert de ce fang que j'adore ;
Nous périrons enfemble à fes yeux expirans ;
Il va goûter encor le plaifir des tyrans.
Alvarès doit ici prononcer de fa bouche
L'abominable arrêt de ce confeil farouche.
C'eft moi qui t'ai perduë ; & tu péris pour moi.

A L Z I R E.

Va, je ne me plains plus ; je mourrai près de toi.
Tu m'aimes, c'eft affez ; béni ma deftinée,
Béni le coup affreux qui romt mon hyménée ;
Songe que ce moment, où je vais chez les morts,

Eft

Eſt le ſeul où mon cœur peut t'aimer ſans remors,
Libre par mon ſupplice , à moi-même renduë ,
Je diſpoſe à la fin d'une foi qui t'eſt duë.
L'appareil de la mort élevé pour nous deux ,
Eſt l'autel où mon cœur te rend ſes premiers feux.
C'eſt là que j'expierai le crime involontaire
De l'infidélité que j'avais pû te faire.
Ma plus grande amertume , en ce funeſte ſort,
C'eſt d'entendre Alvarès prononcer notre mort.

Z A M O R E.

Ah ! le voici ; les pleurs inondent ſon viſage.

A L Z I R E.

Qui de nous trois , ô ciel , a reçu plus d'outrage ?
Et que d'infortunés le ſort aſſemble ici !

S C E N E V.

ALZIRE , ZAMORE , ALVARES , gardes.

Z A M O R E.

J'Attens la mort de toi ; le ciel le veut ainſi ;
Tu dois me prononcer l'arrêt qu'on vient de rendre ;
Parle ſans te troubler , comme je vais t'entendre ;
Et fai livrer ſans crainte aux ſupplices tout prêts ,
L'aſſaſſin de ton fils , & l'ami d'Alvarès.
Mais que t'a fait Alzire ? & quelle barbarie
Te force à lui ravir une innocente vie ?
Les Eſpagnols enfin t'ont donné leur fureur :
Une injuſte vengeance entre-t-elle en ton cœur ?
Connu ſeul parmi nous par ta clémence auguſte ,

Tom. III. & du Théâtre le premier.   Y y y

Tu veux donc renoncer à ce grand nom de jufte !
Dans le fang innocent ta main va fe baigner !

ALZIRE.

Venge-toi , venge un fils , mais fans me foupçonner.
Epoufe de Gufman , ce nom feul doit t'apprendre ,
Que loin de le trahir je l'aurais fû défendre.
J'ai refpecté ton fils , & ce cœur gémiffant
Lui conferva fa foi , même en le haïffant.
Que je fois de ton peuple applaudie ou blâmée ,
Ta feule opinion fera ma renommée.
Eftimée en mourant d'un cœur tel que le tien ,
Je dédaigne le refte , & ne demande rien.
Zamore va mourir , il faut bien que je meure ;
C'eft tout ce que j'attens , & c'eft toi que je pleure.

ALVARES.

Quel mélange , grand Dieu , de tendreffe & d'horreur !
L'affaffin de mon fils eft mon libérateur.
Zamore !... oui , je te dois des jours que je détefte ;
Tu m'as vendu bien cher un préfent fi funefte...
Je fuis père , mais homme ; & malgré ta fureur,
Malgré la voix du fang qui parle à ma douleur,
Qui demande vengeance à mon ame éperduë,
La voix de tes bienfaits eft encor entenduë.

 Et toi qui fus ma fille , & que dans nos malheurs ,
J'appelle encor d'un nom qui fait couler nos pleurs,
Va, ton père eft bien loin de joindre à fes fouffrances
Cet horrible plaifir que donnent les vengeances.
Il faut perdre à la fois , par des coups inouïs,
Et mon libérateur , & ma fille , & mon fils.
Le confeil vous condamne : il a dans fa colère
Du fer de la vengeance armé la main d'un père.

Je n'ai point refufé ce miniftère affreux...
Et je viens le remplir, pour vous fauver tous deux.
Zamore, tu peux tout.

Z A M O R E.

Je peux fauver Alzire ?
Ah, parle, que faut-il ?

A L V A R E S.

Croire un Dieu qui m'infpire.
Tu peux changer d'un mot & fon fort & le tien ;
Ici la loi pardonne à qui fe rend Chrétien.
Cette loi, que n'aguère un faint zèle a diftée,
Du ciel en ta faveur y femble être apportée.
Le Dieu qui nous apprit lui-même à pardonner,
De fon ombre à nos yeux faura t'environner :
Tu vas des Efpagnols arrêter la colère ;
Ton fang facré pour eux eft le fang de leur frère :
Les traits de la vengeance, en leurs mains fufpendus,
Sur Alzire & fur toi ne fe tourneront plus.
Je répons de fa vie, ainfi que de la tienne ;
Zamore, c'eft de toi qu'il faut que je l'obtienne.
Ne fois point inflexible à cette faible voix ;
Je te devrai la vie une feconde fois.
Cruel, pour me payer du fang dont tu me prives,
Un père infortuné demande que tu vives.
Ren-toi Chrétien comme elle, accorde-moi ce prix
De fes jours, & des tiens, & du fang de mon fils.

Z A M O R E à *Alzire.*

Alzire, jufques-là chéririons-nous la vie ?
La rachéterions-nous par mon ignominie ?
Quitterai-je mes dieux pour le Dieu de Gufman ?

Yyy ij

à Alvarès.

Et toi , plus que ton fils feras-tu mon tyran ?
Tu veux qu'Alzire meure , ou que je vive en traître !
Ah ! lorfque de tes jours je me fuis vu le maître ,
Si j'avais mis ta vie à cet indigne prix ,
Parle , aurais-tu quitté les dieux de ton pays ?

ALVARES.

J'aurais fait ce qu'ici tu me vois faire encore.
J'aurais prié ce Dieu , feul être que j'adore ,
De n'abandonner pas un cœur tel que le tien ,
Tout aveugle qu'il eft , digne d'être Chrétien.

ZAMORE.

Dieux ! quel genre inouï de trouble & de fupplice
Entre quels attentats faut-il que je choififfe ?

à Alzire.

Il s'agit de tes jours : il s'agit de mes dieux.
Toi , qui m'ofes aimer , ofe juger entr'eux.
Je m'en remets à toi ; mon cœur fe flatte encore ,
Que tu ne voudras point la honte de Zamore.

ALZIRE.

Ecoute. Tu fais trop qu'un père infortuné
Difpofa de ce cœur , que je t'avais donné ;
Je reconnus fon Dieu : tu peux de ma jeuneffe
Accufer , fi tu veux , l'erreur ou la faibleffe.
Mais des loix des Chrétiens mon efprit enchanté ,
Vit chez eux , ou du moins , crut voir la vérité ;
Et ma bouche abjurant les dieux de ma patrie ,
Par mon ame en fecret ne fut point démentie.
Mais renoncer aux dieux que l'on croit dans fon cœur ,
C'eft le crime d'un lâche , & non pas une erreur :
C'eft trahir à la fois , fous un mafque hypocrite ,

Et le Dieu qu'on préfère, & le Dieu que l'on quitte :
C'eſt mentir au ciel même, à l'univers, à ſoi.
Mourons, mais en mourant ſois digne encor de moi ;
Et ſi Dieu ne te donne une clarté nouvelle,
Ta probité te parle, il faut n'écouter qu'elle.

ZAMORE.

J'ai prévu ta réponſe : il vaut mieux expirer,
Et mourir avec toi, que ſe deshonorer.

ALVARES.

Cruel, ainſi tous deux vous voulez votre perte !
Vous bravez ma bonté, qui vous était offerte.
Ecoutez, le tems preſſe : & ces lugubres cris.....

SCENE VI.

ALVARES, ZAMORE, ALZIRE, ALONZE,
Américains, Eſpagnols.

ALONZE.

ON amène à vos yeux votre malheureux fils.
Seigneur, entre vos bras il veut quitter la vie.
Du peuple qui l'aimait, une troupe en furie,
S'empreſſant près de lui, vient ſe raffaſier
Du ſang de ſon épouſe & de ſon meurtrier.

SCENE DERNIERE.

ALVARES , GUSMAN , ZAMORE , ALZIRE,
Américains , foldats.

ZAMORE.

CRuels , fauvez Alzire , & preffez mon fupplice.

ALZIRE.

Non , qu'une affreufe mort tous trois nous réuniffe.

ALVARES.

Mon fils mourant , mon fils , ô comble de douleur !

ZAMORE *à Gufman.*

Tu veux donc jufqu'au bout confommer ta fureur ?
Vien , voi couler mon fang , puifque tu vis encore ;
Viens apprendre à mourir en regardant Zamore.

GUSMAN *à Zamore.*

Il eft d'autres vertus que je veux t'enfeigner :
Je dois un autre exemple , & je viens le donner.

à Alvarès.

Le ciel qui veut ma mort , & qui l'a fufpenduë,
Mon père , en ce moment , m'amène à votre vuë.
Mon ame fugitive , & prête à me quitter ,
S'arrête devant vous . . . mais pour vous imiter.
Je meurs ; le voile tombe , un nouveau jour m'éclaire.
Je ne me fuis connu qu'au bout de ma carrière.
J'ai fait jufqu'au moment , qui me plonge au cercueil,
Gémir l'humanité du poids de mon orgueil.
Le ciel venge la terre : il eft jufte : & ma vie
Ne peut payer le fang dont ma main s'eft rougie.
Le bonheur m'aveugla , l'amour m'a détrompé :

Je pardonne à la main par qui Dieu m'a frappé.
J'étais maître en ces lieux ; feul j'y commande encore :
Seul je puis faire grace , & la fais à Zamore.
Vi , fuperbe ennemi, fois libre , & te fouvien,
Quel fut & le devoir , & la mort d'un Chrétien.

A Monteze qui fe jette à fes pieds.

Monteze , Américains , qui fûtes mes victimes ,
Songez que ma clémence a furpaffé mes crimes.
Inftruifez l'Amérique , apprenez à fes Rois ,
Que les Chrétiens font nés pour leur donner des loix.

A Zamore.

Des Dieux , que nous fervons , connai la différence :
Les tiens t'ont commandé le meurtre & la vengeance ;
Et le mien , quand ton bras vient de m'affaffiner ,
M'ordonne de te plaindre & de te pardonner.

A L V A R E S.

Ah , mon fils ! tes vertus égalent ton courage.

A L Z I R E.

Quel changement , grand Dieu ! quel étonnant langage !

Z A M O R E.

Quoi , tu veux me forcer moi-même au repentir !

G U S M A N.

Je veux plus , je te veux forcer à me chérir.
Alzire n'a vécu que trop infortunée ,
Et par mes cruautés , & par mon hyménée.
Que ma mourante main la remette en tes bras.
Vivez fans me haïr , gouvernez vos Etats ,
Et de vos murs détruits rétabliffant la gloire ,
De mon nom , s'il fe peut , béniffez la mémoire.

à Alvarès.

Daignez fervir de père à ces époux heureux :

Que du ciel par vos foins le jour luife fur eux !
Aux clartés des Chrétiens fi fon ame eft ouverte,
Zamore eft votre fils, & répare ma perte.

Z A M O R E.

Je demeure immobile, égaré, confondu ;
Quoi donc, les vrais Chrétiens auraient tant de vertu !
Ah ! la loi qui t'oblige à cet effort fuprême,
Je commence à le croire, eft la loi d'un Dieu même.
J'ai connu l'amitié, la conftance, la foi ;
Mais tant de grandeur d'ame eft au-deffus de moi :
Tant de vertu m'accable, & fon charme m'attire.
Honteux d'être vengé, je t'aime & je t'admire.

Il fe jette à fes pieds.

A L Z I R E.

Seigneur, en rougiffant je tombe à vos genoux.
Alzire en ce moment voudrait mourir pour vous.
Entre Zamore & vous mon ame déchirée,
Succombe au repentir dont elle eft dévorée.
Je me fens trop coupable, & mes triftes erreurs ...

G U S M A N.

Tout vous eft pardonné, puifque je vois vos pleurs.
Pour la dernière fois, approchez-vous mon père,
Vivez longtems heureux, qu'Alzire vous foit chère.
Zamore, fois Chrétien ; je fuis content, je meurs.

A L V A R E S *à Monteze.*

Je vois le doigt de Dieu marqué dans nos malheurs.
Mon cœur defefpéré fe foumet, s'abandonne
Aux volontés d'un Dieu, qui frappe & qui pardonne.

Fin du cinquiéme & dernier acte.

TABLE

TABLE

des Piéces contenues dans ce troisiéme volume.

Tom. *III.* & du Théâtre le premier. Zzz

www.ingramcontent.com/pod-product-compliance
Lightning Source LLC
Chambersburg PA
CBHW061325050726
47504CB00013B/122